Scarlet
스칼렛

www.bbulmedia.com

바이탈
사인
Vital Sign

바이탈 사인
Vital Sign

1판 2쇄 찍음 2014년 7월 24일
1판 2쇄 펴냄 2014년 7월 29일

지은이 | 이아현
펴낸이 | 정 필
펴낸곳 | 도서출판 **뿔미디어**

편집장 | 이재권
기획 · 편집 | 주종숙

출판등록 | 2002년 9월 11일 (제1081-1-132호)
주소 | 경기도 부천시 원미구 상동로 117번길 49(상동) 503호
전화 | 032)651-6513 / 팩스 032)651-6094
E-mail | scarlets2012@hanmail.net
블로그 | http://blog.naver.com/dahyangs
홈페이지 | http://bbulmedia.com

값 9,000원

ISBN 979-11-315-2575-3 03810

바이탈 사인

이아현 장편 소설

Vital Sign

contents

※ " "는 한국어, 「 」는 영어입니다.

프롤로그

"하악!"

뜨거운 신음 소리가 집 안을 가득 울렸다.

짙은 어둠이 내려앉아 있는 집 안엔 정사의 진한 내음이 가득했고, 뜨거운 열기는 살갗이 녹아내릴 정도였다. 게슴츠레 눈을 뜬 재영은 자신의 위에서 부드러운 숨결을 토하고 있는 유민을 보았다. 그의 이마엔 땀이 송골송골 맺혀 있었다.

유민이 다정한 손길로 재영의 얼굴을 쓰다듬었다. 손끝이 흥분으로 파르르 떨렸다. 마치 하나처럼 완벽하게 결합된 하체에 재영의 허리가 거세게 비틀렸다.

강렬하게 조이는 여성에 유민의 미간이 찌푸려졌다. 왈칵 모든 것을 쏟아 낼 것처럼 강렬한 쾌감이 온몸을 휘감았다.

"유, 유민 씨……!"

재영이 자지러지며 그의 목을 두 팔로 감싸 안았다. 그의 몸이 앞으로 확 쏠려 무게를 더하자 재영은 새하얀 허벅지로 그의 허리를 뱀처럼 휘감았다. 그녀의 몸짓에 그의 남성이 더욱 깊숙이 여성 안으로 파고들었다. 참다못한 유민이 억눌린 목소리로 말했다.

"힘 빼."

낮은 신음을 내뱉은 그가 양손으로 살짝 들린 새하얀 허벅지를 움켜 쥐었다. 욕망으로 힘이 들어간 손가락은 허벅지를 파고들 정도였다. 유민의 눈빛이 흐려졌다.

"어떻게요⋯⋯?"

재영이 물었다. 안에서 느껴지는 이물감과 비어 있던 무언가를 가득 채우는 느낌에 힘을 뺄 수도, 숨을 쉴 수도 없는데.

그녀가 허공에서 손을 허우적거리자 유민이 잡아 주었다. 다정한 손길에 재영의 눈이 천천히 감겼다. 따뜻함에 몸이 저릴 지경이었다. 유민이 재영의 손등에 부드럽게 입을 맞춘다. 자극적으로 그녀의 몸을 더듬는 것도 핥고 빨아 당기는 것도 아니었지만 여성 안이 흥건하게 젖어 들었다.

"으, 으음."

재영의 입에서 농도 높은 신음성이 터져 나왔다. 손가락 하나하나에 입을 맞춘 그는 고개를 내려 재영의 목덜미에도 달콤한 흔적을 남겼다.

혀를 길게 빼내어 그녀의 땀을 핥짝 맛본 그가 허리를 천천히 움직이기 시작했다. 격렬한 쾌감이 척추를 타고 올라왔다.

천천히 허리를 움직이던 그의 몸짓이 점차 속력을 올린다. 서로의 살결이 부딪히고, 액체가 윤활유 역할을 하며 연약한 그녀의 속살이 다치지 않도록 해 주었다. 귀를 자극하는 소리에 재영의 신음은 높아져만 갔고, 뜨거운 숨결은 방 안의 공기까지 데우기 시작했다.

"아, 아악⋯⋯! 유, 유민 씨!"

그의 허리를 감고 있던 허벅지가 땀에 미끄러져 아래로 툭 떨어졌다.

그가 자세를 바꾸어 그녀의 다리를 번쩍 들어 올려 엉덩이가 위쪽으로 향하게 만들었다. 뜨거운 남성이 그녀의 몸을 부드럽게 파고들었다. 그가 주는 따스함에 그녀의 눈가에 순간 습기가 차올랐다.

손을 올려 땀으로 미끈거리는 그의 넓은 어깨를 붙잡은 재영이 손톱을 박아 넣었다. 탄탄한 몸은 흔적을 남길 수 없을 것만 같았지만 그의 얼굴이 일그러지는 것을 보면 그건 아닌 듯했다.

그녀의 손을 잡아 끌어 내린 그가 허리를 천천히 움직이기 시작한다. 리듬감을 탄 몸은 유려하게 움직이며 그녀를 더욱 애달프게 만들었다.

"괴로워?"

"그, 럴 리가요."

잠시 숨을 멈춘 후 힘겹게 말을 내뱉은 재영이 뜨거운 숨을 내뱉으며 말했다.

"다정해서요."

이 순간만큼은 그가 온전히 자신의 것만 같았다. 늘 먼 곳에만 있는 그 같았는데, 지금은 아주 가까워 눈물이 난다.

그의 입술이 자신의 뺨에 닿는 것이 느껴진다.

"왜 그렇게 생각하는 거야?"

그가 물었다. 그러자 재영은 자신도 모르게 입가에 미소를 지으며 말했다.

"저도 잘 모르겠어요."

왜 이렇게 슬픈 건지. 자신의 몸을 지글지글 끓게 만들던 몸짓이 점차 빨라지기 시작한다. 부드러웠던 몸짓이 점차 거칠어지자 작게 벌어진 입술이 연신 그의 이름을 불렀다.

"유민 씨, 유민 씨……! 아아, 아아!"

강력한 쾌감에 갈 곳을 잃은 재영의 손이 이불을 부여잡았다. 참을 수 없는 욕망에 눈을 질끈 감았다. 꾸역꾸역 참고 있던 눈물이 무게를 이기지 못하고 뜨겁게 쏟아졌다.

삐걱, 삐걱.

그들의 거친 몸짓을 이기지 못한 침대가 울음을 토해 냈다.

침대에 늘어져 느른한 기분에 눈을 감고 있던 재영의 귓가를 때리는 차가운 물소리가 어느새 멈춘 후였다.

후, 한숨을 내뱉은 재영이 몸을 돌려 천장을 보았다. 흰색 실크 재질로 되어 있는 천장을 보는 일이 유독 많아졌다. 텅 빈 마음처럼 눈빛 또한 아무것도 담고 있지 않았다.

달칵, 문이 열리는 소리에 재영의 고개가 옆으로 돌아갔다. 편한 옷을 입은 채 밖으로 나온 그는 머리까지 완벽하게 말린 모습이었다.

곧은 걸음으로 재영에게 다가온 유민이 양팔로 그녀를 가둔 뒤 이마에 부드럽게 키스를 해 주었다. 뜨거운 관계 후에 나누는 것치곤 심플하고 짧은 스킨십이었다.

재영은 우울한 얼굴로 유민의 얼굴을 올려다보았다. 그는 그녀의 기분을 알아차리지 못한 채 가볍게 몸을 일으켰다. 그가 걸음을 옮기자 재영이 이불을 들어 몸을 가리며 말했다.

"오늘도 논문 준비하세요?"

"응, 얼마 남지 않았으니까."

오늘은 나와 같이 자 주면 안 돼요?

재영이 입술을 달싹이기도 전이었다. 곧장 문을 열고 그가 밖으로 나간다.

달칵, 차갑게 닫힌 문을 바라보던 재영이 다시 침대에 누웠다.

커다란 눈을 천천히 감았다 뜨며 천장을 바라보던 그녀가 눈을 질끈 감는다.

그와 있어도 외롭다.

chapter *1*

Diagnosis

1화
폭풍전야

"Dx(diagnosis:진단) 결과는?"

대한민국 최고의 의료시설이라 불리는 대한세종대학병원은 오늘도 찬란한 햇살을 받으며 그 위용을 뽐내고 있었다. 하지만 사실 몇 개월 전만 해도 이곳은 진정한 의료행위는 하지 않은 채 돈벌이에만 혈안이 되었다는 평가를 받기도 했다.

화려한 장례시설과 근처의 호텔과 결연하여 외국인 환자를 유치하는 것까지 열을 올리며 최대 매출을 자랑하긴 하였으나 반대로 국내의 위급한 환자는 수용하지 못했고, 교수들은 하루에 수백 명의 환자를 보아야 했으며, 급격히 덩치를 불리느라 결원이 생겨 기존에 있던 의사들의 업무 부담은 늘어만 갔다.

하지만 이는 차차 자리 잡기 시작했고, 외부에서 많은 의사를 스카웃해 와 기존 의사들과 간호사의 업무를 분담해 주었다. 그중 한 명이 존. F. 케네디 병원에서 스카웃해 온 소아외과 노유민이었다. 그는 젊은 외과의 중 가장 주목받고 있는 이였다.

훌륭한 의사들을 스카웃해 와 기틀을 잡기 시작한 대한세종대학병원이 다음으로 한 일은 외상센터였다. 6개월 전 완공식을 마치고 본격적으로 환자를 받기 시작한 외상센터는 대한세종대학병원의 인식을 단번에 바꾸어 놓았다.

역시나 기존의 시설들만큼이나 화려한 외관을 자랑하며 각 외과에서 차출된 뛰어난 서전들이 항시 대기했다. 덕분에 근처에서 일어나는 교통사고 환자나 생명이 위급한 환자는 대한세종대학병원으로 가라는 말이 생길 정도였다.

실력 좋은 서전들은 퇴근 후에도 지위고하를 막론하고 다시 병원으로 끌려와 수술 방에 들어가는 일들이 숱하게 있었으며, 이젠 좀 편한 생활을 하겠구나, 라며 안도하고 있던 펠로우들은 혹 외상센터로 발령이 나는 것은 아닐까 몸을 떨기도 했다. 아무리 수당이 좋다 하여도 개인의 사생활을 모두 포기하면서까지 그곳으로 가고 싶어 하는 사람은 없었다.

단 한 사람만 빼고.

피곤한 기색이 역력한 눈을 깜빡이던 재영은 시야가 뿌옇게 변하자 고개를 흔들었다. 옆에서 차트를 보던 건형이 의아한 눈으로 그녀를 본다. 최근 들어 나날이 비썩 말라 가는 몸과 더불어 창백한 얼굴은 보기만 해도 위태로워 보였다.

"안색이 왜 그래요?"

"안색이 왜?"

재영이 손을 들어 제 뺨을 쓰다듬었다. 그러자 건형이 정말 몰라서 묻냐는 듯 눈을 게슴츠레 뜨며 물었다.

"선배가 환자 같은데요?"

"말이 심하다?"

"못 믿겠으면 거울 보세요."

"그렇게 심각해?"

눈을 동그랗게 뜨며 묻는 말에 건형은 심드렁한 얼굴로 고개를 끄덕였다. 그러고 보니 손끝에 닿는 피부가 유난히 까칠하게 느껴지기도 한다.

"좀 쉬세요."

"쉬긴 뭘 쉬어? 바빠 죽겠는데."

도떼기시장을 방불케 하는 ER을 힐끗거리며 재영이 말했다. 환자는 몇 되지 않았지만 환자 보호자들과 뒤섞여 엉망이었다. 재영이 환자들이 끙끙 앓고 있는 응급실로 향하려 하자, 건형이 뒷덜미를 잡아끌었다.

후배의 하극상에 재영이 도끼눈을 뜨며 노려보자 그는 들고 있던 차트로 재영의 어깨를 톡톡 내려치며 무심히 말했다.

"그 얼굴로 환자 앞에 서겠다고요? 제 말 들어요."

"이게 진짜!"

"후배 말 잘 들으면 자다가도 떡이 생긴다는 말 모르나? 그럼 전 들어가 봅니다. 협진 컨퍼런스까진 쉬고 계세요."

흰 가운을 휘날리며 먼저 ER로 들어가는 건형의 뒷모습을 보던 재영이 거칠게 머리를 쓸어 올렸다. 건형에게 개소리 하지 말라며 지금이라도 환자의 곁으로 돌아가야 했으나, 몸이 무거워 갈등이 생겼다. 어쩌지? 고민하던 그녀는 결국 걸음을 돌려 의국이 있는 방향으로 향했다. 몸은 물먹은 솜처럼 무거웠다.

투벅투벅 기나긴 복도를 걷던 재영의 걸음이 순간 우뚝 멈췄다. 반대편에서 다른 의료진을 거닐며 다가오는 유민의 모습이 보였기 때문이다.

굳은 얼굴로 옆 사람과 이야기를 나누는 그는 맞은편에 멈추어 선 채자신을 바라보고 있는 재영의 시선을 느끼지 못하는 듯 한참이고 심각하게 이야기를 나누고 있었다. 결국 곁에 있던 민 선생이 그의 팔을 톡톡 치고 나서야 그의 시선이 재영에게 향했다.

유민이 무심하게 고개를 끄덕인 후 다시 시선을 돌렸다.

"그럼 그렇게 진행해 주십시오."

"네."

수술 스케줄에 대해 이야기하며 걸음을 옮기는 유민의 옆모습에 재영의 심장이 덜컥 내려앉았다. 재영의 곁을 스쳐 지나간 그는 시선을 돌리지 않은 채 복도 끝으로 사라졌다. 그 모습을 멍하니 보던 재영이 순간 배를 움켜쥐었다.

"아."

갑작스런 고통에 얼굴이 일그러졌다.

유민은 늘 날카로운 눈빛을 누그러뜨리고 있었다. 다정다감하게 인턴들까지도 잘 챙겨서 병원 내에서도 인기가 많았다. 하지만 그 눈빛이 변할 때는 모든 사람들이 숨을 죽인다. 그가 화를 낼 때는 항상 환자와 관련된 것으로 작은 실수도 용서하지 않았다.

소아외과 치프(Chief:각 소속 과에서 수련의의 교육을 책임지고 있는 레지던트의 우두머리) 아영은 사람을 지그시 누르는 무거운 눈빛에 숨을 죽였다. 이러다 호흡곤란으로 죽는 것은 아닐까, 눈을 내리깔았다. 온몸이 오들오들 떨릴 정도로 매서운 눈길이었다.

"차혜림 환자, 어떻게 된 겁니까? 관찰 검사 제대로 하신 것 맞습니까?"

"네, Od(every day:매일)했습니다."

선천성 심장병(congenital heart disease) 중 하나인 심실 중격 결손증(ventricular septal defect)으로 치료를 받은 7개월의 어린 생명

은 폐동맥 고혈압을 동반한 큰 결손을 가지고 태어나 이틀 전 수술을 받았다. 아이는 인큐베이터 안에서 힘겹게 생명을 유지해 가고 있었다.

긴급벨을 듣고 달려온 유민은 심부전(Heart Failure:심장의 구조적 또는 기능적 이상으로 인해 신체 조직에 필요한 혈액을 제대로 공급하지 못해 발생하는 질환군)으로 호흡곤란이 오자 심폐소생술을 실시했다. 아미노필린(에피네프린)과 뉴트럴라이저(Neubralizer)가 투약되어야 했고, 애초엔 생각하지도 못했던 인공호흡기까지 달아야 했다. 여린 몸에 꽂혀 있는 주사기만으로도 가슴 아파했던 부모는 아이의 얼굴에 덮여 있는 커다란 호흡기에 두 번 울어야 했다.

시린 눈으로 자신을 보라보는 유민의 모습에 아영이 침을 꼴딱 삼켰다. 환자의 갑작스런 상태 변화는 어쩔 도리가 없었던 문제라고는 하나 유민보다 늦게 달려온 것은 입이 백 개라도 할 말이 없었다. 심장이 쪼그라들다 못해 터져 버릴 것만 같았다.

아무 말 없이 한동안 아영을 내려다보던 유민이 천천히 입술을 달싹였다.

"이아영 선생."

"네, 네! 교수님."

폴더처럼 허리를 굽힌 아영은 머리가 바닥에 닿을 것 같았다. 피가 머리로 쏠려 얼굴이 붉게 변했으나 아영은 고개를 들지 못했다. 고개를 들었다간 또 매서운 눈길과 마주할 것이 불 보듯 뻔했기 때문이다.

무거운 침묵이 흘렀다. 그 시간이 길어질수록 아영의 입에서 끙, 앓는 소리가 흘러나왔다. 결국 천천히 고개를 든 아영은 유민과 눈이 마주치자 숨을 꿀떡 삼켰다. 피곤한 얼굴로 머리를 쓸어 올리고 있는 그를 보자 마음이 울렁거리기 시작한다.

"경과보고 해 주세요."

"네! 알겠습니다!"

아영이 다시 한 번 허리를 숙였다. 그녀의 눈빛은 유민의 구두로 향해 있었다.

툭툭, 어깨에 닿는 손길에 아영이 고개를 번뜩 들어 올렸다. 작게 웃음을 보인 유민이 고개를 끄덕인 후 멀어지자 아영의 눈가에 눈물이 고였다.

"후우."

깊은 한숨을 내뱉은 아영이 고개를 들자 뒤에서 둘의 모습을 안절부절못하며 보고 있던 수간호사가 다가왔다. 그녀는 멀어져 가는 유민의 뒷모습을 보며 호들갑스럽게 말했다.

"이 선생님, 괜찮아요? 어우, 노 교수님 정말 무섭네."

"제가 잘못했죠, 뭐. 김 선생이 괜히 밖에서 밥 먹자고 해서 외부에 나가 있었거든요."

울먹이는 아영의 목소리에 수간호사가 어깨를 두드려 주었다. 방금 전 유민의 손길이 닿았던 곳이었다.

"그래도 잘생겼잖아."

"……잘생겼죠, 잘생긴 사람이 화내니까 더 무섭죠."

들고 있던 차트를 힘주어 잡은 아영이 말했다. 늘 긴장을 늦추지 않아야 하는 삶이었지만 유독 그의 앞에만 서면 그 긴장이 몇 배로 오니, 그와 헤어지기만 하면 지금처럼 몸이 축 늘어졌다.

끔찍한 피곤함에 아영의 머리가 뒤흔들렸다. 어디라도 몸을 누이고 싶을 지경인 그녀와는 달리 수간호사는 사라진 유민의 뒷모습에 입맛을 쩝쩝 다셨다.

"심 선생님 부럽다."

유민의 아내이자 거대한 세종대학병원 병원장의 딸인 재영을 떠올린 두 사람이 한숨을 내뱉었다. 모든 것을 가진 사람에겐 시기질투도 들지 않는다. 그저 부러운 마음만 가질 뿐.

❖

밤늦게 집으로 돌아온 재영은 캄캄한 거실에 불부터 켰다. 주위를 둘러보자 아침에 나갔던 그대로 물건들이 놓여 있었다. 재영은 테이블 위에 올려놓은 컵을 들고 부엌으로 향했다.

싱크대에 쌓인 설거지거리를 보며 한숨을 내뱉은 재영이 앞치마를 가져왔다. 자신이 해 두지 않으면 유민이 할 테니, 미리 해 두는 것이 좋았다. 빠르게 설거지를 하고 냉장고 문을 연 재영이 익숙하게 요리를 하기 시작했다. 처음 결혼을 할 때만 해도 무슨 반찬을 할지, 그 반찬은 어떻게 하는 건지 일일이 요리책을 펼쳐 봤어야 했으나 이젠 식자재만 봐도 완성된 반찬이 머리에 그려질 정도였다.

도마를 꺼낸 재영은 냉장고에서 꺼낸 어묵을 썰기 시작했다. 익숙하게 야채까지 썰어 낸 그녀는 가스레인지 앞으로 다가간다. 치이익 소리와 함께 부엌 안에 음식 냄새가 가득 찼다. 미리 안쳐 둔 밥이 다 되었다며 침묵으로 가득 찼던 공간을 깨운다. 하지만 저녁 준비가 다 되어 가는데도 유민이 퇴근을 하지 않자 앞치마에 젖은 손을 닦은 그녀가 침실로 향했다. 가방에서 휴대전화를 꺼내 확인하던 재영의 눈빛이 어두워졌다.

─응급 수술.

문자는 짧고 간략했다. 한 시간 전에 온 문자는 언제 집에 올 것인지

기약하지 않는다. 재영이 힘없이 화장대 의자에 털썩 앉는다.

"후."

그녀도 의사였다. 어쩔 수 없음을 알고 있다. 그녀 또한 의사가 되었을 때 환자에 대한 나의 의무를 지키겠노라고 선서했다. 자신이 돌보아야 할 환자가 있다면 아무리 늦은 시각이라 하더라도 수술대에 서는 것이 맞았다.

하지만 왜 이렇게 기분이 가라앉는 것일까. 재영은 저릿한 손끝을 주물렀다. 찌릿찌릿, 전기가 통하는 느낌이었다.

답장을 보낼까 고민하던 재영이 휴대전화를 있던 자리에 놓아둔 뒤 부엌으로 나왔다. 어차피 답장을 보내 봤자 연락을 받을 수 없을 것이다. 지레짐작으로 포기한 재영은 식탁 위에 차려진 음식을 치우기 시작했다. 행동은 더디고 무거웠다.

달칵, 문이 열리는 소리에 소파에서 선잠이 들어 있던 재영이 잠에서 깨어났다. 벽에 걸린 시계를 보자 6시. 한 시간 뒤면 출근 준비를 해야 할 시간이었다.

현관으로 향하자 피곤한 기색이 역력한 유민이 서 있었다. 그는 재영의 모습을 보더니 희미한 웃음을 지었다.

"일찍 일어났네."

"왜 이렇게 늦으신 거예요?"

재영이 조심스러운 기색으로 물었다. 그러자 유민은 넥타이를 느슨하게 풀며 말했다.

"존. F. 케네디에서 특이한 환자 케이스 때문에 자문이 와서 그거 답변해 주느라."

존. F. 케네디는 그가 대한세종대학병원을 오기 전에 일했던 병원이었다. 전 세계에서 외과 부분에선 최고로 손꼽히는 병원이었기에 그만큼 특이하고 어려운 케이스의 환자들이 치료를 받고 있었다.

재영이 고개를 끄덕이며 그가 건네는 외투를 받아 들며 말했다.

"씻고 나오세요. 식사준비 할게요."

"어."

짧게 답한 그가 곧장 욕실로 향하는 걸 보던 재영의 얼굴이 차갑게 식었다. 문이 닫히고 그의 모습이 사라진다. 얼마의 시간이 흘러 차갑게 물이 쏟아지는 소리가 들리자 그녀가 천천히 걸음을 옮겨 들고 있던 외투를 옷걸이에 걸어 두었다. 어두운 표정으로 그의 옷을 보던 그녀가 입술을 비틀며 웃는다.

"외롭다."

그리고 조금 지치기도 한다.

❖

갑작스런 수술은 외상센터에선 빈번한 일이었다. 서큐레이팅 널스(Circulatiog Nurse:수술실 순회 간호사)를 찾아가 급하게 빈 수술실을 수배한 재영은 마취 전문의 박 선생까지 붙들고 들어와서야 겨우 수술을 진행할 수 있었다. 정식으로 외상센터가 만들어졌다 하더라도 여전히 수술실 문제와 전문 인력에 대한 부분은 해결이 되지 않은 상태였으니까.

힘겹게 수술이 시작된 지 3분여의 시간이 흘러서였다. 사방으로 튀어대는 피 때문에 머리부터 발끝까지 온통 피를 뒤집어쓰고서 야차처럼 서 있던 재영의 얼굴이 일그러졌다. 수술복은 피에 푹 절어 얼룩이 져 있었고, 눈앞을 막아 주는 투명한 플라스틱에 또한 피가 몇 방울 튀어 있었다.

삐이이이—

환자의 심박수를 나타내는 기계가 귓구멍을 찢어 버릴 것처럼 날카로운 소리를 낸 지 3분이란 시간이 흘렀다. 처음 그 소리가 들렸을 때 재영은 들고 있던 메스를 집어 던지고 심장마사지(cardiac massage)를 시작했다. 이미 온몸이 으깨진 환자였다. 교통사고로 장기가 파열되고 멀쩡한 내장이 없다고 생각될 정도로 가망이 없는 환자의 몸을 가른 상태였기에, 정중 흉골 절개 후 좌전 흉부 절개를 해 심장을 두 손으로 압박했다.

재영의 시선은 바이탈(Vital:환자의 상태를 나타내는 지표 맥박, 혈압, 호흡, 체온 등)을 향해 있었다. 간절한 시선은 환자의 맥박이 다시 뛰길 바라고 점점 떨어지는 혈압이 제자리를 찾길 바랐으며 멈춰 버린 심장박동이 다시 뛰길 바랐다. 하지만 그녀의 바람과는 달리 환자의 생명은 너무도 쉽게 푸시식 꺼져 버린다.

"심 선생, 이만 포기해."

평소 친하게 지냈던 마취과 노경아 선생이 다가와 재영의 팔을 붙잡았다. 이제 그만하라는 듯 굳게 잡은 손을 떨궈 낸 재영이 환자의 심장을 손으로 압박했다. 멍한 눈으로 심장을 주무르는 재영은 정신이라도 놓은 것처럼 보였다.

"심 선생!"

박 선생이 결국 경을 치고 나서야 연신 환자의 심장을 주무르던 재영의 손도 멈춘다. 재영이 고개를 돌려 자신을 바라보자 박 선생은 고개를 내저으며 말했다.

"애초에 가망이 없는 환자였잖아."

그러니까 그만 포기해.

그 말에 재영의 눈망울이 흔들리기 시작한다. 강력한 바람을 만난 듯 정처 없이 흔들리던 시선이 박 선생을 스쳐 침대 위로 향했다.

애초에 가망이 없는 환자…… 애초에 가망이 없었다라. 이 얼마나 대책 없고, 무심한 말인가.

배가 열린 채 죽은 환자는 사람 같지가 않았다. 플라스틱으로 만든 인형 같았다. 방금 전까지만 해도 분명 숨을 쉬고 있었던 사람. 하지만 생명이 빠져나간 몸은 더 이상 사람의 것 같지가 않았다.

"뭘……?"

재영이 멍하니 물었다. 그러자 오히려 그녀의 말을 이해하지 못한 박 선생이 되묻는다.

"이미 죽었다고. 그만 포기하라고."

"아…… 그래."

차갑게 읊조리는 말에 재영이 수술대에서 한 발자국 뒤로 물러섰다. 그리고 피가 묻은 자신의 손을 의식적으로 수술복에 슥슥 닦아 낸다.

마스크와 수술복은 원래의 색을 알 수 없을 정도로 피에 푹 절어 있었다.

테이블 데스(Table Death).

수술 방에서 환자의 생명이 꺼져 가는 것만큼 비참한 일은 없었다. 하지만 외상센터로 오면서부터 계속 반복되는 상황들이었다. 자주 있는 일이긴 했으나 재영은 이에 익숙해지지 못했다. 환자가 자신의 손 밑에서 죽어 나갈 때마다 알 수 없는 감각이 그녀의 정신을 갉아먹는다. 겉으론 아무렇지도 않은 척 연기하고 있었으나, 이미 그녀는 벼랑 끝에 서 있는 상태였다.

"후."

재영이 깊게 숨을 들이마셨다가 내뱉었다.

다섯 시간에 달하는 수술은 그녀의 진을 모두 **빼놓았다**. 장기가 다 터지고, 바이탈이 바닥을 치는 환자를 살려 내는 일은 쉽지 않았다. 골든타임 내에 도착한다 하더라도 전신의 다발성골절은 물론이요, 제대로 작동이 되는 오장육부가 없는 환자를 어찌 살릴 수 있단 말인가. 그녀는 신이 아니었다.

"여긴 우리가 정리할 테니까 가서 우선 씻어."

"고마워."

고저 없는 목소리로 말을 내뱉은 재영이 의식적으로 입가에 웃음을 내걸었다. 그러곤 아무렇지도 않은 얼굴로 뒤돌아선 뒤 수술실을 나섰다. 샤워실로 향한 그녀는 안에 아무도 없다는 사실을 확인하고 나서야 자리에 털썩 주저앉았다. 머리를 벽에 쿵쿵 찧던 재영은 어딘가 취한 사람처럼 읊조렸다.

"정신 차려, 심재영."

정신이 허물어지는 기분에 그녀가 몇 번이고 같은 말을 반복했다.

"정신 차리라고."

한숨을 내뱉은 재영은 갑자기 찾아온 복통에 배를 손으로 꾹 눌렀다.

"아."

고통에 얼굴이 일그러졌다. 요즘 들어 신경을 쓰는 일이 많아서일까. 한 번씩 찾아오는 복통은 조금 시간이 지나면 괜찮아지길 반복했다. 하지만 이번에 찾아온 고통은 눈이 질끈 감길 정도로 강력했다.

한동안 끙끙대며 자리에 주저앉아 있던 재영이 허공에 팔을 허우적거렸다. 자신의 몸을 지탱해 줄 무언가가 필요했지만 손끝에 잡히는 것은 아무것도 없었다.

"아!"

비명과 함께 재영의 몸이 앞으로 꼬꾸라졌다. 붉게 변한 눈으로 바닥을 긁던 그녀가 힘겹게 외쳤다.

"누가……."

누가, 나 좀 도와줘요.

❖

굳은 얼굴로 빠르게 입원실 복도를 내달리는 유민의 모습에 사람들의 시선이 힐끗 닿았다가 떨어지길 반복한다. 간간이 그에게 허리를 숙여 인사를 건네는 이들도 있었지만 평소 같으면 일일이 인사를 받아 줄 그가 오늘은 시선도 주지 않았다.

멈추지 않을 것 같은 걸음이 멈춘 것은 한 병실 앞. 그 앞에서 그는 잠시 심호흡을 한 뒤 천천히 문을 열었다.

새하얀 침대 위엔 재영이 눈을 감은 채 깊은 잠에 들어 있었다. 아무런 고통도 없이 두 눈을 감은 채 고요한 숨만 내뱉고 있는 그녀의 모습에 그의 몸이 휘청거렸다.

"유산……."

산부인과 이 선생이 입술을 달싹이다 말았다.

절망으로 물든 그의 얼굴에 무슨 말을 할 수가 있겠는가.

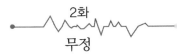

재영은 텅 빈 자신의 옆자리를 보며 천천히 손을 올려 배를 쓰다듬었다. 잠시 생명이 머물다 간 자리는 공허하기만 했다. 재영의 눈빛이 흐릿해졌다.

"아이는 원하지 않아."

자궁외임신(Ectopic Pregnancy)으로 인해 한쪽 난관을 제거한 아픔을 다 털어 내기도 전에 그는 차갑게 일갈했다. 아이를 원한다는 그녀의 말에 대한 답변이었다. 그 말을 들은 이후로 재영은 유민에게 더 이상 아이에 대한 이야기는 꺼내지 않았다. 그 요청으로 인해 얼마나 큰 변화가 생겼는지 깨달았기 때문이다.

유민은 더 이상 자신과 함께 잠들지 않는다. 멀게만 느껴졌던 그가 더 멀어졌다. 예전에 가끔 닿았던 다정한 손길도, 미소도, 더 이상 자신을 향하지 않는다.

버석거리던 감정이 가루가 되어 아래로 우두둑 떨어졌다.

"난…… 당신에게 뭔가요?"

재영은 웃으며 늘 그가 머물렀던 옆자리를 보며 말했다. 답을 듣고 싶기도, 듣기 싫기도 한 물음. 그 물음을 내뱉는 그녀의 눈빛이 슬픔으로 머물렀다.

"난…… 당신의 아내가 맞나요?"

누군가가 아니라고 외치는 것만 같았다. 그 작은 외침에 그녀의 세계가 뒤틀리기 시작했다.

❖

힘없이 무거운 발걸음을 옮긴 재영은 곧장 수술실을 벗어나 샤워실로 향했다. 캐비닛에서 여분의 옷을 꺼내던 재영의 시선 끝에 휴대전화가 닿는다. 비행모드를 끄자 곧 여러 통의 문자가 쏟아졌다. 쌍둥이 때문에 정신없이 바쁜 청아에게서도 문자가 와 있었다.

　-진짜야? 결심한 거야?

유진과의 사이에서 사랑의 결실을 맺은 청아는 현재 몸조리를 하느라 본인 또한 상태가 말이 아니면서도 친구의 사정에 걱정을 아끼지 않았다.

"아이……."

작은 소리로 속삭이듯 말한 재영의 눈빛이 흐려진다. 그렇게도 원했던 아이. 하지만 유민은 아이를 원하지 않았다. 어쩜 이 문제에서부터 두 사람 사이가 삐그덕거렸는지도 모르겠다.

청아에게 짧게 답을 해 준 재영이 다음 메시지로 넘겼다.

-지금?

유민에게서 온 문자였다.

수술방에 들어가기 전, 오늘 잠시만 볼 수 있냐고 문자를 했던 기억이 났다.

그는 요즘 세미나 때문에 한창 바빴고, 집에 들어오지 못하는 날들도 많았다. 이런 상태에선 아무리 부부사이라 하더라도 미리 약속을 하고 양해를 구하지 않으면 짧은 대화할 시간도 주어지지 않는다.

아니, 아닌가? 어쩜 유민과 재영만 그럴지도 모른다. 그들은 비정상적인 부부였으니까.

-30분 뒤에 테라스 카페에서 봬요.

빠르게 문자를 쓴 유민은 보기 싫은 물건이라도 되는 양 휴대전화를 캐비닛에 던져 넣고선 문을 쾅- 소리 내어 닫았다.

1인 샤워실로 들어간 재영은 입고 있던 옷을 단숨에 벗어 던진 후 무심한 눈으로 거울 속 자신의 모습을 보았다. 까칠해진 피부와 죽어 버린 듯 생기 없는 눈빛. 하지만 애써 입꼬리를 끌어 올려 웃은 재영이 힘없이 말했다.

"언제까지 이렇게 지낼 수는 없잖아."

삶은 그녀를 지치게 만들었다. 누구나 사는 삶이라지만 재영에게 그 삶이란 것은 너무나 힘들고 피곤한 것이었다. 남들은 부러워할 만한 직업과 집안을 가지고 있었지만 그녀는 모든 것이 너무 피곤했다. 힘들고 지쳤다. 눈이 핑글핑글 돌 정도로.

원하는 것은 얻지 못했다. 늘 간절히 바랐지만 자신의 손에 들어오는 것은 없었다. 모래알처럼 손가락 사이로 빠져나간 것들은 공중에 흩어져 흔적도 없이 사라졌다. 잡으려야 잡을 수 없었다.

그사이 그녀는 점점 죽어 갔다. 늘 머릿속에, 가슴속에 담아 둔 말이 있었으나 입 밖으론 내뱉지 못했다. 한 번 거절당한 마음은 두 번의 용기를 끌어낼 힘을 주지 않았다.

김이 낀 거울을 바라보던 재영이 손을 들어 거울을 닦았다. 물기가 흔적을 내며 퍼진다.

"그래, 오늘……."

미처 말을 끝맺지 못한 재영이 입을 꾹 다물었다. 차가운 물이 그녀의 몸에 묻어 있던 피 냄새를 지워 나갔지만 그녀의 심장만은 여전히 피고름이 터져 비릿한 냄새를 내뿜고 있었다.

그래, 오늘…….

"말해야 해."

더 이상 아프지 않기 위해, 그녀는 오늘 드디어 마음속 깊은 곳에 있던 말을 꺼내기로 다짐했다.

❖

유민은 귀 밑까지 오는 머리카락이 어느새 어깨까지 길어 대충 질끈 묶고 있는 재영의 모습을 보았다. 막 씻고 나온 것인지 그녀에게선 옅은 샤워코롱 냄새가 났다. 표정을 보아하니 수술 결과가 좋지 않은 듯 보였지만 그는 이에 대해 묻지 않았다.

그녀는 더 이상 자신의 후배가 아니었으니까.

심재영은 노유민의 아내였다.

"오늘은 어땠어요?"

커피를 내려놓은 재영은 유민의 표정을 살피며 물었다. 그의 얼굴엔 아무것도 담겨 있지 않았다. 그는 늘 그녀를 이러한 표정으로 바라보곤 했다. 신혼집에서 함께 살게 된 것도 벌써 1년. 시간은 눈 깜짝할 사이에 지나갔지만, 그와 한 공간을 공유한 채 살아간 시간에 대한 기억은 뚜렷하게 남아 있지 않았다. 아니, 기억에 남아 있는 것은 짙은 슬픔뿐.

"표정이 안 좋다."

자신의 얼굴을 관찰하기 위해 바쁘게 움직이는 시선을 피해 재영은 고개를 숙여 버렸다. 비참한 자신의 마음을 그에게 들키지 않았으면 했다.

순간 우울하게 변한 그녀의 표정에 유민이 미간을 찌푸렸다. 잘 벼려진 칼날처럼 날카로운 시선이 재영의 얼굴 위를 훑는다. 그 시선은 한동안 계속되었다. 하지만 재영이 고개를 든 뒤 아무렇지도 않은 척 웃자 곧 자취를 감추었다.

고개를 든 재영은 헤헤 웃었다. 평소대로.

"그래요? 아무렇지도 않은데……."

조금은 서늘한 느낌의 얼굴에 가득 지어진 웃음은 어딘가 어색했다. 부러 만들어 낸 웃음은 입술 끝을 떨리게 만들었고, 이내 차가운 그의 표정에 소리 소문 없이 사라진다.

"그래, 할 말이 뭔데."

그는 그녀의 마음속 깊이 들어가길 원치 않았다. 늘 한 발자국 뒤에 서서 그녀를 바라보았다. 그것은 그녀의 결심을 일깨우기엔 충분한 것이었다.

순간 눈물이 차오를 것 같았지만 오늘의 재영도 웃는다. 가슴께가 아파도, 눈물이 흐를 것 같아도, 펄떡펄떡 뛰는 심장이 터질 것 같아도, 그녀는 웃고 또 웃었다. 그에겐 늘 웃는 얼굴만 보여 주고 싶었다. 그 다짐이 잘 지켜졌는지는 모르겠지만.

재영은 유민의 얼굴을 찬찬히 살폈다. 새하얀 얼굴과 서늘한 눈빛은 날카로운 외과의를 쉽게 떠올릴 수 있을 정도였다. 감정이 배제된 얼굴은 객관적이었고 냉정해 보였다. 하지만 그의 얼굴에서 그녀는, 남편의 모습은 찾지 못했다.

그래, 그래서 그런 것이다.

"선배……."

조용히 운을 뗀 재영이 웃음 지었다.

오늘 그녀는 그에게,

"우리 이혼해요."

이별을 고했다.

※

깜빡깜빡, 차가운 철제 침대 위에 재영은 걸레짝처럼 늘어져 있었다. 시선을 천장에 꽂고 길게 늘어진 속눈썹만 팔락였다.

"하아."

현실감각을 잃은 눈빛이 천천히 감겼다.

늦은 시각까지 ER(Emergency Room:응급실) 한구석 침대에 누워 있는 자신이, 유난히 조용한 공기가, 코끝을 스치는 고약한 소독약 냄새가 오늘따라 재영은 낯설었다. 이 모든 것들이 현실처럼 느껴지지 않았다. 다리에 힘이 풀렸고, 몸에 힘 한 자락 들어가지 않았다. 그래서 응당 응급환자가 누워 있어야 할 자리에 그녀가 누워 있었다.

"내가 무슨 짓을 한 거지?"

재영이 멍하니 읊조렸다. 그리고 차가운 철제 침대 위에 힘없이 내려져 있던 손을 끌어와 시야를 가렸다.

아아, 선배에게 이혼하자고 했구나.

그래, 그랬어.

그렇게 생각하자 조소가 지어졌다.

자신의 마음 한구석을 떡하니 차지한 남자. 노유민 그는, 아주 오래전부터 제 마음의 방 한구석에 자리 잡고 앉아 늘 뇌리를 떠나지 않는 사람이었다.

척추를 타고 차가운 기운이 짜릿하게 올라왔다. 온몸이 얼어 버릴 듯 냉한 기운이 돌았지만 스르르 감긴 눈은 도통 떠질 생각을 하지 않았다. 눈을 감고 있자 자연스레 그와의 첫 만남이 떠올랐다.

"이거 떨어뜨렸어."

대학 시절, 재영은 매일 뜬눈으로 밤을 지새우다시피 하며 공부에 매진했다. 심 원장을 실망시키고 싶지 않다는 것이 가장 큰 이유였고, 성적이 잘 나와 공부하는 재미도 있었다. 그때 그녀의 인생 전반을 차지한 것은 뼈 이름과 내장 구조, 피부 층의 이름과 병명(病名)이었다. 그것이 그녀의 세계를 만들고 있었고, 그녀는 그 사람의 본질이 아닌 이루어진 구조만을 파고들고 있었다.

그때 만난 것이 유민이었다. 자신의 시야를 가릴 만큼 책을 잔뜩 쌓아 의료도서관 가장 구석진 자리로 향할 때, 주머니에 넣어 둔 펜을 떨어뜨린 것이다. 책을 벽 삼아 쌓아 둔 채 본격적으로 공부하려는 그녀에게 다가와 유민은 무심하게 펜을 건넸다. 그리고 재영은 펜을 받아 들며 닿았던 그의 손끝이 유난히 차가웠다는 것을 아직도 기억하고 있었다.

그렇게 또 얼마의 시간이 지났더라?

순진무구했던 그 시절의 기억을 떠올리는 것만으로도 안면 가득 웃음꽃이 피어났다. 행복했다. 그와의 결혼 생활만 아니라면, 그와 관련된 기억들은 온통 좋은 것들뿐이었다.

그다음의 기억은 뜨거운 여름날이었다. 학과 친구인 청아와 함께 멜레나(melena:혈변)를 하는 환자의 예상 병명을 다섯 가지 정해 이에 대한 적절한 치료법을 알아오는 레포트를 하기 위해 볕이 좋은 벤치를 차지하고 앉았다. 온갖 책들을 늘어놓고 주위 사람들의 힐끗거리는 시선도 무시한 채 자리한 둘은 뜨거운 햇살에 연신 투덜거렸었다. 도서관에 가리라 마음먹었던 애초의 계획과는 달리 자리 하나 없으니 길가에 자리펴고 앉은 것이다. 그때 또 그가 눈에 들어왔다, 운명처럼.

"저 사람 누구야?"

재영은 안경을 끌어 올리며 동기와 이야기를 나누며 지나가는 유민을 힐끗 보며 물었다. 며칠 전 의학도서관에서 보았던 그 남자였다. 그러자 청아는 고개만 돌려 남자의 얼굴을 확인하더니 심드렁한 얼굴로 답했다.

"유진이 친형."
"그 초딩 형이라고? 말도 안 돼! 유전자가 완전히 다르잖아!"
"가만히 보면 닮은 구석도 있어."
"……말도 안 돼."

만약 거기서만 상황이 종결되었다면 재영은 평생 한 번도 쓰지 않은 용기란 용기는 모두 끌어내어 유민에게 다가가려 노력했을지도 모른다.

그때 당시의 재영은 선머슴이었지만 이리저리 재고 주위 사람들의 시선을 신경 쓰는 '어른'이 아니었다. 자신의 감정을 솔직히 표현할 객기가 있는 '아이'였었다.

하지만 이때 멀어져 가는 유민의 뒤를 붙잡지 못한 것은 어느새 두 사람을 포착한 유진이 달려와 '왜 둘만 놀아!'라는 개소리만 찍찍 해 댔기 때문이다.

이 인간의 형이라고?

재영은 의심스러운 눈으로 유진을 보았다. 믿기지 않았지만 노유민과 노유진은 한 배에서 태어난 형제였다. 그때 당시 호기심에 가까웠던 그 감정을 종이학처럼 예쁘게 접어 가슴 한 켠에 넣어 두었다.

한참 십여 년 전을 떠올리던 재영이 미소 띤 얼굴로 눈을 떴다. 그리고 천장을 보며 그가 성큼성큼 자신에게 다가왔던, 2년 전을 떠올렸다.

존. F. 케네디 병원에서 최근까지 소아외과 서전으로서 학계에 이름을 날리던 노유민은 더 이상 심재영의 학과 선배가 아니었다. 가까이 다가갈 수 없을 정도로 넓은 세계에서 이름을 떨치며 살아가는 그를 먼발치에서만 바라보며 그가 개척해 나가는 길에 응원을 해 주었을 뿐이다. 그런 그가 다시 제 앞에 나타난 것이다.

"오랜만이다."

그의 목소리를 떠올리자 재영의 눈이 다시 질끈 감겼다.

그가 예전보단 조금 더 성숙해진 모습으로 서 있자 가슴은 또다시 속절없이 떨리기 시작했다. 그리고 그런 그와 결혼하게 된 것이다. 풋사랑을 했던 상대와, 아무런 감정 없이.

그것이 불행의 시작이었다. 예전엔 그에게 접근하는 여자들에게 신경을 쓰지 않았으나, 결혼 후에는 달라졌다. 그에게 특별한 여자가 되고 싶었으나 그럴 수가 없었다. 그에게 한 발자국 다가가는 것도 무서웠던 그녀는 사랑해 달라고 조를 수가 없었다. 그래서 그녀는 다른 것들을 원하기 시작했다. 하지만 그는 그것을 들어줄 수가 없었다. 당연히 정상적인 결혼 생활이 유지될 리가 없었다.

"아이는 원하지 않아."

아직도 마음속 깊이 새겨져 지워지지 않는 차가운 말. 상처는 겹겹이 쌓여 제 덩치를 불려 갔고, 더 이상 재영이 감당할 수 없을 정도로 커져 갔다.

재영은 깊은 코마 상태에 빠진 사람처럼 눈을 감고 있었다. 이대로 바닥 아래로 꺼져 버리고만 싶었다. 하지만 천천히 다가온 인기척은 커튼을 걷고 멀어지려는 그녀의 정신을 붙든다. 방해자는 뚜벅뚜벅, 흔들림 없는 걸음으로 곧장 재영의 곁으로 다가와 그녀의 이마에 조심스럽게 손을 얹었다. 커다란 손은 부드러웠다.

"열은 없는데……."

무심한 목소리는 고저가 없었다. 재영은 이 목소리의 주인이 누구인지 잘 알고 있었다. 오랜 세월, 그녀와 함께 병원에서 썩어 가고 있는 동지였으니까. 그에게도 자신에게서 나는 익숙한 소독약 냄새가 난다.

천천히 눈을 뜬 재영이 무심한 눈동자와 시선을 마주하며 피식 웃었다.

"당연하지. 몸이 아픈 게 아니니까."

"그게 무슨 말이에요?"

눈을 동그랗게 뜨며 묻는 말에 재영은 웃고 있지 않던 눈을 반달로 휘며 말했다.

"마음이 아파."

"선배?"

건형이 고개를 기울였다. 의아한 시선에 그녀가 또다시 소리 내며 웃었다.

"심장이 갈기갈기 찢길 듯이 아파."

"……"

건형이 어찌할 바를 몰라 곤란해하며 재영을 보았다. 입에서 쏟아져 나온 말들과는 달리 그녀의 표정은 무표정했다. 어떠한 감정도 읽을 수 없는 얼굴이었다. 하지만 그래서 더 위태로워 보였다. 그녀는 항상 웃는 얼굴로 사람 좋은 '척' 했으니까. 지금은 그런 가면 따윈 내던진 얼굴이었다.

"위로……해 드리려야 하나요?"

건형이 제법 고심하여 말하였다. 이놈의 외과의들은 지적인 능력을 담당하는 좌뇌가 발달한 대신 감정적인 부분을 담당하는 우뇌는 죄다 유아 수준인가 보다. 아니, 어쩌면 시각적인 부분을 갈고닦다 보니 감정적인 부분이 퇴화되었는지도 모르겠다.

그의 말에 후후 웃음을 내뱉은 재영이 고개를 들어 건형과 눈을 마주하며 가볍게 말했다. 여전히 눈은 웃고 있지 않았다.

"어때 보이는데?"

"필요해 보여요."

짧은 답에 순간 단단하게 쌓아 놓은 둑이 무너져 내리듯 얼굴이 와자작 일그러졌다. 종잇장처럼 구겨진 얼굴은 찢겨진 그녀의 마음만큼이나 엉망인 얼굴이었다.

"채건형."

"네?"

"그런 건 그냥 해 주는 거야."

그녀의 말에 건형이 천천히 걸음을 옮겼다. 잠시 사람을 어떻게 위로
하는지 몰라 미적거리긴 했으나 곧 커다란 손을 재영의 머리 위에 내려
놓았다.

"선배, 힘들면 간혹 포기하는 게 좋을 때도 있어요."

이미 끔찍하리만큼 지독한 열병을 앓아 보았던 건형이 건조한 목소리
로 말했다. 그의 말이 신호탄이 되었을까, 재영의 눈에서 눈물이 후두둑
떨어져 내렸다.

그녀는 남편을 짝사랑했다.

그리고 그 기약 없는 기다림을 이기지 못해 결국 그의 손을 놓았다.

그 순간, 그녀는 처음으로 울었다.

1년, 그녀에겐 너무나 길었던 긴 시간 끝에 처음으로 흘리는 눈물은
처량했다.

Code Blue

1화
아내의 고백

뚜벅뚜벅, 흰 가운을 휘날리며 걸음을 옮기는 유민의 얼굴이 굳어 있었다.

평소 감정 제어를 게임스틱을 움직이는 것마냥 쉽게 하던 유민의 얼굴에 웬일인지 감정이 드러났다. 애송이처럼 감정을 다스리지 못하는 자신의 모습에 거칠게 머리를 쓸어 올리던 그는 손끝이 차갑게 식어 가는 느낌에 동그랗게 주먹을 말아 줘었다. 마치 감각이상(paresthesia)이 생긴 것만 같았다.

"안녕하세요."

"네, 안녕하세요."

그도 잘 알고 있는 ER 수간호사가 인사를 건네자 그가 애써 표정을 다듬으며 인사했다. 하지만 올해 쉰에 들어선 인생 베테랑에겐 제대로 수습되지 못한 그의 감정이 쉬이 읽혀진 듯했다. 그녀가 고개를 기울이며 물었다.

"무슨 일이세요? 못 볼꼴이라도 본 사람처럼."

그녀의 말에 유민이 손을 들어 마른세수를 했다. 못 볼꼴인가? 그렇게 생각을 하니 유민은 가슴 한구석이 싸늘해지는 것을 느꼈다. 그래, 보지 말아야 할 장면이긴 했다. 평화로웠던 마음이 요동을 치는 것을 보면.

하지만 유민은 감정이 갈무리된 얼굴로 수간호사를 보며 물었다.

"그래 보입니까?"

웃으며 묻는 그의 말에 수간호사가 고개를 끄덕였다.

"네…… 혹시 ER에 무슨 일이라도?"

그녀가 유리문을 힐끗 보며 묻자, 유민이 입술에 여유로운 미소를 머금은 후 작게 고개를 내저었다.

"아닙니다, 그럼 수고하세요."

"아? 저, 노 교수님?"

갑작스럽게 걸음을 옮기는 그의 모습에 수간호사의 얼굴엔 의아함이 가득했다. 겉으론 아무렇지도 않아 보였으나, ER을 보며 굳어 있던 얼굴이나 묘하게 빠른 걸음은 분명 무슨 일이 있는 것 같았다.

수간호사가 ER 안을 힐끗 보았다. 응급실 침대에 누워 있는 환자에게 대광반사(환자의 눈을 비춰 뇌사 상태나 환자의 상태를 진찰하는 것)를 하고 있는 재영이 보였다.

"심 선생님 보러 오셨나?"

그런데 왜 안 보고 가시는 거지?

수간호사의 고개가 옆으로 기울었다.

재영과 결혼을 하면서 심 원장은 유민에게 많은 것을 주려 했다. 대부분의 제안을 거절했는데 그중 하나가 신혼 살림집이었다. 아현동에 위치한 고급 빌라를 그의 손에 쥐여 주고, 고급 차량을 생일선물이랍시고 준 적도 있었다. 이 모든 것은 심 원장이 처음 유민에게 재영과의 결혼을 제의했을 때에 약속한 것들이기도 했다.

"내 아들 놈들이 병원 경영에 관심이 없어. 자네가 내 사위가 되어 준다면 내가 가지고 있는 모든 것을 줄 수 있네."

그때 유민은 심 원장의 제안을 받아들였었다. 단순히 그가 약속한 것들이 탐이 나서가 아니었다. 만약 탐이 났으면 후에 심 원장이 준 것들을 모두 되돌려 주지 않았을 테니까.

재영과의 결혼을 받아들인 이유는 단순했다. 재영은 대학 시절부터 알고 있는 아이기도 했고, 무엇이든 노력하는 사람이었다. 이런 사람과 결혼을 하는 것도 나쁘지 않겠다는 생각이었고, 앞으로 서전으로서 살아가는 데에 심 원장이란 뒷배가 있다면 자신이 원하는 길로 편히 걸어갈 수 있겠다는 생각에서였다.

그리고,

"자네가 아니면 유 선생에게 말해 볼 참이네."
"왜 사위에게 물려주시려 하십니까? 심 선생도 좋은 의사입니다."
"여자에게 원장 자리를 물려주기엔 문제가 있지. 결혼하면 더 이상 의사 생활은 못 하게 할 생각이야."

십 수 년에 달하는 재영의 노력을 무시하는 심 원장의 말 때문이었다.
그 말에 그는 왜 결혼을 결심했는지 본인조차도 이해할 수가 없었다.
하지만 딸아이보단 그 딸로 인해 자신의 세계를 더욱 단단하게 구축하겠다는 심 원장의 말에 유민은 그 자리에서 결혼에 대한 생각을 굳혔다.

그 자리에서 심 원장에게 조금 기다려 달라고 말한 것은 재영 때문이었다. 그녀에게 물어봐야 한다는 그의 말에 심 원장은 자신이 의사를 직접 물어보겠다 말했다. 이에 유민은 직접 물어보겠다 말을 했으나 재영을 만났을 땐 이미 심 원장에게 결혼 이야기를 들은 후였다. 그녀는 뺨을 붉히며 고개를 끄덕였다. 선배라면 나도 좋다는 말. 두 사람의 결혼은 뜨거운 사랑 없이 그렇게 성사되었다.

유민은 차가운 냉기가 흐르는 집을 둘러보았다. 거실 벽에는 결혼식 사진이 걸려 있었다. 성당에서 치른 결혼식은 신성했고 화려했다. 심 원장과 서전으로서 이름을 날리고 있는 유민의 부모님 내외 덕에 시끌벅적했다. 많은 유명인사들이 참석했고, 그들의 결혼을 축복해 주었다.

1년 전의 기억을 떠올리던 유민이 미간을 찌푸렸다.

"저때 재영이가 저런 표정을 하고 있었나?"

이제야 자신의 옆에서 슬픈 눈동자로 정면을 주시하고 있는 재영의 모습이 보인다.

그녀에게서 이혼 이야기를 듣기 전에는 몰랐던 모습.

"……."

유민은 그녀의 입에서 이별이란 이야기가 나오는 순간 알았다.

"왜 저렇게 슬픈 얼굴을 하고 있는 거야?"

가장 행복해야 할 신부가 짓고 있는 어설픈 웃음을.

❖

물먹은 솜처럼 몸이 축축 처졌다. 무슨 정신에 집까지 왔는지도 모를 정도로 하루 종일 얼이 빠져 있던 재영은 손목시계가 벌써 새벽 3시를 가리키고 있음에도 집으로 올라가지 못했다. 새벽의 거리는 소음 하나 없이 조용했다. 계속 이대로 있다간 길에서 졸도라도 할 것 같았지만, 그녀는 쉬이 집으로 올라가지 못하고 있었다.

바닥에 주저앉은 재영의 입에서 깊은 한숨이 올라왔다. 오늘 낮, 이혼하자는 그녀의 말에 유민은 퇴근 후 다시 이야기를 나누자 하였다. 그는 왜 자신이 이혼을 하자고 하는지 궁금해하지 않았고, 놀란 표정을 하지도 않았다. 그저 평범한 이야기를 나누는 사람처럼 굴었고, 이에 그녀는 더 상처받았다.

"멍청해."

그래, 심재영, 너 참 멍청하다.

입 안이 쓰자 재영이 입맛을 다셨다. 그녀가 엘리베이터에 오른 것은 그 후로 30분의 시간이 더 흐르고 난 뒤였다. 버튼을 누르는 손이 부들부들 떨린다.

평소보다 엘리베이터가 빠르게 올라가는 것 같다. 띵, 소리와 함께 문이 열리고 최대한 천천히 걸음을 옮겨도 열 발자국도 안 돼서 현관문 앞에 도착했다. 비밀번호를 누를까, 초인종을 누를까, 고민하던 재영이 비밀번호를 누르고 집 안으로 들어섰다. 자고 있을 것이란 생각과는 달리 거실엔 환한 형광등 불이 켜져 있었다.

"왔어?"

검은색 V넥 티셔츠와 편안한 면바지를 입고 있는 유민은 멋있었다. 한결같이 멋있는 사람, 그래, 유민은 참 멋있는 사람이었다. 재영은 고개를 끄덕인 후 그의 맞은편에 앉았다. 무릎 위에 노트북을 올려놓은 채 PPT를 만들고 있었던 그는 작성하고 있던 파일을 저장한 뒤 종료 버튼을 눌렀다. 그가 건조한 눈가를 손가락으로 꾹꾹 누르며 말했다.

“왜 이렇게 늦었어?”

“긴급환자 때문에요. ADM(admission:입원)까지 보고 오느라 조금 늦었어요.”

“조금?”

유민이 벽에 걸린 시계를 확인하며 말했다. 새벽 4시에 가까워 오는 시간. 평소라면 말꼬투리를 잡지 않을 그였지만 오늘은 두 사람 사이에 주요한 이야기를 나누기로 한 상태라 신경이 조금 날카로워졌다. 아니, 어쩜 이혼 이야기 때문에 날카로워진 것이 아니다. 갑자기 많은 것들을 알게 된 상태라 그런 것이다.

“네?”

심상치 않은 그의 변화에 재영이 눈을 동그랗게 뜨며 물었다. 그러자 유민은 아무것도 아니라는 듯 허공에서 손을 휘저으며 말했다. 손은 어느새 눈가를 꾹꾹 누르고 있었다. 피곤에 절어 있을 때 그가 습관적으로 하는 행동이었다.

그의 모습에 재영이 무릎 위에 놓아둔 가방을 꼭 끌어안으며 말했다.

“선배, 피곤하면 내일 이야기…….”

“아니, 아니야. 괜찮아.”

피곤한 눈을 깜빡이던 유민이 입가에 매끈한 웃음을 매달았다. 의식적으로 짓는 그의 표정에도 재영의 몸이 움찔 떨린다. 이 모든 일을 저지른 것은 자신이면서도 두 눈동자는 겁을 잔뜩 집어먹고 있었다. 재영은 차마 달싹이는 그의 입술을 바라보지 못해 시선을 아래로 내렸다.

두근두근, 심장이 터질 것처럼 뛰기 시작했다.

“낮에 하던 이야기 마저 해야지. 그래, 이혼하자고?”

“…….”

그의 물음에 재영이 아무런 말도 하지 못한 채 더욱 고개를 숙였다.

땅으로 파고들 기세에도 유민은 계속, 계속해서 말을 이었다.

"서로 사랑해서 한 결혼은 아니지만 부부였으니까 이혼을 결심한 이유 정도는 말해 줘."

서로 사랑해서 한 결혼은 아니다……. 그 말이 그녀의 뇌리에 박혔다. 그래, 그는 그녀를 사랑하지 않았다. 그래서 그녀에겐 너무나 힘든 '이혼'이란 단어를 그는 너무나 쉽게 꺼내 놓고 있었다. 재영이 아무런 말도 하지 않자 유민이 눈살을 찌푸리며 말했다.

"혹시…… 건형이 때문이야?"

그의 물음에 재영의 고개가 위로 번뜩 들렸다. 그게 무슨 뜻이냐는 듯 물음이 가득한 눈으로 재영이 자신을 바라보자, 유민은 ER에서 보았던 것을 떠올리며 물었다.

"봤어, 병원에서. 그런 거라면 이혼……."

해 줄게.

네가 진짜 사랑하는 사람이 생겨서 그런 거라면 어쩔 수 없지.

그가 그리 말을 하려고 할 때였다. 재영의 얼굴이 일그러졌다. 참혹하리만치 끔찍하게 변한 표정은 지금 그녀의 마음과 같았다.

아아, 어떻게…… 어떻게 자신에게 그러한 말을 할 수가 있는가, 어떻게 그가.

"선배."

재영이 짧게 그의 말을 가로막았다. 그의 말이 채 끝나기도 전에. 끝까지 듣는다면 회복할 수 없을 정도로 마음이 갈가리 찢길 것만 같았다. 그래서 그의 말을 일단 막은 뒤 시선을 비껴 그의 뒤쪽으로 보이는 결혼사진을 보았다.

"선배는…… 아니, 유민 씨는 왜 저와 결혼했어요?"

"뭐? 그건 갑자기 왜."

"그냥요, 처음부터 무척 궁금했어요."

사진 속 자신의 모습을 보는 재영의 얼굴이 우울하게 변했다.

"너라면 괜찮을 것 같았어."

"……."

"행복한 결혼 생활은 모르겠지만, 너완 평생을 살 수 있을 것 같았어."

"……그게 다예요?"

일그러진 그녀의 얼굴을 보자 유민은 계속해 말을 이을 수가 없었다.

그리고 심 원장에겐 그저 자신의 세계를 견고히 만들 도구로밖에 쓰여지지 않는 네 처지가, 그게 무척이나 안쓰럽게도 느껴졌어.

그렇게 말하는 순간 그녀의 얼굴이 어떻게 변할지 눈앞에 선히 그려졌기 때문이다. 유민이 아무런 말도 하지 못한 채 굳은 입술을 다물자 재영의 입술이 부드럽게 호를 그린다. 미소를 머금은 그녀는 결혼식 날, 그의 곁에 서 있는 자신의 얼굴을 보았다. 죽을힘을 다해 웃음을 지었으나 이제 보니 그것이 더 슬퍼 보였다.

"전요……."

천천히 운을 뗀 재영이 입을 다문 후 목소리를 다듬었다. 그 후 다시 말을 이었다. 시선은 어느새 유민을 향해 있었다.

"아주 예전부터 당신이 좋았어요. 그래서 당신이 결혼하자고 했을 때, 너무 행복했어요."

그 말에 유민의 얼굴근육이 순간 탁 하고 풀린 것 같다 느낀 것은 단순한 착각일까? 재영은 그의 작은 변화 하나까지도 놓치지 않으려 눈을 깜빡거리지도 않았다. 아니, 자신의 눈가에 고인 눈물을 알았기에 힘껏 눈에 힘을 주었다.

"사랑하는 사람이랑 결혼하자고 하는데…… 행복하지 않을 여자가 있을까요?"

"……."

유민은 뭔가 딱딱한 흉기가 뒤통수를 후려친 듯 정신이 번뜩 들었다. 뇌가 얼얼하게 울리기도 했고, 눈알이 툭 튀어나올 정도로 충격을 받았다.

울고 있었다, 심재영이. 그러자 갑자기 이제껏 꿈결처럼 멀리 들리기만 하던 그녀의 목소리가, 현실감각이 없던 그녀의 말이 빠르게 인식되기 시작했다.

아아, 그러니까…… 심재영이 날 좋아해? 사랑해?

그럴 리가.

믿을 수가 없었다.

그의 얼굴이 와자작 일그러졌다. 놀란 듯 떠 있던 눈도 마찬가지였다. 자신의 이야기가 길어질수록 시시각각 변해 가는 그의 얼굴에 재영은 더욱 상처받았다. 기쁜 기색 하나 없이 놀라기만 하는 얼굴은, 역시나 아프다. 자신의 고백이 그에게 놀라움밖에 주지 못한다는 생각에.

"그런데 결혼 생활을 하면서 느꼈어요. 날 사랑해 주지 않은 남자와 함께 사는 건 참 아픈 일이구나. 유민 씨 곁에 있으면서 당신이 날 사랑하지 않는다는 사실을 뼛속 깊은 곳까지 알게 되는 건…… 너무너무 불행했어요."

"하지만 난 지금 우리 관계도 나쁘지 않다고 생각해."

그의 말에 재영의 눈에 고여 있던 눈물이 쏙 들어갔다. 그래, 지금처럼 지내도 좋을 것이다. 어찌 되었든 재영은 사랑하는 남자를 남편으로 둘 수 있었고, 대외적으로 두 사람이 부부라는 사실을 모르는 사람들이 없을 정도였으니까. 노유민은 심재영의 남자다. 거기에 재영 또한 한동안은 위안받고 행복했던 때도 있었다. 하지만 어느 순간 그녀는 깨달았다.

"계속 배려해 주셨던 것 알아요. 아버지를 설득해 제가 계속 병원생활을 할 수 있도록 해 준 것도 유민 씨라는 거. 결혼 생활 내내 저에게 싫은 소리 하나 하지 않았던 것도, 살림 하나 살피지 못했던 것에 대해서도 아무 소리 하지 않았던 것 다 감사했어요. 하지만요, 어느 날 문득 깨닫게 되더라고요. 유민 씨가 나에게 아무것도 바라지 않는 것은 애정 또한 없기 때문이란 걸."

그리고 아이를…… 원하지 않는 것도.

재영은 차마 뒷말을 잇지 못한 채 입을 다물었다. 아이는 둘 사이의 금기나 마찬가지였다. 재영은 아무런 말도 하지 못한 채 찌푸린 얼굴로 자신을 보고 있는 유민을 보았다. 그의 앞에서 제 마음을 똑바로 말하는 것은 처음이었다. 그는 자신의 이야기에 충격을 받은 듯 보였다. 그 모습을 시야에 담은 재영은 마지막 말을 천천히 내뱉었다.

"처음부터 잘못되었던 거예요, 우리 결혼은."

그래, 처음부터…… 두 사람의 결혼이, 관계가 잘못되었다는 것.

좋은 동반자는 될 수 있을 것이다. 하지만 거기까지다. 좋은 부부는 될 수 없다. 재영은 평생 그러한 사실에 상처받을 것이다.

1년이란 짧은 시간 동안 재영은 꽤 많은 상처를 받았다. 다가오는 여자가 끊이지 않을 정도로 멋진 노유민, 그도 언젠간 사랑하는 여자가 생길 것이고 그땐 아무렇지도 않게 자신을 떠날 수도 있다는 두려움. 한번 시작된 불안감은 점차 커져 가 그녀를 좀먹었다.

그리고 그녀는 이제 그의 손을 놓으려 한다.

자신을 위해서. 그를 위해서.

"……재영아."

그가 다정한 목소리로 그녀의 이름을 부른다. 이에 그녀의 마음은 또

다시 속절없이 떨리기 시작했다.

"그러니까요. 다른 사람과의 외도로 제가 이런다고 생각하진 말아 주세요. 너무 사랑해서, 그리고 더 이상 견딜 힘이 없어서…… 그래서 이혼하려는 거예요."

두 사람 사이에 어깨를 짓누를 정도로 무거운 침묵이 흘렀다. 서로의 시선을 피하지 않은 채 마주하고 있던 두 사람 중 먼저 운을 뗀 것은 늘 그랬듯 재영이었다. 시간의 흐름이 멈춘 듯 그는 아무런 생각을 하지 못하는 듯 보였고, 이에 재영은 눈을 질끈 감았다.

"그러니까…… 이젠 견디기가 힘들다고요."

"아……."

굳어진 그의 얼굴에 재영이 작게 웃음을 내뱉었다.

"왜요? 제가 유민 씨를 좋아하는 게 믿기지 않으세요? 그럼 성공했네요. 제 마음을 들키고 싶지 않았으니까요."

"……."

"들키면…… 지금처럼 엄청 비참할 것 같았어."

재영의 눈빛이 흐려진다. 이러한 그녀의 고백에 그는 끝까지 아무런 말을 할 수가 없었다.

무슨 말을 할 수가 있겠는가.

아내의 고백에.

❖

낯선 집 안을 한참이고 둘러보던 재영이 가방을 챙겨 들곤 밖으로 나왔다. 무작정 집을 나오고 나서야 그녀는 새벽 6시에 잠시의 바람을 피할 곳도 없다는 사실을 깨달았다.

눈을 질끈 감은 재영의 입에서 깊은 한숨이 흘러나왔다.

"참, 대책도 없지."

그런 자신의 모습에 후후 웃음이 흘러나왔다. 그럴 수밖에 없었다. 가출을 해 놓고선 딱히 갈 곳이 없다니.

눈을 뜬 재영은 가방에서 휴대전화를 꺼내 목록을 살펴보았다. 수백 명의 이름이 저장되어 있었지만 마땅히 연락을 할 사람도 없었다. 그냥 호텔에 가야 하는 것일까? 그렇게 생각하던 재영의 시선이 가방에 닿았다. 그러다 순간 몸을 움찔 떤다.

"아, 지갑."

챙긴다고 화장대 위에 올려 두었던 지갑을 깜빡 잊고 나온 것이다. 아차 싶은 얼굴로 한참이나 고민하던 재영은 다시 집으로 올라갈 용기가 없는 자신의 모습을 깨닫곤 다시 휴대전화 전화번호부를 뒤졌다.

청아의 이름에서 잠시 멈췄으나 육아로 한창 신경이 곤두서 있을 친구의 집에 무작정 찾아갈 수는 없었다. 손가락을 움직여 또다시 목록을 내리던 재영은 한 사람의 이름에서 한참이고 고민했다. 입에선 앓는 소리가 나왔으나 딱히 방법이 없었다.

드르륵, 드르륵.

새벽길, 캐리어 바퀴가 돌아가는 소리만 날카로이 들린다.

친한 후배의 집에 무작정 가는 길, 중간에 몇 번이고 고민하며 걸음을 멈췄던 재영은 결국 지나가던 택시를 붙잡았다.

"강남역 사거리요."

그녀가 선택할 수 있는 선택지는 그렇게 많지가 않았다.

세상이 밝은 지 얼마 되지 않은 시각이었다. 새벽 6시, 어느 누구라도 깊은 잠에 빠져 있을 시각이었지만 건형은 달랐다. 아침부터 찾아온 불

청객 때문이었다.

한숨을 내뱉은 건형이 거칠게 머리를 쓸어 올렸다. 붕 뜬 머리카락이나 구겨진 옷자락이, 그가 잠에서 깨어난 지 얼마 되지 않았다는 사실을 알려 준다. 커다란 손을 들어 마른세수를 한 건형은 아침부터 찾아온 재영의 모습을 물끄러미 보았다.

"미안, 아침부터 찾아와서."

그녀의 옆에는 커다란 캐리어가 하나 놓여 있었다. 누가 봐도 집을 나온 모양새였다.

무슨 일이냐고 물어도 되는 걸까? 건형이 고민할 때였다.

"잠시만 짐 좀 맡겨 놔도 될까?"

그녀가 어색한 얼굴로 물었다. 여기까지 찾아오는데 얼마나 많은 고민을 했는지 알 수 있을 정도로 그녀의 얼굴엔 피곤이 가득했다.

건형이 빠르게 머리를 굴려 보았다. 그녀의 사정을 알고 있는 그는 그녀가 집으로 갈 수도, 그렇다고 유일한 친구인 청아에게 갈 수도 없었다는 것을 금방 깨달았다. 심 원장은 결혼 후 새벽에 찾아온 딸을 받아 줄 이가 아니었고, 청아는 유민의 동생과 결혼을 했다. 그러니 그 새벽, 그녀가 갈 수 있는 곳은 그 어디에도 없었으리라.

하지만 결국 건형은 조심스레 물을 수밖에 없었다.

"……물어봐도 돼요?"

재영은 축축하게 젖은 머리카락을 뒤로 넘겼다. 곤란한 얼굴이었으나 이른 시각에 남의 집을 찾으면서 사정을 말하지 않을 수가 있겠는가. 천천히 호흡을 가다듬은 그녀가 애써 표정을 갈무리하며 말했다.

"딱 봐도 가출한 여편네 아니니?"

씻자마자 짐을 챙기고 바로 나온 것인지 그녀에게선 옅은 샤워코롱 냄새가 났다. 한숨을 내뱉은 건형이 캐리어를 힘들이지 않고 번쩍 든 뒤 몸을 살짝 틀어 공간을 만들어 주었다. 오죽하면 자신을 찾아왔겠냐는 생각을 하며 집으로 들어오는 것을 허락한 그가 무심한 얼굴로 물었다.

"식사 안 하셨죠?"

"어?"

"먹고 같이 출근해요."

그는 그 이상 묻지 않았다. 현관문 앞에 캐리어를 세워 둔 그는 곧장 씻겠다는 말과 함께 욕실 쪽으로 걸음을 옮긴다. 넓은 그의 등을 바라보던 재영이 속삭이듯 작은 목소리로 말했다.

"미안."

"아니에요, 선배."

고저 없는 목소리로 답한 건형이 욕실 안으로 들어간다.

짐만 맡기려 왔던 재영은 결국 붙잡고 있던 현관문 너머로 걸음을 옮겼다.

✤

텅 빈 집을 바라보는 유민의 시선이 복잡한 감정으로 뒤얽혔다. 지난 밤, 전혀 예상치 못한 그녀의 고백에 그는 꿀 먹은 벙어리마냥 아무런 말도 할 수가 없었다. 한참의 침묵을 지킨 후 자신의 앞에서 눈물을 뚝뚝 흘리는 재영에게 손을 뻗어 위로를 건네려다 말고 거두어야 했다. 그녀가 자신의 손길을 피했기 때문이다.

"내일, 내일 이야기하자."

그렇게 그는 피해 버렸다. 그녀의 마음을. 그리고 짧은 밤, 늘 그랬던 것처럼 서재 한 켠 작은 침대에 누워 천장을 바라보다 한 시간이 지나서야 겨우 잠이 들었었다.

생각이 미처 정리되지 못한 상태라 아침에 텅 빈 집을 보자 그는 안도의 한숨을 내뱉었다. 지금 당장 재영에게 어떠한 답을 주지 않아도 된다는 사실에 떡 반죽처럼 주물러진 뇌가 겨우 제자리를 잡는 느낌이었다.

유민이 정수기에서 차가운 물을 받아 시원하게 들이켠 뒤 한숨을 내뱉었다. 차가운 물이 혈관을 돌자 그제야 정신이 돌아오는 듯했다.

벽에 걸린 시계를 보자 7시. 그녀는 도대체 언제 집을 나선 것일까. 그녀가 지내는 침실 문을 열자 텅 비어 있는 침대가 보였다. 깔끔하게 정리되어 있는 침대로 걸음을 옮긴 그가 이불 속 침대보에 손바닥을 댔다. 차갑게 식어 있었다.

침대에 앉은 유민이 주위를 둘러보다 문득 무언가를 깨달았는지 자리에서 벌떡 일어났다. 옷걸이에 걸려 있어야 할 재영의 옷이 걸려 있지 않았다. 옷장을 열자 듬성듬성 비어 있는 옷들이 보였다.

유민의 얼굴이 굳어진다.

"아."

재영이 떠났구나.

그녀가 그에게 말했던 것들이 단순한 투정이 아니었음을 다시 한 번 깨닫는다.

자신의 옷 옆 칸에 비어 있는 흔적들을 보자 그의 몸이 아래로 축 늘어지는 것을 느낀다. 출근 준비를 서둘러야 함을 알면서도 유민은 한동안 그 자리에서 꼼짝도 하지 못하고 있어야 했다.

블랙에 가까운 블루 셔츠와 그에 맞춰 검은 바지를 입고서 병원 로비 안으로 들어서는 유민에게로 수많은 사람들의 시선이 모인다. 대부분 보호자들이긴 했으나 개중엔 의료진들과 병원에서 근무하고 있는 이들도 섞여 있었다.

수천에 달하는 병원 직원들은 서로의 존재를 잘 모른다. 하지만 워낙 대한세종대학병원에 스카웃당할 때부터 이슈가 되었던 유민을 모르는 직원은 없었다.

"오늘도 진짜 멋있지 않냐?"

존. F. 케네디 병원에서 모시고 온 전도유망한 서전인 동시에 얼굴과 몸매 또한 완벽한 남자. 그의 부모 또한 의료학계에서 이름을 떨치고 있는 서전이기도 했고, 동생 또한 법의학자로 유명해 사람들은 그를 부족한 점은 하나도 없는 완벽한 남자라 생각했다.

그리고 실제로도 그는 꽤 완벽한 사람에 가까웠고, 이성에 눈을 뜨기 시작한 무렵부턴 늘 이성이 주위에 있을 정도로 인기가 많은 사람이었다. 덕분에 그가 1년 전에 결혼을 했다는 사실 또한 모르는 이들이 없어 그에게 유혹의 손길을 보내는 이들은 없었으나 지금도 여전히 선망의 눈길을 보내는 이들은 많았다.

늘 여유로운 모습으로 사람들에게 인사를 건네곤 하던 그가 오늘은 어딘가 조금 성급하게 걸음을 옮기고 있었다.

"안녕하세요."

로비를 청소하던 청소부가 인사를 건네자 그는 가볍게 고갯짓을 하며 인사를 받아 주었다. 그리고 또다시 힘찬 걸음을 옮긴다.

그런 그의 걸음이 멈춘 것은 ER과 직원휴게실이 연결되어 있는 복도였다. 얼이 빠진 얼굴로 걸음을 멈춘 그는 막 복도로 들어서는 한 쌍의 모습을 뚫어져라 바라보고 있었다. 그들은 이제 막 출근을 한 것인지 사복 차림이었다. 직원카드만 목에 걸려 있을 뿐 의사의 상징인 흰 가운은 아직 입기 전이었다.

"어머니 음식 잘하시더라."

"많이 좋아지셨죠."

이야기만 듣는다면 평소 일상적인 대화 중 하나일 수도 있었으나 지금 시각이 아침이란 점과 재영이 새벽에 짐을 싸 들고 나간 점을 떠올려본다면 두 사람의 대화는 지나치게 은밀하게 들렸다.

멀어져 가는 두 사람을 잡지도 못한 채 자리에 못 박힌 듯 서 있던 유민은 순간 아찔해지는 정신에 서둘러 손을 뻗어 벽을 짚었다.

"아."

두 번째 충격이었다. 재영이 자신을 사랑한다고 말했던 지난밤의 고백 이후로 두 번째로 받는 충격. 왜 이러한 기분이 드는지 이해하진 못했으나, 벌떡벌떡 뛰는 심장과 뿌옇게 변한 시야를 보면 충격을 받아도 단단히 충격을 받은 것 같았다.

왜?

그가 스스로에게 물음을 던졌다. 그리고 나란히 서서 걸음을 옮기는 두 사람의 뒷모습을 본다. 즐거운 이야기를 나누는 듯 대화는 들리지 않았으나 연신 터지는 재영의 웃음소리는 들렸다.

"뭐야?"

뭐가 그렇게 즐거운 건데?

사랑한다고 뜨거운 고백을 한 상대 앞에선 늘 슬프고 무표정한 얼굴이던 그녀가 건형의 앞에서는 왜 그리 행복하게 웃는 건데?

"……뭐야."

심재영, 너 거짓말이라도 한 거냐?

날 사랑한다고 했던 건 다 거짓말이었어?

왜 그런 거짓말을 한 거야?

그의 머릿속이 질문으로 뒤섞여 엉망이 되었다.

만 15세 이하에서 발생하는 모든 외과적 질환을 다루는 소아외과의 의료진들은 펠로우와 레지던트를 포함해 총 여섯 명밖에 되지 않았다. 소아들은 어른보다 장기가 작아 까다로운 수술이 많았기에 GS(General Surgery:일반외과)보다 훨씬 꺼리는 과이기도 했다. 국내에서 최고의 소아외과로 소개가 되는 대한세종대학병원이라 하더라도 외과기피현상은 만연했다.

차트기록(Charting)을 확인하며 아침 회진(Rounding)을 돈 유민은 마지막 병실(Ward)에 들어섰다. 1년 전 호흡기 질환으로 인해 수술을 받은 7세의 어린 환자는 Follow-up(추적검사, 일정 시간이나 기간이 지난 후 이전 검사와의 변화를 보기 위해 다시 검사를 시행함)을 위해 다시 입원을 하게 되었다. 다행히 검사 결과엔 문제가 없었고, 곧 퇴원을 해도 될 터였다.

유민이 무릎을 굽히고 앉아 환자와 눈을 마주쳤다. 귀여운 딸기 리본을 하고 있는 소영이 부드러운 유민의 표정에 긴장했던 표정을 풀며 말했다.

"선생님, 저 이제 집에 가도 돼요?"

똘망똘망한 눈으로 아이가 물었다. 그러자 유민이 고개를 끄덕이며 손을 뻗어 아이의 작은 머리를 쓰다듬어 주며 말했다.

"물론이야. 다음에 또 와서 검사를 받아야겠지만, 아직은 아주 좋아."

"와! 그럼 유치원에 다시 갈 수 있는 거죠?"

아이의 물음에 유민은 웃는 얼굴로 고개를 끄덕였다. 그리고 허리를 펴 옆에서 역시나 웃고 있는 보호자와 눈을 마주했다.

"퇴원 수속 밟으셔도 되겠습니다."

"아, 선생님, 정말 감사합니다. 감사합니다."

환자 어머니가 유민의 손을 꼭 붙잡으며 연신 허리를 굽혔다. 모든 병원에서 아이의 수술이 어렵다 했던 것과는 달리, 유민이 모험까지 해 가며 수술을 했다. 그리고 그 모험은 성공적이었고, 아이는 새 생명을 얻게 되었다. 기흉까지 생겼던 것을 감안하면 아이는 기적이라고 할 정도로 빠르게 회복하였고, 현재에는 일상생활도 문제가 없을 정도였다.

병실을 빠져나온 유민이 곁에 있던 펠로우와 이야기를 나눌 때였다.

–코드 블루, 코드 블루, ER 코드 블루.

ER? 보통 심장에 문제가 발생되었을 때 쓰이는 코드 블루였지만, ER엔 수시로 심장에 문제가 있는 이들이 있다. 코드 블루가 유일하게 통용이 되지 않는 곳이 ER이었다. 더욱 외상외과가 생기면서부턴 더욱 그랬다. 그런데 왜 굳이 방송까지…….

유민의 얼굴이 찌푸려질 때였다. 의료진의 제일 꼬리에 있던 레지던트가 유민에게 다가와 빠르게 말을 전했다. 방금 전까지 콜을 받았던 것인지 그의 손엔 손바닥만 한 휴대전화가 들려 있었다.

"교수님, 외상외과에서 연락이 왔습니다."

외상외과란 말에 유민의 표정이 순간 굳어졌다. 과를 듣는 순간 저절로 떠오르는 한 사람이 있었기 때문이다.

심재영, 그녀를 떠올리는 것만으로도 그의 표정이 흐트러졌다.

"외상외과에서 왜?"

"TA(traffic accident:교통사고) 응급환자 열여덟 명을 받았답니다. 수술 가능한 외과의는 모두 와 달라고 하십니다."

유민의 표정이 얼음장처럼 굳었다.

"하나, 둘, 셋, 넷, 다섯, 여섯, 일곱, 여덟, 아홉, 열! 둘, 둘, 셋……."

심정지(cardiac arrest: 심장이 효율적으로 수축하는 데 실패하여 피의 일반적인 순환계가 멈추는 현상) 환자 위로 올라간 재영은 손바닥을 겹쳐 연신 환자의 가슴을 압박하고 있었다.

이마에선 땀이 비 오듯 쏟아졌으나 재영은 가슴압박을 한 뒤 인공호흡을 하며 연신 환자의 의식이 돌아오길 바라고 있었다. 에피네프린(epinephrine:신경전달물질의 하나로 교감신경을 자극하여 혈압을 상승시키고, 심장 박동수와 심장 박출량을 증가시킨다)을 조기에 투약하였기에 현재로서 그녀가 할 수 있는 것은 심폐소생술(Cardiopulmonary Resuscitation) 정도였다.

만약 심정지 상태가 오랫동안 지속이 된다면 환자는 이대로 숨을 거두거나 혹은 후에 경과가 좋아 살아난다 하더라도 식물인간상태(vegetative state)로 영영 잠들지도 모른다.

이미 데스 오브 어라이벌(Death Of Arrival:도착 시 사망)이 두 명. 사고의 규모가 얼마나 끔찍했을지 알려 주듯 환자들의 상태는 하나같이 좋지 못했다.

"바이탈 돌아왔습니다!"

그때 분홍색 간호복을 입고 있던 응급실 간호사가 재영을 보며 외쳤다.

"벤틸레이터(Ventilator:인공호흡기) 준비해 주세요."

환자의 아래로 내려온 순간 재영은 몸에서 진이 모두 빠져나가는 것을 느꼈다. 하지만 그녀를 기다리는 환자는 수없이 많았고, 그녀뿐만 아니라 외과에서 달려온 의사들 모두가 환자에게 달라붙어 있었다. 가만히 서 있을 수가 없었다.

air way keep(기도확보)을 한 재영의 다음 행동은 거침이 없었다. 실수 없이 기관 내 삽관을 한 그녀는 E-tube(endotracheal tube:기관 튜브)가 성대를 통과하는 것을 직접 확인한 이후에야 굽히고 있던 고개를 들었다. 그녀는 곁에 있던 간호사에게 빠르게 후속 조치에 대해 부탁했다.

"검사실 잡아 주세요. Hx(history:병력), Dx(diagnosis:진단) 끝난 후 바로 Op(Operation:수술) 들어갈 겁니다. OR(operating room:수술실)도 확인 부탁드립니다."

"네, 알겠습니다, 선생님."

응급실 2년 차 이 간호사가 재빨리 움직였다. 가장 먼저 검사실부터 확인하던 그녀가 다가와 침대를 끌고 나가자 재영은 다음 환자에게로 걸음을 옮겼다. 잠시 쉴 틈도 없었다.

서둘러 걸음을 옮기며 주위를 두리번거리던 재영의 눈에 김 선생이 들어왔다. 병원 내에서 타일보다 못하다는 존재는 여전히 갑작스런 상황에 아무런 것도 하지 못한 채 쇼크 상태였다. 거즈로 아이의 복부를 막고 있는 김 선생의 흰 가운은 온통 피칠이 되어 있었다. 심상치 않은 기운에 재영이 새하얗게 질린 얼굴로 달려갔다.

"뭐 하는 거야, 김 선생!"

"어떻게 해야 할지……."

응급의학과 인턴은 처음 맞은 코드 블루 상황에 어떻게 해야 할지 몰라 우왕좌왕하고 있었다. 재영이 날카로운 눈으로 말했다.

"빨리 말해."

독촉하는 목소리에 김 선생이 더듬더듬 말을 꺼내 놓았다. 두서없는

말이었으나,

"도착 시 복부에 브리딩(Bleeding:출혈)이 있어, 헤모스태시스(hemostasis:지혈)했습니다. Hemoptysis(객혈:기침 시 출혈)을 하고, Fx(fracture:골절) 의심되고, 발작(Seizure)을……."

상처로 인한 창상성 출혈로 인한 하이퍼볼레믹 쇼크(Hypovolemic Shock:저혈량성 쇼크)를 보이는 환자는 이제 겨우 5세 정도 되어 보이는 어린아이였다. 빠른 호흡(빈 호흡)을 내뱉으며 몸을 바르작바르작 떠는 환자를 보며 말했다.

"혈액형 검사는?"

"A 퍼지티브(positive)입니다."

"벤틸레이터, 수액, 혈액팩 준비하고, 소와외과 선생님 콜해, 얼른!"

김 선생이 빠르게 달려가는 것을 보던 재영이 손을 뻗어 거즈를 들치려고 할 때였다. 불쑥 나타난 손이 그녀의 손을 붙잡아 저지한다.

"……아."

"보호자는?"

유민이었다. 놀란 눈으로 그를 보던 재영은 서둘러 정신을 차렸다. 사적인 감정으로 정신을 놓고 있을 때가 아니었다.

"OR에…… 다른 보호자가 오고 있는 중입니다."

그녀의 설명이 끝날 때쯤 김 선생이 서둘러 수액과 벤틸레이터를 준비해 왔다. 고개를 끄덕인 유민이 허리를 낮춰 환자의 상태를 보았다. 그런 후 빠르게 주삿바늘을 아이의 작은 팔에 밀어 넣은 후 수액을 맞추었다. 삽관 역시 그가 직접 하며 아이의 작은 식도를 상처 내지 않은 채 마친다.

그가 직접 환자를 돌보는 모습은 곁에서 처음 보기에 귀신처럼 빠른 손놀림에 재영이 멍한 표정을 지었다. 심 원장이 왜 1년여를 넘게 그를

스카웃하기 위해 노력했는지 알 수 있을 정도

였다. 아마 수술실 안에서의 그는 더 완벽한 모습일 거다.

"혈액팩은?"

"교수님, 준비됐습니다."

"맞히고 상태 좋아지면 바로 검사실 갑니다. 수술 전 검사(pre-operative examination:수술 전에 행하는 검사. 수술을 필요로 하는 제검사에 대해서 질환의 진단, 병적 상태의 정도, 예정 수술이나 마취에 견딜 수 있는지, 정신적, 국소적으로 행하는 제검사) 끝난 후 바로 수술 들어갑시다."

"네."

소아외과 치프의 말에 재영이 한 발짝 뒤로 물러섰다. 환자의 생명을 살려줄 의사가 왔으니 이제 그녀는 뒤로 물러날 때였다. 더듬더듬, 얼이 빠진 얼굴로 걸음을 옮기는 재영의 모습에 유민이 눈살을 찌푸리며 입술을 달싹일 때였다.

"심 선생님, 검사 결과 나왔습니다!"

검사 결과가 나왔다는 말에 재영의 발걸음이 빨라졌다. 그녀가 그의 곁을 멀어지기 전, 유민이 툭 내뱉었다.

"끝나고 이야기 좀 하자."

슬쩍 고개를 돌려 유민을 본 재영이 겁을 잔뜩 머금은 눈을 깜빡였다. 그러다 이내 피할 수 없다 판단한 것인지 힘없이 고개를 끄덕인다.

"네."

답을 마친 그녀가 도망치듯 재빨리 걸음을 옮겼다.

❖

지친 기색으로 수술실 문을 열고 밖으로 나온 유민은 뒤늦게 달려온 보호자에게 수술에 대해 설명을 해 주어야 했다. 지방에서 올라온 환자의 할머니는 얼굴이 온통 눈물로 얼룩져 있었다.

그럴 수밖에. 3중 추돌사고로 인해 일가족이 수술대 위에 누워야 했으니 보통 사람이라면 견디지 못할 것이다.

"수, 수술은 잘 끝났습니까?"

수술이 급했기에 보호자가 병원에 도착하기도 전에 전화로 보호자 동의를 받아 수술실에 들어갈 수 있었다. 시간이 단축되어서였을까. 좀 더 징후는 봐야 했으나 수술은 성공적이었다.

"수술은 잘 끝났습니다. 입원 수속 밟으신 후 자세한 내용은 진료실에서 설명드리겠습니다."

하지만 워낙 복합적인 외상 트라우마로 인해 어떠한 변수가 생길진 몰랐다. 이러한 부분까지 보호자에게 모두 납득을 시켜야 후에 의료소송까지 갈 확률이 적어진다.

"네, 선생님, 감사합니다, 감사합니다."

연신 허리를 숙이는 보호자를 다독인 유민이 걸음을 옮겼다. 세 시간에 달하는 수술에 벌써부터 진이 빠질 것만 같았다. 아니, 아니다. 수술 때문이 아니라…….

"잘 끝났어요? 전 한 시간 전에 끝났는데."

바로 눈앞의 재영 때문이었다. 그녀가 건넨 커피를 받아 든 유민이 시계를 확인했다. 아침부터 수술에 들어가야 했기에 잠시의 쉴 틈도 없이 곧바로 진료 환자를 받아야 했다. 한숨을 내쉰 유민은 뒤에 있던 치프를 보며 말했다.

"진료 준비해 줘. 10분 내로 갈 테니까."

"네, 교수님."

10분, 그가 고작 그녀에게 내줄 수 있는 시간은 그 정도뿐이었다.

분명 처음엔 시원했을 커피는 미지근했다. 커피를 주머니에 넣은 유민은 자신의 뒤에 가만히 서 있는 재영을 보며 말했다.

"자리 옮길 시간도 없네."

"비상구로 갈까요?"

거긴 사람이 별로 없으니 이야기를 나누기엔 안성맞춤이었다. 두 사람은 누가 먼저 앞서지도, 뒤서지도 않은 채 나란히 걸음을 옮겼다. 병원 내에서 유명한 커플이었기에 사람들의 시선이 닿았다 떨어지길 반복한다.

비상구까지는 채 3분도 걸리지 않았다. 두터운 철문을 열고 먼저 안으로 들어선 유민은 재영이 들어오고 난 후 문이 닫히자 작은 한숨을 내뱉었다.

여기까지 오면서 생각의 정리를 마치려 노력했다. 하지만 정리된 생각은 단 하나뿐이었다. 그녀가 이혼을 요구한다는 것. 그리고 거기에 대해서 자신의 감정이 썩 좋지 않다는 것. 하지만 그녀가 이혼을 원한다면 해 주는 것이 맞았다. 그에게 재영은 아끼는 후배였고, 행복하길 바라니까. 더더욱 그녀의 옆에 남자가 있다면…….

순간 그의 표정이 굳어지자 재영도 덩달아 표정을 굳혔다. 두 사람 사이에 긴장감이 흐른다.

"급하게 이야기할 건 아니라고 생각했지만 네가 짐을 들고 나갈 정도면 나도 빨리 답을 해 줘야 할 것 같아서."

유민의 말에 재영이 가운 자락을 힘주어 잡았다. 그래, 빨리 그의 곁을 떠나고 싶어 무작정 짐을 싸 들고 나온 것은 자신이었다. 그의 곁에 있을수록 갈려 나가는 자신의 마음은 어느새 뼈대를 보이다 못해 형체조차 사라지고 있었다. 도망가고 싶었지만 이대로 또 도망가다간 그땐 심재영, 자신조차 없어질 것만 같았다.

재영은 그의 입술이 달싹이는 것을 용기내서 보았다. 하지만 그의 입에서 흘러나온 말에 애써 갈무리하고 있던 표정이 와르르 무너졌다.

"이혼은 해 줄게. 하지만 거짓말은 역시 하지 않는 게 좋았을 거야."

"거짓……말이라니요?"

그녀가 힘겹게 말을 꺼내 놓았다. 그러자 유민은 무심한 얼굴로 고개를 내젓더니 말을 잇는다.

"아니야. 서류 정리는 언제 할래?"

"……."

그녀의 물음에 대한 답은 주지 않았다. 그래서였을까, 그녀의 얼굴에 핏기가 가신다.

거짓말? 내가 무슨 거짓말을 했는데?

"심재영?"

"무슨 말인지…… 말해 주세요. 제가 거짓말을 했나요?"

그녀가 다시 한 번 힘겹게 물었다. 그러자 유민은 주머니에 손을 찔러 넣어 그녀가 건넨 커피를 손가락 끝으로 만지작거렸다. 날카로운 손날 끝은 커피가 방금 전보다 더 식어 있음을 뇌로 알린다. 차가워졌구나. 그는 그렇게 생각했다.

"채 선생 말이야."

"건형이요?"

"그래."

굳어진 그녀의 얼굴에 유민이 입을 다물었다. 피부색은 어느새 잿빛으로 변해 있었다.

그의 고개가 옆으로 기울어졌다. 왜 저런 표정을 짓는 거지? 똑똑한 그의 머리는 재영을 한해서만은 멍청하게 군다.

"좋아요, 건형이와 제가 그런 관계라고 해요. 그렇다고 하자고요."

오해를 하게 만든 덴 그녀도 일조를 했다. 그에게 그 새벽에 갈 곳이 없었다 말을 해 봤자 소용없을 것이다. 하지만 왜 몸이 부들부들 떨리는 것일까. 지금 그가 너무나 미워 온몸의 혈관을 타고 분노가 전해지는 것만 같을까.

재영이 한 발자국 앞으로 걸어와 그 앞에 섰다.

"하지만요, 노유민 씨. 당신은 나에게 끝까지 이렇게 상처 주어선 안 되었어요."

"뭐라고?"

상처?

그가 멍한 표정을 지었다. 그녀가 무슨 말을 하는지 모르겠다는 얼굴이었다. 그러다 문득 무언가 떠올랐던지 고개를 끄덕이며 말했다.

"아, 날 사랑했다고 했던 거? 그거야 네가 나한테 말을 해 주지 않았으니……."

유민이 말을 마치기도 전이었다.

짝!

날카로운 소리가 비상구 안을 울렸다.

유민은 갑작스레 뺨이 화끈거리자 손을 들어 감쌌다. 재영이 냉철한 표정으로 허공에 들려 있던 손을 내린 후 입술을 짓이기며 말했다.

"무심한 게 제일 나빠. 아무것도 모르는 게 제일 나빠."

"……."

"관심조차 두지 않으려고 했던 게 제일 나빠! 나빠! 당신 나빠!"

재영의 가슴이 크게 들썩였다. 감정을 터뜨리며 일그러진 얼굴을 편 재영은 주먹을 쥐고 있던 손을 폈다. 그녀의 몸에선 냉기가 흘렀다.

"노유민 씨, 서류 준비되면 연락드릴게요."

망설임 없이 뒤돌아선 재영이 문을 열고 밖으로 나갔다.

쾅!

마음의 문이 닫혔다.

2화
감정의 그늘

바늘처럼 따가운 시선에 재영의 고개가 앞으로 숙여졌다. 죄스러움이 아니었다. 두려움을 피하기 위해 시선을 내린 것이었다.

곧 날벼락이 떨어질 것이라는 예상과는 달리 무거운 침묵이 어깨를 짓눌렀다. 하지만 침묵과는 반대로 심장은 너무나 빨리 뛰어 심박동 소리가 밖까지 들리진 않을까, 생각될 정도였다.

두려운 침묵을 깬 것은 심 원장이었다.

"그래서 이혼을 하겠다고?"

"네."

재영은 구겨진 의사 가운을 움켜쥐었다. 애써 두려움을 숨겼다. 그리고 순간 원장실을 울릴 만큼 커다란 소리와 함께 재영의 손에 더욱 힘이 들어갔다.

짝!

그녀의 고개가 옆으로 돌아갔다.

"아……."

재영이 충격으로 물든 눈을 연신 깜빡였다. 하지만 곧이어 들려온 말에 충격은 더욱 커졌다.

"생각할 여지도 없는 문제구나."

"아버지……."

"아비 얼굴에 먹칠할 생각이라면 큰 착각이다. 그런 일이 일어나지 않도록 할 테니까. 이혼하는 순간, 넌 더 이상 내 딸이 아니야. 네가 누려 왔던 모든 것들을 포기해야 할 게다."

내가 누려 왔던 모든 것들……?

천천히 눈을 깜빡이던 재영이 심 원장을 보았다.

그게 뭔데요? 내가 누려 왔던 모든 것들이…… 뭔가요?

아버지 딸로 태어나…… 내가 무엇을 얻었던가요?

묻고 싶었지만 재영에게 있어 아버지란 존재는 두려움, 그 이상도 그 이하도 아니었다. 재영이 입을 꾹 다물자 심 원장은 자신의 뜻이 관철되었다 생각한 것인지 고개를 돌렸다. 꼴도 보기 싫다는 몸짓이었다.

"나가 봐라, 바쁠 텐데."

"……이혼할 거예요, 아버지. 아버지께 조언을 구하는 게 아니에요. 제 결정을 말씀드리는 거죠."

"……."

고집스런 재영의 말에 심 원장의 시선이 재영에게로 향했다. 눈동자는 분노로 지글지글 끓고 있었으나 얼굴은 평온했다. 딸아이의 발악이 쉼 없이 날갯짓을 하는 날파리에 지나지 않는다는 모습이었다. 계속 주위를 윙윙거리면 화도 나고 짜증도 나지만 딱 그뿐. 제 씨로 태어난 아이였으나 심 원장에게 재영은 딱 그 정도의 존재일 뿐이었다.

"좋다. 네가 내 눈에 보이지 않으면 네가 이혼을 하든 뭘 하든 상관하지 않으마. 똑똑한 아이니까 내 말이 무슨 뜻인지 잘 알 게다."

그는 묻지 않았다. 왜 하나밖에 없는 딸아이가 이혼을 결심하게 된 것인지. 그 대신 으름장을 늘어놓는다.

이에 재영의 입가에 미소가 머물렀다. 자리에서 일어난 재영은 심 원장과 시선을 마주하며 말했다.

"그 정도 각오도 안 했을까 봐요? 아버지 말씀처럼 바쁘니까 이만 내려가 보겠습니다."

허리를 숙여 인사한 재영이 뒤돌아 원장실을 빠져나왔다. 뒤에서 문이 닫히는 소리와 함께 온몸에서 힘이 빠져나가는 것 같았지만 그녀는 힘차게 걸음을 옮겼다. 그녀의 손길을 기다리는 환자가 아주 많이 있었다.

ICU(중환자실)로 향한 그녀는 며칠 전 등산을 하다 추락해 119에 의해 이송된 환자에게 곧장 다가갔다. 그녀와 마찬가지로 환자의 상태가 걱정되어 온 이가 벌써부터 바이탈과 소변주머니를 확인하며 차트에 이를 기록하고 있었다.

전신의 타박상과 함께 머리를 다친 그는 아직도 깨어나지 않고 있었다. 식물인간상태로 깊은 잠에 빠져든 환자는 어디가 아프다고 말을 하지 못했기 때문에 작은 상처 또한 꼼꼼히 살펴봐 주어야 했다. 거즈를 들어 슈처(suture:봉합) 자국을 보던 재영은 곁에 서 있는 이에게 말했다.

"검사 결과는 어때요?"

재영의 물음에 신경외과 3년 차는 고개를 내저었다. 결과가 좋지 못하단 것이었다. 혹여 지속식물상태(persistent vegetative state)로 들어가게 된다면 의식이 회복될 확률은 아주 적어질 것이다. 그럴 경우 가족들이 부담해야 할 정식적, 육체적, 금전적 고통은 상상을 초월하게 된다.

재영의 눈빛이 어두워졌다.

"깨어나야 할 텐데……."

❖

그녀는 늘 적당한 바람과 적당히 침묵을 깨는 소리를 좋아했다.

하지만 사람의 온기가 느껴지지 않은 낯선 방을 둘러보던 재영은 텔레비전을 켜기도 전에 침대에 털썩 주저앉았다. 몸에 힘 한 자락 들어가지 않을 정도였으나, 그녀가 편히 몸을 누일 수 있는 곳은 호텔룸뿐. 자신의 물건이라곤 몇 가지의 옷이 전부인 공간을 둘러보던 재영의 입가가 비죽 올라갔다.

"아, 정말 한심하다."

외로움이 혈관을 차갑게 얼리자 재영이 손을 들어 팔뚝을 쓸었다. 슥슥, 살결이 부딪히는 소리만 룸 안을 가득 채운다.

한동안 멍한 눈으로 살만 쓰다듬고 있던 재영이 가방 속에서 휴대전화를 끌어왔다. 누군가가 곁에 있었으면 하는 마음이다. 전화번호 목록을 눈으로 훑던 재영의 손이 문득 청아의 이름에서 멈췄다. 한번 전화해 볼까? 하는 생각이 들자마자 손가락은 어느새 통화 버튼을 누르고 있었다. 몇 번의 통화음이 흐르고 곧 청아의 목소리가 들려왔다.

〈이 시간에 무슨 일이야?〉

"아…… 미안. 시간이 벌써 이렇게 된지 몰랐네."

재영의 시선이 벽에 걸린 시계로 향했다. 벌써 새벽 1시. 한창 아이들과 씨름을 하고 있을 청아에겐 실례가 되는 시간이었다. 재영의 사과에 청아는 작게 웃음을 흘리더니 말한다.

〈미안해할 것까진 없고. 무슨 일인데?〉

"일……? 그런 것 없어. 그냥 뭐하고 있나 해서."

〈뭐하겠냐? 애들이랑 씨름 중이지. 아주 미치겠다.〉

청아의 목소리엔 짜증과 피곤이 뒤섞여 있었다. 팔자엔 없을 것이라 생각했던 갓난쟁이들과 씨름을 하느라 청아는 요즘 하루가 어떻게 흘러가는지도 모른 채 보내고 있었다. 성격도, 성별도 다른 둘을 감당하기에 청아는 아직 초보엄마에 지나지 않았으니까.

아이들과 투닥거리며 지낼 청아를 떠올리자 재영의 입에서 자신도 모르게 옅은 한숨과 함께 말이 튀어나왔다.

"부럽다."

〈…….〉

순간 청아가 입을 다물자 재영의 몸이 움찔 떨렸다. 누군가와 이야기를 나누고 싶어서, 누군가의 온기를 느끼고 싶어 전화를 건 것이지, 자신의 신세타령을 하고 싶어 한 것은 아니었다. 서둘러 재영이 변명을 늘어놓으려 했지만 눈치가 빠른 청아가 먼저 말을 꺼냈다.

〈시험관 아이라도 해 보자고 이야기하지 그랬어.〉

"했어."

〈그래서?〉

"그런데 싫대. 아이 생각이 없다고."

〈뭐? 왜 싫다는데?〉

"……모르겠어."

그래, 이젠 노유민이란 사람이 어떠한 사람인지도, 아무것도 모르는 상태가 되어 버렸다. 질척하게 가라앉은 목소리에 청아가 잠시 뜸을 들인 후 조심스럽게 물었다.

〈왜? 아주버님이랑 무슨 일 있어?〉

"……."

청아만큼 유민과 재영의 사이를 잘 알고 있는 이도 드물었다. 결혼을 할 때도 가장 먼저 친구인 청아에게 털어놓았고, 최근 재영이 이혼을 하고 싶어 한다는 것까지. 재영이 아무런 말도 하지 못하자 자신의 직감이 틀리지 않은 것을 눈치챈 청아가 숨을 들이켰다.

〈너 설마…….〉

"응, 이혼하기로 했어."

재영의 목소리는 덤덤했다. 어차피 숨겨 봤자 며칠 뒤면 알게 될 사실이었다.

〈……후!〉

"미안, 밤늦게 이런 이야기나 하고."

〈이런 이야기라니! 너 괜찮아?〉

"아버지가 병원 그만두라고 으름장을 놓더라."

〈망할 영감!〉

"원래 그런 사람이잖아."

후후, 웃음이 흘러나왔다. 자조 섞인 웃음은 어딘가 구슬펐다. 한참 웃음을 내뱉던 재영의 웃음소리가 멈춘 건 청아의 말 속에 뒤섞여 온 그리운 이름 때문이었다.

〈아주버님…… 아니, 노유민 그 인간이 그냥 이혼하겠대?〉

"……응."

그의 곁에 있을 땐 참 힘들었다. 하지만 그가 옆에 있다는 것만으로 행복하기도 했었다. 양면을 가지고 있는 결혼 생활은 그래서 더 힘이 들었다. 싫어하는 감정만 있다면 쉽게 놓을 수도 있었을 텐데…… 그녀의 감정이 그렇지 못해 놓지 못했었다.

〈그 인간도 진짜 못 쓰겠네. 야, 너 혼자 있어? 어디야?〉

"집."

머리가 반응하기도 전에 거짓말부터 늘어놓은 재영은 자신의 이야기가 끝나마자마자 들려오는 소리에 입을 다물었다.

〈으에에엥―〉

아이들이 우렁차게 울어 대는 소리가 들려왔다. 이로 인해 심각했던 분위기는 순식간에 침식되었다. 요즘 한창 산후스트레스로 정신이 온전치 못한 청아가 반쯤 울먹이는 목소리로 말했다.

〈진짜 미치겠다. 얘들이 요즘 나만 눈에 안 보이면 울어 재껴. 그것만 아니면 같이 있어 주는데.〉

"아니야, 목소리 듣는 것만으로도 위로가 돼."

〈혼자 삽질하지 말고. 오프 때 한번 볼까? 집으로 와.〉

"그래도 돼?"

그 말에 청아는 한동안이나 잔소리를 늘어놓았다. 너와 나 사이에 그런 게 어디 있냐는 둥, 너에게 실망이라는 둥, 퉁퉁대는 목소리로. 서운하다는 듯 한참이나 이야기를 하던 청아는 아이들의 울음소리가 계속 커져만 가자 힘이 빠진 목소리로 웅얼거렸다.

〈아, 그럼 또 연락하자.〉

아이들의 울음소리와 청아의 목소리가 하모니처럼 울려 퍼졌다.

"응, 미안, 쉬어."

그녀의 말에 청아는 다시 한 번 잔소리를 늘어놓으려다가 한숨을 내뱉었다. 뭐가 그렇게 미안한 게 많아? 묻고 싶었지만 청아는 '끊을게' 라고 말한 뒤 전화를 끊었다.

그리고 재영은 또다시 전화번호부를 뒤지기 시작했다. 아직은 이 침묵을 깨기엔 부족했다. 텔레비전을 켜도 되었으나 오늘은 바보상자에게 도움을 받고 싶지는 않았다. 바보에게 도움은 이제껏 충분히 받았다. 그리고 그 바보가 주는 소음이 자신에겐 아무런 도움도 되지 않는다는 걸 이미 몸소 경험해 알고 있기 때문이다.

기역부터 히읗까지 전부 훑어봐도 이 늦은 밤, 잠시의 통화도 나눌

수 있는 사람이 없었다. 하지만 재영은 다시 기역부터 시작되는 전화번호부를 처음보단 더 꼼꼼하게 보며 전화를 걸 상대를 찾아보고 있을 때였다. 액정이 변하더니 곧 눈을 감고도 누를 수 있는 번호가 떴다.

─노유민.

멋없는 저장 이름이었다. 결혼 생활 내내 단 한 번도 먼저 뜬 적이 없던 번호에 재영의 눈빛이 흔들렸다. 그가 무슨 일일까, 고민을 끝내기도 전에 그녀는 통화 버튼을 눌렀다.

〈여보세요?〉

유민의 목소리에 재영의 눈이 질끈 감겼다. 이가 달달 떨려 그의 물음에 답을 줄 수가 없었다. 재영이 한동안 답을 하지 못하자 유민의 목소리가 다시 한 번 들려왔다.

〈여보세요? 재영아?〉

그가 부르는 자신의 이름이 오늘따라 왜 이렇게 다정하게 들리는 것일까. 그건 아마도 자신에게 누군가가 필요한 이 시점에 걸려 온 전화여서일 것이다. 재영은 들뜬 자신의 마음을 가라앉히며 애써 말했다.

"네, 듣고 있어요."

〈답이 없어서 전화가 잘못된 줄 알았어.〉

읊조리듯 짧게 말한 유민이 말을 이었다.

〈어디야?〉

"네?"

〈호텔이야?〉

그는 답을 해 주지 않아도 재영이 어디 있는지 정확하게 알고 있었다. 그건 어떻게 알았냐 묻고 싶었지만 곧이어 들려온 말 때문에 말문이 막

했다.

〈집으로 와.〉

"……."

〈내 얼굴 보고 싶지 않으면 내가 나갈 테니까. 당신이 여기 와 있어.〉

그는 알고 있었다. 자신이 갈 곳이 없다는 사실을. 부모님 댁에 들어갈 수 없다는 것도, 그리고 친구라고는 청아밖에 없다는 사실도.

"신경 쓰지 말아요."

〈어떻게 신경을 안 써?〉

그의 말투에는 고저가 없었지만 그 말이 담고 있는 감정의 힘은 엄청났다.

〈내가 나갈 테니까 들어와. 여자 혼자 호텔에 있는 거 아니야. 그리고…… 미안하다.〉

"……뭐가요?"

〈아무것도 몰랐던 것.〉

"……."

〈난…… 우리가 잘 해 나가고 있는 줄 알았어.〉

그의 입에서 처음으로 나온 말. 미안하다는 말과 감정이 섞여 있는 음성에 재영의 눈이 질끈 감겼다. 그와는 이제껏 제대로 된 대화 한 번 해 본 적이 없었다. 일이 이렇게 된 덴 그녀도 한몫했다. 하지만 두려웠다. 자신이 솔직히 감정을 터놓았을 때 유민이 아무런 반응도 해 주지 않으면 어떻게 하지, 라는 불안감.

하지만 그건 모두 그녀의 착오. 그녀의 실수. 조금 더 일찍 말했다면, 자신의 마음이 이렇게 너덜너덜해지기 전에 알았다면 좀 더 현명하게 대처를 할 수 있었을 텐데…….

재영은 침을 꼴깍 삼킨 후 천천히 말을 늘어놓았다.

"아니에요……. 저도 미안해요, 유민 씨."

짙은 후회가 몰려왔다.

❖

서지컬 스크럽(Surgical scrub:외과적 손 닦기)을 하고 곧장 수술실로 들어간 유민은 대기하고 있던 다섯 명의 의료진에게 고갯짓을 해 인사부터 건넸다.

"메스."

차가운 금속 물질이 수술용 장갑 위에 닿자 유민은 몸을 틀어 아이의 배를 갈랐다. 선천적으로 심장이 좋지 못했던 아이는 오늘 결국 판막 수술(heart valve surgery)을 받게 되었다.

어린 나이 때문에 병원에서는 금속판막 치환술을 권했으나 평생 항응고제를 복용해야 하고, 아이가 커서 임신을 할 가능성이 급격히 낮아지기 때문에 아이의 부모는 조직판막 치환술을 원했다. 돼지나 소의 조직으로 만든 판막을 삽입하는 수술은 판막의 수명이 15년 전후이므로 또다시 수술을 해야 해, 고령의 환자에게 주로 사용되는 수술법이었다.

보호자와 의료진의 의견이 극명하게 달랐기에 결국 결정은 아이가 하게 되었다.

"또 아프고 싶지 않아요."

이제 열 살이 된 아이는 그렇게 말했다. 다시는 아프고 싶지 않다고. 이에 부모는 눈물을 머금으며 아이에게 후에 생길 부작용에 대해 설명한 후 금속판막 치환술을 결정하였다.

수술을 하는 유민의 이마에 벌써부터 땀이 맺혔다. 앞으로 네 시간이나 수술을 진행해야 했으나 잡생각에 사로잡힌 유민은 평소보다 더욱 빨리 지치는 자신을 느꼈다.

-오늘 봬요.

마침표까지 정확하게 찍혀 있는 문자를 받은 것은 한 시간 전이었다. 그녀는 수술이 끝난 후에 보자고 했다. 그녀가 자신을 보자고 하는 이유는 간단했다. 집에 들어오라는 그날에도 그녀는 집에 돌아오지 않았다. 명확하게 자신을 거부하던 그녀가 자신에게 요구할 것이라곤 단 하나뿐이었다.

정중앙 흉골 절개한 후 심낭 절개한 유민은 심장을 노출시키고 나서야 허리를 폈다. 고개를 저으며 연신 잡념을 떨쳐 내려 애를 썼다. 시야가 확보가 되지 않자 그가 맞은편에 서 있는 장 선생을 보며 말했다.

"석션(Suction)."

빠르게 피를 빨아들이는 소리가 들린다. 이에 따라 그의 피도 빠르게 식어 갔다. 계속 마음 한구석이 외치는 소리를 그는 애써 무시하고 있었다.

잡아.

내가 왜?

잡아야 해.

그러니까 왜?

꼬리에 꼬리를 물고 이어지는 생각과 함께 이마에서 흐른 땀이 어느새 뺨을 스치고 턱에 고였다. 흐트러지는 정신에 그가 다시 한 번 눈에 힘을 주었을 때였다.

"바이탈 떨어집니다."

맥박과 체온, 혈압이 갑자기 요동치고 있었다.

❖

집 근처의 24시간 카페는 늦은 시각에도 몇몇 테이블이 차 있었다. 차가운 아이스커피가 놓여 있는 테이블을 사이에 두고 마주한 두 사람은 조용히 입을 다문 채 서로의 얼굴만 바라보고 있었다.

유민은 새삼스레 재영의 모습을 보았다. 그녀는 대학 시절부터 사내아이처럼 하고 다녔었다. 머리는 늘 짧았고, 편안한 티셔츠에 청바지 차림이었다. 목소리도 허스키했기에 그러한 이미지는 더욱 확고했었다. 유민에게 재영은 좋은 후배였고, 실력 좋은 서전이었으며, 무모할 정도로 환자에게 집착하는 모습에선 배울 점도 있는 아이였다.

하지만 오늘은 조금 다르게 보였다. 머리는 어느새 어깨 밑까지 길어 있었고, 핑크색 셔츠와 흰색 면바지에 그녀가 충분히 매력적인 여성이란 것을 깨닫게 된다.

"수술은요?"

갑작스런 목소리에 유민은 사념을 물러 냈다. 그리고 낮에 있었던 수술을 떠올리며 숨을 삼켰다. 수술실 안에선 단 한 번도 수술 외의 다른 생각을 해 본 적이 없었다. 하지만 오늘은 예외였다. 눈앞의 재영 때문에 집중을 할 수가 없었다.

"꽤 애는 먹었지만 성공적이었어."

고저 없는 목소리로 유민이 말하자 재영의 입술이 부드럽게 호를 그렸다.

"유민 씨 입에서 애먹었다는 이야기를 들으니까 신선하네요."

"왜?"

"뭐든 완벽한 사람이잖아요."

"수술대 앞에서 완벽한 사람은 없어."

그리고 인생에서도 완벽한 사람은 없다.

"시간 내주어서 고마워요."

재영의 말에 유민의 얼굴이 구겨졌다. 마치 타인을 대하듯 말하는 그녀에게 왜 화가 나는 것일까. 그러고 보면 두 사람은 그저 호적으로만 한 가족이었을 뿐, 타인과 다름없는 생활을 했는데도.

"무슨 말을 그렇게 해? 당연히 내야지."

"워낙 바쁜 사람이니까."

웃으며 말한 재영이 가방에서 종이 뭉치 하나를 꺼냈다.

"이혼서류예요."

서류를 들어 확인한 그는 고개를 끄덕였다. 합의이혼 서류와 함께 재산분할 부분까지 확인한 그가 시선을 들어 재영을 보았다. 월급은 애초부터 따로 관리를 하였기 때문에 재산분할 부분에 대해선 그도 크게 이견이 없었다. 다만 한 가지, 그는 결혼 생활 내내 우울했던 재영의 얼굴이 계속 마음에 걸렸다.

"집은 네가 가져."

"아니요, 괜찮아요."

재영은 이번에도 웃는 얼굴로 고개를 내저었다. 금전적인 것으로 그녀에게 미안했던 마음이 풀리진 않겠지만 그래도 무엇 하나라도 주고 싶었다. 하지만 그 마음마저 그녀는 거절했다.

"그 집에서 살 수 없을 텐데, 가지고 있어 봤자 짐만 돼요."

그녀의 말에 유민의 얼굴이 굳었다. 그 집에서 살 수 없다. 그 말이 왜 날카로운 칼날이 되어 자신의 마음을 찌르는 것일까. 지난 1년, 결혼 생활을 이어 나갔던 공간은 그녀에게 쉼터가 되어 주지 못했다. 잠시의 휴식도 취할 수 없던 공간은 필요 없었다.

재영의 얼굴을 가만히 보던 유민은 이혼서류를 앞에 두고서야 자신의 솔직한 마음을 터놓았다.

"변명 한마디만 해도 될까?"

"네, 하세요."

유민은 청초한 재영의 시선을 똑바로 마주했다.

"이성 친구를 사귄 적이 없었어."

"네?"

"왜 그런 표정이야?"

"조금 의외여서요."

대학 시절부터 특별날 정도로 인기가 많았던 남자였다. 그런 남자가 이성교제 한 번 하지 않았다는 말을 어찌 쉬이 이해할 수가 있단 말인가. 그녀와 결혼을 하고 나서도 그에게 접근하는 여자는 수없이 많았다. 손만 뻗으면 닿을 수 있는 여자들이 수십은 되었다.

"바빴지, 이래저래……. 공부하느라 바빴고, 챙겨야 할 것도 많았고. 그리고 딱히 이성에 대한 관심도 없었고."

"……."

그의 눈을 똑바로 마주하던 재영이 고개를 끄덕였다. 믿을 수는 없었지만 눈빛엔 거짓이 없었다.

그러고 보니 그는 이성에 큰 관심이 없었었다. 대학 시절엔 오롯이 공부만 하였고, 늘 사람들에게 둘러싸여 있긴 했으나 그의 옆을 지킨 이는 단 한 명도 보질 못했다.

아아, 그렇구나. 그녀는 속으로 그렇게 생각했다.

그녀의 눈빛을 확인한 그가 천천히 입술을 뗐다. 스스로 이러한 말을 하는 것이 웃기기만 한 것인지 입술 끝이 부드럽게 휘어 있었다.

"그래서 잘 몰랐어. 너와 어떻게 해 나가야 하는지."

반달로 휘어지는 눈과 입술은 다정했다. 그래서였을까, 갑자기 누군가 심장을 쥐어짜는 듯한 기분이 들었다. 그녀는 자조 섞인 그의 말에 눈을 질끈 감았다.

"난 문제가 없다고 생각했거든."

"……."

"지금 와선 그게 아쉽다. 조금 더 빨리 눈치챘다면 여기까진 오지 않았을 텐데."

허탈한 웃음이 섞인 말에 재영이 천천히 눈을 떴다. 그러자 웃고 있는 그의 얼굴이 시야에 가득 들어온다.

"미안해요, 저도 뒤늦게 말해서."

힘겹게 말을 내뱉은 재영은 일그러진 얼굴로 물었다.

"제 마음을 좀 더 빨리 표현했다면, 우리 잘 해낼 수 있었을까요?"

"그래, 지금보단."

그는 그녀가 원하는 답을 해 주었다. 변화의 여지는 있었던 관계라고. 후회는 남지만 풀어 가는 과정이 잘못되었을 뿐, 처음부터 잘못된 관계는 아니었다고. 그러자 일그러졌던 재영의 얼굴이 반듯하게 펴지고 입술 끝에 웃음이 가득했다.

"고마워요, 그렇게 말해 줘서."

재영이 천천히 손을 내밀어 악수를 청한다.

"다시 좋은 선배로 돌아가 주세요."

마지막, 그녀는 비로소 웃을 수 있었다.

chapter *3*

Golden Time

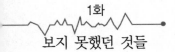

1화
보지 못했던 것들

　가정법원에 다녀온 후, 유민은 어쩐 일인지 집에 들어갈 수가 없었다. 아니, 그러고 보니 재영이 이 공간을 떠난 후론 예전엔 단순한 집이었던 공간이 불편하게 느껴졌다. 그제야 그는 그녀와 마지막 진솔한 대화를 나눴던 그날, 그녀가 한 말의 뜻을 알 수가 있었다.

　"그 집에서 살 수 없을 텐데, 가지고 있어 봤자 짐만 돼요."

　그녀와 마찬가지로 그도 그 집에서 살 수 없을 것 같았다. 입에서 깊은 한숨이 흘러나온다.
　은은한 조명만이 공간을 밝혀 주는 바 안은 듬성듬성 손님들이 자리 잡았을 뿐 한가했다. 바텐더도 한가롭게 잔을 닦고 있을 뿐이었다. 일행을 기다리지 못하고 먼저 술잔을 기울이던 유민의 입에서 깊은 한숨이 터져 나왔다. 가슴이 크게 들썩일 정도였다.
　스트레이트 잔에 술을 따른 유민이 벌컥벌컥 술을 들이켰다. 쓰디쓴 술이 혈관을 타고 온몸 곳곳으로 퍼져 나간다.

기분이 왜 이렇게 엉망인 것일까. 그는 소중한 후배를 위해 해 줄 수 있는 모든 것을 해 주었다. 불행한 결혼 생활을 더 이상 하고 싶지 않다는 그녀의 말을 들어주어 이혼도 했다. 그가 해 줄 수 있는 모든 것을 해 주었는데 왜 이렇게 찝찝한 마음이 드는 것일까?

"아주 예전부터 당신이 좋았어요. 그래서 당신이 결혼하자고 했을 때, 너무 행복했어요."

일그러진 얼굴로 초연하게 웃던 얼굴을 떠올리자 갑자기 심장이 달음박질을 치기 시작했다. 손을 얹은 그가 격렬하게 펌프질을 하는 심장에 미간을 찌푸렸다. 그때, 그의 잡념을 떨치는 목소리가 들려온다.

"먼저 시작했네?"

놀란 듯 동그랗게 뜬 눈으로 의자를 빼 앉는 유진의 모습을 보던 유민의 입술이 느른해졌다.

"왔어?"

"표정이 왜 그래?"

"내 표정이 왜?"

유민이 손을 들어 자신의 뺨을 만졌다. 전혀 문제가 없다는 얼굴이었지만 같은 배에서 태어나고 오랫동안 곁을 지킨 동생의 눈엔 유민의 얼굴에 난 감정의 균열들이 보이는 것인지 고개를 기울였다.

"혼란스러운 얼굴인데?"

"전혀."

딱 잘라 말한 그였지만 동생의 의심스러운 눈앞에 결국 항복을 선언하듯 양팔을 올렸다.

"요즘 계속 뭔가 잘못되는 느낌이라 그래."

"잘못되는 느낌?"

"그래."

그렇게 말하면서도 유민이 눈살을 찌푸렸다. 감정의 가시가 어딘가 콕 박혀 있는 기분이었다. 하지만 어디에 박혀 있는지 몰라 속 시원하게 빼낼 수 없는 그런 기분. 유민이 턱을 괴며 심드렁한 표정을 짓자 유진의 눈이 커졌다.

"형 입에서 그런 말이 나오다니, 되게 의외다."

늘 유진의 앞에선 어른스러운 모습만 보여 줬던 유민이었다. 어릴 적부터 그랬다. 늘 어딘가 조금씩 결핍되어 있던 유진을 지키느라, 끔찍한 현실 앞에 무너져 내리는 가족을 위해 그는 아주 단단한 사람이 되어야 했다. 그리고 모든 것이 끝났다는 걸 알게 되는 순간, 비로소 편안해질 수 있었다.

가족의 든든한 버팀목이 되어 주었던 형은 늘 어른 같은 사람이었다. 하지만 지금은 서른 줄의 평범한 남자처럼 보이는 것은 왜일까.

유진이 멀뚱멀뚱 자신을 보자 유민이 손을 뻗어 장난스럽게 동생의 머리카락을 쓸어 주었다. 그러자 유진이 미간을 찌푸리며 손을 들어 유민의 손을 붙잡는다.

"이거 왜 이래, 쌍둥이 아빠한테."

"아아, 그러셔?"

심드렁하게 말한 유민이 유진의 잔을 채운 뒤 자신의 잔도 채운다. 그리고 두 사람은 허공에서 잔을 맞춘 뒤 술을 들이켰다.

쓰디쓴 술에 유민은 무심하게 잔을 내려놓은 것과는 달리 유진은 오만상을 찌푸리며 오두방정을 떨어 댔다. 그러다 문득 떠오른 생각에 유진이 술병을 들어 잔을 채우다 말고 물었다.

"심이랑 어떻게 된 일이야?"

동생은 늘 재영의 성만 부르곤 했다. 대학 시절부터 청아를 가운데 두고 투닥거렸던 두 사람은 친한 친구이자 원수이기도 했다. 하지만 이젠 세월의 흐름만큼이나 어른이 된 두 사람은 친한 친구에 가까웠다.

동생의 입에서 나온 재영의 이름에 유민이 콧잔등을 찌푸렸다. 그의 표정 변화에 유진의 고개가 옆으로 기울어졌다.

"이혼했어."

"……히익! 왜?"

그렇게 묻고 나서도 유진은 어쩐지 요즘 청아가 형 욕을 참으로 많이 하더라며 말을 덧붙였다. 그 말에 유민의 입가에 씁쓸한 웃음이 번졌다.

아무리 부부의 사정이라곤 그 두 사람만 안다고는 하나, 행복한 가정을 꾸리며 살고 있는 유진에게 이혼이란 단어가 주는 느낌은 아주 강렬했고 부정적이었다. 책임감 있고 매사에 신중했던 유민의 입에서 나온 이혼이란 말에 유진은 여전히 동그란 눈으로 그를 바라보았다. 상대가 너무 놀라자 유민은 괜히 멋쩍어 뒷머리를 긁적였다.

"왜긴 왜야."

"심이 하자고 했어? 내 이럴 줄 알았지. 심이 언젠간 큰 사고를 쳐도 칠 줄 알았어."

그렇게 말한 유진이 동정 어린 시선으로 유민을 보며 말했다.

"걔가 예전부터……."

"아니야."

재영에 대한 부정적인 이야기가 쏟아져 나오자 유민이 재빨리 말을 막은 뒤 고개를 저었다. 그 모습에 유진의 입술에 장난스러운 웃음이 내걸린다.

"내 탓이야. 결혼을 너무 쉽게 생각했던 탓."

"……흐음."

유진은 '아아, 그러셔?' 라는 표정을 지었다. 하지만 자신의 술잔을 내려다보고 있는 유민은 이를 알아차리지 못했다. 생각에 잠긴 그는 심각해 보였다. 마치 며칠째 수학문제 하나를 풀지 못해 고심하는 수험생처럼.

늘 그를 커다란 태산 혹은 어른이라 생각했던 유진은 새롭게 발견한 유민의 모습에 혀를 끌끌 찼다. 형에게 이런 멍청한 면이 있을 거라곤 생각하지도 못했었다.

"뭘 쉽게 생각했는데?"

그 물음에 유민은 다시 한 번 술을 삼켰다. 입 안이 써 무엇이라도 마셔야 할 것만 같은 생각에.

약간의 알코올에 몸이 뜨겁게 데워지자 유민이 구겨진 콧잔등을 펴며 말했다.

"좋은 후배와도 잘 살 수 있을 거란 안일한 생각?"

확답은 아니었다. 1년 전 그가 결혼을 결심했을 때의 생각이 정확하게 떠오르지 않아 이번에도 의문처럼 내던진 말이었다. 이에 유진이 입술을 뾰족하게 내민다.

"아아, 그러셔?"

결국 생각했던 말이 튀어나오고야 말았다. 빈정거리는 동생의 말에 유민이 한쪽 눈썹을 찌푸리며 물었다.

"뭐야, 그 반응은?"

까칠한 유민의 반응에 유진이 테이블을 탁탁 두드렸다. 시선을 모으는 작은 행동에 유민의 입이 꾹 다물렸다. 동생의 입에서 이번엔 또 어떤 기괴한 말이 나올까, 예전엔 기대하던 때도 있었다. 하지만 오늘은 동생의 입을 틀어막을 수 있다면 막고 싶었다.

"자, 우리의 노유민 씨. 잘 생각해 보자고요."

"뭘?"

유민이 스트레이트 잔에 술을 채운다. 동생의 입에서 어떤 스트라이크가 내던져질까, 조금은 겁을 집어먹은 눈동자로.

"어디 형이 병원장이란 자리가 탐이 나서 인생을 가져다 바칠 사람이던가?"

유민의 입술이 꾹 다물렸다. 명예에 대한 욕심은 서전으로서 가지고 싶었으나 높은 위치엔 관심이 없었다.

"감정도 없는 사람이랑 잘 살 수 있을 거란 생각 때문에 결혼할 수 있는 사람이야?"

그 말에 유민은 잠시 멈칫했다. 감정도 없는 사람이라……. 어느새 그의 손가락이 테이블을 툭툭 두드리고 있었다.

"재영이 사정이 딱하기도 했어. 내가 아니면 영 못 미더운 사람과 결혼을 시킬 거란 심 원장님의 말을 듣기도 했다고."

아아, 그 대단한 사돈어른? 유진은 식장에서 보았던 심 원장을 떠올리며 피식 웃음을 내뱉었다. 사람 좋은 웃음을 짓고 있던 남성은 누가 보아도 저절로 허리가 숙여질 정도로 권위가 느껴지는 사람이었다. 대한민국에서 최고로 꼽히는 병원의 병원장이니 어쩜 당연할지도 모른다.

심 원장을 떠올리던 유진이 심드렁한 표정을 지었다.

"형의 말은 동정 때문에 결혼을 했다는 말이네?"

그 말에 유민이 멈칫한다. 그녀가 불쌍해 결혼을 했다는 생각은 한 번쯤은 해 보았다. 그런데 다시 생각해 보니 그녀와 심 원장의 관계에 대해 자세하게 안 것은 결혼을 하고 난 뒤의 일이었다. 그럼 역시나 동정 때문에 곁에 뒀다는 것은 말도 안 되는 변명.

유민의 얼굴에 핏기가 가셨다. 하지만 유진은 유민을 벼랑 끝까지 몰 생각인 것인지 그의 감정 따윈 상관하지 않은 채 빈정거리기 시작했다.

"우와, 미처 몰랐네, 몰랐어. 우리 형이 이런 백의 천사 같은 마음을 가지고 있었을 줄이야. 형을 사모했던 수많은 여인들에게 말할 걸 그랬어. 형은 마음이 약하니까 앞에서 불쌍한 척하며 결혼해 달라고 말하라고. 그럼 결혼해 줄 거라고."

재영은 유진에게 있어서 단순한 타인이 아니었다. 사람을 잘 받아들이지 못하는 그에게 있어 재영은 제법 특별한 사람이었다. 그랬기에 유민에 대한 비난은 제법 수위가 높았다.

결국 참다못한 유민이 낮은 음성으로 말했다.

"노유진."

경고하듯 목소리는 서늘했다. 하지만 누구보다 감정에 솔직한 노유진은 말을 멈추지 않았다.

"아, 아니다. 언제였더라? 형 앞에서 손목 긋고 자살하겠다던 또라이도 있었잖아. 그럼 그 또라이랑 결혼해 주지 그랬어. 불쌍한데."

"……."

유진이 결국 유민의 말문을 막아 버렸다. 형의 안색을 살피던 유진이 피식 웃음을 내뱉으며 어느새 비어 있는 그의 술잔을 채워 주었다.

"형, 멍청하게 굴지 말자. 형은 누군가가 불쌍해서 결혼해 줄 남자가 아니란 말이야."

유민은 말없이 술잔을 기울였다.

심재영은 그에게 소중한 후배였다. 그녀와 결혼한 것은 심 원장의 제안 때문이었다. 그 이전엔 그녀와의 결혼을 단 한 번도 생각해 본 적이 없었다. 하지만…….

"선배, 한국에 들어오신 거예요?"

4년 전, 한국에 다시 들어왔을 때 그가 내민 손을 붙잡으며 환하게

웃던 재영의 모습을 본 이후로,

"선배, 쉬엄쉬엄해요."

그녀가 건네는 말 한 마디,

"하하, 정말. 선배 때문에 내가 엄청 무능한 의사같이 느껴진단 말이에요."

그녀의 웃는 모습 하나,

"우리…… 정말 결혼하는 거예요?"

자신을 보며 조심스러워하던 그 눈빛 하나 잊은 적이 없었다.
"아……."
"잘 해 보라고. 뒷북치는 남자가 제일 나쁘긴 하지만."
우리 청아도 날 아주 피 말려 죽이려고 들었단 말이지.
장난스럽게 말하는 동생의 말에 그가 고개를 숙였다. 그의 커다란 손이 얼굴을 가린다.
이렇게 멍청할 수가.

✤

비틀거리는 걸음으로 현관문 앞으로 다가온 그가 번호 키 앞에서 잠시 숨을 크게 몰아쉬었다 내뱉었다. 입을 통해 나온 알코올 향에 오히려 더 취하는 기분이었다.

"이런."

그가 과음을 했다는 생각에 머리를 부여잡았다. 벌써부터 술이 깨는
것인지 두통이 몰려오기 시작했다. 아니, 과음 때문이 아니었다. 두통의
원인은 다른 곳에 있었다.

끙, 앓는 소리를 내던 유민이 비밀번호를 누른 후 집 안으로 들어섰
다. 또다시 차가운 빈 집을 맞이할 것이란 생각 때문인지 그의 얼굴이
차분하게 가라앉았다. 하지만 현관에 놓여 있는 구두와 안에서 느껴지는
인기척에 그의 얼굴에 놀라움이 서렸다.

"왔어요?"

재영이었다. 그녀가 거실 한가운데 우뚝 서 있었다. 짐을 싸 들고 나
가고 난 후 집에서 그녀를 보는 것은 처음이었다. 무슨 일이지? 그가 눈
살을 찌푸리며 생각하다 곧 그녀의 문자 하나가 떠올랐다.

—짐 가지고 갈게요.

아직 집에 남아 있는 짐을 가지러 오겠다던 문자가 뇌리를 스치고 지
나갔다. 오늘이 짐을 가지러 오기로 한 그날인가 보다.

그가 신발을 벗고 안으로 들어오자 순간 코끝에 술 냄새가 느껴지는
것인지 재영이 눈을 동그랗게 떴다.

"술 마셨어요?"

"아, 어."

유민이 뺨을 붉혔다. 왜 술에 취해 흐트러진 모습을 그녀에게 보여
주는 것이 이리도 부끄럽게 느껴지는 건지. 알다가도 모를 일이었다.

"짐은 다 정리해 뒀어요. 내일 사람이 와서 가져갈 거예요."

그러고 보니 그녀의 뒤로 박스가 잔뜩 쌓여 있었다. 이 집에 그녀의 짐이 저렇게도 많았던가? 그래, 그래서 집 안 구석을 둘러볼 때마다 그녀가 떠올랐던 것이다.

한참 박스를 보던 그가 시선을 돌려 재영과 눈을 마주하며 물었다.

"집은 구했어?"

"아직이요."

그녀가 초연하게 웃었다. 양손으로 가지런히 잡고 있던 가방 끈을 힘주어 잡는 그녀의 손이 보였다.

"뭘 해야 할지, 아직은 아무것도 결정하지 못한 상황이에요."

"뭐……?"

"아버지가 병원에 남아 있는 걸 허락해 줄 리가 없잖아요."

그렇게 말하며 또다시 싱긋 웃는 그녀의 모습을 보자 가슴 한 켠이 저릿해져 왔다. 그래, 그녀에게 이혼이란 단순히 한 부부가 헤어지는 것 이상의 의미였다. 그런데도 그녀는 자신의 손을 놓으려 했다. 갑자기 눈시울이 붉어지는 기분이 들었다.

"……넌."

힘겹게 물은 유민이 차마 재영의 시선을 마주하지 못한 채 비스듬히 됐다. 아마 술기운에 센티멘탈해진 것일 터다. 노유민에게 눈물이라니. 자신 스스로 생각해 보아도 참으로 매치가 안 된다.

"네?"

"넌 어떻게 하고 싶은 건데."

"전 언제나 늘 그랬던 것처럼 환자의 곁을 지키고 싶어요."

그렇게 말하는 재영의 말끝에 웃음이 묻어 나왔다. 자조 섞인 웃음은 한숨도 섞여 있었다.

"별소리를 다 하네요. 그럼 이만 가 볼게요."

재영은 망설임 없이 걸음을 옮겼다. 유민의 곁을 지나쳐 현관문으로 나가 가지런히 벗어 두었던 신발을 꿰어 신은 그녀가 문을 열고 밖으로 나가려고 할 때였다. 망부석처럼 서 있던 유민이 천천히 몸을 돌렸다.

"재영아."

"네?"

현관문을 열다 말고 그녀가 고개를 돌려 유민을 보았다. 흰 셔츠에 편안한 검은 바지를 입고 있는 그는 이 순간에도 참으로 멋있었다. 그 모습을 눈에 담던 그녀는 곧 흘러나오는 그의 말에 고개를 옆으로 기울였다.

"다시……."

미처 끝맺지 못한 말. 그는 입을 꾹 다문 채 흔들리는 시선으로 재영을 보았다.

"아니야. 데려다 줄게."

"그렇게 술을 잔뜩 마셔 놓고요? 괜찮아요, 선배."

웃으며 문을 열고 그녀가 밖으로 나간다.

달칵.

문이 닫혔다.

그리고 그 둘 사이엔 뛰어넘지 못할 만큼 단단한 벽이 생겼다.

한참이나 문을 보던 그가 걸음을 옮겨 소파에 앉았다. 그리고 고개를 뒤로 젖혀 편히 누운 그가 숨을 깊게 들이마셨다가 내뱉었다. 얼굴이 엉망으로 일그러진다.

양손을 들어 얼굴을 가린 그의 입에서 신음이 흘러나왔다.

"미친놈."

❖

"결국 네가 일을 쳤더구나."

"미리 말씀드렸잖아요."

메마른 얼굴로 심 원장을 바라보던 재영의 입술 끝에 미소가 내걸렸다. 분노를 애써 억누르듯 입술을 앙다물고 있는 심 원장을 보자 저절로 웃음이 나온다. 예전엔 저 얼굴을 보지 않기 위해 무던히 노력하던 때가 있었다.

어떻게 해야 아버지의 사랑을 받을 수 있을까, 고민하던 멍청한 예전의 자신을 떠올린 재영의 입술이 시니컬하게 올라갔다. 그런 방법 따윈 없었는데.

흔들림 없는 재영의 표정에 심 원장의 얼굴이 비틀렸다. 두려움 하나 없는 표정에 그가 허공을 향해 손을 번쩍 들어 올렸다.

짝!

눈앞에 번개가 번뜩였다. 입술 사이로 신음이 새어 나오려 했지만 재영은 입술을 악물며 참아 냈다. 옆으로 돌아갔던 재영의 고개가 다시 원래의 위치로 돌아오자 다시 한 번 심 원장의 손이 날아들었다.

짝!

"아……."

재영의 입에서 신음이 흘러나왔다. 볼이 화끈거렸고, 눈가엔 찔끔 눈물이 맺혔다. 하지만 아직도 분이 풀리지 않은 그가 다시 한 번 손을 들었을 때였다.

"뭐하시는 겁니까?"

굳은 목소리가 들려왔다. 목소리엔 분노마저 서려 있었다. 뚜벅뚜벅 빠르게 걸음을 옮긴 유민은 자신의 시선을 피하는 재영의 모습에 이를 악물었다. 그녀의 팔을 잡아 벌떡 일으켜 세운 그가 재영을 향해 일갈했다.

"나가."

"……하지만."

"나가!"

그녀의 눈망울이 사정없이 흔들렸다. 몸이 빳빳하게 얼었지만 자신의 팔에 닿아 있는 그의 온기에 조금씩 체온이 원래대로 돌아왔다.

재영이 심 원장을 보았다. 그는 어느새 표정을 갈무리한 상태였다.

"나가 보겠습니다."

"흠!"

재영이 걸음을 옮겨 원장실을 나서자 유민은 방금 전까지 그녀가 앉아 있던 자리에 앉았다. 허리를 빳빳하게 편 채 앉은 그는 여전히 굳은 표정이었다.

"재영이, 그 아이가 철이 없어."

못마땅한 기색으로 말을 내뱉는 심 원장의 모습에 유민의 입가에 조소가 어렸다.

철이 없는 아이라.

그의 조소가 더욱 진해진다.

그의 장인이자, 그가 근무하고 있는 병원의 병원장인 그는 이야기를 나누면 나눌수록 자비가 없는 사람이란 생각만 들었다. 병원 내에서 의료소송이 들어가게 된다면 본인 식구들 챙기기 바쁜 다른 곳과는 달리 대한세종대학병원에서는 바로 의사직을 내려놓게 만들고, 자신의 명성에 흠이 가는 것은 절대 허락하지 않았다. 그건 딸에게도 마찬가지였다.

심 원장을 마주할 때마다 그는 아랫배가 간질거렸다. 예전엔 그러한 느낌이 무엇 때문인지 알 수 없었으나 이젠 알았다.

불쾌감.

그를 마주할 때마다 불쾌감에 온몸이 간질거렸던 것이다.

"아닙니다, 심 원장님. 철이 없었던 건 저죠. 생각이 깊질 못했습니다."

그가 서늘한 표정으로 말했다. 그러자 심 원장은 아무 일도 없다는 듯 평소대로 부러 지어 보인 웃음을 입가에 내걸며 말한다.

"그 아이를 병원에서 내보낼 생각이야. 남세스러운 딸, 병원에 둘 수야 없지."

"심 원장님."

흔들림 없는 눈망울로 심 원장을 보던 그가 힘 있는 어조로 말했다.

"이혼을 하긴 했지만, 그래도 저에겐 소중한 후배입니다. 그리고 실력 있는 의사이고요."

"이제 내 딸이네. 자네 아내가 아니라."

자신의 말에 이의를 다는 것이 마음에 들지 않는 것인지 심 원장의 표정이 굳었다. 하지만 유민은 여전히 단호한 태도를 취했다.

"방금 전 제가 본 건 아버지와 딸의 모습이 아니었습니다만."

"자네!"

심 원장이 자리에서 벌떡 일어나 외쳤다. 그러자 유민도 자리에서 일어난다. 커다란 키 때문인지 심 원장의 시선이 저절로 위로 올라갔다. 유민은 턱을 치켜든 채 오만한 표정을 지으며 심 원장에게 그녀와 자신의 연결고리를 확실히 말했다.

"이혼을 했든 안 했든 제 사람입니다. 그러니 그녀에 대해선 더 이상 터치하지 말아 주십시오."

그녀를 터치하는 것은 자신을 터치하는 것과 마찬가지라며 으름장을 놓았다. 그리고 그녀를 건드리는 순간, 그는 참지 않을 태세였다. 이에 심 원장의 입에서 신음이 흘러나왔지만 유민은 상관하지 않은 채 허리를 숙여 인사한 뒤 뒤돌아섰다.

그가 이를 악물었다. 턱 근육이 움찔거린다. 분노로 뇌가 지글지글 끓어 댔다.

원장실 문을 열고 밖으로 나온 그는 문에 기댄 채 바닥에 주저앉아 있는 재영을 보았다. 심 원장의 비서들이 어쩔 줄 몰라 하며 서 있는 것이 보인다. 하지만 그들의 태도를 보면 이런 날이 하루 이틀이 아니었다는 것을 알 수 있다.

유민은 한쪽 무릎을 굽혀 재영과 시선을 마주했다. 그의 모습에 재영의 눈가에 눈물이 고였다. 이런 모습까진 보여 주고 싶지 않았는데…….

"부끄러워요."

갈라지는 목소리로 겨우 말을 꺼내 놓은 재영이 입술을 꾹 다물었다.

"아니, 넌 부끄러워할 필요가 없어."

"……."

"……내가 부끄럽다."

심 원장에게 뺨을 얻어맞던 그녀의 모습을 떠올리자 온몸의 피가 차갑게 식어 간다. 전혀 몰랐다. 심 원장에게 그녀가 맞고 있을 줄은.

유민은 팔을 뻗어 바들바들 떨리는 재영의 어깨를 감싸 자신의 품으로 끌어당겼다. 그리고 다른 손으론 그녀의 뒤통수를 감싸 안으며 차갑게 식은 서로의 몸에 체온을 불어넣었다.

"미안하다, 지켜 주지 못해서……."

"……."

파들파들, 파르르.

재영이 사지를 떨어 댄다.

"미리 알아주지 못해서……."

"……."

"미안하다."

그의 어깨가 뜨거운 슬픔으로 축축하게 젖어 갔다.

❖

텅 빈 의국 안.

심상치 않은 유민과 재영의 표정에 안에서 쉬고 있던 의사들이 서둘러 빠져나간 공간 안엔 꿉꿉한 냄새가 났다.

인턴과 레지던트들이 졸도할 것 같을 때 찾는 곳이라 그런지 의국 안은 정리 정돈과는 거리가 먼 모습이었지만, 두 사람 중 그 누구도 이에 대해 신경 쓰는 이는 없었다. 그들 역시 사람과는 먼 모습으로 이러한 환경에서 쪽잠을 잤던 기억이 있어서이기 때문이다.

벽을 가득 채우고 있는 2층 침대 가운데 놓여 있는 의자에 재영을 앉힌 그가 곧장 냉장고로 향했다. 냉동실을 연 그는 얼음통이 텅 비어 있자 미간을 찌푸렸다.

"얼음 사 올게."

그가 가운 속에 지갑이 있는지 확인한 뒤 말했다. 그러자 재영은 자신의 곁을 지나치는 그의 손을 잡아 자신의 뺨에 가져다 댔다. 차가운 손에 화끈거리는 뺨이 식어 가는 것이 느껴진다.

"이거면 됐어요."

그렇게 말하며 재영은 웃었다. 차갑게 식어 가는 뺨과는 달리 가슴에 불어오는 훈훈한 바람. 그녀의 입가에 머금어진 웃음은 초연했다.

손을 떼지 않은 채 의자를 끌어와 그녀의 앞에 앉은 유민은 눈을 감고 있는 재영의 얼굴을 보았다. 기다란 속눈썹이 눈 밑에 짙은 그늘을 드리우고 있었다. 아니, 그늘을 더하고 있었다. 얼굴은 많이 지쳐 보였고, 피곤해 보였다. 단순히 외상센터의 일이 고되어서 그런 것만은 아닐 것이다.

갈 곳 없는 시선이 그녀의 얼굴을 더듬고 있을 때였다. 투명한 립글로즈가 발려 있던 입술이 달싹인 것은.

"자상해요."

한숨처럼 말한 재영이 다시 입을 다문다. 그녀의 속눈썹이 파르르 떨렸다.

그녀의 콧잔등에 난 주름 하나하나까지 눈에 담던 유민은 한참의 침묵 끝에야 물었다.

"뭐가?"

"손이요. 참 자상한 손이에요."

노력이 고스란히 보이기도 하고. 참 좋은 손이에요.

그녀는 그렇게 말했다.

말문이 막힌 유민이 가만히 그녀의 얼굴을 들여다보고만 있자 재영이 천천히 눈을 떠 그와 시선을 마주했다. 그녀의 눈망울이 작은 바람을 만난 것처럼 잔잔하게 흔들리고 있었다.

"선배가 자상한 사람이란 걸 알기 때문에 더 힘들었던 것 같아요."

"그렇지 않아."

그가 미간을 세우며 말했다. 그러자 재영이 키득키득 작게 웃음을 내뱉더니 고개를 끄덕였다.

"저도 미련했어요. 하지만 내 눈에 썬 콩깍지가 얼마나 대단했는데? 제게 노유민이란 사람은 아주 자상하고, 아주 대단한 사람이었단 말이에요."

그녀의 머릿속에 자신의 이미지가 어떠할지 떠올려 보았지만 쉽게 유추해 낼 수가 없었다. 남에게 자신의 모습이 어떻게 비쳐질지 정확하게 알 수 있는 사람은 그리 많지 않을 것이다.

"힘든 일도 척척 이겨 내고, 어떠한 일이든 손쉽게 해결하고. 슈퍼맨 같았단 말이에요."

대학 시절부터 1등을 놓치지 않았던 완벽한 남자. 어디 그뿐인가? 유진이 힘들어했을 때, 다른 누군가라면 견디지 못할 일에도 이 남자는 흔들림이 없었다. 그녀에게 노유민은 단순한 남자가 아니었다. 존경하는 선배였고, 선망하는 대상이었다.

재영은 검은 그의 눈빛을 마주하며 웃었다.

그도 사람이었는데…… 그것을 그녀는 알지 못했다.

그저 그가 왜 자신을 사랑해 주지 않을까, 왜 자신을 보지 않을까, 투정만 했을 뿐이었다.

"좋아한다, 사랑한다, 그렇게 말할 걸 그랬어요. 선배란 사람을 똑바로 바라보기 위해 나도 노력할 것을 그랬어요. 생각해 보니 나도 너무했던 거야. 당신은 아무런 것도 눈치채지 못하고 있었는데 막 몰아붙이기만 했지 뭐예요?"

유민이 천천히 고개를 저었다.

"미리 알아차리지 못한 내가 잘못한 거야."

가장 가까운 곳에서 그녀가 힘들어하는 것을 알지 못했으니 그의 죄다. 심 원장의 일만 해도 그렇지 않은가. 그는 눈치조차 채지 못하고 있었다. 그저 어릴 적부터 사랑받지 못하고 컸구나, 정도로만 생각했을 뿐이었다.

뭐든 그 정도, 딱 그만큼만.

깊은 생각을 하지 않았다.

그의 얼굴이 일그러지자 재영은 자신의 뺨을 감싸고 있는 그의 손길에 다시 눈을 감았다. 입에선 느릿한 한숨이 터져 나왔다.

"저도 변명 하나 해도 될까요?"

그녀의 물음에 그는 답 대신 손가락 끝을 동그랗게 말아 그녀의 뺨을 감싸 쥐었다. 손바닥에 닿았던 따끈한 느낌은 사라진 뒤였으나, 그는 손을 내리지 않았다.

그가 아무런 답도 하지 않자 그것을 긍정이라 받아들인 것일까. 재영이 천천히 입술을 달싹였다.

"두려웠어요. 누군가에게 다가가는 게. 생각해 보면 청아도 걔가 먼저 다가와 줬거든요. 전 사람과의 관계를 어떻게 만들어 가야 하는지 전혀 모르는 어린아이였던 거예요. 아예 사회성이 결여된 인간이었죠. 그래서 그랬어요."

말을 끝마친 재영이 천천히 눈을 떠 음울한 눈빛으로 자신을 바라보는 유민의 모습에 혀를 살짝 빼내며 장난스럽게 말했다.

"미안해요. 나쁜 사람이라고 말했던 것 취소."

손을 뻗으면 닿을 거리, 그녀가 있었다.

응급환자가 들어오자 침대를 끌어 응급실 안으로 들어온 그녀는 구조대에게 어떻게 된 일인지 설명을 듣고 있었다. 응급실 안은 금세 부산스러워졌다.

멀찍이서 그 모습을 보고 있던 유민은 결국 그녀에게 다가서지 못하고 걸음을 돌려야 했다. 그녀에게 다가서 뭐라 말을 한단 말인가.

뒤늦게 너에 대한 내 감정을 알게 되었어.

믿진 못하겠지만, 사실이야.

이렇게?

혹은,

나란 사람이 참 간사해서 네가 없어진 후에야 너에 대한 소중함을 알게 됐어.

라는 미친 소리를 해?

유민의 얼굴이 짜증스럽게 구겨졌다. 요즘 그는 인상을 쓰고 있는 일이 많아졌다. 예전이라면 뭐든 쉽게 넘길 수 있었는데 요즘은 그게 아니었다. 아니, 그녀에 관한 일은 '뭐든'이 아니었다. 난생처음 경험해 보는 상황에 그는 당황했고, 놀랐으며, 현재는 어쩔 줄을 몰라 자리에서만 발을 동동 구르고 있었다.

선선한 거리를 걷던 그는 바람이 불어와 머리카락을 간질이자 눈을 질끈 감으며 걸음을 멈췄다. 지금이라도 되돌아가서 그녀와 이야기를 해 볼까? 한참을 고민하고 서 있을 때였다.

그의 주머니에 있던 휴대전화가 윙윙 진동을 울리기 시작했다. 액정을 확인하지도 않은 채 그가 전화를 받아 들었다.

〈교수님 어디십니까? 다 모였습니다.〉

"아, 지금 갑니다. 먼저 시작하세요."

〈네, 카드는 꼭 지참하셔야 하는 것 아시죠? 그럼 기다리고 있겠습니다.〉

전화는 간단했다. 하지만 그 전화에 그의 정신이 또다시 흐트러지기 시작한다. 다시 시작되는 관계가 그녀에게 상처 주지 않으리란 보장은 없었다. 이미 충분히 아프고 힘겨워했던 여자이다.

그가 천천히 걸음을 옮겼다. 그의 걸음은 병원이 아닌 회식장소로 향하고 있었다.

펍 안은 왁자지껄했다. 병원과는 고작 걸어서 5분 거리에 있는 곳이었기에 회식장소로 자주 이용되는 이곳은 대부분의 손님이 대한세종대학병원 의료진이라 해도 과언이 아닐 정도였다.

오늘도 하루 종일 환자들과 지지고 볶느라 모든 기운을 소진한 그들은 오랜만에 가지는 회식 자리에 한껏 들떠 있었다. 술값은 모두 교수의 지갑에서 나갈 테니 걱정근심 없이 부어라 마셔라 하는 사람들을 뒤로한 채 유민은 펠로우에게 자신의 카드를 건네곤 자리에서 일어섰다. 이런 자리에선 직함을 달고 있는 이들이 먼저 빠져 주는 것이 예의라는 것을 유민 또한 알고 있었다.

몇 잔의 술에 적당히 알딸딸해진 유민이 계단을 오를 때였다. 맞은편에서 누군가 내려오고 있는 것이 보였다. 고개를 들어 보자 무심한 표정을 한 건형이 서 있었다.

"왜 그렇게 보십니까, 교수님?"

옆으로 비켜 주지도 않은 채 멀뚱히 자신을 보는 유민의 모습에 건형이 눈살을 찌푸리며 말했다. 하지만 목소리엔 고저가 없어 자칫 시비를 거는 것처럼 보인다. 까칠한 그의 반응에 유민은 표정을 굳히며 옆으로 비켜섰다.

"아닙니다."

유민이 열어 준 길로 걸어 내려가던 건형이 막 마지막 계단을 밟았을 때였다. 미간을 찌푸린 채 고민에 잠겨 있던 건형은 고개만 돌려 망부석처럼 서 있는 유민의 뒷모습을 보았다. 후아, 입에서 깊은 한숨이 흘러나왔다.

"오지랖인 거 압니다만."

짧게 말을 자른 건형이 미간을 찌푸렸다. 그래, 오지랖도 이런 오지랖이 없었다. 하지만 유민의 모습을 가만히 볼 수 없는 것은 요즘 들어 부쩍 힘들어하던 재영의 모습이 계속 떠올랐기 때문일 것이다. 그가 힘들었던 그 시절, 재영도 자신의 곁에서 수많은 위로를 해 주었다. 어떨 때는 풀 당(매일 당직을 서는 것)을 한 뒤에도 자신과 함께 술잔을 기울여 줄 때도 있었다.

후우, 한숨을 내뱉은 건형이 또렷한 눈빛으로 유민을 올려다보았다.

"심재영 선생님은 저에게 몇 안 되는 배울 점이 많은 선배이자, 동료입니다."

"무슨 말씀이십니까."

속을 알 수 없는 건형의 모습에 유민이 몸을 돌려 팔짱을 꼈다. 그의 입에서 흘러나온 재영의 이름만으로도 유민의 사지가 뻣뻣하게 굳었다.

"그리고 노유민 교수님도 제 기준에선 아주 배울 점이 많은 분입니다."

"……."

"그런데 말입니다. 저라면 아무리 부부싸움을 했다 하더라도 아내가 그 새벽에 홀로 집을 나서게 하진 않을 겁니다."

서늘해진 마음에 유민의 얼굴이 얼음장처럼 굳었다. 날카로운 그의 눈매에 건형이 뒷머리를 긁적였다.

"역시나 오지랖이죠? 죄송합니다. 먼저 가 보겠습니다."

깍듯하게 허리를 숙인 건형이 문을 열고 펍 안으로 들어서려고 할 때였다.

"채 선생."

유민이 조용히 건형을 불렀다. 고개를 돌린 건형이 말하라는 듯 멀거니 보자 유민은 무거운 입술을 천천히 달싹였다.

"충고 고맙습니다. 하지만 그런 이야기를 왜 저에게 해 주는 겁니까."

눈에 띄게 굳은 그의 표정에 건형이 입맛을 다셨다. 역시 괜히 나섰다는 생각이 들었다. 하지만 기왕 시작한 일, 그는 끝장을 볼 참인지 무심한 어조로 말했다.

"저라면 아내를 의심하지도 않을 겁니다."

"의심하는 것 아닙니다. 다만 불안해서 그렇죠."

"네?"

건형의 미간이 찌푸려졌다. 방금 전까지만 해도 서늘했던 그의 얼굴에 순간 희미하게 웃음이 퍼졌다.

"내가 못난 사람인 것을 알기 때문에 불안한 겁니다."

자신의 손 안에 있던 재영은 스스로 손가락을 펴 그곳에서 빠져나갔다. 만약 좀 더 빨리 감정을 깨달았다면 그 손을 펼치지 않기 위해 노력이라도 했겠지만, 멍청한 자신이란 사람은 뒤늦게 깨달은 감정에 마지막 발악조차 하지 못했다. 그리고 멀리서 지켜보는 날들만 계속되고 있었다. 그녀는 완전히 마음을 정리한 것처럼 보였으니까.

그가 한참 생각에 잠겨 있자 건형의 입술이 비틀렸다. 아주 형제가 쌍쌍이 자신을 괴롭히고 있었으나 웃음은 여유로웠다. 입가에 번지는 웃음에 유민의 미간이 찌푸려졌다.

"제가 세상에서 가장 싫어하는 사람이 노유진입니다."

갑작스럽게 튀어나온 이름에 유민의 표정이 멍해졌다. 그러자 건형이 입가에 조소를 머금으며 말을 마쳤다.

"그리고 용기내지 못했던 멍청한 내 과거도 가장 싫어합니다."

"네?"

유민이 다시 한 번 되물었지만 건형은 대답을 해 주지 않은 채 걸음을 옮겨 펍으로 향했다. 그의 뒷모습을 보던 유민의 얼굴이 굳어졌다.

"용기내지 못했던 과거……."

그 말이 날카로운 바늘이 되어 자신의 가슴이 박혔다.

따끔따끔, 아프다.

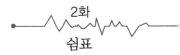

2화
쉼표

산뜻한 바람이 불어왔다. 머리카락을 헝클이는 후덥지근한 바람에 짜증이 날 법도 하건만 대학 캠퍼스가 주는 그 싱그러움 때문일까. 유민의 입가에 그리움이 서렸다.

푸르른 생명이 찬란히 빛나고 매미 울음소리가 캠퍼스를 가득 울리는 날, 유민은 소아외과 심장이식술에 대한 특강을 하기 위해 걸음을 옮기고 있었다. 그가 존. F. 케네디 병원에서 이곳 대한세종대학병원으로 올 때 교수직을 제의받으면서 1년에 두 번씩 특강을 하고 있었다. 남을 가르치는 일엔 재주가 없었지만 그래도 많은 도움이 될 것이란 말에 이를 수락했다.

그 뒤로 유민은 한 번씩 모교를 찾아 학생들을 만나고 있었다. 그들을 만날 때면 예전, 치열하게 공부 기계로 살았던 그날의 자신이 떠올라 진저리가 나면서도 웃음이 저절로 나왔다.

점심시간이어서 그런지 많은 학생들이 캠퍼스를 거닐고 있었다. 무리 지어 다니는 아이들을 보던 유민은 문득 떠오르는 한 기억에 걸음을 멈췄다.

그날은 누군가가 사물함을 털어 무척 기분이 나쁜 날이기도 했다. 곧 있을 시험을 위해 턴 것이거나 혹은 그를 좋아한다고 쫓아다니는 아이들 중 한 명일 것이란 생각을 하며 그가 걸음을 옮기고 있을 때였다.

"심!"

날카로운 목소리가 들렸다. 그 목소리의 주인공은 유민 또한 잘 알고 있는 인물이었다. 얼빠진 자신의 동생, 노유진이 분명했다. 고개를 돌린 유민의 시선 끝에 철퍼덕 넘어져 있는 아이와 막 아이를 민 듯 씩씩거리고 있는 유진이 보였다. 그 모습만으로도 유민은 성큼성큼 걸음을 옮겨 옆구리에 끼고 있던 의학서적을 쥐었다. 500페이지에 달하며 올 컬러로 되어 있어 꽤 무거운 책이었다.

평소라면 지나쳤을 모습이었지만 그날 그는 무척이나 기분이 나빴다. 그래서 유진과 눈이 마주치자마자 책으로 유진의 머리를 내려쳤다. 퍽, 인상을 찌푸릴 정도로 커다란 소리에 유진의 눈이 동그랗게 변했다.

"여자한테 그러는 거 아니야."

그러면서 다시 한 번 내려친 유민은 유진이 뒤로 더듬더듬 물러나며 맞은 부분을 만지고 나서야 책을 다시 옆구리에 넣었다. 그리고 넘어진 채 얼이 빠진 얼굴을 하고 있는 여자아이를 보았다.

이 아이의 이름이 무엇이더라? 그러한 생각을 하고 있을 때였다. 옆에서 징징거리는 목소리가 들려왔다.

"형, 왜 때려! 아프다고!"

"봤어. 그리고 맞을 짓 했고."

그러면서 청아가 또다시 유진의 팔을 찰싹 때리는 소리가 들렸다. 유진은 마치 나라를 빼앗긴 사람처럼 황망한 표정을 지으며 어떻게 네가 나에게 이럴 수 있냐는 말을 쏟아 내고 있었다.

한숨을 삼킨 유민은 여자아이에게 손을 내밀었다. 간혹 길을 거닐거나, 도서관에서나, 학생식당에서 가끔 눈이 마주치곤 하던 여학생. 유진과 같이 다니는 심재영이란 것을 용케 떠올린 유민은 그녀가 자신의 손을 멀뚱멀뚱 보고만 있자 미간을 찌푸렸다.

"잡아."
"아, 네."

재영이 손을 잡자 유민이 힘을 주어 잡아당겼다. 재영의 몸이 가볍게 세워졌다. 그녀의 얼굴에 놀란 기색이 역력했다. 뒷주머니에서 손수건을 꺼내 손을 꼼꼼하게 닦은 유민이 재영에게 손수건을 건넸다. 어느새 엉덩이를 탈탈 털고 있던 재영이 이번엔 손수건을 멀뚱멀뚱 바라보았다.

"닦아."
"네?"
"닦으라고."

더듬더듬 손을 내민 재영이 손수건을 말아 쥐었다. 빳빳했던 손수건이 그녀의 손에서 일그러졌다.

"감사합니다."

자신과는 시선을 마주치지도 못한 채 고개를 푹 숙이는 재영을 보던 유민이 고개를 옆으로 기울였다. 입가는 웃고 있었으나 눈은 웃고 있지 않았다. 간혹 스치듯 만났을 때도 이 아이는 무언가를 참듯 이렇게 웃곤 했었다.

뭐, 내가 상관할 바는 아니지.

그렇게 생각한 유민은 재영의 머리에 커다란 손을 올려 슥슥 쓰다듬으며 말했다.

"심재영이지? 멍청한 동생이지만 잘 부탁한다."

그때 재영의 표정이 어떠했더라?

과거의 기억 속을 헤매던 그의 걸음이 멈추었다.

"아."

그때 재영은 연신 피하기만 하던 시선을 처음으로 맞춘 채 진정으로 웃었다. 그녀의 웃음을 본 것은 그때가 처음이었다. 시원하게 벌어진 입술과 반달로 접히는 눈, 눈동자는 조명처럼 반짝였다. 그래, 그 모습을 유민은 자신도 모르게 한동안 바라보고만 있었다. 그리고 생각했다. 아, 웃음이 참 예쁜 아이구나.

유민은 곧장 멈췄던 걸음을 강의실로 옮겼다.

"그래, 참 예뻤지."

스물둘의 심재영은 참 예뻤다. 책을 볼 때도, 세상을 바라볼 때도 뭐가 그리도 신기한지 눈을 빛내고 있었으니까. 그땐 그렇게만 생각했었다. 하지만 이제 와 생각해 보면 어쩌면 그녀가 자신을 바라볼 때, 자신의 곁에 있을 때, 스치듯 우연히 눈이 마주쳤을 때, 자신 때문에 그 눈이 반짝였던 것은 아닐까 생각해 본다.

교단 위에 선 유민은 빠르게 강의 준비를 했다. PPT를 켰고, 목을 축였으며, 강의가 시작되기 한 시간 전부터 긴장을 하고 있었다. 그러다 문득 강의실 뒷문을 바라본다. 그렇게 헤어진 후 다시 재영을 만난 것이 바로 이 강의실이었다.

그날도 제일 뒷자리에 자리를 잡고 앉아 있을 때였다. 그때 유독 자신에게 말을 자주 걸던 여자 선배가 있었는데, 그날도 자신의 옆자리를 차지하고 앉아 연신 이야기를 조잘조잘 늘어놓고 있었다.

"응? 내일 시간 안 돼?"

다가오는 사람들을 굳이 막지는 않았으나 일정 거리 이상 다가오면 자신도 모르게 걸음을 뒤로 물리곤 했었다. 어릴 적부터 늘 사람들이 주위에 들끓기는 했으나 그건 유민에게 묘한 불편함을 주는 일이었다.

코를 찌르는 향수 냄새와 뇌를 울릴 만큼 높은 목소리에 어떻게 하면 이 자리를 피할 수 있을까, 궁리하고 있을 때였다.

뒷문이 열리더니 재영이 들어왔다. 들어오자마자 유민과 눈이 마주치자 그녀는 깜짝 놀란 것 같았다. 그녀의 얼굴을 뚫어지게 바라보던 유민은 상대의 이야기가 끝나지도 않았는데 자리에서 벌떡 일어났다. 사람들의 시선이 모여들었지만 그는 성큼성큼 걸음을 옮겨 책을 꽉 끌어안고 있는 재영의 앞에 섰다.

"심재영."
"네?"

동그랗게 뜬 눈망울이 흔들렸다. 모여드는 시선들에 손가락 끝에 더욱 힘이 들어가는 것도 보였다. 유민은 손을 앞으로 뻗으며 그도 이제껏 잊고 있었던 손수건의 존재를 말했다.

"손수건 돌려줘."
"집에……."
"그래? 자리는 잡았어?"
"아직이요."

그녀의 말에 유민은 그녀의 손을 이끌어 자신의 자리로 왔다. 팔목을 감싸는 손길에 얼떨결에 끌려온 재영은 날카롭게 도끼눈을 뜬 여자 선배와 시선이 마주쳤고, 그와 동시에 허리를 숙여 인사를 건넸다.

"안녕하세요, 선배님."

떨리는 그녀의 목소리엔 두려움이 서려 있었다. 공공연하게 노유민이 자신의 것이라 말을 하고 다니던 사람이었다. 그 덕에 기가 죽은 후배들은 유민에게 고백 한 번 하지 못한 채 주위만 맴돌고 있었고, 용기 있는 이들은 고백을 했다가 장렬하게 차이기도 했다.

재영의 고개가 땅으로 박힐 듯 숙여지자 유민은 무심한 얼굴로 여자 선배를 보며 말했다.

"비켜 주세요. 제가 먼저 자리 잡았습니다."
"뭐, 뭐?"

"재영이와 수업을 함께 듣기로 해서요."

그러면서 부드럽게 짓는 웃음에 그 자리에 있는 모든 이들이 숨을 들이켰다. 남자들도 쉬이 친해지지 못하는 노유민의 옆자리를 떡하니 차지한 재영의 존재에 놀라는 눈치였다.

유민은 들리지 않을 만큼 작은 목소리로 재영에게 속삭였다.

"미안, 조금 곤란해서 말이야. 다음에 밥 살게."
"아, 아니에요."

핑크빛으로 물든 뺨, 조금 거칠어진 숨소리, 차마 앞을 보지 못해 푹 숙인 고개.

마치 무대 위에 선 배우처럼 사람들의 시선이 그 둘에게 한꺼번에 모여들었으나 유민은 심드렁하게 턱을 괸 뒤 앞만 바라보고 있었고, 재영은 수업이 시작된 뒤로도 고개를 들지 못했다.

그 수업에서 유민의 옆자리는 그날부로 항상 심재영의 차지였다.

과거의 기억이 끝나자 흐려졌던 유민의 시선이 원래대로 돌아왔다. 어느새 강의실 안엔 학생들이 가득 차 있었다. 학생들을 바라보던 유민은 자리에서 일어나 강단 앞에 섰다.

"오랜만입니다."

오랜만입니다. 스스로가 내뱉은 인사였지만 왠지 과거의 그와 그녀에게 하는 말인 것 같아 유민의 가슴이 찌르르 떨렸다.

✦

"수고하셨습니다."

"감사합니다."

강의가 끝나자 여기저기서 목소리가 터져 나왔다. 두 시간 동안 계속 말을 해야 했던 유민은 목이 아픈지 물을 마시며 고개를 끄덕였다. 간혹 몇몇 아이들이 다가와 질문을 건네자 이에 대해 척척 답을 한 유민은 손 목시계를 확인한 후 자리에서 일어났다. 그러자 텅 빈 강의실이 눈에 들어온다.

강의가 끝난 후 다른 이들의 눈초리를 받게 한 죄로 유민은 재영에게 간혹 점심을 사 주곤 했다. 학생 식당으로 가 봤자 다른 이들의 시선만 더 받을 것이 뻔하여 굳이 학교와는 멀리 떨어진 곳으로 가곤 했는데, 그때마다 재영은 양팔까지 내저으며 한사코 식사를 같이 하지 않겠다며 거절하곤 했었다.

처음 여자에게 거절이란 것을 당해 보았던 그는 오기로 밥을 사 주었다. 그릇까지 싹싹 긁어먹지 않으면 한동안 멀뚱히 그녀를 바라보곤 했다. 그때마다 양 볼에 식량을 저장한 다람쥐처럼 볼이 통통해진 재영의 모습에 작게 웃음을 내뱉곤 했었다. 이에 재영은 얼굴을 붉혔다.

천천히 걸음을 옮겨 밖으로 나온 유민은 곧장 주차장으로 향했다. 진료가 있었기에 서둘러야 했지만 그의 걸음은 느긋했다. 대학교의 정취를 조금 더 느끼고 싶은 듯. 아니, 그녀와의 과거를 좀 더 되새김하고 싶다는 듯.

차에 오르기 전 유민은 학교를 빠져나가는 아이들의 손에 들려 있는 테이크아웃 커피를 보았다. 너도나도 한 잔씩 들고 있는 커피는 유명 커피 프랜차이즈 점의 것이었다. 커피를 보던 그가 차에 올라탔다. 그리고 시동도 걸지 못한 채 깊은 한숨을 들이마셨다 내뱉었다.

"후우."

머리가 지끈 아파 왔다. 자신도 모르게 일어났던 감정들을 깨닫는 일은 참으로 비참하고 힘들다. 마치 자신이 멍청이가 된 기분이 드니까. 평생 그러한 기분이 들어 본 적이 없는 그는 조금 충격을 받은 얼굴이었다.

커피를 보자 떠오른 것은 항상 밥을 먹고 난 뒤 그녀가 꼭 사 주었던 커피였다. 두 사람은 테이크아웃 커피를 들고 커피숍을 지키지 않았다. 천천히 걸음을 옮기며 사람들 속을 걸었다. 딱히 이야기는 주고받지 않았으나 편안한 침묵은 그 어떠한 재미있는 이야기를 나누는 것보다 좋았다. 선선한 바람이 불어올 때면 스르르 눈을 감는 그녀의 모습에 시선을 떼지 못할 때도 있었다.

"그때부터였나……."

선선한 바람과 마찬가지로 평온하게 뛰던 심장. 그 시기의 노유민은 그 시간을 즐겼었다. 늘 공부에 쫓기던 그가 유일하게 뇌를 멈추고 아무런 생각도 하지 않을 수 있었던 시간.

그때 그의 곁엔 늘 그녀가 있었다.

그의 사랑은 어쩌면,

그가 깨닫기도 전 아주 오래전부터 시작되었던 것인지도 모른다.

사랑은,

소리 소문 없이 다가온다.

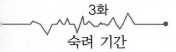

3화
숙려 기간

"고 선생은 어때요?"

미령은 갑작스레 유민이 묻자 눈을 동그랗게 떴다. 유민의 입에서 나온 고 선생이란 그녀의 남편이자 같은 병원 안과에서 근무 중인 남편을 말하는 것이었다. 워낙 바쁜 병원 생활과 오랫동안 함께 공부하는 환경에 놓이자 대부분 대학 동창이자 이젠 동료가 된 이들과 결혼을 하는 의료진은 많았고, 그녀도 그중 하나였다.

"그건 갑자기 왜요?"

미령이 눈을 동그랗게 뜨며 묻자 유민은 지나가다가 자신에게 인사를 건넨 이들에게 인사를 되돌려 주며 말했다.

"그냥 궁금해서요."

평소 자신의 이야기는 물론 남의 사생활도 묻지 않았던 유민이었다. 그와 벌써 4년째 함께 일하고 있는 그녀였기에 의아한 마음도 잠시, 곧 그가 건넨 질문에 대한 답을 진지하게 생각하기 시작했다. 그러다 아주 단순한 결론이 내려지자 말을 툭 내뱉었다.

"뭐, 멋없는 사람이죠."

"평가가 너무 박한 것 아닙니까?"

유민이 웃으며 말했다. 그러자 미령이 장난스럽게 인상을 굳히며 말했다.

"사실인걸요."

"……어떻습니까?"

주어가 생략된 말이었지만 미령은 그의 말을 쉽게 알아차릴 수 있었다. 요즘 병원 내에 유민과 재영이 이혼을 했다는 소문이 알음알음 퍼지고 있었기 때문이다.

"심 선생님과 관계가 좋지 않아요? 아, 이런 물음은 실롄가?"

미령이 굳어지는 그의 얼굴을 보며 재빨리 말을 덧붙였다. 그러자 유민은 애써 입가에 미소를 머금은 뒤 복도 창을 내다보며 말했다.

"잘…… 모르겠습니다."

"다시 잘해 보실 마음은 있고요?"

그녀의 물음에 유민은 고민도 하지 않고 천천히 고개를 끄덕였다. 그의 얼굴엔 고민이 가득했다. 그 모습에 올해 마흔 줄이 된 미령은 쉽게 두 사람의 관계를 알아차리곤 고개를 끄덕인다.

"뭐, 멋없는 남편이랑 아직까지 사는 이유는 아주 간단해요."

그 말에 창밖, 뜨거운 햇살을 바라보던 유민의 고개가 그녀를 향했다. 표정은 무심했으나 반짝이는 눈동자는 그녀의 답이 많이 궁금한 듯 보였다.

유민과 시선을 마주하던 미령이 부드럽게 미소 지었다.

그와 함께 수술을 진행했던 적이 한 번 있었다. 그때 그는 환자의 생명을 살리기 위해 주저 없이 메스를 들이댔고, 수술은 아주 성공적이었다. 제주도에서 심장이식수술을 받기 위해 서울까지 찾아온 환자는 건강하게 다시 자신의 집으로 돌아갔다. 무엇이든 완벽한 답을 내릴 것 같았던 남자가 짓는 의아한 표정에 미령은 왜 짜릿한 기분이 드는 건지는 알 수 없었다.

그가 더 속을 끓이기 전에 그녀가 확답을 주듯 단호한 목소리로 말했다.

"사소한 관심. 그이는 제가 머리만 정리를 해도 알아차려 준답니다."

"아······."

유민의 입술이 벌어졌다.

"사소한 것부터 바꿔 보세요."

사소한 것······.

쉽지만 참으로 어려운 말이었다.

❖

늘 24시간 도떼기시장처럼 북적이던 응급실이 웬일로 한산했다. 외상센터가 생기기 시작하면서부터 응급실엔 열 개의 침대가 더 놓아졌고, 중환자실 역시 침대가 더 놓아지며 규모가 확대되면서부터 환자들이 한꺼번에 몰려드는 일들도 많아졌다.

예전이라면 침대가 없다며 되돌려 보냈던 환자까지 모두 수용할 수 있게 되면서부터 응급의학과는 물론이고 중환자실 또한 부담이 가중되었다. 아무리 외상센터에 의사를 배치하여 운용하고 있다 하더라도 한계는 분명 존재했다.

응급실이 한산해지자 의사들도 그리고 간호사들도 축축 늘어지는 몸에 다들 자리에 앉아 있었다. 그리고 그건 재영과 건형 또한 마찬가지였다. 수술이 끝나자마자 곧장 내려온 건형은 피곤이 몰려오는 것인지 연신 건조한 눈을 깜빡였고, 재영은 그에게 차가운 커피를 내밀며 걱정스럽게 물었다.

"괜찮아?"

"괜찮지 않다는 걸 알면서 묻는 건 무슨 심봅니까, 선배?"

"물어봐 주지도 않으면 더 슬플 것 같아서."

장난스러운 말에 건형이 피식 웃음을 내뱉었다. 그리고 막 뽑아 온 것인지 손바닥 가득 냉기가 퍼지는 차가운 커피를 허공에 흔들며 말했다.

"커피는 잘 마시겠습니다."

그렇게 말한 건형이 문득 얼굴에 머물러 있던 웃음을 지운 채 재영의 얼굴만 멀뚱멀뚱 올려다보았다. 그의 눈빛에 재영이 손을 들어 얼굴을 만졌다.

"왜 그렇게 봐? 내 얼굴에 뭐 묻었어?"

어색하게 웃으며 그녀가 하는 말에 건형은 고개를 내저으며 무릎 위에 커피를 올려 두었다.

"아니요, 그냥 지금부터 변할 표정이 궁금해서요."

"그게 무슨……."

그의 말에야 재영은 그의 시선이 자신의 얼굴 옆으로 비스듬히 닿아 있다는 사실을 알고 고개를 돌렸다. 그곳엔 웃는 얼굴의 유민이 서 있었다.

"노 교수님이시네요."

"……."

그는 흰 가운을 입고 있지 않은 채였다. 병원에 있을 땐 늘 목에 걸고 다니는 직원카드도 없었다. 아마도 그는 퇴근을 하는 참인 것 같았다. 터벅터벅, 걸음을 옮겨 자신에게 다가오는 유민의 모습에 재영은 구부정하게 굽히고 있던 허리를 반듯하게 폈다. 자신의 앞까지 다가온 그가 걸음을 멈췄을 땐 침을 꼴깍 삼키기도 했다.

"퇴근할 거지?"

손목시계를 확인한 그가 물었다. 이미 오늘 근무 스케줄을 알고 있다는 듯 보였다.

"네."

"커피 한 잔 할까?"

"아……."

재영의 시선이 곁에 있는 건형에게로 향했다. 거절을 하고 싶은 마음이 굴뚝같았으나 다른 이의 앞에서 차마 그의 제안을 거절할 수가 없었다. 그녀가 어색하게 웃으며 말했다.

"옷 갈아입어야 해요. 채 선생, 나 간다."

"네, 내일 봬요."

건형과 유민의 시선이 마주했다. 고갯짓으로 인사를 건네는 건형에게 웃으며 인사를 건넨 유민은 벌써부터 멀어진 재영의 뒤를 빠르게 쫓았다.

다정하게 어깨를 마주한 채 걸어가는 두 사람의 모습에 건형이 자리에서 일어나며 들고 있던 캔 커피를 보았다. 눈빛에 외로움이 머무른다.

"난 이거나 마셔야지."

❖

"뭐 마실래?"

"아니에요, 제가 계산할게요. 아메리카노죠?"

그렇게 말한 재영은 유민의 답도 듣지 않고 직원 앞으로 다가가 주문을 했다. 그리고 계산을 하기 위해 카드를 건넨 재영은 아르바이트생의 말에 미간을 찌푸렸다.

"정지된 카든데요?"

직원에게 건넨 카드는 그녀가 아주 오래전부터 거래해 오던 은행의 것이었다. 곰곰이 생각하던 재영이 웃음을 내뱉었다.

"원래 이렇게 유치한 분이세요."

처음 카드를 발행해 준 것은 심 원장이었다.

"아버지가 이제껏 내가 누려 왔던 것들을 모두 손에서 내려놓아야 할 거라고 말했는데 그중 하나가 돈이었나 보네요."

그녀가 다른 카드를 건넸다. 그것은 그녀가 처음 독립을 하면서 만든 카드로 월급과 연결되어 있는 체크카드였다. 결제를 마친 재영이 벨과 함께 카드를 받으며 유민을 돌아보았다. 그의 얼굴은 굳어 있었다.

"이제 저도 성인이란 걸 모르시나 봐요. 저도 돈 버는데. 그죠?"

장난스럽게 말한 재영은 아무런 말도 하지 않는 유민의 모습에 고개를 돌려 주문한 커피가 나오길 기다렸다. 뒤통수에 따끔따끔한 시선이 닿았다. 그는 지금 무슨 생각을 하고 있는 것일까? 어쩜 그녀가 그렇게도 싫어하는 동정을 하고 있을지도 모른다. 재영의 얼굴이 일그러졌다.

커피가 나오자 유민이 앞으로 걸음을 옮겨 잔을 들었다. 먼저 걸음을 옮긴 그의 뒤를 따라 자리에 앉은 그녀는 자신의 앞에 놓이는 달콤한 커피를 보았다. 그리고 여전히 아무런 말이 없는 그의 모습에 어색함이 몰려오자 잔을 들었다. 손바닥에 뜨거운 기운이 올라왔다. 한참 둘은 말없이 커피 잔만 기울였다.

뜨거웠던 커피가 미지근하게 식고 두 사람 사이에 흐르던 침묵이 익숙해질 무렵이었다.

유민이 주머니를 뒤져 지갑을 꺼냈다. 그리고 사용한 흔적이 꽤 되는 카드 한 장을 그녀의 앞으로 내밀었다. 재영의 고개가 의문에 옆으로 기울었다.

"이게 뭐예요?"

그가 건넨 것이 신용카드란 것은 두 눈으로 보아 알 수 있었다. 하지만 그가 카드를 건넨 이유는 이해할 수가 없었다. 그러자 유민은 미간을 찌푸리더니 더듬더듬 입을 열었다.

"필요할 때 써."

"필요 없어요, 저도……."

"심재영."

후우, 한숨을 내뱉은 유민은 얼굴 가득 짓고 있던 조심스러운 기색을 지웠다.

"오해하고 있는 것 같은데, 우리 아직 이혼한 거 아니야. 숙려 기간이지. 우리나라 남잔 가장이란 명칭에 참 민감하거든. 그건 나도 그래."

"아."

고민한 끝에 그가 결국 해 줄 수 있는 것이 지금은 이것밖에 없다는 결론을 내렸다. 방금 전 두 눈으로 심 원장이 장난질을 하기 시작했다는 것을 본 이상 그냥 넘어갈 수가 없었다. 그녀가 그런 대우를 당하는 것엔 그의 잘못도 단단히 한몫했으니까.

멀뚱멀뚱 카드를 보던 재영이 고개를 들었다. 그녀와 시선이 마주치자 유민의 입술이 부드럽게 휘었다. 자상한 미소에 재영의 시선이 다시 아래로 뚝 떨어졌다.

"그리고 도움이 필요하면 언제든 말해."

무슨 말을 해야 할까, 고민하던 재영이 막 입술을 달싹일 때였다. 그녀의 시선이 머물러 있던 테이블 위에 플라스틱 카드 하나가 더 놓였다.

"그리고 오늘 보자던 건 이것 때문이야."

"이게 뭐예요?"

또 멍청하게 이러한 질문을 하고야 만다. 카드에 적혀 있는 글자에 이것이 집 키라는 것을 알 수 있었음에도 그가 건네는 이유를 몰라 그리 물었다. 그러자 유민은 가타부타 말없이 툭 내뱉는다.

"오피스텔 키."

재영이 고개를 들었다. 그리고 의아한 눈으로 그를 본다.

"집 구할 때까진 여기서 지내. 좁지만 잠시는 지낼 만할 거야."

"갑자기 오피스텔은……."

"구했지."

"선배."

얼음장처럼 굳어진 재영의 얼굴을 보자 유민이 입을 다물었다. 그녀의 눈동자엔 혼란스러움이 가득했다. 지금 그의 행동을 어찌 받아들여야 하는지 모르겠다는 얼굴이었다.

"네가 그랬지? 미리 말을 했다면 우리의 관계가 조금 바뀌지 않았을까."

속삭이듯 작은 목소리에 가슴에 잔잔한 파동이 일어났다. 마주한 그의 시선에 흔들림이 없다는 사실을 깨닫곤 온몸이 간질거리기 시작했다. 예전의 그는 자신과 이렇게 똑바로 시선을 마주하는 일이 극히 드물었다. 함께 얼굴을 보는 일도 하루에 몇 시간 되지 않았으니 당연한 것일지도 모른다.

하지만 지금의 그는 자신의 눈을 똑바로 마주하고, 흔들림 없는 목소리로 말한다.

"지금 내 마음도 같아."

"그게 무슨……."

쿵쾅쿵쾅, 심장이 뛰는 소리에 귀가 먹먹해진다. 손끝이 저리고 시야가 뿌옇게 변하기 시작한다.

내가 지금 무슨 이야기를 들은 것이지?

도무지 알 수가 없었다.

"빨리 말하고 싶은데 타이밍을 보는 중이야. 나도 사람이라서 양심이란 게 있거든."

소리 없는 비명을 알아차리지 못한 죄. 그는 그 죗값을 치러야 했다. 어떠한 형태이든 간에.

그가 힘없이 웃음을 내뱉으며 사정없이 구겨진 재영의 얼굴을 보며 말했다. 웃음은 어설펐다.

"인상 구기지 말라고."

"미안해요. 마주 앉아 있을 수가 없네요."

순간 눈물이 핑 돌아 재영이 자리에서 벌떡 일어났다. 그의 앞에서 또다시 펑펑 눈물을 쏟을 수는 없었다. 그녀가 읊조리듯 빠르게 말을 내뱉었다.

"미안해요, 선배."

그가 건넨 물건은 그대로 둔 채 그녀가 재빨리 걸음을 옮겼다. 걸음은 성급해 이리저리 비틀렸다. 오늘따라 신은 구두가 더욱 높게 느껴지는 것은 왜일까.

비틀비틀, 넘어질 듯 말 듯 기묘한 곡예를 타듯 걸음을 옮기던 재영이 가게를 나서기도 전 그의 손에 붙들리고 말했다. 재영의 고개가 뚝 떨어졌다. 그와 함께 그녀의 심장도 뚝뚝 떨어져 내린다.

"미안해."

"……이거 놔요."

목소리엔 울음이 섞여 있었다. 마음이 무너져 내린 만큼 그녀도 무너져 내렸다.

"미안하다, 재영아."

"이거 놔!"

붙잡힌 팔을 비틀며 그녀가 벗어나려 했다. 당장 이 자리를 도망가야 할 것만 같아 사지를 흔들었다. 하지만 그의 손짓 몇 번, 너른 품에 그녀는 속절없이 무너져 내렸다. 그녀는 유민의 품에 갇혀 눈을 감았다. 순식간에 자신을 부드럽게 품은 너른 품 안은 너무나 따뜻하고 다정해 가슴을 저리게 만들었다.

이 품을 그리도 원했었다. 1년 내내 이 품에 안기고 싶어 어떻게 할 줄을 몰라 발만 동동 굴렀다. 그의 곁을 서성였고, 그의 시선 끝에 늘 자신이 있길 원했었다.

그런데 드디어 그의 마음이 움직였다. 그가 다시 한 번 자신과 함께 있고 싶다고 한다. 처음부터 다시, 다시 해 보자고. 그런데 왜 지금 이 순간…….

"무섭게 이러지 말아요. 당신이 나한테 그런 말을 할 리가 없어. 그럴 리가 없다고."

난 이렇게 무섭기만 한 것일까?

지난날의 고통이 날카로운 바늘이 되어 자신의 심장을 콕콕 찌르는 것 같은 이 기분은 왜 그런 것일까…….

왜 도망가는 건데, 심재영?

그녀는 스스로에게 되물었다. 그렇게도 원하던 손길이면서 왜 피하고만 싶은 거냐고. 이에 그녀는 쉽지 않은 결론을 내려놓는다.

또 그 짓을 하라고? 정신 차려.

지난 1년간 그의 곁을 지키며 겪었던 일들을 또다시 겪고 싶지 않았다. 다시 생각해 보아도 너무 힘들고 외로운 시간들이었으니까. 그래서 그에게서 도망치기 위해 온몸을 떨었다. 하지만 그녀는 또다시 그의 어깨를 축축하게 적시며 그의 품에서 울고야 말았다.

이러다 습관되겠네.

다 울고 나서는 그런 시답잖은 생각도 하며.

재영은 울음으로 진이 빠진 몸 때문에 옴짝달싹할 수가 없어 그에게 이끌려 온 오피스텔 내부를 눈으로 훑었다. 그러다 뻐근한 눈에 천천히 눈을 깜빡였다. 얼마나 울었는지, 아마도 지금쯤 눈두덩이 툭 튀어나와 개구리 같을 것이다.

그가 불을 켠 후 적정 온도를 설정해 에어컨을 돌리며 집 안 여기저기를 돌아다니는 것을 보았다. 자신을 위해 준비했다는 오피스텔엔 부족한 것 없이 모든 것들이 갖춰져 있었다. 그가 심사숙고해 물건을 채워넣었다 생각하자 처음 온 이 공간이 그리 낯설게만 느껴지진 않았다. 그녀의 손길이 곳곳에 닿은 신혼집은 아직도 낯설고 차가운 공간인데.

한참 그의 행동을 따라 집 안을 보던 그녀의 시선이 한곳에 멈췄다. 텔레비전 아래, 낮은 책장 위에 올려져 있는 액자 속 두 사람의 결혼사진에서.

"왜 나랑 결혼했어요? 사랑하지도 않으면서."

전에도 이와 같은 질문을 했었다. 그가 그땐 어떠한 답을 했더라?

"너라면 괜찮을 것 같았어."

그래, 그러한 말을 했었다. 만약 마음이 지치기 전이라면 그 말에 그녀는 뛸 듯이 기뻤을지도 모른다. 그녀가 생각했던 것과는 달리 자신을 타인과 같은 동일선상에 두고 생각하지 않았다는 말이니까. 하지만 서걱서걱 갈려 나간 심장이 바닥을 보였을 때 그 말은 자신에게 아무런 위로도 되지 못했다.

"몰랐을 뿐이야."

"뭘요?"

"네가 나에게 단순한 후배가 아니었다는 걸."

그의 답은 망설임이 없었다. 이미 모든 감정의 정리를 마친 듯 보였다. 또렷한 눈빛은 자신이 마음을 헤집을 수 있을 정도로 날카로웠다. 그래서 재영은 고개를 돌려 시선을 피할 수밖에 없었다.

"이번엔 내가 물어도 될까?"

그의 물음에 그녀는 입술을 달싹일 수가 없었다. 입을 뻐끔하는 순간 제 감정의 응어리들이 밖으로 와르르 쏟아질 것만 같았다. 그리고 그는 침묵을 긍정으로 받아들인 것인지 다정한 어조로 말했다.

"왜 말하지 않은 거야? 미리 말을 했다면 많이 달랐을 거야."

이혼장을 제출하지도 않았을 거고 일정한 기간을 둔 채 다시 이혼에 대해 생각해 보라는 말을 듣지도 않았을 것이다. 이혼숙려 기간을 받은 지도 벌써 2주째. 시간은 착실히 흘러갔고, 그 시간이 흐른 후 두 사람이 다시 법원으로 향한다면 그때는 완벽한 남이 될 터다. 그래, 조금만 더 일찍 자신의 마음을 깨달았다면, 조금만 더 일찍 그녀의 마음을 알았다면 '남'이란 글자에 이러한 기분이 들지는 않았었겠지.

그의 물음에 재영의 입술이 느른해졌다. 어딘지 텅 비어 보이는 웃음이었다.

"보셨잖아요."

"뭘?"

유민이 미간을 찌푸렸다. 뭘 보았다는 것인지 알 수가 없어서. 그러자 재영이 깊게 숨을 들이마신 후 천천히 내뱉는다. 호흡을 가다듬으며 한참이고 말을 아끼던 재영이 힘겹게 입술을 달싹인 것은 꽤나 오랜 시간이 흐른 뒤의 일이었다. 그때까지 그는 끈기 있게 그녀의 입술이 열리길 기다렸다.

"……아버진요, 늘 어릴 적부터 아무것도 바라지 말라고 하셨어요."

"뭐?"

그의 얼굴이 얼음장처럼 굳었다. 비스듬히 고개를 내린 재영의 얼굴엔 상처 하나 보이지 않았다. 어릴 적부터 당연히 받았던 처우였기에 별 감정이 들지 않는 듯 보였다.

"그래야 얻는 것이 있을 것이라고요. 그래서 전 칭찬을 바라지도 않았고, 아버지의 마음 한 자락 바라지도 않았어요. 그저 내가 열심히 하면 얻어질 거라고 생각했었거든요."

"심재영……."

"변명을 하자면 이 정도네요. 그냥 무서웠어요. 그 말을 하는 순간 선배……."

"선배라고 부르지 마."

"네, 알았어요."

그녀의 말을 싹둑 자르며 유민이 정정하자 재영은 희미한 웃음을 지으며 고개를 끄덕였다. 그런 후 가로막혀 하지 못했던 말을 마쳤다.

"유민 씨의 표정이 어떻게 변할지 무서웠어요."

재영이 입가를 늘려 웃었다. 도톰한 입술이 시원스럽게 보여 제법 보기 좋은 미소였다. 하지만 그녀의 얼굴을 한참이나 바라보던 유민이 표정을 와작 찌푸렸다. 모든 것을 포기한 듯 멍한 눈빛과는 달리 거울 앞에서 몇 번이고 연습했을 미소는 참 어울리지 않았다.

"억지로 웃지 마."

"……."

차가운 그의 목소리에 재영의 입가에 가득했던 웃음이 순식간에 사라졌다. 그의 얼굴을 한참이고 올려다보던 그녀가 자리에서 벌떡 일어나더니 원망이 가득 담긴 목소리로 외쳤다.

"웃으라면서요. 못생겼다고."

"내가?"

"네, 의학도서관에서요."

고개를 돌린 재영이 입술을 삐죽 내밀었다. 왜 말을 바꾸냐고 연신 투덜거리던 그녀는 오래전의 일을 기억하지 못하는 그에게 아주 작은 힌트를 던졌다.

"지금 같은 더운 여름날에요."

"아."

그가 기억이 났던지 고개를 끄덕인다.

"아니야. 지금처럼 의식적으로 웃지 말라는 거였어. 그때의 넌, 계속 웃고 있었거든. 웃고 싶지 않을 것 같은 순간에도."

"네?"

"그때 시험 망쳤었잖아, 너."

그리고 벽에 걸린 시험 성적을 보고 웃었고. 그게 말이 돼?

그가 절대 말도 안 되는 일이라는 듯 말했다. 겉으로 보기엔 선비처럼 느긋해 보이는 그였지만 사실 속을 보면 누구보다 승부욕이 강한 사람이란 걸 그녀는 알고 있었다. 특히 의대 시절엔 더욱 심해 그를 보기 위해 여학생들이 도서관으로 몰려가는 일은 일상처럼 일어났다.

그녀의 눈동자에 순간 생기가 돌고 웃음을 막는 것인지 손으로 입술 위를 살짝 누르고 있었다. 그 모습을 심드렁한 얼굴로 보던 유민이 뚜벅 뚜벅 걸음을 옮겨 재영의 앞에 섰다. 갑작스런 움직임에 재영이 몸을 움찔 떨자 그가 커다란 손을 들어 그녀의 머리 위에 올려 두었다.

"앞으론 솔직히 말해 줬음 좋겠어. 내 주위엔 온통 솔직한 사람들뿐

이라 저 사람이 어떤 생각을 가지고 있을까, 라는 생각을 하는 인간은
되질 못해, 내가."

작은 스킨십에 속절없이 떨리는 자신의 심장에 재영은 애써 아무렇지
도 않은 얼굴로 말했다.

"노유진이 아주 솔직하긴 하죠."

"부모님도 봤잖아."

"아……."

"알겠지? 내가 그쪽으론 덜 자랐어."

그러면서 장난스럽게 웃는 그의 모습에 재영이 고개를 끄덕였다. 그
와의 관계가 앞으로 어떠한 방향으로 흘러가든, 그렇게 하겠노라고.

욕을 하고 싶을 땐 아주 시원하게 해 버려야지. 속으로 삐뚤어진 생
각을 하던 재영은 한층 낮고 부드러워진 목소리에 천천히 고개를 들었
다.

"내가 생각하기에도 뒤늦게 이런 말 하는 남자, 참 매력 없다는 것
아는데, 그래도 뒤늦게 후회하고 싶지 않아서."

다정하고 어른스러운 눈빛. 자신의 머리를 감쌀 정도로 커다란 손.

모든 것은 노유민, 그.

"여기에서 지내면서 잘 생각해 줘. 정리하던 마음은 일단 접어 두고."

"……."

어떠한 말도 하지 못한 채 재영이 눈만 끔뻑이자 유민이 입술을 부드
럽게 휘며 웃었다.

"다음엔 내가 더 다가가도 놀라지 마."

그러면서 머리를 쓱쓱 쓰다듬는 그의 손길에 재영의 눈이 천천히 감
긴다. 역시나 예상했던 것과 같은 다정한 손길.

"이제 와서…… 왜요?"

그러면서 그녀가 속눈썹이 구겨질 정도로 눈을 질끈 감았다. 아파 보이는 얼굴에 유민의 얼굴도 일그러졌다. 심재영은 뭐가 그렇게도 무서운 것이 많고, 뭐가 그렇게도 참아야 하는 것들이 많은 것일까. 하지만 이런 모습조차 심재영이란 사실에, 그리고 이렇게 만든 것에 자신도 일조를 했다는 생각에 그는 한숨을 속으로 집어삼켰다.

"너무 갑작스러워요."

"갑작스럽게 느껴지는 건 아직 늦지 않았다는 거 아닐까?"

속삭이듯 다정한 목소리에도 재영은 겁을 잔뜩 집어먹은 얼굴로 눈을 감고 있었다. 재영의 얼굴을 한참이나 보던 그는 구겨진 그녀의 미간을 손가락으로 쿡 찔렀다. 놀란 토끼처럼 눈을 번뜩 뜬 그녀의 모습에 피식 웃음을 내뱉었다.

"그리고 누누이 말했지만 이제야 깨달았다고 했잖아."

장난스러운 그의 웃음을 재영은 한참이나 보고 있었다.

❖

천천히 걸음을 옮겨 뻥 뚫린 집 안을 둘러보던 재영의 입가가 굳었다. 발바닥과 나무재질로 된 바닥이 부딪히는 소리가 들렸다. 아주 작은 소리였으나 아무도 없는 공간 안, 소음이라곤 그것 하나뿐이어서 마음을 울릴 정도로 크게 들린다.

그녀의 걸음이 멈춘 것은 결혼사진 앞에서였다. 수천 번이고 더 본 사진이 오늘따라 낯설게 보이는 것은, 사진 속의 그와는 전혀 다른 그를 최근에 발견했기 때문일 것이다.

쪼그리고 앉아 사진을 보던 재영의 시선 끝에 여러 권이 책이 닿았다. 인문학 책부터 시작해 소설까지. 다양한 책은 그가 얼마나 고심하여 고른 것인지 알 수 있을 정도였다. 그중 책 한 권을 뽑아 펼쳤다.

역사란 무엇인가

그녀가 대학시절 구입했다가 잃어버린 책이어서일까, 제목만 보아도 반가웠기 때문이다.

지금은 어떨지 모르겠지만 그때 당시만 해도 E.H 카의 역사란 무엇인가는 대학생이라면 혹은 지성인이라면 누구나 한 번쯤은 읽어 봐야 한다는 의식이 팽배했다. 어떤 학교에선 이 책으로 정기적인 토론을 하고, 또 어떠한 학교에선 논술시험으로 나와 더욱 유명해졌었다.

천천히 책장을 넘기던 재영의 손이 멈추었다. 중간쯤 꽂혀 있는 책갈피는 손수 만든 것으로 벚꽃잎 하나를 코팅한 것이었다.

놀란 눈으로 재영이 빠르게 책장을 뒤로 넘겼다. 책의 가장 끝, 샤프로 휘갈겨 쓴 글은 자신이 쓴 것이었다. 그때 당시 자신이 이 책을 읽고 느낀 점을 솔직히 적어 놓은 글이었다.

이 책이 왜 여기에 있는 거지? 분명 잃어버렸다 생각했던 책이었는데.

그에게 빌려줬던가? 아니면 잃어버렸던 책을 그가 주운 건가?

무슨 가정이든 간에 그가 오랫동안 이 책을 보관하고 있었다고 생각하자 가슴 한 켠이 아릿해져 왔다. 그는 그 사실을 4년 전 다시 만났을 때에도, 결혼을 한 뒤에도 말하지 않았다. 왜 그랬는지 그의 저의를 알수 없어 재영은 한동안 책만 내려다보고 있었다.

더듬거리는 손길로 책을 원래 있던 자리에 꽂아 둔 재영이 벽에 걸린 시계를 확인한 후 혼잣말을 내뱉었다.

"출근해야지, 출근."

부러 다른 곳으로 시선을 돌리기 위해 부산스럽게 움직이던 재영이 부엌으로 향했다. 하지만 그곳에서 그녀의 입술이 또다시 굳었다.

"아."

원두커피에 흰 설탕을 두 스푼 넣은 달짝지근한 커피를 좋아하는 그녀의 취향을 정확히 기억하고 있는 것인지, 식탁 한 켠에 설탕 통과 함께 원두머신이 놓여 있었다.

그 모습을 한동안 멀뚱멀뚱 바라보던 재영이 손을 들어 이마를 짚었다. 얼굴이 낭패감으로 젖었다.

"왜 이래요? 심장 떨리게."

❖

복도를 걸으며 차트를 보고 있던 재영은 옆에서 들려오는 건형의 목소리에 미간을 찌푸렸다.

"RBC(적혈구), WBC(백혈구) 수치는 정상인데, HB(헤모글로빈) 수치가 좀 낮더라고요."

"몇인데?"

"9mL/dL요."

"많이 낮네."

수술을 끝내고 포스트오퍼레이티브 리코버리 룸(postoperative recovery room:수술 후 회복실)을 다녀온 재영은 여전히 수술복 차림이었다. 하얀 가운으로 수술복을 가리긴 하였으나 걸음을 걸 때마다 드러나는 녹색의 수술복엔 핏자국이 보였다.

빠르게 복도를 걷던 재영이 차트 다음 장을 넘길 때였다. 잠시 씻은 후 곧바로 다음 수술에 들어가야 했기에 그녀의 마음은 급하기만 하였다.

적절한 해결책을 위해 한참이나 대화를 나누던 그녀는 맞은편에서 오던 한 무리와 마주하자 빠르게 옮기던 걸음을 서서히 멈추었다. 유민이 마치 병풍처럼 세 사람을 이끌고 걸어오고 있었다.

그와 병원에서 우연히 마주쳤던 적은 수없이 많았다. 그럴 때마다 늘 재영의 발걸음은 지금처럼 멈추었고, 그는 스치듯 인사를 건넸다. 하지만 오늘은 달랐다. 그녀의 앞에 걸음을 멈춘 그는 부드럽게 웃으며 먼저 말을 건넸다.

"많이 피곤해 보인다."

남들 앞에선 의무적인 인사만 나누었을 뿐, 이야기를 해 본 적이 없었다.

그래서였을까, 갑작스레 그가 건네는 말에 재영은 자신도 모르게 말을 더듬어 버렸다.

"아, 아, 네."

"저녁 같이 먹자."

"아, 수술이 조금 늦게 끝날 것 같은데⋯⋯."

그녀의 말에 유민이 팔을 들어 손목시계를 확인하며 물었다.

"몇 시쯤?"

"지금 바로 들어가야 하는데 비장 파열 환자라 배 열어 봐야 알아요."

"알았어. 기다릴게."

수술 잘해, 응원의 말을 건넨 유민이 재영의 곁을 스쳐 지나갔다. 빠르게 걸음을 옮기며 수술실로 향하는 유민의 뒷모습을 한참이나 보던 재영은 곁에서 들려오는 건형의 목소리에 퍼뜩 정신을 차리며 고개를 돌렸다. 건형은 심드렁한 표정으로 유민의 뒷모습을 바라보고 있었다.

"참 솔직한 사람이네요."

"뭐가?"

"노 교수님 말이에요."

재영의 콧잔등에 주름이 갔다. 건형이 무슨 말을 하려 저리 운을 뗀 것일까. 재영이 막 물으려고 할 때였다.

"저런 스타일 참 피곤한데."

그렇게 말하는 건형의 눈빛에 장난기가 어렸다. 재영을 골려 먹기 위해 하는 말임이 분명한데도 그녀는 이를 알아차리지 못하고 불퉁하게 말했다.

"너 같은 스타일도 피곤하지."

"알아요. 나도 참 피곤한 스타일인 거. 그래서 여자친구가 없나?"

"사귈 마음도 없으면서."

"아니라니까요?"

"웃기지 마."

투닥거리며 복도를 걸어가는 두 사람 사이로 어느새 웃음소리가 번지기 시작했다. 가볍게 웃음을 흘리는 재영의 얼굴이 평온하게 가라앉아 있었다.

빠르게 변하는 차창 밖 세상을 멀뚱히 보던 재영은 익숙한 거리가 눈앞에 펼쳐지자 그제야 시선을 돌려 유민을 보았다. 한쪽 팔을 열어 둔 차창에 걸친 채 여유로운 모습으로 핸들을 돌리고 있는 유민을 한참이나 바라보던 재영은 유민의 입술이 부드럽게 휘어지는 모습에 몸을 움찔 떨었다.

"왜?"

"아, 어디 가는 길이에요?"

"그걸 이제야 물어?"

가볍게 웃음을 흘리는 모습에 재영의 몸이 다시 한 번 움찔 떨렸다. 그사이 차는 익숙한 거리로 들어서고 있었다.

"다 왔다. 내리자."

유민이 먼저 문을 열고 차에서 내렸다. 하지만 재영은 차 안에서 연신 밖을 보며 눈을 깜빡이고 있다. 자신이 기억하는 그곳이 맞나 싶어서.

하지만 긴밀하게 밖을 살피던 시선은 문을 열고 팔을 내미는 유민에게 꽂혔다.

"뭐야, 못 올 곳이라도 온 것 같은 그 표정은?"

"……여긴."

"기억해?"

그렇게 묻는 그는 여전히 손을 내민 채였다. 커다랗고 다정한 손을 한참이고 보던 재영이 손을 잡았다. 그러자 차에서 편히 내릴 수 있도록 그가 이끌어 준다. 그녀는 심통맞은 얼굴로 주위를 둘러보았다. 그녀의 기억 속에 또렷하게 남아 있는 카페집이 멀지 않은 곳에 있었다.

"기억 못 할 리가 없잖아요."

이곳은 그와 처음 밥을 먹은 곳이었다. 교양수업을 함께 듣는 날이면 그는 학교와는 조금 떨어진 곳에서 맛있는 밥을 사 주었다. 그가 밥을 사 준 횟수는 그리 많지 않았지만 매번 다른 곳이었고, 인터넷에 검색만 해 보면 모두 맛 집이라고 뜨는 곳이었다. 후에 이 사실을 알았을 때 그녀는 그가 심사숙고해 장소를 정했다는 사실을 깨달았다. 하지만 그는 이미 뉴욕으로 떠난 상태였고, 이에 대해 묻지 못했다.

재영은 오늘도 줄을 서 있는 사람들을 보며 망설이고 망설인 끝에야 천천히 운을 뗐다.

"유민 씨."

"음? 왜?"

유민이 재영의 손을 끌며 천천히 걸음을 옮기기 시작했다. 그와 맞잡고 있는 손에 온 신경이 집중되었다. 묻고 싶은 말들이 머릿속을 둥둥 떠다녔지만 정작 입 밖으로 나오는 말은 하나도 없었다.

두 사람은 기다랗게 서 있는 줄 중 가장 뒷자리에 섰다. 사람들의 시선이 유민과 자신에게 쏟아지는 것이 느껴지자 재영이 시선을 들어 주위 사람들을 본다.

노유민은 참 잘생겼다. 좋은 유전자는 다 받은 것 같은 남자였다. 이런 시선이 익숙한 듯 그는 여전히 심드렁한 표정이었으나 타인의 시선이 익숙하지 못한 재영은 연신 자신의 얼굴을 더듬으며 혹여 뭔가 묻었나 하는 표정을 짓고 있었다.

재영이 걸음을 뒤로 더듬더듬 물려 자신과 멀어지자 유민은 팔을 뻗어 그녀의 어깨를 감싸 자신 쪽으로 당기며 말했다.

"어디 가?"

그 말에 또다시 수군거리는 소리가 커져 간다. 재영이 붉어진 얼굴로 고개를 들어 유민의 얼굴을 멀뚱히 보았다.

"왜?"

그녀의 표정에 유민이 물었다. 그러자 재영은 목소리를 낮춰 두 사람만 들을 수 있을 정도로 작은 목소리로 말했다.

"사람들이 쳐다봐요."

"신경 쓰지 마."

어떻게 신경을 안 써요?

그렇게 묻고 싶었으나 유민은 무심한 얼굴로 앞만 보고 있었다. 차갑고 냉랭한 모습은 다른 이들의 접근을 막는다. 얼음덩어리가 뚝뚝 떨어지는 얼굴을 한참 보고 있던 재영은 그의 손길에 이끌려 가게 안으로 들어갔다. 앞에 열댓 명이나 있었는데 어느 순간 깨닫고 보니 모두 가게 안에서 맛있게 식사를 하고 있는 중이었다.

직원의 안내에 따라 작은 테이블에 자리 잡고 앉은 두 사람은 메뉴판을 보며 머리를 모았다. 재영은 기본 카레에 이거저거 추가할 수 있는 메뉴판을 보며 미간을 찌푸렸다. 예전 여기에 왔을 때도 그가 골라 주던 대로 먹었었다. 그땐 그에게 지금처럼 편히 말을 걸 수도, 눈을 똑바로 마주할 수도 없었기 때문이다.

미친 듯이 달음박질치던 심장을 혹여 그에게 들키는 것이 아닐까, 숨을 죽이던 그때, 아련한 기억을 떠올리던 재영은 입가에 잔잔한 미소를 걸며 물었다.

"뭐가 맛있어요?"

예전의 그는 이 물음에 꽤 능숙하게 메뉴를 골랐었다. 하지만 오늘의 그는 미간을 찌푸리며 복잡한 메뉴판에 심란한 표정을 지었다.

"나도 두 번 와 봤어."

그 말에 메뉴판을 쥐고 있던 재영의 손끝이 움찔 떨렸다. 재영은 동그랗게 변한 눈으로 그의 표정을 훑어보았다. 예전부터 계속 들던 의문이 또다시 떠오른다.

"혹시…… 예전에 여기 저랑 오려고 알아봤던 거예요?"

그에게 자신의 존재는 아무것도 아니라고 생각했던 때 들었던 물음 하나. 그 물음에 그는 너무나 가볍게 고갯짓을 하며 답했다.

"어."

짧은 답을 한 그가 시선을 다시 메뉴판으로 돌렸다.

"기본으로 먹을래? 아니면 뭐 좀 추가할까?"

"……왜 알아봤었는데요?"

"궁금해?"

느릿하게 시선을 올린 그가 말했다. 그 물음에 그녀는 네, 라고 답한다.

유민은 한동안 그녀의 얼굴만 바라보고 있었다. 그녀의 표정은 꽤 절박했다. 왜 이제 와 그러한 것이 궁금한 것인지 섬세하지 못한 그는 완벽하게 이해하진 못했으나 솔직한 답을 해 주어야 한다는 것은 알고 있다.

"그냥."

"그냥……이요?"

가볍게 고개를 끄덕인 유민은 그의 기억 속에도 꽤 특별한 추억으로 남아 있는 작은 가게 안을 보았다. 여전히 대학생들에게 많은 사랑을 받는 것인지 가게 안은 젊은 학생들로 북적였다. 간간이 학생이 아닌 사람들도 보였으나 자신처럼 딱딱한 슈트 차림을 한 사람은 없었다.

그만큼 시간이 흘렀다는 거겠지.

나이를 먹어 버린 자신의 모습과는 달리 추억도, 그리고 그 추억 속 가게도 여전히 그 모습을 하고 있었다.

"나도 그때 너와 밥을 먹는 게 꽤 즐거웠거든. 그래서 그냥, 나도 모르게 여기저기 알아봤어."

"……아."

그리고 자신의 마음도.

알아차리지 못한 마음은 조금도 퇴색되지 않은 채 그의 마음속에 자리하고 있었다.

그의 눈을 한참이나 마주하고 있던 재영이 고개를 푹 숙였다.

"전에 먹던 거랑 똑같이 먹을까?"

그의 물음에 그저 그녀는 끄덕끄덕, 고개만 끄덕였다.

근처 커피숍 안으로 들어서던 재영은 주위를 둘러보았다. 예전에 밥을 먹고 이 위치에 있던 커피숍을 와 본 적이 있었다. 하지만 그때 당시에 있었던 작은 커피숍은 없어지고, 지금은 거대한 커피 프랜차이즈 점이 들어와 있었다.

곧장 계산대로 향한 유민은 능숙하게 주문을 한 뒤 재영을 보았다. 향수에 젖어 들 곳에 오자 그녀는 예전처럼 지갑을 열어 신용카드를 꺼내고 있었다.

"커피는 네가 사야지?"

그 말에 종업원들의 눈에 유민을 향한 비난이 어린다. 주문은 본인이 해 두고 계산은 여자에게 맡기는 그를 보며 그들은 저마다 생각을 했을지도 모른다. 얼굴값 하는 거야, 뭐야, 라고. 하지만 정작 재영은 키득키득 웃으며 말했다.

"그만해요."

매일 수업이 끝난 후 그는 밥을 사 주었었다. 이에 그녀는 미안하다며 커피는 항상 자신이 사곤 했었다. 두 사람 모두 같은 날을 떠올리고 있는 것인지 얼굴엔 부드러운 미소가 머물러 있었다.

나온 커피를 들고서 두 사람은 커피숍을 나섰다. 그리고 자연스레 걸음은 근처에 있는 공원으로 향했다. 토닥토닥, 발을 맞추어 걷는 두 사람의 얼굴엔 평온함이 가득했다. 딱히 어떠한 말을 나누는 것은 아니었지만 서로가 만들어 가는 그 침묵이 즐겁기만 한 듯 보였다.

두 사람 사이로 불어오는 바람은 후덥지근해서 기분이 나쁠 정도였지만 그 바람조차 산들산들 불어오는 봄바람처럼 느껴졌다. 한참 걸음을 옮기던 두 사람은 텅 빈 벤치에 앉았다. 주위엔 후덥지근한 집 안을 피해 밖으로 나온 이들이 몇몇 보였다. 하지만 두 사람의 시선은 검은 하늘로 향해 있었다.

불어오는 바람에 머리카락이 춤을 추자 재영은 머리카락을 쓸어 귀 뒤로 넘겼다. 그 모습을 보던 유민이 천천히 입술을 열었다.

"내일 시간 어때? 10시쯤."

"밤 10시요?"

고개를 끄덕인 유민은 들고 있던 테이크아웃 잔을 옆에 내려놓은 뒤 휴대전화를 꺼냈다. 그리고 영화관 앱을 실행해 예약 상황을 확인하였다. 10시 30분, 극장이 병원 근처에 있어서 10시에 만나기만 한다면 충분히 영화 시작 전에 갈 수 있을 것이다. 유민이 휴대전화를 다시 가방에 넣으며 말했다.

"프린2 개봉하더라고. 원 봤었잖아."

"아……."

결혼을 하고 몇 달 뒤 개봉한 영화를 보았다. SF 영화는 그녀의 취향도, 그의 취향도 아니었다. 그저 영화관을 찾아갔고, 가장 빨리 시작하는 영화를 선택해서 봤을 뿐이었다.

웹사이트에서 별점이 3점도 되지 않는 영화였지만 재영은 끝까지 영화를 보았다. 화면에서 시선을 떼지 못했던 이유는 영화가 중반으로 넘어가자 꾸벅꾸벅 졸던 그의 머리가 자신의 어깨에 닿았기 때문이다.

작게 숨을 내뱉으며 잠든 그의 모습은 차마 바라보지도 못한 채 몸을 뻣뻣하게 굳히고 있어야 했다. 재미있는 영화는 아니었으나 지금 와 생각해 보면 즐거운 추억을 선물한 영화이기는 했다.

하지만 재영의 입에서 나온 것은 영화에 대한 신랄한 비판이었다.

"그 영화, 재미없었어요."

당신은 영화 중간에 자 놓고선.

재영이 커피를 마시며 심드렁한 얼굴로 말했다. 그러자 유민은 마치 사기라도 당한 사람처럼 인상을 굳히며 말했다.

"뭐? 나한테는 재미있다고 했었잖아."

"그거야 당신이랑 봤으니까요. 노유민 씨랑 무엇을 하든 다 좋았던 시기거든요."

"그럼 투도 재미있겠네."

"뭐예요?"

"뭐야, 아니야?"

유민이 미간을 찌푸렸다.

"그 자신감은 도대체 어디에서 나오는 거예요?"

그렇게 말하며 재영이 꺄르르 웃음을 터뜨렸다. 그러자 유민은 심드렁한 표정을 지어 보인다. 하지만 눈동자엔 장난스러운 기색이 가득했다.

"나니까."

"네, 그렇겠죠."

유민처럼 장난스럽게 말을 마친 재영이 들고 있던 테이크아웃 잔을 옆으로 내려놓았다.

그와 이렇게 마음 편안하게 대화를 나누었던 적이 있었던가, 생각해 보면 없었다. 관계의 변화는 두 사람이 노력하는 순간 나타났다. 노력, 그 얼마나 힘겨운 단어인가. 하지만 그 힘든 단어를 내뱉고 나니 예전에 그렇게도 바랐던 일들이 일어나자 왜 진즉에 아무런 노력도 하지 않았던가, 스스로에게 비난이 일었다.

자신의 과거는 온통 수동적이었다. 차가운 그의 표정에 지레 겁을 먹고 눈치만 보았었고, 그가 자신에게 관심이 없다며 좌절했던 나. 하지만 지금의 그도 여전히 차가운 표정을 짓고 있었다. 하지만 조금의 노력

후, 지금 두 사람 사이에 흐르는 것은 긴장감이 아닌 평온함이었다.

재영이 부드러운 표정으로 하늘을 바라보고 있자 유민이 다시 한 번 되물었다.

"내일 시간 돼, 안 돼?"

"안 된다면 어쩔 건데요?"

"채 선생한테 부탁해야겠지."

"뭘요?"

재영이 눈을 동그랗게 뜨며 묻자 유민은 쉬이 답해 주었다.

"대신 나이트 근무 서 달라고."

"……다른 사람이 부탁하면 들어줄 텐데, 유민 씨가 부탁하면 안 들어줄 걸요?"

"왜? 혹시……."

진짜 채 선생이 당신한테 마음이라도 있는 거야?

그의 눈빛이 그렇게 말했다. 그리고 움찔거리는 턱 근육은 불편한 심기를 드러내고 있었다.

그의 얼굴을 보던 재영이 고개를 돌려 한숨처럼 말했다.

"슬프네요."

"뭐?"

유민의 목소리가 뾰족해졌다. 역시나 자신의 예상이 맞았다는 생각이 들자 굳어진 얼굴은 펴질 줄을 몰랐다.

"이렇게 눈치 없는 사람이었다니."

도대체 난 그의 무엇을 봐 왔던 걸까? 혹여 번지르르한 외모와 그의 위치만 보고 있었던 것은 아닐까? 오랫동안 마음에 담아 왔던 이 사람에 대해 그녀는 아직도 모르는 것이 많다는 생각이 들었다.

"심재영, 똑바로 말 못 해?"

하지만 그가 질투를 해 주는 모습이 좋아 그녀는 한동안 말을 아낀 채 고개를 돌리고 있었다. 그리고 그 몰래 키득키득 작게 웃음을 내뱉는다.

"야!"

"아, 왜요?"

유민이 날카롭게 소리를 지르자 재영이 심드렁한 얼굴로 그의 얼굴을 보았다.

"나 화 많이 났다."

"아휴, 참."

눈치 없고 답답한 남자 같으니라고.

그가 직접 말을 해 주어야만 아는 사람이라는 것을 다시 한 번 깨닫는다. 그가 했던 말이 우는소리가 아니었다며.

재영은 답답함이 가득한 눈으로 유민과 시선을 마주했다. 그리고 쿵덕쿵덕 또다시 방아를 찧어 대는 심장을 느끼며 그녀가 곧은 목소리로 말했다.

"노유민 씨, 만약 채 선생이 날 좋아했으면 아직까지 관계가 유지되었을 것 같아요? 난 당신을 아주 많이 사랑했었단 말이에요."

"과거형이네?"

그녀의 말 속에서 마음에 걸리는 단어 하나를 꺼냈다.

사랑했었다.

그것은 과거형이었다.

자신도 모르게 나온 말에 움찔 몸을 떠는 재영과는 달리 그는 손을 뻗어 작은 손을 움켜쥐었다. 그러며 홀가분한 얼굴로 웃었다.

"뭐, 현재형으로 바꾸면 되지."

❖

두 사람에게 주어진 시간은 한 달뿐이었다. 그리고 그 시간은 눈 깜짝할 사이에 흘러갔다. 함께 추억의 장소를 찾아 밥을 먹고 커피를 마신 그다음 날, 두 사람은 영화를 보았다. 그리고 그날 유민은 또다시 꾸벅꾸벅 졸았고, 그녀의 머리를 지지대 삼아 단잠을 잤다. 피곤함이 내려앉은 얼굴을 어둠 속에서 바라보던 재영은 천천히 손을 뻗어 그의 뺨을 만져 보았다. 손바닥에 닿는 따스한 느낌과, 몸과 몸이 연결되자마자 코끝을 찌르는 그의 체향에 재영은 한참이고 눈물을 쏟아 냈다. 화면에선 연신 도시를 부수고, 로봇들이 싸워 대는 상황에서.

영화가 끝이 나고 사람들이 부산스럽게 극장을 빠져나가자 유민은 그제야 눈을 떴다. 붉어진 눈을 연신 피하는 그녀의 모습에 그가 미간을 찌푸리며 물었다.

"뭐야, 울었어?"

그 물음에 재영은 콧잔등을 씰룩이며 가볍게 툭 말했었다.

"더럽게 재미없어서 눈물이 나더라고요."

시간은 빠르게 흘렀다. 그리고 그 흐르는 시간 속에서 노유민은 늘 심재영 곁에 있었다. 정신없이 바쁜 그녀에게 커피를 건네주기도 했고, 그녀가 새벽녘이 되어서야 퇴근할 때는 집에 있다가 다시 와 그녀를 데려다 주기도 했다. 하지만 그뿐이었다.

그는 간혹 자신의 마음을 보여 주기는 하였으나 그녀에게 다시 시작하자거나 혹은 이혼 문제를 다시 생각해 보자는 말은 하지 않았다. 이에 오히려 마음이 급해진 것은 심재영, 그녀였다. 그는 왜 아무런 말도 해 주지 않지? 숙려 기간이 다 끝나 가는데, 왜 그는 이리도 천하태평일까? 하지만 그녀는 묻지 못했다. 속절없이 흐르는 시간을 부여잡고 싶은 마음에 마음이 가라앉기만 했다.

"정말 후회 없으십니까?"

그리고 시간은 흘러 어느새 그날이 왔다. 판사는 손을 꼭 잡고 있는 유민과 재영을 보며 눈살을 찌푸리며 물었다. 이혼을 하는 남녀의 모습 치고는 너무나 다정했기 때문이다.

판사의 말에 재영은 누군가 심장의 양쪽을 쥐어짜는 느낌이 들었다. 붉어진 눈시울은 유민에게로 향했다. 그는 입가에 부드러운 미소를 내걸고 있었다. 이에 마음이 와르르 무너진다.

"네."

"좋습니다."

두 사람의 짧은 대화와 동시에 판사가 이제 두 사람은 완전히 남남이 되었다고 알려 주었다. 그 말을 듣는 즉시 재영의 몸이 휘청거렸다. 그가 잡아 주지 않았다면 앞으로 꼬꾸라졌을 것이다.

가정법원을 나와 걸음을 옮기는 와중에도 그는 재영의 손을 꼭 잡고 있었다. 혹여 그녀가 넘어질까 싶어 보폭까지 맞추며 힘줘 잡고 있었다. 그녀를 벤치에 앉힌 유민은 미간을 찌푸리며 재영의 얼굴을 살폈다. 창백해진 얼굴은 그녀가 곧 쓰러진다 해도 이상하지 않을 정도였다.

그가 걱정스러운 기색으로 물었다.

"괜찮아?"

"괜찮을 것 같아요? 유민 씨, 무슨 생각이에요? 나 가지고 노는……"

재영의 입에서 원망의 말이 와르르 쏟아졌다. 도대체 자신이랑 뭐 하자는 건지, 사람 마음은 다 뒤흔들어 놓고 왜 이혼을 하는 건지. 당신이 원하는 것이 도대체 무엇인지.

한참 그녀의 원망을 듣고 있던 유민은 허리를 곧게 세운 뒤, 주머니에서 결혼반지를 꺼냈다. 그리고 그녀의 앞으로 손을 내밀며 말한다.

"결혼반지 내놔."

재영이 멍한 눈으로 유민의 얼굴을 올려다보았다. 차갑고 냉정한 얼굴은 평소와 같았으나 못된 의심이 또 그녀의 마음속에서 무럭무럭 자라나기 시작했다.

그래, 그는 내가 먼저 이혼을 하자고 하니까 자존심이 상했던 거야. 그래서 복수를 하려고 그랬던 거야. 추억의 장소를 찾고, 자신의 사소한 부분까지 챙겨 주며 다정하게 굴었던 것은 다 복수 때문이야.

못된 마음이 그렇게 외쳐 댔다.

재영은 늘 가방에 열쇠꾸러미 하나를 꺼냈다. 결혼반지는 그에게 이혼 이야기를 꺼내는 순간부터 열쇠고리에 걸려 있었다. 그리고 그걸 그 또한 알고 있었다.

몇 번 헛손질을 하고 나서야 재영이 겨우 열쇠꾸러미와 반지를 분리할 수 있었다. 그녀는 거친 손길로 그의 손바닥 위에 올려놓았다. 그러자 그는 손을 뻗어 쓰레기통에 두 사람의 결혼반지를 버려 버린다.

"아."

짤랑, 짤랑. 다이아몬드가 영롱하게 반짝이던 결혼반지가 다른 쓰레기들과 뒤섞이는 울림이 짧게 들렸다. 재영이 멍한 눈으로 유민을 보았다. 그가 무엇을 하자는 것인지 온통 알 수 없었다. 머리가 먹통이 되어 버린 것 같았다.

"왜 아까워? 뭐, 비싼 반지이긴 했지."

유민이 심드렁한 얼굴로 말했다. 이에 그녀의 마음이 천 갈래 만 갈래로 찢어진다. 결국 그녀의 눈에 눈물이 고이기 시작했다.

쓰레기통을 보던 그가 고개를 돌려 재영과 시선을 마주하며 말했다.

"하지만 버려야 할 것들이야."

"당신…… 난……."

재영이 더듬더듬 입술을 뗄 때였다. 성큼성큼 걸음을 옮긴 유민이 재영의 앞에 섰다. 그리고 허리를 굽힌 후 고개를 틀어 재영의 입술에 입을 맞추었다. 그녀의 눈물 맛이 느껴지는 짧은 입맞춤은 짭짤했다. 산뜻한 입맞춤을 한 그는 한쪽 무릎을 굽혀 재영과 시선을 마주했다. 커다란 손은 어느새 그녀의 얼굴 위를 더듬고 있었다.

쉼 없이 쏟아지는 눈물을 닦아 주던 그가 부드럽게 웃으며 말했다.

"연애하자, 심재영."

"……아."

"네가 좋다."

가슴이 질척해진다는 것이 이런 것일까.

그의 말을 듣자마자 놀라움에 뛰기 시작하는 심장에 그녀는 팔을 들어 심장을 움켜쥐었다.

chapter *4*

Suture

1화
도약

후텁지근한 바람이 훅- 밀려왔다. 온몸에 땀방울이 송골송골 맺힐 만큼 뜨거운 햇살도 연신 정수리를 내리쬐고 있었다. 그래서였을까, 재영은 순간 눈앞이 핑 도는 기분이 들었다.

지금 내가 들은 이야기가 현실이긴 할까?

가정법원을 나온 순간 그의 입에서 흘러나온 말에 그녀는 뒤통수를 힘껏 맞은 것처럼 그 자리에서 휘청거렸다. 재영은 서둘러 손을 뻗어 의자 손잡이를 잡았다.

"연애하자고, 심재영."

그가 다시 한 번 힘주어 말했다. 입술에 내걸린 부드러운 미소에 재영은 멀어지려던 정신을 서둘러 붙잡았다.

"지금 나랑 뭐하자는 거예요?"

"재영아, 나는……."

유민이 천천히 운을 뗐다. 그녀는 어디 말해 보라는 듯 그의 눈을 똑바로 마주했다. 지난 시간, 대화가 없어 두 사람은 서로 오해를 하고 힘들어했다. 그것을 알기에 그녀는 똑같은 실수를 번복하지 않기 위해 그가 하는 말들을 모두 들어줄 작정이었다.

전투적이리만큼 날카로운 그녀의 시선에도 유민은 한 치의 물러섬 없이 이야기를 이어 나갔다.

"결혼이란 허물로 인하여 네가 눈치를 보는 게 싫어."

"……허물?"

"그래."

유민의 답은 너무나 짧고 간결했다. 하지만 곧이어 흘러나오는 말들은 다정했다. 조곤조곤, 재영에게 자신의 생각을 솔직히 터놓기 위해 그는 굽히고 있던 한쪽 무릎이 아파 옴에도 신경 쓰지 않은 채 말을 이었다.

"너와 내가 계속 부부사이이면 좋겠지. 하지만 부부면 많은 것을 참아 넘겨야 하고, 말하지 못하는 것들도 아주 많다고 생각해. 아직 제대로 된 관계 형성도 되지 않은 우리에겐 부부란 허물일 뿐이지."

"당신은 참 똑똑하지 못해요. 공부는 잘했으면서."

왜 사람의 마음 하나 돌리는 말을 하지 못하는 것일까. 아니, 머리와는 상관없다. 그는 솔직한 사람이었으니까. 이젠 그라는 사람이 조금씩 보이기 시작한다.

유민은 무슨 말인지 모르겠다는 듯 동그란 눈으로 재영을 보았다. 그녀는 천천히 걸음을 옮겨 쓰레기통으로 향했다. 유민이 뭐라 하기도 전에 재영이 쓰레기통 안으로 손을 밀어 넣었다.

"심재영!"

연신 쓰레기를 헤집으며 반지를 찾고 있는 그녀의 모습에 유민이 놀라 다가왔다. 팔을 붙잡으며 그녀의 행동을 말렸지만 재영은 거칠게 그의 손길을 내치며 손을 허우적거렸다. 뒤집어엎으면 좋겠건만, 고정되어 있어 여의치 않았다. 쓰레기통에 짓눌린 배가 아파 왔지만 그녀는 연신 쓰레기통 안에 긴 팔을 밀어 넣어 반지를 찾았다.

"비켜."

"싫어요."

"내가 꺼낼 테니까 비키라고!"

유민이 버럭 소리쳤다. 하지만 재영은 여전히 요지부동이었다. 쓰레기통으로 들어갈 것처럼 굴던 그녀의 손끝에 드디어 반지가 만져졌다. 재영이 반지를 낚아채며 바닥에 발을 짚었다.

고개를 숙이고 있느라 붉어진 얼굴로 한참 숨을 몰아쉬던 재영은 쓰레기통에 처박힌 뒤에도 여전히 영롱하게 빛나는 다이아몬드를 보며 부드럽게 미소 지었다. 자신의 옷이 더러워진다는 생각도 하지 못한 채 반지를 윗옷으로 닦은 그녀가 깨끗해진 반지를 유민에게 보여 주며 말했다.

"전 그 허물을 너무나 지키고 싶었어요."

피가 차갑게 식어 가는 기분이었다. 홀가분하게 웃는 그녀의 얼굴을 보자 그는 어떠한 말도 하지 못한 채 느른한 그녀의 입술이 달싹이는 것만 보았다.

"그 허물을 벗어 던지려 결심했을 땐 온몸이 갈가리 찢기는 느낌이었죠."

그렇게 말하는 재영은 웃었다. 반짝반짝 빛이 난다 생각할 정도로 예쁘게.

그녀는 다정하게 다가오는 그에게 속절없이 흔들리고, 아파하고, 불안해했던 지난 한 달간의 자신의 모습을 떠올려 보았다. 짧지도 길지도 않은 시간 속에서 그녀는 많은 것을 느꼈다. 자신이 상상해 오던 그와 현실의 그는 참 많이 다르다는 것을. 자신이 보아 온 유민은 도대체 무엇일까. 하나의 환상을 만들어 놓고 그 틀에서만 그를 생각했던 자신의 모습을 반성하며 그녀는 진심으로 웃었다.

"고마워요. 정신이 번쩍 들었어요. 한동안 정신없이 지냈는데, 이젠 확고하게 보이기 시작하네요."

그가 다시 연애를 하자는 말에 또다시 가슴이 뛴다. 하지만 그녀가 그의 제안을 받아들이지 못하는 이유는 아주 간단했다. 밑바닥까지 쳤던 마음을 아직 추스르지 못했다. 또다시 그에게 상처받을지도 모른다는 겁도 났다. 그냥 받아들이고 그렇게도 원했던 그와 사랑을 하면 행복하긴 할 것이다. 하지만 또 두 사람 사이에 문제가 발생한다면? 그때 그녀는 두 다리로 일어서지 못할 것이리라.

휘몰아치는 소용돌이가 지난 후, 나란 사람을 찾은 후에야 두 사람의 관계를 정확하게 판단할 수 있을 것이다. 판단을 내리기엔 아직 그녀는 아무것도 수습을 하지 못한 상태였다. 마음도, 현재의 상황도.

자리에서 일어난 재영은 그의 시선이 자신을 행동을 좇는다는 것을 느끼며 가방 속에 반지를 넣었다.

"그리고 이 반지를 버리지 못하는 건 아주 간단해요. 이 반지는 당신과 유일하게 고른 것이기 때문이에요."

그렇게 말한 재영이 시선을 들어 유민을 보았다. 그의 시선이 사정없이 흔들리고 있었다.

"당신은 과거에 있었던 모든 일들을 없애 버리고 다시 시작할 수 있을지 몰라도 전 아니에요."

"재영아……."

"아프지만 그 과거도 소중해서 버리질 못해요. 구질구질한 나란 사람은 그 시간조차도 너무 소중해서 그러질 못해요."

자신의 인생은 그로 인해 시작되었다 해도 과언이 아니었다. 그와의 시간을 지운다는 것은 자신을 지우는 것과 같다. 그러니, 그러니, 지금은 멈출 때. 폭주하는 기관차처럼 앞만 보며 내달리기엔 아직 그녀는 온통 혼란스럽고 두려웠다.

마주한 그의 눈동자는 흔들리고 있었다. 하지만 이에 반해 재영의 눈동자는 붉어졌을 뿐 흔들림이 없었다.

"구청엔 제가 신고할게요. 괜찮죠? 당신에겐 허물일 뿐일 테니까."

"심재영."

그의 목소리가 한층 더 낮아졌다. 하지만 그녀는 아파 보이는 그의 모습을 바라보기만 할 뿐 위로의 손길도, 말도 건네지 않는다. 그의 얼굴을 다시 한 번 눈에 담던 그녀가 한 발자국 뒤로 물러섰다.

"먼저 가 볼게요, 유민 씨."

그녀가 산뜻한 걸음을 옮겼다. 하지만 뒤돌아서는 순간 눈에선 눈물이 흐른다. 애써 허리는 빳빳하게 편 채 씩씩한 뒷모습을 만든 그녀의 눈에서 뜻 모를 눈물들이 연신 아래로 후두둑 떨어졌다.

왜 우니, 재영아?

스스로에게 물어본다.

그러자 재영은 너무나 쉽게 답을 내놓을 수 있었다.

속, 시원~하다!

집 안을 서성이는 발걸음은 불안하고 조급해 보였다. 그녀가 떠나간 자리에서 홀로 방황하던 유민은 걸음을 멈추지 않은 채 넓은 거실 안을 오고 가고 있었다. 그는 어딘가 충격을 받은 얼굴이었다. 당황한 기색도 보였고, 의문이 가득하기도 했다. 그의 머릿속에는 현재, 심재영으로 가득했다.

"고마워요. 정신이 번쩍 들었어요. 한동안 정신없이 지냈는데, 이젠 확고하게 보이기 시작하네요."

무엇이 확고하게 보인다는 것일까.
자신은 무엇을 잘못한 것일까.
왜 갑자기 그녀의 마음이 돌아선 것일까.
그가 결혼반지를 버린 것은 그 상태론 아무것도 하지 못할 것만 같아서였다.
소심하고 튼튼한 다리도 두드려 보고 건너는 재영에게 결혼은 족쇄에 지나지 않을 것이라 생각했다. 여전히 부부라면 그녀는 자신의 눈치를 보느라 자신의 뜻을 정확하게 전하지 못할 것이라 생각했다.
하지만,

"아프지만 그 과거도 소중해서 버리질 못해요. 구질구질한 나란 사람은 그 시간조차도 너무 소중해서 그러질 못해요."

붉어진 눈으로 조곤조곤 이야기를 하던 재영의 모습이 떠오른다. 그녀는 남에게 자신의 뜻을 들어 달라며 목소리를 높여 요구하지 않았다. 의사를 정확하게 전달하기만 할 뿐, 어딘가 포기를 한 듯한 얼굴은 그의 가슴을 저릿하게 만든다.
서성이던 그의 발걸음이 멈췄다.
그의 시선은 어느새 두 사람의 결혼사진으로 향해 있었다.
그의 얼굴이 종잇장처럼 일그러진다.
"뭐야, 심재영."

결혼사진 속 재영은 그의 팔을 동아줄처럼 힘껏 붙잡고 있었다. 소매가 구겨질 정도로, 아주 힘껏.

일그러진 얼굴에서 유일하게 움직임을 보이는 것은 눈동자뿐이었다. 거대한 격랑을 만난 듯 사정없이 흔들리던 그의 눈빛이 어느새 자신의 손으로 향해 있었다. 네 번째 손가락은 어느새 반지 자국조차 사라진 뒤다. 그렇게 그녀의 흔적은 앞으로도 조금씩 지워져 갈 것이다.

멍청한 노유민, 언제까지 멍청하게만 굴 건데?

그녀가 자신에게 이별을 고한 것도 벌써 두 달이란 시간이 흘렀다. 계절은 점차 여름의 절정으로 달음박질치고, 시간의 속도만큼 그의 심장 또한 빠르게 내달린다. 하지만 그녀는? 심재영의 마음은?

순간 그는 소파 위에 내던져 두었던 재킷을 들고 빠르게 걸음을 옮겼다. 신발을 대충 꿰어 신고 밖으로 튕겨져 나간 그는 엘리베이터를 붙잡고 곧장 지하로 향한다. 세워 둔 차에 오른 그는 곧장 차를 몰고 재영이 지내고 있는 오피스텔로 향했다. 새벽녘의 도로는 한산했다. 과속까지 해 가며 오피스텔에 도착한 그는 거칠어진 숨을 잠시 가다듬어야 했다.

들썩이는 가슴이 평온을 되찾을 때까지 오피스텔 문만 뚫어져라 보던 그가 순간 숨을 삼킨 뒤 긴장한 눈으로 벨을 눌렀다. 그러자 안에서 인기척이 들리더니 곧 인터폰에 불이 들어온다.

-무슨 일이에요?

기계를 통해 들려오는 목소리는 겨울의 바람처럼 차디찼다. 무더운 여름이었으나 뇌가 얼음장처럼 차가워진 기분이 들었다. 그녀가 보고 있다는 것을 알면서도 표정 관리를 할 수가 없었다.

"이야기 좀 하자."

-전 더 이상 할 이야기 없어요.

"문 열어."

목소리가 조금 강압적으로 나갔다는 걸 알아서였을까. 유민이 미간을 찌푸리더니 한숨을 내뱉는다.

"제발."

간절한 목소리에 상대는 말이 없었다. 남의 마음을 얻기 위해 노력해본 적이 없는 유민은 한참이고 망설인다. 또 어떠한 말을 해야 하는 걸까, 손가락으로 자신의 허벅지를 툭툭 두드리던 유민이 다시 한 번 말을 덧붙이려 할 때였다. 문이 열리더니 편안한 복장의 재영이 모습을 드러냈다.

자신과는 달리 재영은 그 어떠한 데미지도 입지 않은 모습이었다. 그녀의 모습을 보자 그는 속절없이 무너지는 마음을 느꼈다.

"재영아."

"무슨 일이에요? 이야기는 끝난 걸로 아는데."

편안한 표정으로 말하는 그녀의 얼굴에선 아무것도 찾아볼 수가 없었다. 마치 벽을 보고 있는 것과 같았다.

"내가 잘못했어."

"당신이 뭘요?"

재영이 눈을 동그랗게 뜨며 물었다. 그가 무엇을 잘못했는지 이해하지 못한 모습이었다. 그러다 그녀는 가정법원 앞에서 결혼반지를 망설임 없이 버리던 모습을 떠올렸다.

재영은 잠시 숨을 골랐다. 그리고 혼란스러운 기색이 역력한 그의 얼굴을 멀거니 올려다보며 말했다.

"유민 씨, 우린 틀리지 않았어요."

"……."

"다만 다를 뿐이었어요. 전 오늘 그걸 절실히 느꼈고요."

그녀의 말에도 유민은 아무런 말도 하지 못했다. 어떠한 말을 해야 그녀의 마음을 돌릴 수 있을지 알 수 없었기 때문이다. 그 모습에 그녀는 손을 뻗어 유민의 손을 붙잡았다. 그의 몸이 미세하게 떨리고 있었다.

"그 다름을 우린 이겨 낼 수 있을까요? 난 자신이 없어요."

해 보지도 않고 어떻게 그런 말을 할 수 있냐고 닦달할 수가 없었다. 그녀는 충분히 했으니까. 아마 짧지 않은 그 시간 동안 그녀는 절실히 통감했을 수도 있다. 뒤늦게 깨닫는 그와는 달리.

"당신은 아주 멋있는 사람이에요. 다시 시작할 수 있을 거예요."

"뭘……?"

"다른 이와의 관계요."

그렇게 말하는 재영의 얼굴은 무심했다. 그리고 그는 그제야 알 수 있었다.

"무심한 게 제일 나빠."

아무런 감정도 품고 있지 않은 표정이 상대를 얼마나 상처 주는지. 사람의 마음을 무너뜨리는지. 그녀는 이러한 기분을 1년 내내 느꼈을 것이다. 지난날의 과오에 그의 눈이 질끈 감겼다. 거친 숨이 토해졌다.

속절없이 흔들리는 그의 모습에 재영은 손을 동그랗게 말아 쥐었다. 그의 손은 차가웠다. 늘 그랬던 것처럼. 하지만 오늘은 그의 손보다 자신의 입술이 더 차갑게 느껴진다.

"현재로선 다른 사람과의 관계를 전혀 생각할 수가 없어."

그 말에 짙은 후회가 드리워져 있다. 여전히 눈을 감고 있는 그의 속눈썹이 파르르 떨린다. 그에겐 두려운 것이 없을 것이라 생각했는데……

"현재로선 그렇겠죠. 저도 그래요."

그렇게 말하며 재영은 웃었다.

"우리…… 조금은 멀어져서 생각을 해 봐요. 서로가 어떠한 사람이었는지."

"……"

"우리, 서로를 마주해 봐요."

"……그 후엔?"

그 말에 재영이 웃었다.

"서로가 어떠한 사람인지 확실히 보이면, 그때, 그때 우리 다시 시작해요."

예전처럼 만들어진 웃음이 아닌 진심을 다해 웃는 그녀의 모습에 유민이 고개를 끄덕였다. 그녀와 마찬가지로 웃음을 짓고 있었으나 그의 웃음은 어딘가 어설프고 아팠다.

"네 생각이 그렇다면 따라 줘야겠지."

"고마워요."

❖

오피스텔은 넓지 않았다. 하지만 처음 이 오피스텔을 온 순간부터 이 공간이 지나치게 넓다 생각한 것은 생명체가 자신뿐이란 것을 알기 때문일 것이다.

재영은 화장대 위에 결혼반지를 올려놓은 채 멍한 눈을 깜빡이고 있었다. 반지를 고르던 날이 떠올랐다.

그때의 난 유민과 결혼한다는 생각에 한껏 들떠 있었다. 비록 아버지가 찍어 붙인 결혼이라 하더라도 그 상대가 유민이란 것만으로도 그녀는 행복했었다. 하지만 결혼식을 준비하면서부터 그녀가 생각했던 결혼과는 많이 다르다는 것을 알아 갔다.

"미안, 어쩌지? 세미나 참석 때문에 어려울 것 같아."

결혼 준비는 그녀의 몫이었다. 그는 바쁜 사람이었고 세미나와 강의, 수술, 간혹 봉사활동으로 고아원을 찾는 그에겐 잠시의 시간도 없었다. 이에 그녀는 불만을 가지지 않았다. 아니, 가질 수가 없었다. 가지는 순간 몰아닥칠 실망을 알고 있기 때문이다.

그런 그와 유일하게 같이 고른 것이 있다면 바로 이 결혼반지였다. 잠시의 틈을 낸 그는 약속한 시간보다 약 10분 늦게 주얼리샵으로 들어섰다. 주목하는 시선을 그도 알고 있을 것이 분명했음에도 걸음은 곧장 재영에게 향했다.

그는 미간을 찌푸리며 손목시계를 확인했다. 여유로운 표정과는 달리 가슴이 조금 들썩이고 있었다.

"미안."
"아니에요, 잠시 시간 내준 것만으로도 감사하죠."

이마에 맺혀 있는 땀만 보아도 주차장에서 이곳까지 뛰어왔다는 것을 알 수 있었다. 그 정도의 노력으로도 그녀는 고마웠다. 그리고 그 자리에서 그녀의 취향과는 거리가 먼 아주 심플한 이 반지를 골랐다. 그는 이에 별말을 하지 않았다.

이혼을 결심했을 때 재영은 왜 그가 아무것도 해 주지 않나, 그를 원망했었다. 하지만 지금 와 생각해 보면 자신 또한 그에게 해 준 것이 없었다. 흩어진 말의 조각을 합쳐 보아야 그녀가 원하는 것이 무엇인지 알 수 있었고, 스무고개를 하는 사람처럼 간혹 말을 했을 뿐 그녀 또한 아무것도 한 게 없었다.

재영의 입술이 시니컬하게 휘어졌다.

"심재영, 너도 참 너다."

자조적인 말에 재영의 눈이 천천히 감겼다.

그녀는 단 한 번도 자신의 인생을 결정한 적이 없었다. 부모도 신이 점지해 주었고, 부모의 씨앗과 배를 빌려 태어난 이후론 그들의 말에 따랐다. 현재도 미래도 모두 그들의 의견에 따른 그녀는 항상 수동적으로만 인생을 살아왔었다. 그 결과가 이것이었다. 그녀는 무엇 하나 결정하지 못한 멍청이였고, 지난 과거에 후회나 하는 팔푼이였다.

재영의 가슴이 크게 들썩였다. 가정법원 앞에서 그는 자신과 시선을 마주하며 또렷하게 말했었다.

"연애하자, 심재영."

진중한 눈빛은 거짓이 없었고, 입에 바른 소리로 현혹시키려고 하지도 않았다. 담백한 고백은 재영의 가슴을 설레게 했다.

그는 날 좋아할까? 그렇게 묻는다면 재영은 조심스럽지만 고개를 끄덕일 수 있었다. 그는 거짓말을 할 줄 모르는 사람이었고, 헛소리는 인생의 낭비라며 시니컬하게 말하는 사람이었다. 너무 솔직해서 탈인 사람. 그런 사람이 한 말이니 그의 솔직한 마음일 것이다.

그럼 네 마음은 어떤데?

심연으로 가라앉는 정신에도 그녀는 계속 스스로에게 묻고 있었다.

생각해 보면 재영은 그에게 이혼을 말할 당시 꽤 많은 것들을 각오하고 있었다. 병원은 당연히 그만두게 될 줄 알았고, 유민은 냉담하게 고개를 돌릴 줄 알았다. 하지만 그렇지 않았다. 병원은 여전히 다니고 있었고, 그는 자신에게 다시 시작해 보자 말한다.

현실감각이 느껴지지 않는 일들에 그녀가 천천히 눈을 감았다. 몸이 아래로 축 늘어지는 기분이었으나 정신은 점차 또렷해진다.

"우리…… 조금은 멀어져서 생각을 해 봐요. 서로가 어떠한 사람이었는지."

그녀가 그에게 한 말이었다.
서로의 모습을 똑바로 바라보기 전, 그녀는 자신의 모습부터 되돌아보았다. 잔뜩 움츠리고 있던 과거의 자신을.
힘을 주어 어깨를 편 재영은 거울 속 자신의 모습을 보았다.
그가 좋니?
그녀가 물었다. 그러자 그녀의 답은 너무도 쉽게 나온다.
"어."
그럼 자신부터 바꿔야 할 필요가 있었다.

❖

"피곤하다……."
한가로운 ER은 간간이 사람들이 걸음을 옮기는 소리만 들릴 뿐, 다른 소음은 들리지 않는다. 커튼을 쳐 놓고 물먹은 솜처럼 축 늘어져 있던 재영이 천천히 눈을 감았다가 떴다. 차가운 기운이 척추를 타고 온몸에 흘렀다. 이에 맞춰 흐릿했던 시선이 점차 또렷해지기 시작했다.

오늘 몇 건의 수술에 들어갔을까. 곰곰이 생각해 보던 재영은 두 건의 수술을 했다는 것을 알았다. 외상환자보단 응급센터 지원일이 대부분이었으나 시간이 어떻게 흘러갔는지 모를 정도로 바쁜 시간을 보냈다. 그 후 몸에 힘 한 자락 들어가지 않아 침대에 축 늘어져 있었던 것이다.

"후."

재영의 입에서 깊은 한숨이 터져 나왔다. 하지만 몸이 피곤한 것과는 달리 반대로 마음은 편안했다. 재영은 뜨거운 눈두덩 위에 손을 올려놓았다. 머리가 무거운 것과는 달리 평온한 마음에 잠이 솔솔 왔다. 모든 것을 털어 낸 그녀는 그제야 편히 눈을 감을 수 있었다. 굳게 닫혀 있던 입술에 어느새 미소가 머물렀다.

그녀가 한참이고 침대에 누워 눈을 감고 있을 때였다. 촤르륵, 소리와 함께 커튼이 걷히는 소리가 들렸다. 콜이 울리지 않았는데도 커튼을 열고 자신의 휴식을 방해할 수 있는 사람은 ER 내엔 건형뿐이었다. 그녀는 눈도 뜨지 않은 채 물었다.

"무슨 일인데?"

"빨리 좀 나와 보세요."

건형의 다급한 목소리에 재영은 심상치 않은 일이 벌어졌음을 깨달았다. 자리에서 벌떡 일어난 재영이 밖으로 나왔다. 그러자 침대에 막 눕고 있는 작은 몸집의 아이가 보였다.

아이를 데리고 온 보호자도, 그리고 침대에 눕히는 간호사도 작은 아이의 몸을 만지는 것이 조심스러웠다.

재영이 서둘러 다가가며 물었다. 자동적으로 청진기는 어느새 귀에 꽂은 상태였다.

"어떻게 된 일입니까?"

벗겨진 옷 너머로 아이의 약한 몸이 보인다. 피부 전 층이 손상되어 손가락과 얼굴, 팔다리 등이 흰색으로 변해 있었다. 광범위한 상처에 재영의 얼굴이 굳어졌다.

"뜨거운 물을 끓이고 있는데 아이가 그걸 모르고……."

부모가 말끝을 흐리자 재영은 알았다는 듯 고개를 끄덕인 후 청진기를 가슴에 대려다 말았다. 피부가 녹아내려 청진기를 대는 것이 여의치 않았다. 하는 수 없이 허리를 숙여 아이의 숨소리를 확인한 재영이 속으로 한숨을 삼켰다. 참담한 겉모습과는 달리 다행히도 호흡은 정상적이었다. 허리를 편 재영이 얼음 팩을 가지고 온 간호사를 보며 말했다.

"보호자분 밖으로 안내해 주시겠어요? 채 선생님은 현재 사용 가능한 OR 있는지 확인해 줘요."

"네, 알겠습니다."

"보호자분, 따라오세요."

사람들이 몰려 나가는 소리와 함께 재영이 고개를 숙여 아이의 상태를 잘 살펴보았다. 아이의 몸 곳곳에 물집(수포)이 생겨 부풀어 올라 있었다. 화상(burns)으로 인해 전신이 타들어 가는 고통으로 일그러진 표정을 보던 재영이 손가락으로 하얗게 변한 피부 위를 눌렀다. 신경이 손상된 것인지 아이는 딱히 신음을 내뱉지 않았다. 얼굴과 뼈관절에도 화상의 흔적이 있었다.

"지금 내가 만지는 곳, 아프니?"

"아니요, 거긴 안 아픈데."

아이는 미처 말을 끝맺지 못하고 입을 다물었다. 아이의 몸이 파르르 떨렸다. 끔찍한 고통이 또 한 번 들이닥친 듯했다.

"어디가 가장 아프니?"

아이의 상태를 눈으로 확인한 재영이 물었다. 그러자 아이는 눈망울에 눈물을 가득 매달며 울먹였다.

"다요. 다 아파요."

아이의 목소리가 부들부들 떨린다. 앞으로 더해질 고통에 잔뜩 두려움을 집어먹은 것이리라. 그리고 안타깝게도 아이의 생각은 하나도 틀리지 않았다. 앞으로 계속될 치료는 지금보다 아팠으면 아팠지 덜하진 않을 것이다. 하지만 재영은 다정하게 웃으며 아이에게 물었다.

"이름이 뭐니?"

"다영이요."

"그래, 다영이는 몇 살이야?"

그녀의 물음에 아이는 답 대신 짧게 신음을 내뱉었다. 입술을 파르르 떠는 것이 크나큰 고통이 닥쳐온 듯했다. 아이가 답을 한 것은 그로부터 몇 분이 흐른 후였다.

"여덟 살이요."

"우와, 여덟 살이면 벌써 학교에 진학했겠네?"

아이가 힘겹게 고개를 끄덕였다. 그러자 재영은 조곤조곤 이야기를 늘어놓았다.

"그럼 다영아, 지금부터 선생님이 시키는 대로 잘하면 안 아플 거야. 조금 있다가 상처도 깨끗이 씻어야 하고, 또 잘생긴 의사 선생님이 와서 이것저것 검사도 할 거야. 그런데 이걸 잘해야 나중에 다영이가 다시 재미있게 놀 수 있어. 선생님 말 무슨 말인지 알겠니?"

제법 똑똑한 아이는 그녀의 말을 찰떡같이 알아듣곤 고개를 끄덕였다. 커다란 눈망울엔 두려움이 가득했으나 의연하게 참을 줄 아는 아이인 듯 곧 고개를 돌리며 닥쳐올 상황들을 받아들일 준비를 마친다. 하지만 재영의 손이 목 부위를 향하자 아이의 입에서 작은 신음이 흘러나왔다.

"으으......"

수포가 터져 진물이 질질 흐르고 있었다. 재영이 다시 한 번 아이에게 말을 걸려고 할 때였다. 돌아온 건형이 옆에 서며 말했다.

"준비된 OR 없어요."

"이 시간에 수술할 OR 하나 없으면 외상센터는 왜 만들었대?"

까칠한 재영의 반응에 건형은 사지를 파르르 떠는 아이의 모습을 보았다. 당장 저 고통을 줄여 주고 싶었으나 섣부른 판단을 할 수 없을 정도로 아이의 상태는 심각했다.

"호흡은요?"

"다행히 정상이야."

아이의 작은 혈관을 기가 막히게 찾아낸 재영은 주삿바늘을 연결해 수액을 주입했다. 화상으로 인한 체액의 손실부터 보충한 재영은 서둘러 알코올을 가져오며 물었다.

"피부과 선생님은 콜 했어?"

"네, 곧 내려오실 거예요."

"좋아. 일단 씻자."

하나를 말하면 열 가지를 알아서 하는 건형은 든든한 후배였다. 건형이 아이의 다리 쪽으로 이동했다. 우선 가장 심각해 보이는 다리부터 소독할 생각에 그에게 눈짓을 할 때였다. 하지만 고통으로 인해 온몸의 신경이 날카로웠던 아이는 이를 기가 막히게 알아차리며 물었다.

"아파요?"

아이가 두려움이 가득한 목소리로 말했다. 그러자 재영은 입가에 미소를 머금어 보려 애를 쓴다. 어른들도 손가락에 난 작은 화상에도 아프다 울먹일 정도였다. 그런데 이제 겨우 초등학교에 입학한, 작은 다영은 머리부터 발끝까지 2도~4도 화상을 당했다. 어른들도 죽고 싶다는 그 고통을 조금이라도 줄여 주는 것이 의료진의 몫이었으나 그 또한 한계

166

가 있었다.

하지만 재영은 애써 웃는 얼굴로 말했다.

"응, 조금 아플 거야."

"진짜요? 조금이 얼만데요?"

"음, 따끔할 정도로? 지금보다는 안 아플 거니까 걱정 마."

아이는 그제야 안심한 듯 고개를 끄덕였다.

"선생님, 안 아프게 해 주세요."

아이의 말에 재영의 눈빛이 어둡게 가라앉았다.

"그래, 다영아. 선생님이 안 아프게 해 줄게."

"선생님, 심 선생님!"

응급실 앞을 지나가던 재영은 자신을 붙잡는 목소리에 고개를 돌렸다. 다급한 간호사의 모습을 보자 그녀의 심장이 빠르게 내달리기 시작했다.

"무슨 일이세요?"

"다영이요! 씨저(Seizure:발작, 경기) 왔어요!"

다영이란 이름에 재영의 발걸음이 순식간에 내달렸다. 응급실 내 레드 룸(집중치료실)으로 향한 재영은 다영의 모습에 숨을 삼켰다. 머리부터 발끝까지 붕대로 감고 있는 다영의 모습은 처참했다. 고통에 몸부림치며 소리를 내지르는 아이는 짐승과 같았다.

"아악!"

아이가 괴성을 내지르며 사지를 흔들었지만 팔다리가 묶여 있어 쉽지가 않았다. 어디 그뿐인가. 어느새 모여든 간호사들에게 몸을 짓눌린 아이는 고개를 양옆으로 빠르게 저었다. 그 모습을 바라보던 재영의 눈에 눈물이 고였다.

"아악! 아아아악!"

지옥의 악귀에 잡아먹혀 끔찍한 고통에 치를 떠는 작은 아이를 보던 재영이 더듬더듬 앞으로 걸음을 옮겼다. 다리에 힘이 풀려 털썩 주저앉을 것만 같았지만 걸음은 멈추지 않았다.

"끄아악! 아파요! 아파요! 아파!"

아이의 비명에 눈물로 얼룩진 얼굴로 외쳤다.

"몰핀(morphine:마약성 진통제) 준비해 주세요!"

고통에 찬 신음은 연신 그녀의 고막을 타고 들어와 전신으로 퍼져 나갔다. 따끔, 따끔따끔. 누군가가 바늘로 제 몸을 찌르는 것 같았다. 하지만 주사기를 든 재영은 거침없이 아이의 정맥에 몰핀을 주입하였다. 약이 퍼져 나가자 아이의 떨림은 조금씩 잦아졌지만 재영의 얼굴은 흐려졌다.

"안 돼……."

무게를 이기지 못한 눈물이 아래로 후두둑 떨어졌다.

진물이 가득한 붕대를 갈고서 힘없이 침대에 누워 있던 다영이 천천히 눈을 떴다. 재영의 눈빛이 안쓰러움으로 물들었다. 진통제로 아이는 잠시 고통에서 벗어날 수 있었지만 그건 아주 찰나의 시간뿐. 화마에 잡아먹힌 작은 몸은 언제고 또다시 끔찍한 고통을 몰고 올 것이다. 눈을 깜빡일 여력도 없는 듯 가는 숨소리만 내뱉고 있는 아이가 입술을 달싹이자 재영의 입가에 희미한 웃음이 머물렀다.

"선생님……."

"다영아, 일어났니?"

붉어진 눈은 방금 전까지 그녀가 얼마나 많은 눈물을 쏟아 냈는지 알수 있을 정도였다. 재영의 얼굴 위를 더듬어 보던 다영이 힘겹게 말을 내뱉었다. 쇳소리가 섞여 있는 목소리였다.

"왜 울어요?"

"선생님 안 울어."

작게 고개를 저은 재영이 답하자 다영은 천천히 눈을 깜빡였다.

"울잖아요."

아이의 눈망울도 힘없이 흔들렸다. 곧 울음을 쏟아 낼 것처럼.

작고 너무나 연약한 몸체를 보던 재영이 힘없이 자리에 주저앉았다. 아이의 손을 붙잡아 주고 싶었으나 어딜 잡아야 할지 알 수 없을 정도였다. 불안한 눈으로 다영을 보던 재영이 눈을 질끈 감았다. 울컥, 또다시 감정이 동요하기 시작했다.

"미안하다, 다영아……. 선생님이 안 아프게 해 줄게."

언제 떠나도 이상하지 않을 정도로 나약한 몸체. 하지만 재영은 이 작은 아이를 무조건 살려 내고 싶었다. 너무나 불행했던 아이의 삶에 조금의 행복이라도 주고 싶었다.

재영의 말을 듣고 있던 다영이 힘겹게 눈을 깜빡였다. 메말라 껍질이 일어난 입술을 달싹인 아이가 희미한 웃음을 지었다.

"꼭…… 꼭이요."

용기 내어 손을 내민 재영이 아이의 손을 잡았다. 두 사람은 서로 시선을 마주한 채 웃음을 주고받았다.

"수술은?"

아이는 결국 피부이식 수술이 결정되어 수술방으로 들어가야 했다. 지난밤, 치료의 첫 과정인 열을 식히고 수포와 진물, 죽은 살은 덜어 냈지만 생각보다 심각했던 다리는 조금 더 정밀적인 검사를 받은 후 다음 날 아침이 되어서야 수술이 결정되었다. 그리고 아이의 상처를 살펴본 재영은 곧장 112에 신고를 했다. 검사 과정을 통해 화상뿐만 아니라 아이의 뼈가 부러졌다가 제대로 붙지 못한 흔적 등, 아동학대가 의심되었기 때문이다.

수술이 들어가고 5분 뒤 도착한 경찰과 한참 실랑이를 하던 어머니가 붙잡혀 가고 곧 술 냄새가 폴폴 풍기는 아버지가 왔다. 대기 의자에서 꾸벅꾸벅 졸음과 사투를 벌이고 있는 그를 보며 재영이 물었고, 건형은 대기판을 보며 말했다.

"들어간 지 30분 됐네요."

당장 심각한 부위는 오늘 수술을 하게 되었지만, 아이는 상처를 치료하면서 몇 번이나 더 수술실에 들어가야 한다. 새살이 돋아나는 부분들이 오그라들 것이고, 스킨 그래프트(Skin Graft:피부이식)를 받아야 할 것이다. 관절 부분에 입은 화상으로 인해 재활치료를 지속적으로 받아야 할 것이다.

재영의 눈빛이 어두워졌다. 꾸벅꾸벅, 남자의 머리가 바닥으로 꼬꾸라질 것처럼 위태로워 보인다.

"세상엔 참 부러운 사람이 많아."

"네?"

다영의 선한 눈망울을 떠올리던 재영은 입맛이 쓰자 조소를 지었다. 그리고 기가 막히게도 눈치가 빠른 건형은 이번만큼은 눈치를 채지 못한 것인지 미간을 좁혔다. 자신의 딸이 수술실에 들어가 있는 이 순간에도 꾸벅꾸벅 졸고 있는 술주정뱅이를 엘리트인 그녀가 부러워할 것이 무엇이란 말인가.

깊게 고민하던 건형은 끝끝내 답을 찾지 못했다.

"선배, 술도 잘 마시잖아요."

"네가 소문냈구나, 나 술고래라는 거."

"어디 저만 냈게요?"

잠시 장난을 주고받던 재영은 의사 가운에 손을 찔러 넣으며 걸음을 옮겼다.

"퇴근하시게요?"

"아니, 원장실."

"그럼 나 먼저 가도 돼요? 이틀째 못 들어갔더니 온몸이 결려요."

지난밤, 나이트 근무도 아니었으면서 새벽녘에 갑자기 들이닥친 다영으로 인해 퇴근할 타이밍을 놓친 건형이 무거운 눈꺼풀에 힘을 주며 말했다. 불쌍한 후배의 모습이었지만 재영은 앞으로 닥칠 일들을 떠올리며 심드렁한 얼굴로 말했다.

"어디 가서 소주나 한잔할래?"

"선배가 웬일로 술을 다 하재요?"

"언젠 술고래라며?"

재영이 피식 웃으며 묻자 건형은 할 말을 잃은 듯 입을 딱 다물었다. 그녀의 얼굴을 한참이나 살피던 건형이 한숨을 푹 내뱉었다. 소주 몇 잔이면 오늘 하루 종일 안 깨고 푹 잘 수 있을 것 같으니 그녀의 술자리 제안이 그리 나쁘지만은 않다.

"뭐, 선배가 사면요."

"그래."

터벅터벅 무거운 걸음을 옮기는 재영의 뒷모습을 보던 건형은 들고 있던 차트를 옆구리에 끼웠다.

"뭐 또 대판 하려는 건가?"

그리고 그는 생각보다 무른 사람이었다. 엉망인 기분으로 돌아올 그녀를 떠올리던 건형이 뒤돌아서 의국으로 향한다.

"에이, 몰라."

더 깊게 관여해 봤자 재영 또한 좋아하지 않을 것이다.

두 사람 사이에 분명히 그어져 있는 선이 있었기에 둘은 오랫동안 좋은 선후배 사이를 유지해 왔다 해도 과언이 아니었다.

오늘은 그가 좋은 후배를 해 줄 타이밍이었다.

늘 공포의 대상이었던 사람을 똑바로 마주하자 재영은 순간 눈빛이 아련하게 빛났다.

"많이 늙으셨네요."

예전에는 태산처럼 커 보였던 아버지. 하지만 이제 와 그를 똑바로 마주 보자 그는 많이 노쇠하고 늙어 있었다. 그리고 그가 늙은 만큼 그녀는 컸다. 더 이상 사랑을 구걸하던 어린아이가 아니었고, 그의 시선이 자신에게 향하기만을 바라던 마음도 변해 버렸다.

재영의 입술에 걸린 느른한 웃음에 심 원장이 얼굴을 굳혔다.

"이젠 보고 싶지 않다고 말했을 텐데."

"네, 저도 보고 싶지 않았어요."

예전이라면 심장이 덜컥 내려앉았을 말에도 재영은 아무렇지도 않게 되었다.

심 원장이 표정을 굳힌 채 재영의 얼굴을 살폈다. 무언가 한 꺼풀 벗어 던진 모습이었다. 홀가분한 얼굴을 보던 심 원장이 무심한 얼굴로 물었다.

"할 말이 그것뿐이라면 나가 봐."

"아버지, 묻고 싶은 게 있어요."

재영이 양손을 무릎 위에 가지런히 올려놓은 후 물었다. 심 원장은 그녀의 얼굴만 본 후 헛기침을 했다.

"저에게 딱 한 번 칭찬해 주신 적 있죠? 초등학교 3학년 때였어요. 평소엔 만점을 받아 와도 눈길 한 번 안 주셨으면서 그날은 저에게 칭찬해 주셨죠?"

머리를 쓰다듬으며 빨간 줄이 몇 개 있는 시험지를 보며 아버지가 말했었다.

"아주 잘했구나."

어린 재영은 의아했지만 눈까지 감으며 아버지의 손을 느꼈다. 그때의 재영은 애정을 항상 갈구하기만 했었다. 끊임없이, 끊임없이. 더 이상 아버지만 바라보지 않게 된 것은 본과시절, 유민을 알게 되면서부터였다.

그녀는 심 원장을 보았다. 답을 구하는 눈빛이었다. 그날이 기억은 나냐, 그녀는 눈빛으로 물었다. 하지만 역시나 심 원장은 그녀의 기대를 저버리지 않는다.

"실없는 소리."

"역시 별 뜻이 없으셨던 거죠?"

"……."

그래, 그런 사람이었다, 심 원장. 그것을 알면서도 이제껏 멍청하게 언젠간 그의 시선이 자신에게도 닿는 날이 올 것이라 부질없는 희망을 가지고 있었던 것뿐이다. 이제야 심 원장의 모습이 똑바로 보이자 재영은 웃음 지었다. 진즉 아버지의 모습을 똑바로 보려 노력했다면 좋았을 텐데.

재영은 신음처럼 격랑이 이는 목소리로 말했다.

"전 그 칭찬이 다시 받고 싶어서 무척 노력했어요. 아버지의 뜻대로 의사가 되었고, 결혼도 아버지가 정해 준 사람과 했죠."

"그래, 하지만 결국엔 이혼했고, 병원 생활도 더 이상 하지 못하겠구나."

치졸한 말에 재영의 웃음은 더욱 진해진다.

"협박하지 마세요, 아버지. 안 통해요."

끄떡도 하지 않는 딸아이의 모습에 심 원장의 얼굴에 씌워져 있던 단단한 가면이 벗겨졌다. 재영은 천천히 자리에서 일어났다. 그리고 이를 악문 채 분한 기색을 감추지 못하는 그의 모습을 내려다보며 말했다.

"병원은 그만두라고 하면 그만두겠습니다. 하지만 다른 사람들 눈이 신경 쓰여서 그렇게 하지는 못하시겠죠."

"네 뜻대로 살게 두진 않을 거다."

그가 애써 화난 기색을 누그러뜨리며 말했다. 고저 없는 목소리에 재영의 입에서 작은 웃음소리가 터져 나왔다. 가벼운 웃음은 마치 즐거운 농담을 들은 듯했다. 그가 하는 말은 꽤 두렵고 무서운 것임에도 불구하고. 권력자의 협박은 단순한 협박으로 끝나지 않으리란 것을 그녀도 알고 있었다.

하지만 그녀가 홀가분하게 웃을 수 있는 이유는 단 하나였다.

"아버지, 내 인생이에요. 아버지 인생이 아니라."

드디어 그 단순한 깨달음을 얻었기 때문이다.

"아버지에게 받은 것은 다 내놓을게요. 더 이상 필요 없는 것들이니

174

까요. 그럼 이만 나가 보겠습니다. 수고하세요."

허리를 숙이며 인사한 재영이 뒤돌아서 망설임 없이 걸음을 옮겼다. 뒤에서 쾅, 의자 손잡이를 내려치는 소리가 들렸으나 문을 열고 밖으로 나간다.

비가 한참 내려 깃털이 젖었다가 이제야 마른 느낌이었다. 날개를 활짝 펼쳐 넓은 상공을 날 준비를 마쳤다.

❖

아영에게 노티(Notification:노티피케이션, 환자의 진료 관련 상황에 대해 윗사람에게 정식적으로 보고하는 것)를 듣고 있던 유민의 표정이 굳어졌다. 캐뉼라(Cannula:체내로 약물을 주입하거나 공기를 통하게 하기 위해 꽂는 튜브) 주위에 염증 소견을 보인다는 말을 들었기 때문이다.

차트를 살피는 유민의 눈길이 바쁘게 움직였다. 셉시스(Sepsis:패혈증, 미생물에 감염되어 전신에 심각한 염증 반응이 나타나는 상태)로 집중 치료를 받고 있는 환자였다. 검사를 통해 폐와 장에 항생제를 사용하여 감염증을 치료하고 있었는데 문제가 생긴 것이다.

유민은 시선만 들어 치프를 보았다. 아영이 침을 꼴딱 삼키며 몸을 뻣뻣하게 굳힌다. 눈으로 보아도 긴장감이 보일 정도였다.

"체온은?"

"발열 증상(38도 이상으로 올라가는 것)이 있어서 처치를 해 두었습니다."

"혈압은?"

"정상입니다."

"혈액 검사는?"

"백혈구 수치가 높아서 혈액 배양 검사 실시했습니다. 검사 결과는 조금 있으면 나옵니다."

합병증 발생을 걱정한 유민이 시선을 내렸다. 그의 날카로운 질문이 끝나자 굳어 있던 어깨가 조금 풀렸다. 하지만 곧이어 들려오는 유민의 말에 다시 한 번 몸이 움찔 떨렸다.

"추후 검사 상황 보고하세요. 검사 결과 나오면 항생제를 조금 더 투여해야 할지 봅시다."

"네, 교수님."

멀어지는 유민의 뒷모습에 아영이 자리에서 비틀거렸다. 안도의 한숨을 내뱉은 그녀가 자리에서 비틀거리자 곧 얼마 떨어지지 않은 곳에 서 있던 마취과 치프 보미가 다가왔다. 그녀는 안쓰러운 얼굴로 정신을 차리지 못하는 아영을 보며 말했다.

"뭘 그렇게 긴장을 하고 그래?"

그녀의 말에 아영이 한숨을 내뱉었다.

"네가 요즘 교수님 상태를 몰라서 그래."

"상태를 모르다니?"

"요즘 갱년기이신 것 같아."

며칠 전까지만 해도 유민의 젠틀함에 대해 입술이 부르트도록 칭찬했던 아영이었다. 울상인 그녀의 얼굴을 보던 보미가 혀를 끌끌 찼다. 이에 아영은 울컥 숨을 토해 내며 말했다.

"열라 까칠하다고! 막 뭐라고 쏘아붙이진 않는데, 그 오로라가!"

시커먼 게 아주! 아영이 오버하며 외쳐 댔다. 그러자 보미가 혀를 끌끌 차며 말한다.

"그럼 당연히 까칠하지. 요즘 심 선생님이랑 이야기 못 들었어?"

"무슨 이야기 들으셨는데요?"

갑작스런 타인의 목소리가 두 사람의 대화에 끼어들었다. 아영과 보미의 고개가 곧장 돌아갔고, 그 자리에 웃으며 서 있는 재영의 모습에 몸을 움찔 떨었다.

"그리고 갱년기가 아닌 것은 확실해요. 생리대를 차는 걸 한 번도 못 봤거든."

그녀 딴에는 조크로 던진 말이겠지만 정작 아영은 허리를 폴더처럼 구기며 외쳤다.

"죄송합니다!"

"음, 죄송할 건 없는데."

재영이 미소 지었다. 병원 내에 두 사람의 이혼 소식이 파다하게 퍼져 있다는 것을 알고 있었기 때문이다. 마음을 여유롭게 먹지 못하고 일일이 신경 쓴다면 결국 병원을 떠나야 한다는 사실을 알기에 그녀는 의연하게 대처했다. 자신의 눈을 피하는 아영을 보며 재영이 물었다.

"노 교수님, 여기에 있다고 듣고 왔는데. 어디 가셨어요?"

"지, 진료실에 가셨습니다."

"아, 그래요."

한발 늦어 버렸네. 재영이 웃으며 말했다. 그리고 두 사람에게 수고하라고 이야기를 한 뒤 유민이 사라진 복도 쪽으로 걸음을 옮긴다.

그녀의 뒷모습을 보던 아영이 멍하니 읊조렸다.

"반응이 너무 극과 극이잖아."

"뭐, 그렇다는 건 재영 쌤이 이혼하자고 한 거 아닐까?"

"에이, 설마. 노 교수님을 깠다고?"

"그럴 수도 있지. 우리가 모르는 큰 허점이 있을지도 모르잖아?"

보미의 말에 아영은 멍했던 표정을 지운 뒤 깔깔 웃었다. 완벽한 그에게 설마 허점이 있겠냐며. 그러다 곧 어떠한 생각에 닿았던 것인지 웃음을 뚝 멈추며 말한다.

"아, 진짜 무섭긴 해. 존댓말로 뭐라고 그러는데, 아주 오금이 저리더라."

그녀의 눈빛이 진지하게 빛났다.

❖

유민은 갑작스러운 방문자에 자신도 모르게 자리에서 벌떡 일어났다. 심장이 요동을 친다. 자신에게 이러한 반응을 일으키는 사람은 단 하나였다.

"재영아."

"잠시 시간 괜찮아요?"

웃으며 하는 말에 유민은 심장이 아래로 뚝 떨어지는 것을 느꼈다.

하루에도 몇 번씩 생각나는 그녀의 모습을 보자 반가우면서도 이 자리를 피하고만 싶어졌다. 하지만 유민은 입가에 미소를 머금으며 고개를 끄덕였다.

"물론이야."

"네, 잠시만 뺏을게요."

걸음을 옮긴 그녀는 의자를 끌어와 앉을 생각도 하지 않은 채 그의 앞에 섰다. 그리고 주머니를 뒤져 플라스틱 카드 두 개를 꺼내 책상 위에 올려놓았다. 그에게 건네도 받지 않을 것이라 짐작하고 내려놓은 것이다.

유민이 멀뚱히 카드를 보았다. 그가 쓰라고 했던 신용카드와 오피스텔 키였다.

"돌려주려고요."

"……"

"이사는 어제 했어요. 그동안 감사했어요."

그녀가 진심을 다해 웃었다. 훌훌 털어 버린 그녀는 마치 어디론가 떠나 버릴 것처럼 담담한 얼굴이었다. 유민은 자신도 모르게 손을 뻗어 그녀의 팔목을 움켜쥐었다. 손등에 혈관이 돋아났다.

"재영아."

고요한 그의 목소리에 재영의 시선이 그의 얼굴로 향한다. 까칠한 피부에 그녀의 마음이 흐려진다.

"너무 멀리 가진 마라."

재영은 그 말에 참고 있던 숨을 훅 하고 토해 냈다. 그리고 천천히 손을 들어 손가락 끝으로 그의 뺨을 조심스레 쓰다듬었다.

"유민 씨, 얼굴 많이 상했어요."

"너 때문이야. 아니, 아닌가."

잠시 말을 멈춘 그가 희미하게 웃음을 지으며 말했다.

"벌받는 중이야. 걱정되면 얼른 돌아와. 늘 여기에 있을 테니까."

"……고마워요."

"뭐가?"

그의 물음에 재영의 눈시울이 붉어졌다.

"이해해 줘서."

잠시만 거리를 두고 있자는 그녀의 말을 그는 겸허히 받아들였다.

조금 더 멀리 가기 위해.

그들은 도약할 준비를 하고 있었다.

2화
멀리 보기

　수술 마스크를 아래로 내린 유민이 깊은 한숨을 내뱉었다. 혀로 바짝 마른 입술을 축인 유민은 밖으로 나와 팔에 튄 핏방울을 씻어 내곤 천천히 걸음을 옮겼다. 지난주에 응급실로 실려 온 다영의 상태는 호전과 악화를 반복하더니, 결국 2차 감염으로 인해 다시 수술대 위에 누워야 했다.

　문을 열고 밖으로 나온 유민은 술에 취해 대기 의자에 퍼질러져 있는 환자의 보호자를 보았다. 드르렁드르렁 코까지 골며 잠들어 있었다. 곁에 서 있던 퍼스트로 수술에 함께 참여한 민 선생이 미간을 찌푸렸다.

　"어떻게 할까요?"

　"깨우세요."

　까칠한 유민의 목소리에 민 선생이 서둘러 보호자에게 다가가 몸을 흔들어 보지만 알코올에 뇌까지 푹 절어 버린 것인지 도통 깨어날 생각을 하지 않았다. 결국 그가 고개를 내젓자 유민이 성큼성큼 걸음을 옮긴다.

　보호자의 팔을 잡아 번쩍 일으켜 앉힌 유민이 반쯤 눈을 뜨며 횡설수

설하는 남자를 보았다.

"아버님."

"아이, 뭐야? 술집이 왜 이래?"

남자가 주위를 돌아보며 말했다. 코를 찌르는 병원 특유의 냄새도, 녹색의 수술복을 입고 있는 그들도 눈에 들어오지 않는 듯했다. 아이가 수술에 들어가자마자 식사를 한다는 핑계로 들이켠 소주가 그의 이성까지 앗아 간 듯했다.

그의 모습에 유민의 얼굴이 일그러졌다. 생사를 오고 갔던 수술대 위의 작은 몸체가 떠오른 탓이다.

"따님 수술은 무사히 끝났습니다. 경과를 지켜보기 위해선 한동안 중환자실에 입원을 해서 지켜봐야 합니다."

"으아, 뭐야, 너. 이거 안 놔?"

이성적인 얼굴로 환자에게 설명을 하던 유민의 얼굴이 얼음장처럼 굳었다. 예전 같으면 웃어넘길 수도 있었다. 의사로서의 자질 중 하나는 언제나 냉정한 얼굴로 환자와 보호자를 만나는 것이었다. 참는 것 또한 의사의 미덕 중 하나였지만, 정신적으로 고된 일상을 보내고 있는 그는 더 이상 참지 못했다. 굳은 얼굴로 읊조리듯 말했다.

"감염된 부분으로 인해 환자의 생명이 위태로울 수도 있었습니다."

"놔!"

그의 팔을 쳐 내려 팔을 허우적거리던 남자가 옆으로 벌러덩 누웠다. 하지만 유민의 손은 여전히 그의 팔을 붙들고 있었다.

"아버님!"

"에구구, 에구구! 이놈이, 지금 날 쳐?"

남자가 연신 몸을 허우적거렸다. 그 모습을 굳은 얼굴로 보던 유민이 물었다.

"당신 딸 아닙니까?"

"뭐야! 이 자식이!"

남자의 팔이 유민의 얼굴로 날아들었다.

"교수님!"

주위에서 숨이 넘어가는 소리가 들렸고, 사람들이 몰려들었다. 하지만 남자가 내지른 주먹은 유민의 뺨에 닿기 전 허공에서 멈췄다. 힘주어 남자의 주먹을 움켜쥔 유민의 눈빛이 날카롭게 빛났다.

"이거 안 놔!"

남자가 소리를 지르며 몸을 비틀어 대자 유민의 손에 더욱 힘이 가해졌다. 남자의 손을 잡은 유민의 손이 부르르 떨렸다.

"아, 아파! 아프다고!!"

버럭 내지르는 소리에 겨우 정신을 차린 것인지 깊게 숨을 내뱉은 유민이 자리에서 일어났다. 그리고 여전히 고래고래 소리를 지르고 있는 보호자를 보았다.

"술 좀 깨시고 오시는 것이 좋겠습니다. 그럼 후에 오늘 한 수술에 대해 말씀드리겠습니다."

"뭐야? 이 자식이!"

다시 한 번 유민에게 달려드는 남자를 어느새 뛰어온 경호팀이 막아섰다. 남자의 어깨를 잡아 제압한 경호원이 매서운 눈길로 말했다.

"여기서 이러시면 안 됩니다."

"놔! 놔, 이 새끼들아!"

양쪽에서 흥분을 감추지 못하는 남자를 붙잡은 경호팀이 그를 끌고 밖으로 나갔다. 굳은 유민의 표정에 민 선생이 걱정스러운 목소리로 물었다.

"괜찮으세요?"

그의 물음에 유민은 부드럽게 웃음 지으며 고개를 끄덕였다.

"NS(Neuro-surgery:신경외과)에선 연락 왔습니까?"

딱 잘라 말한 유민은 부러 대화의 주제를 넘겼다. 컨설트(consult:다른 전공에 환자진료 의뢰)를 해 두었던 것을 묻자 민 선생이 한숨을 푹 내뱉었다.

"예상대롭니다. 신경이 죽어서 이에 대한 후속 조치는 아이의 상태가 나아지는 대로 하기로 했습니다."

어쩜 부모가 아이에게 그럴 수가 있냐며 민 선생이 투덜거리는 목소리가 들려왔다. 그 소리를 멍하니 듣던 유민이 다리에 힘을 주었다. 당장 어딘가에 눕고 싶을 정도로 짙은 피로감이 몰려왔다. 건조한 눈을 연신 깜빡이던 그가 물었다.

"다음 일정이 뭐였죠?"

"2시에 박혜정 양 수술입니다."

"아아."

노우드 오퍼레이션(Norwood operation:선천성 심기형 소아심장 수술의 일종)이었다. 조금의 휴식이라도 취하고 싶었으나 그럴 수가 없었다. 그는 몸이 부서질 만큼 바쁜 사람이었다.

유민이 비틀거리는 걸음으로 현관에 들어서다 말고 걸음을 멈췄다. 머리 위로 센서가 반짝이자 그가 힘없이 집 안으로 걸음을 옮겼다. 그러자 조금씩 물건이 흐트러진 거실이 보인다.

"하아."

예전의 그라면 견디지 못하고 당장 청소기부터 꺼냈을 것이다. 하지만 요즘은 그 자리에 서 있는 것에도 힘들었던 그는 주위를 돌아보지 못한 채 한숨을 내뱉었다.

소파에 털썩 주저앉은 그는 지끈 아픈 머리를 손가락으로 꾹꾹 눌렀다. 눈가가 파르르 떨렸다.

요즘의 그는 제대로 생활을 할 수가 없었다. 먹을 수도 없었고, 잠에 들 수도 없었다. 하지만 겉으로는 아무렇지도 않은 척 온몸에 힘을 주고 버티고 있었다. 그래야만 했다. 그래야 그녀가 좀 더 편하게 홀로 서고, 자신의 삶을 정성껏 가꿀 것임을 알기 때문이다.

후우, 천천히 눈을 감았다 뜬 유민의 입에서 앓는 소리가 흘러나온다.

"미치겠다, 정말."

째깍째깍, 시계 초침이 움직이는 소리만 들려왔다. 눈을 감자 그 소리는 더 또렷하고 명확하게 들려온다. 무심하게 흘러가는 시간에 그는 괴롭기만 했다.

유민이 천천히 눈을 감고 고른 숨을 내뱉는다. 어느 순간 자신도 모르게 잠이 든 유민은 얼마의 시간이 되지 않아 천천히 눈을 뜬다. 그가 잠이 든 지 세 시간도 되지 않은 시각이었다.

머리가 깨질 듯이 아파 자리에서 일어나지도 못한 채 그는 한참이고 멍한 눈을 깜빡였다.

천천히 몸을 일으킨 그가 자리에서 일어서려다 말고 다시 소파에 털썩 앉았다. 머리가 지끈지끈 아파 와 움직일 수가 없었다. 한참이고 소파에 앉아 있던 그가 벌떡 일어나 부엌으로 향했다. 냉장고 문을 연 그가 생수통을 꺼내 물을 벌컥벌컥 들이켰다. 정신이 조금씩 돌아왔다.

한숨을 내뱉은 그가 욕실로 향하려고 할 때였다. 테이블 위에 올려놓은 달력이 보였다.

"아."

날짜를 보자 과거의 일 하나가 떠올랐다. 그의 눈빛이 어두워진다.

❖

오프 아침, 예전이라면 늘어지게 잠을 자거나 집에서 책을 읽는 것으로 시간을 보냈을 것이다. 홀로 집에서 보내는 시간이 익숙한 재영은 어릴 적부터 외출을 하는 일이 극도로 적었다. 하지만 재영은 요즘 일부러라도 밖으로 나가기 위해 노력했다. 그냥 흘려보내는 시간 없이 자신을 위해 무엇이든 하고 싶은 생각으로 그녀는 몸을 움직였다. 운동을 하기도 했고, 한동안 놓고 있던 영어공부도 했다. 현재에 안주하는 못된 버릇을 고치기 위해.

작은 원룸, 딱 필요한 가구만 놓여 있는 공간을 눈으로 훑던 재영은 허전한 테이블 위를 보며 한참이고 서성였다. 안 그래도 외출을 할 일이 있었기 때문에 허전한 테이블 위를 채워 줄 무언가를 구입하는 것이 좋겠다 생각했다.

뭐가 좋을까? 한참 고민하던 재영의 눈빛이 반짝 빛났다.

"화분이 좋을까?"

일이 바빠 잘 돌봐 줄 시간이 없으니 키우기 쉬운 것으로 구입하는 것이 좋을 것이다. 안 그래도 꽃집을 가야 했기에 그곳에서 작고 귀여운 화분을 살 결심을 한 뒤에야 재영은 외출 준비에 들어갔다. 질끈 묶은 머리를 풀며 욕실로 들어간 그녀는 문득 거울에 비친 자신의 모습에 피식 웃음을 내뱉었다.

허벅지가 다 드러나는 짧은 바지와 나시티는 이곳에 오고 나서야 처음 입어 본 것이었다. 평생 흐트러진 모습으로 지내본 적이 없는 그녀는 작은 변화와 자유를 즐기며 지내고 있었다.

빠르게 준비를 마친 재영은 편안한 캐주얼 차림으로 집을 나섰다. 면허가 없었기에 늘 택시를 타고 다녔지만 최근 들어 그녀는 대중교통을 이용하기 시작했다. 몇 번이고 잘못 타고 반대로 타 시간을 허비하기는 했지만 그 작은 실수도 즐거웠다.

인터넷에 검색한 대로 버스에 올라타고 지하철로 갈아타며 사람들과 부대껴 목적지로 향하던 재영은 익숙한 거리가 창밖으로 보이자 서둘러 벨을 누른 후 뒷문으로 향했다.

삑—

교통카드를 기계에 가져다 대자 날카로운 소리가 들려온다. 곧 버스가 멈춰 서고 푸르른 녹음이 진 풍경이 그녀의 눈에 가득 들어온다.

천천히 걸음을 옮기는 재영의 눈빛이 아련하게 빛났다. 근처에 있는 꽃집으로 간 재영은 집에 놓아둘 선인장 몇 개를 집어 들고 나서 활짝 핀 꽃송이가 자신을 반겨 주는 곳으로 걸음을 옮겼다. 플라스틱 통 안에 들어 있는 꽃 앞에서 서성이는 그녀에게 종업원이 다가왔다.

"국화 구입하실 거죠?"

"아니요, 장미로 부탁드릴게요."

"장미요?"

"네, 어머니가 장미를 좋아하셨어요."

여러 가지 색으로 섞어 꽃다발을 부탁한 재영은 저 멀리 보이는 납골당으로 시선을 옮겼다. 외로운 섬처럼 주위엔 온통 낮은 건물들뿐인데 그리운 이가 잠들어 있는 저곳만은 높고 화려했다.

금빛 장식이 되어 있는 건물을 보던 재영의 눈빛이 아련하게 변했다. 한참이고 말없이 창가에 서 있던 재영은 뒤에서 느껴지는 인기척에 고개를 돌렸다. 재영의 눈빛이 흔들렸다.

"……당신이 여긴 어떻게."

"……"

머리부터 발끝까지 온통 먹을 뒤집어쓴 듯 검은 의상을 입고 있던 유민 또한 갑작스러운 만남이었던지 놀란 얼굴이다. 아무 말도 하지 못한 채 입만 뻐끔거리던 그가 입술을 굳게 닫았다. 의도하지 않았던 만남에 그녀의 입술도 굳게 닫혔다. 고개를 숙인 채 자신의 구둣발을 보던 재영이 힘겹게 말을 꺼냈다.

"기억…… 하고 있었어요?"

"아, 음."

그가 천천히 고개를 끄덕였다. 그러자 재영이 비틀거리며 서둘러 팔을 뻗어 벽을 손으로 짚는다. 세상이 갑자기 어지럽고, 비틀리는 기분이었다.

"어떻게요?"

눈시울이 붉어졌다. 눈에 힘을 주어 무게를 이기지 못해 아래로 떨어지려는 눈물을 애써 참아 냈다. 하지만 그의 말에 곧 눈물이 소리 없이 쏟아졌다.

"처음 부탁했었잖아. 함께 가 달라고."

"……"

손을 들어 얼굴을 가렸다. 매년 울고 싶은 날이긴 했으나 어머니가 돌아가셨던 그날 이후로 그녀는 울 수 없었다. 울기만 하면 아버지의 매서운 매가 날아들었으니까. 그리고 그녀가 처음으로 뜨거운 눈물을 쏟아낼 수 있었던 것은 그와 함께 어머니의 납골당을 찾았을 때였다. 어머니의 생일날이었다. 그의 품에서 어린아이처럼 엉엉 울었던 그날, 그녀는 마음속에 져 있던 응어리를 풀어냈었다.

말없이 서로를 바라보고 있을 때였다. 꽃다발 두 개를 품에 안은 종업원이 나타났다.

"포장 끝났습니다."

그녀는 전혀 다른 디자인의 장미꽃다발을 품에 안고 있었다. 재영의 것은 여러 장미를 섞어 화려했지만, 그가 주문한 장미꽃다발은 안개꽃과 흰 장미만 포장되어 있어 차분하고 예뻤다.

꽃다발을 멀뚱멀뚱 바라보던 재영은 고개를 숙였다. 그는 거짓말을 하지 않았다. 엄마가 좋아했던 꽃까지 정확하게 기억하고 있었으니까.

각자의 꽃다발을 받은 그들이 계산대로 향할 때였다. 유민은 지갑을 꺼내려는 재영의 손길을 막으며 말했다.

"내가 계산할게."

"괜찮아요, 제 건 제가……."

"어머니도 여자한테 받는 꽃다발보단 멋진 남자한테 꽃을 받으면 더 기뻐하시지 않을까?"

"뭐예요?"

완전히 농담으로만 들리지 않는 말에 재영이 하하 웃음을 터뜨리더니 고개를 끄덕였다.

"듣고 보니 그렇네요."

"계산해 주세요."

계산을 마친 두 사람은 어깨를 나란히 하고 납골당으로 향했다. 새어머니가 들어온 후 선산에 모실 수 없다던 아버지의 말이 또다시 날카로운 바늘이 되어 그녀의 심장을 찔러 댔다. 갑작스럽게 돌아가신 어머니의 흔적을 순식간에 지운 아버지를 이해할 수도, 이해하고 싶지도 않았으나 재영은 아무런 말도 할 수가 없었다.

어둡게 가라앉은 재영의 표정을 가만히 살피던 유민이 가늘게 떨리는 재영의 손을 감싸 쥐었다. 재영이 놀란 눈으로 자신을 보자 유민이 입술 끝을 늘어뜨려 웃었다.

"싫어?"

"……뭐예요, 그 놀리는 듯한 표정은?"

"그렇게 느껴져?"

유민이 엄지손가락을 움직여 재영의 손등을 살살 문지르며 말했다.

"느끼는 중인데."

"뭘요?"

"심재영이란 사람의 체온."

"으아, 닭살 돋아요!"

재영이 손을 확 빼며 외쳤다. 햇살이 내려앉은 얼굴은 반짝반짝 빛났다. 방금 전 우울한 기색은 자취를 감춘 뒤였다. 연신 웃음을 터뜨리는 그녀의 모습을 가만히 내려다보던 유민이 낮은 목소리로 읊조렸다.

"그래, 웃어. 오랜만에 찾아왔는데 슬픈 표정이면 어머니가 좋아하지 않으실 거야."

"……정말 그럴까요?"

재영의 눈빛이 우울함을 머금었다. 어두워진 그녀의 얼굴에 유민이 미간을 찌푸렸다. 혹여 자신이 또 무언갈 실수한 것은 없나 곰곰이 생각에 잠긴 얼굴이었다. 아무리 생각해 보아도 딱히 떠오르는 것이 없었다.

유민은 답을 구하는 눈빛으로 재영을 보았다. 자신을 이해시켜 달라는 얼굴이었다. 이에 재영은 눈알을 도록도록 굴리며 불안한 기색이 역력한 얼굴로 답한다.

"위에서 다 보셨을 텐데."

"그럼 대견하다고도 하시겠네."

그가 입가에 잔잔한 미소를 머금었다. 그녀가 놀라지 않도록 천천히 손을 올려 머리를 쓰다듬었다. 그의 손가락 사이에서 머리카락이 춤을 춘다. 살랑살랑 흔들리는 머리카락처럼 재영의 마음도 눈빛도 춤을 췄다.

"왜요?"

재영이 힘겹게 말을 내뱉었다. 그러자 유민은 손을 내려 재영의 **뺨**을 조심스레 쓰다듬는다. 다정한 눈빛이 그녀의 얼굴 곳곳에 머물렀다.

"당신, 예전과 달리 많이 멋있어졌거든."

"……."

"자, 들어가자."

그의 손길이 **뺨**에서 떨어진다. 아쉬움에 입에서 한숨이 터져 나왔다. 하지만 곧이어 손에 닿는 그의 체온에 마음이 느른하게 풀리기 시작한다. 재영은 그의 손에 이끌려 납골당 안으로 걸음을 옮겼다.

로비와 가장 가까운 위치, 볕이 잘 드는 곳에 모셔져 있는 어머니는 재영이 여덟 살이 되던 해에 돌아가셨다. 갑작스런 어머니의 죽음은 재영의 많은 것을 바꿔 놓았다. 활달했던 성격은 내성적으로 바뀌었고, 밤마다 숨죽여 우는 버릇도 생겼다. 아버지란 태산처럼 큰 존재 앞에서 작은 쉼터가 되어 주던 어머니가 사라지자 재영은 한없이 위축이 되었다. 심재영이란 사람은 사라지고 아버지의 딸만 남았다.

꽃다발을 바닥에 내려 둔 재영과 유민은 잠시 묵념을 올렸다. 눈을 감고 그녀는 너무나 오랜만에 찾아왔다며, 불효녀를 용서해 달라 말했다. 그리고 난 잘 지내고 있다고, 너무 걱정하지 말라고, 앞으로도 잘해 나갈 것이라며 말하고 또 말했다. 혹여 자신을 걱정하실까 봐.

천천히 눈을 뜬 재영은 투명한 유리장을 보았다. 그곳에선 어머니가 자비로운 웃음을 짓고 있었다.

"아버지랑 어머닌 달랐어요."

재영이 천천히 이야기를 시작했다. 그의 앞에서 단 한 번도 부모님에 대한 이야기를 해 본 적이 없었다. 지난번에 왔을 때도 펑펑 울기만 했을 뿐.

"내가 낳았으니까, 나와 비슷하게 생겼으니까, 나와 같을 것이라고 생각하는 아버지와 달리 어머니는 나란 사람에 대해 이해해 주려 했어요."

"……."

"하드웨어만 닮았을 뿐 소프트웨어는 전혀 다르잖아요."

"좋은 어머니네."

그의 말에 재영이 천천히 고개를 끄덕였다.

"맞아요. 8년만 사랑을 받았다는 것이 뼈에 사무치게 아플 정도로 좋은 분이셨어요."

아쉬움이 뚝뚝 떨어지는 말에 유민이 그녀의 어깨를 감싸 안았다. 휘청거리던 머리가 그의 어깨에 안착했다. 눈을 감은 재영은 자신의 가장 깊은 곳에 머물러 있는 짙은 그리움을 토해 냈다.

"그런 어머니가 돌아가셨을 때…… 가 아직도 떠올라요. 생각만 하면 늘 너무 마음이 아프고, 세상이 무너지는 기분이 들었는데 아버지는 울지도 못하게 했어요."

"……."

"울지도 못하게 했어. 참으라고 했어. 마냥 참으라고만 했어."

그가 천천히 손을 움직여 재영의 어깨를 토닥였다. 토닥토닥, 조금의 위로가 되길 바라며. 지금은 그 어떠한 말로도 그녀를 위로할 수 없다는 것을 알기에. 굳은 입술을 꾹 다문 채 일정한 움직임으로 그녀의 어깨를, 마음을 토닥인다.

"새어머니가 들어온 건 어머니가 황망하게 돌아가신 지 1년도 되지 않았을 때였어요. 아버지가 원망스러웠지만 말하지 못했어요. 하지만 이젠 말할 수 있어."

천천히 눈을 깜빡인 재영은 어머니의 사진에서 시선을 떼지 않은 채 또박또박 말했다.

"난 아버지 딸이 아닌 어머니 딸이기도 하니까. 난 심재영이니까. 이제야 말할 수 있게 된 거예요."

"……아직도 아파?"

"아니요, 예전처럼 아프지만은 않아요."

입가에 부드럽게 미소를 머금은 재영이 딱 잘라 말했다. 그리고 시선을 돌려 유민을 올려다보았다. 그가 무거운 시선으로 그녀를 내려다보고 있었다. 오히려 자신보다 그가 더 아파 보였다. 이젠 그의 모습이 확실히 보이기 시작한다. 그가 날 어떻게 생각하는지도 확실히 보인다. 그는 나에게 무심하지 않았다. 사소한 부분도 기억해 주고 있다.

"나 진짜 대견해진 것 같아. 그렇죠?"

"그래, 심재영, 대견하다."

애써 웃으며 하는 말에 재영이 힘차게 고갯짓했다. 마음을 둘러싸고 있던 무언가가 한 꺼풀 벗겨진 기분이었다.

"고마워요. 다 당신 덕분이에요."

"그게 왜 내 덕이야?"

"예전부터 날 지켜 주었으니까."

"……."

"그리고 깨우치게 해 주었으니까."

찬찬히 말을 내뱉은 재영의 입가에 너른 웃음이 내걸린다.

"정말 고마워요."

예전엔 그에게 당신이 밉다고 나쁜 말만 쏟아 내던 때도 있었다. 끊임없이 과거를 되새김질하던 두 사람이었다. 서로가 했던 말을, 서로가 했던 행동을 떠올리며 의문에 대한 답을 찾기 위해 애썼던 그들이다. 하지만 언제까지고 그러고 있을 수만을 없음을 유민도, 재영도 알고 있었다. 과거에 갇힌 자들은 앞으로 나아갈 수가 없다.

하지만 지금은 다르다. 요즘 들어 그에게 감사하단 말을 할 때가 많았다. 그 작은 변화에 재영은 두 사람의 관계가 끝이 아닌 드디어 시작임을 깨달았다. 왜 그가 과거 따위 모두 집어 던지자고 했는지 알 것 같았다.

"물어볼 게 있어요."

"뭐?"

"왜…… 아이를 원하지 않았던 거예요?"

그녀의 물음에 유민의 눈빛이 순간 슬픔으로 일렁였다. 성난 파도처럼 연신 흔들리는 눈빛에 재영이 몸을 움찔 떨었다.

그녀에게 지독한 아픔이었다, 아이란 존재는. 하지만…… 유산을 했다는 사실이 그에게도 크나큰 상처가 됐을 거라고는 생각하지 못했다. 그때의 그녀는 자신의 아픔만 보기 바빴던 철부지였으니까.

"아이를 좋아하잖아요. 그런데 왜…… 시험관 아이를 반대했던 거예요?"

재영이 다시 한 번 물었다. 그러자 크게 숨을 들이마셨다 내뱉은 유민은 붉어진 눈망울로 바닥을 보았다.

"몸도 마음도 다칠 거라고 생각했으니까."

"네……?"

"일을 하면서 시험관 아이 시도하는 것…… 지치는 일이야. 성공률도 낮고. 스트레스를 많이 받는 직업인데 잘될 거란 보장이 없었어. 하지만 이런 말을 하면 너에게 일을 그만두라는 말밖에 안 되니까 하지 못했던 거야."

"……."

무슨 말을 해야 할지 몰라 재영이 입을 꾹 다물었다. 그때의 그는 자신에게 아이를 원치 않는다는 말만 했었다. 그 말을 듣고 그녀가 생각할 수 있었던 것은 그가 나와의 미래를 꿈꾸지 않는구나, 라는 생각뿐이었다. 괴로웠고 아팠으며 외로웠다. 하지만 정작 그는 다른 마음을 품고 있었다.

그녀의 눈빛이 애잔하게 빛났다. 자신은 씩씩하게 앞으로 걸어가 많은 것을 털어 냈는데, 그는 여전히 그 자리에 서서 아파하고 있었다. 유산을 했던 그날을 떠올리는 것인지 그가 절망 어린 얼굴로 말했다.

"네가 너무 많이 울어서…… 그땐 어떻게 위로해야 할지 몰랐어."

"……."

"그래서……."

천천히 걸음을 옮긴 재영이 팔을 뻗어 그를 꼭 끌어안았다. 아주 커다란 남자였기에 제 품으로 품기엔 역부족이었지만 재영은 힘껏 그를 끌어안고 너른 등을 천천히 손바닥으로 쓸어내렸다.

"미안해요, 혼자 둬서."

"난, 나는……."

"그때…… 당신을 위로해 주지 못해서 미안해요."

나만 아프다고 생각해서 미안해요.

나만 괴로웠다고, 당신은 하나도 슬퍼하지 않고 있다고 못된 생각해서 미안해요.

"미안해요, 유민 씨."

모든 것은 완벽한 오해였다. 대화 단절에서 생겨난. 각자의 생각과 각자의 상황에 맞춰 서로 생각하고 있을 뿐이었다.

그를 품에서 떼어 낸 재영은 혈관이 터져 붉어진 그의 눈을 올려다보았다. 예전엔 왜 이 남자가 그렇게도 어른스럽고 당당하게 느껴졌을까. 생각해 보면 그녀가 유민에게 의지하고 싶어서 만들어 낸 허상과 마찬가지였다. 하지만 지금은 다르다. 그와 마주 볼 용기가 생겼고, 혼자 앞서 걸어 나갈 힘도 생겼다.

"재영아……."

"여기서 이런 말해도 될까, 모르겠네요."

운을 뗀 재영이 눈을 감았다가 떴다.

과거의 그는 무심하지 않았다. 그가 무심했다면 오늘도 기억하지 못했을 것이고, 어머니가 좋아하던 꽃이 장미꽃이란 것도 몰랐을 것이다. 그가 자신을 좋아하는지, 사랑하는지에 대한 확신은 아직도 없었다. 하지만 그건 차차 알아 가면 될 것이다. 급할 것 없었으니까. 내일 당장 세상이 두 쪽 나는 것도 아니었으니까.

"노유민은 어떤 사람인가요?"

"뭐?"

"혼자 찾아보려고 하니까 답이 없는 거 있지. 당신이 보는 난 어떤 사람이에요?"

그녀가 무슨 말을 하는지 몰라 유민이 눈살을 찌푸렸다. 마음 한 켠은 계속 기대감으로 부풀었지만 애써 그건 아닐 것이라며 무시한다.

"심재영은 용기 있는 겁쟁이지."

"에이, 뭐야! 아니에요, 나."

재영이 퉁퉁거렸다. 그러다가 이내 인정한다는 듯 고개를 끄덕인다.

"맞아, 나 용기 있는 겁쟁이."

그렇게 읊조린 재영이 천천히 시선을 들어 유민과 눈을 맞추었다. 그의 눈빛이 일렁이는 것이 보인다. 노유민, 그는 어떤 사람일까. 내가 알던 그는 무심하고 차가운 사람이었는데. 연애도 아주 많이 해 본 바람둥이 같았는데 아니었다. 사람은 겉만 보고 판단할 수 없는 존재니까.

그렇다면 그와 아주 가까운 곳에서 그를 지켜보는 것이 좋을 것이다.

"농담이야. 설마 화난 건 아니지?"

재영이 아무 말 없이 자신의 눈만 바라보고 있자 유민이 서둘러 말을 정정했다. 그러자 재영이 작게 웃음을 내뱉었다. 그녀의 웃음에 유민이 눈살을 찌푸린다. 요즘의 그녀는 도통 파악할 수 없는 행동을 하곤 했다, 지금처럼. 갑작스레 웃음을 터뜨리는 그녀의 모습에 유민이 한참 말 없이 그녀를 볼 때였다. 웃음을 멈춘 재영이 여전히 웃음이 가득한 목소리로 말한 것은.

"우리 연애할래요?"

그의 눈이 놀라움에 커졌다. 대답을 하지 못해 입술만 뻐끔거린다.

"거절하면 어머니가 화낼지도 몰라요. 이거 협박인 거 알죠?"

"재영아…… 난."

"만나다가 영 아니란 생각하면 그때 각자 갈 길 가자고요. 하지만 지금은 당신이 좋으니까. 당신과 함께 있고 싶어요."

그녀의 말에 유민이 너른 품으로 그녀를 끌어당겼다. 그녀의 정수리에 입술을 내린 그가 한숨처럼 말했다.

"다시는 멍청한 짓 안 해."

"……멍청하진 않았어요. 아주 크나큰 교훈을 얻었거든요."

"헤어지잔 소리, 다시 하기만 해 봐."

"그건 내 마음이죠. 바쁘단 핑계로 데이트 안 하면 걷어차 버릴 거예요."

"미안하고, 고맙다."

그녀는 그의 품에 안긴 채로 어머니 사진을 보았다.

어머니가 오늘따라 행복하게 웃는 것 같았다.

자신의 앞날을 축복하듯이.

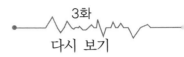

3화
다시 보기

공허한 비상구 안에 문이 열리는 소리가 울리더니 곧이어 키득키득 웃음소리가 들려왔다. 작은 웃음소리와 함께 잡담이 연신 들리다가 어느 순간 침묵이 내려앉았다.

연신 웃는 얼굴로 이야기를 하던 유민의 눈빛이 순간 변했다. 입꼬리를 비틀며 웃던 그가 눈빛을 은밀히 빛내며 자신에게 다가오자 재영도 덩달아 긴장해 침을 꼴딱 삼켰다.

"아무도 없지?"

짓궂게 웃으며 슬금슬금 그녀를 벽 쪽으로 몰아간 그가 주위를 둘러보며 말했다. 아침 시각에 비상구를 찾는 이는 없었다. 너스레를 떠는 그의 모습에 재영이 눈을 깜빡였다.

"왜, 왜 이래요?"

등 뒤로 차가운 기운이 올라오자 재영은 괜스레 뛰어오는 심장에 자신도 모르게 말을 더듬어 버렸다. 빠져나갈 구멍은 충분했으나 긴장감에 몸을 빳빳하게 굳힌 재영은 그의 눈치만 보았다.

"저리 가요."

빠르게 뛰는 자신의 심장 소리를 혹여 그가 들을까 싶어 재영이 부끄러움에 까칠한 목소리로 말했다. 하지만 유민은 한 치의 물러섬도 없이 피식 웃으며 말했다.

"싫어."

요즘 그 때문에 재영은 곤란함의 연속인 시간들을 보내고 있었다. 시도 때도 없이 거침없이 다가오는 그의 모습이 좋긴 했지만 한편으론 혹 이런 모습을 다른 이들에게 보일까 싶어 걱정이 되기도 했다.

이런 그녀의 마음을 알면서도 그는 짓궂게 입술을 내린다. 따뜻하고 부드러운 입술에 재영이 자신도 모르게 눈을 감았다. 혀로 굳게 닫혀 있던 입술을 톡톡 두드려 노크한 유민은 작게 벌어진 입술 사이로 숨결을 불어넣었다. 매끄러운 혀는 치열을 부드럽게 쓸고 혀까지 옭아맸다. 방금 전까지 두 사람이 함께 마셨던 커피향이 짙게 느껴졌다.

타액으로 얼룩진 입술을 부드럽게 빨아들인 뒤 입술을 뗀 유민은 여전히 눈을 꼭 감고 있는 재영의 모습을 보았다. 붉어진 뺨과 간헐적으로 내뱉는 숨소리에 또다시 입을 맞추고 싶었지만 이곳은 병원이었다. 손을 뻗어 재영의 머리카락을 부드럽게 쓸어내린 유민이 속삭였다.

"눈 떠야지, 재영아."

"으."

신음을 내뱉은 재영이 도끼눈을 떴다.

"너무 좋아하는 거 아니야?"

"너무 짓궂어요!"

"내가 뭘?"

그가 짐짓 모르겠다는 듯 물었다. 하지만 반짝이는 눈빛에 그가 부러 그녀를 놀리기 위해 그런 것이라는 걸 알 수 있다. 스릴 넘치는 것을 즐기기엔 그녀도 그도 나이가 많건만. 그는 왜 이런 불장난을 좋아하는 것일까, 어울리지 않게.

"벌받을 거예요."

"뭐가?"

내가 왜 벌을 받는데? 마치 그렇게 말하는 얼굴이었다. 이에 재영이
입술을 뾰족하게 내밀며 말했다.

"두고 봐, 복수할 거야."

"두고 보자는 사람치고 무서운 사람 없다더라."

"유민 씨!"

재영의 고함에 유민이 그녀의 어깨를 끌어당겨 품에 안았다. 그리고
그녀의 정수리에서 하하하 웃음을 터뜨린다.

"미안, 미안."

"정말!"

요즘 들어 가벼운 장난을 계속 걸어오는 그에게 늘 그랬던 것처럼 어
깨를 주먹으로 내려친 재영은 엄살을 부리며 눈살을 찌푸리는 그의 모
습에 콧방귀를 뀌었다.

"두고 봐."

꼭 복수하고 말리라, 그녀는 다짐하고 또 다짐했다.

아침 회진 시간, 모든 의료진이 긴장하며 그의 뒤를 따르고 있었다.
조금의 실수도 용서가 되지 않는 시간이었기에 아영은 그의 뒤를 따르
며 노트를 쥔 손에 힘을 주고 있었다.

요즘 소아외과에서 가장 신경을 쏟고 있는 환자는 다영이었다. 성공
적인 수술에도 불구하고 코마(Coma) 상태에 빠진 다영의 상태를 살피
느라 그녀는 몸이 열 개라도 부족할 지경이었다.

아침부터 저녁까지 온몸이 땀에 흥건하게 젖고 식사할 시간도 없이

바빴던 그녀였는데, 다영으로 인해서 이젠 잠자는 시간까지 쪼개고 있었던 것이다. 어디 그뿐인가, 소아외과뿐만 아니라 응급의학과와 외상센터에서도 간혹 보고 간다는 이야기가 있었기에 더욱 신경이 쓰여 이젠 다영의 이름만 들어도 몸이 저릿해질 지경이었다.

제일 끝에서 긴장감에 몸을 뻣뻣하게 굳힌 아영은 순간 사람들의 걸음이 멈추자 의아함에 자신의 앞에 서 있던 펠로우에게 물었다.

"무슨 일이에요?"

속닥속닥 물은 후 앞을 보는데 복도 반대쪽에서 재영이 걸어오는 것이 보였다. 그녀의 모습에 걸음을 멈춘 유민 때문에 모두 제자리에 멈춰 서게 된 것이다.

"헉! 심 선생님이시네요."

"아, 죽었다."

펠로우가 작게 읊조렸다. 요즘 두 사람의 이혼으로 인해 가장 피해를 보는 것은 유민의 밑에 있는 의사들이었다. 그의 신경이 날카로워 평소 웃는 얼굴로 경고만 하고 넘어갈 실수도 큰소리가 나오는 경우가 간혹 있었기 때문이다.

곧 있을 회진이 지옥이 될 수도 있다는 사실에 모두들 숨까지 멈추고 두 사람을 살필 때였다. 거침없이 유민의 앞으로 다가온 재영은 자신을 보고 있는 사람들과 일일이 인사를 나눈 후 그의 앞에 섰다. 유민은 그녀가 무엇을 하는가, 그냥 살펴보고만 있었다. 손을 뻗은 재영이 그의 넥타이를 잡으며 말한다.

"넥타이 삐뚤어졌잖아요. 칠칠맞지 못하게."

"……."

순간 분위기가 얼어붙었다. 하지만 재영은 아무렇지도 않게 그의 넥타이를 정리해 준 후 멀뚱히 자신을 내려다보고 있는 그와 눈을 마주한 후 부드럽게 미소 지었다. 장난기로 반짝이는 눈빛에 그의 표정이 순간 무너졌다.

"수고하세요."

가볍게 인사를 나눈 후 복도 반대편으로 사라지는 재영의 움직임에 따라 시선이 움직인다. 사람들은 저마다 방금 전 자신이 본 것이 환상은 아니었나, 진지하게 생각해 보았지만 뜬눈으로 꿈을 꿨을 리는 없지 않은가.

모두들 당황한 기색이 역력한 얼굴로 유민을 보고 있을 때였다. 얼굴에 아스팔트를 발라 놓은 듯 딱딱하게 굳어 있던 유민의 얼굴이 순간 허물어졌다.

"하…… 하하하하!"

커다란 그의 웃음소리에 여기저기서 사람들이 한 걸음씩 뒤로 물러선다. 움찔움찔, 몸을 떠는 기색이 꽤나 놀란 듯 보였다.

제일 뒤에 서 있던 아영은 어느 순간 사람들이 모두 피하고 자신이 제일 앞에 서 있다는 것을 깨닫는 순간에도 멍하니 생각했다.

이상해졌어, 우리 교수님이 드디어…….

"무, 무서워."

그녀가 자신도 모르게 읊조렸다.

❖

"낮에 복수는 꽤 놀랐어."

유민은 도도한 표정의 재영을 보며 말했다. 자신보다 세 시간은 늦게 퇴근하는 그녀를 위해 집으로 돌아갔다가 다시 병원으로 온 그는 피곤할 법도 한데 밝은 얼굴이었다. 승리에 도취된 재영은 평소와는 달리 턱까지 살짝 치켜든 채였다.

"나도 한다면 한다고요."

"그런 복수라면 앞으로도 환영인데?"

안전벨트를 매다 말고 재영의 행동이 멈추었다. 상대가 환영하는 복수라니. 있을 수 없는 일이었다.

"익!"

분한 마음을 감추지 못한 재영이 몸을 파들파들 떨었다. 그 모습을 보던 그가 상체를 숙여 재영의 이마에 쪽 하고 짧게 입을 맞췄다.

"귀엽네, 우리 재영이."

"……저 놀리는 것 재밌죠?"

"설마, 그럴 리가."

"아니요, 충분히 즐거워 보여요."

울컥 올라오는 화를 애써 참아 낸 재영이 입가에 희미한 웃음을 지으며 말했다. 반쯤 포기한 사람처럼.

요즘 유민은 참으로 많은 모습을 보여 주고 있었다. 자신이 알던 그 사람이 맞나 싶을 정도로 자주 웃었고, 장난을 걸어오기도 했으며, 다정하게 머리를 쓰다듬어 주거나 등을 토닥여 주기도 했다.

끊임없이 자신을 관찰하고, 기가 막히게도 자신의 상태를 알아차리고 위로를 해 주었고 곁을 지켜 주었다. 그의 곁에 있기로 한 결정을 정말 잘했다고 생각될 정도로.

후후, 웃음을 내뱉은 재영이 의자에 등을 기댔다. 그의 차에 오르자 드디어 하루가 끝났다는 안도감이 들었다. 병원에서 내내 긴장하고 있던 몸이 느슨하게 풀렸고 곧 피곤이 몰려왔다.

두 눈을 감는 재영의 모습에 유민은 잔잔한 클래식 음악을 튼 뒤 시동을 걸었다.

"피곤하지?"

"갑자기 피곤해졌어요."

재영이 녹아내린 것처럼 의자에 몸을 착 기대며 말했다. 방금 전까지만 해도 오늘은 응급수술이 많지 않은 편이라 운이 좋다 생각했던 머릿속이 온통 '당했어'로 가득 차 버렸다. 하지만 꽤 기분 좋은 당함이었다.

"집으로 바로 데려다 줄게."

평소엔 아무리 늦은 시간이어도 근처 커피숍으로 가 이야기를 나누던 두 사람이었지만 오늘은 곧장 재영의 집으로 향했다. 차 안에 흐르는 부드러운 선율에 눈이 감겼다. 몰려오는 잠을 그녀는 굳이 밀어내지 않았다.

기분 좋은 침묵을 느끼며 운전을 한 그는 그녀의 집 앞에 차를 멈추고 나서도 재영을 깨우지 않았다. 자신도 그녀를 따라 의자에 몸을 편히 기댄 채 눈을 감았다. 그녀를 깨워 집에 들여보내는 것이 좋으리란 생각을 하면서도 조금이라도 더 재영과 함께 있고 싶은 마음에 이기적이게 군다.

두 사람 모두 의사이고 다른 과이다 보니 하루에 얼굴을 볼 수 있는 시간이 얼마 되지 않았다. 예전엔 같은 집에서 함께 생활하는 것이 당연한 그들이었지만 이혼을 한 지금에는 각자의 집에서 지내고 있었다.

그녀는 신혼집이었던 지금의 집으로 들어오길 원하지 않았고, 그도 굳이 그녀에게 강요하지 않았다. 아니, 강요할 수가 없었다. 법적 허물을 벗어 던진 건 그의 생각이 반영된 결정이었기 때문이다.

그 일에 대해 후회를 한 적은 딱 한 번, 그녀에게 미리 자신의 생각을 구하지 않아 모든 일이 틀어졌던 그때뿐. 그러나 지금도 잘한 결정이었다, 생각하고 있었다. 그 결정으로 인해 재영은 편히 자신의 곁에서 웃을 수 있었고, 두 사람은 평범한 연인이 될 수 있었으니까. 결혼을 계속 유지했다면 지금의 관계는 없었을 것이다.

한참 눈을 감은 채 편안한 호흡을 내뱉고 있던 그는 곁에서 부스럭거리는 소리가 들리자 힘겹게 눈꺼풀을 들어 올렸다. 재영이 잠에서 깨어나 당황한 얼굴로 시계를 보고 있었다.

"깨우지."

시계는 벌써 새벽 4시를 가리키고 있었다. 재영은 내일 낮 출근이었지만 그는 정상 출근이었기에 아마 얼마 쉬지 못할 것이기 때문이다.

"네가 너무 곤히 자서."

재영이 안쓰러운 얼굴로 유민을 보았다. 지금부터 집으로 돌아가 잠자리에 들면 한두 시간 후에 일어나야 했기 때문이었다.

"미안해요."

"뭐가?"

"쉬고 가라고 하고 싶은데…… 아직은 그럴 수가 없어요."

왜? 라고 묻고 싶었지만 그는 물음 대신 고개를 끄덕였다. 같은 공간에 있다간 두 사람은 가볍게 입을 맞추고 짙은 키스만 나누진 않을 것이다. 서로의 몸을 기억하고 있기에 자연스러운 잠자리로 이어질 것이고, 두 사람 사이에 흐르는 묘한 긴장감은 사라질 것이다.

아직 자신과 잠자리는 이르다 생각하는 그녀를 그는 존중했다.

"나도 무서워서 싫다."

"뭐가요?"

이번엔 그가 말했고 그녀가 물었다. 그러자 그는 무겁게 가라앉은 분위기를 쇄신하기 위해 장난스러운 눈으로 그녀를 바라보며 말했다.

"잡아먹힐까 봐."

이런 그의 노력에도 재영의 얼굴은 쉬이 펴질 줄 몰랐다. 재영이 우울한 눈빛으로 자신을 올려다보자 그의 입에서 작은 한숨이 터져 나왔다. 그녀가 아직 마음의 준비가 되지 않았다 하여, 그것이 자신에게 미안할 일은 아니었다. 자신은 충분히 그녀의 마음을 알고 있었으니까.

"천천히 하자고, 천천히. 서두를 필요는 없잖아."

"……고마워요."

재영이 애써 웃음을 지으며 말하자 그가 재영의 이마에 짧게 입을 맞췄다.

"굿나잇."

"굿나잇, 유민 씨."

차에서 내린 재영이 힘없이 걸어가는 모습을 보던 그가 눈을 질끈 감았다.

"후."

자신이 흔들리면 안 된다는 것을 알고 있다. 의연히 모든 상황을 받아들여야 한다는 것도 알고 있었다. 하지만 요즘 들어 그녀가 우울한 얼굴을 하거나 슬픈 얼굴을 할 때면 어떻게 해야 할지 몰라 당황하게 된다.

"좀 더 다정하게 말했어야 했어."

스스로를 자책한 그는 한동안 차를 출발시키지 못한 채 그 자리에 있었다. 창가에서 재영이 자신의 차를 내려다본다는 생각은 하지 못한 채.

그의 생각은 깊고 무거웠다.

한참 창가에 서서 창밖을 내려다보고 있던 재영이 침대맡으로 온 것은 그의 차가 떠났을 때였다. 그는 자신과 헤어지고 나서 30분이 지나서야 집으로 돌아갔다.

조금 더 솔직히 말을 했어야 했나? 그렇게 생각하며 재영이 침대에 털썩 누웠다. 천장이 눈에 들어온다. 예전엔 이렇게 누워 천장을 바라볼 땐 우울하고 슬펐었다. 그는 늘 관계 후 자신을 따스하게 안아 주지 않았고 곧장 자리를 뜨곤 했다. 그때마다 그녀의 심장은 천 갈래 만 갈래로 찢겨졌다. 그가 예전처럼 그러지 않으리란 것은 알고 있다. 하지만 계속 망설여지는 것은 자신 때문이었다.

"무서워."

짧게 내뱉은 재영이 몸을 뒤척였다.

그의 품에 안기는 순간 자신이 어떻게 바뀔지 무서웠다. 또다시 그에게 의지를 하려 들 수도 있었다. 속절없이 빠져드는 것은 당연했다. 자신이란 사람을 또 잊고 살게 될까 봐 두렵긴 했으나 그의 품에 안기고 싶은 마음도 들었다. 그의 품이 얼마나 자상한지 지난 1년간 몇 번이고 겪어 왔기 때문이다.

뜨거운 숨결과 자신을 다정하게 쓰다듬던 손길. 재영의 몸이 순간 뜨거워졌다.

"변녀, 진짜."

아래가 축축하게 젖은 것을 느끼자 재영이 기가 막힌 듯 짧게 내뱉었다. 그리고 씻을 생각은 하지 못한 채 연신 몸을 뒤척이고 있을 때였다. 가방에 넣어 둔 휴대전화가 띠릭띠릭 울렸다.

자리에서 일어난 재영이 휴대전화를 확인하자 문자 한 통이 와 있었다.

—신경 쓰지 마.

유민이 보낸 것이었다. 밀어낸 자신을 오히려 위로하는 그의 모습에 그녀의 입가에 잔잔한 미소가 머물렀다. 빠르게 손가락을 놀린 재영이 답장을 보냈다.

　－집이에요?

　－응.

　－얼른 씻고 쉬어요. 집은 나중에 정식으로 초대할게요.

　－알았어, 내일 보자.

　짧은 문자가 몇 통 오고 간 후 재영이 깊게 한숨을 내뱉었다. 문자를
한참 보던 그녀가 화장대 위에 휴대전화를 내려놓으며 읊조렸다.

　"어렵게 생각하지 말자."

　그래, 하나도 어려운 일이 아니었다. 사랑하는 사람 사이에선 당연한
일. 사랑이 동반된 관계는 두 사람의 관계를 더욱 돈독하게 만들어 줄지
도 모른다. 그럼 그 관계를 그녀는 즐기기만 하면 되는 것이다. 걱정 따
윈 집어 던지고.

❖

　작은 원룸 안을 종종걸음으로 뛰어다니는 재영의 이마에 진땀이 맺혔
다. 힐끗 본 시계는 벌써 약속 시간에서 10분이 지나 있었다.

　"으악, 큰일이다."

　그가 도착했다고 알린 것도 벌써 20분 전이었다. 화장대 앞에서 너무
많은 시간을 허비했다는 생각도 잠시, 마지막으로 상태를 확인했다. 요
즘 재영은 유민의 차를 타고 출근을 했고, 시간을 맞춰 함께 퇴근하고
있었다.

　조금 더 지체를 했다간 그까지 지각을 하게 만들 것 같아 가방을 든

그녀가 다급하게 집을 나섰다. 엘리베이터를 타고 아래로 내려온 그녀는 늘 그의 차가 세워져 있는 곳을 보았다. 차에 등을 기댄 채 무표정한 얼굴로 서 있던 그는 재영과 눈이 마주치자마자 환하게 웃었다.

재영이 빠르게 달려가 그의 앞에서 혀를 쏙 내밀자 유민은 짐짓 엄한 표정을 지으며 손목시계를 보았다. 출근 시간까지 아직 여유는 있었으나, 출근 전 형식처럼 하곤 했던 커피 한 잔은 무리일 듯했다.

"늦었어."

"미안해요."

재영이 헤헤 소리 내며 웃었다. 그 모습에 그도 힘없이 웃어 버렸다. 그가 손을 뻗어 그녀의 머리카락을 흐트리자 재영은 그제야 안도의 한숨을 내뱉었다. 유민은 조수석 문을 열어 주었고, 재영은 익숙하게 차에 올랐다. 문을 닫아 준 그가 보닛을 돌아 운전석에 오르며 말했다.

"커피는 못 마시겠네."

"점심때 마셔요. 내가 쏠게요."

"응급수술이 없길 바라야겠네."

"저도 바라고 있어요."

부드럽게 웃음 짓는 재영을 보던 그가 상체를 내렸다. 갑작스레 다가오는 그의 모습에 재영이 눈을 꾹 감았다. 그의 입술이 자신의 입술에 곧 닿을 것만 같았다.

하지만 그는 몸을 돌려 안전벨트를 매 준 후 속눈썹이 구겨지도록 눈을 질끈 감고 있는 재영의 얼굴을 살폈다. 그녀가 이렇게 반응을 할 때마다 장난을 치고 싶어진다.

"후!"

힘껏 재영의 얼굴에 바람을 불어넣은 그는 깜짝 놀란 토끼처럼 연신 눈을 깜빡이는 그녀의 모습에 짧은 순간 입술을 쪽 소리 내어 맞춘 후 웃음기가 가득한 목소리로 말했다.

"자, 출발할까?"

연신 웃음이 가득한 그의 얼굴에 멍한 표정을 지었다. 자신의 얼굴이 고스란히 비치는 눈동자는 투명하고 진실 되다. 재영이 주먹을 동그랗게 말아 쥐어 그의 어깨를 내려쳤다.

"진짜 못됐어."

"뭐가?"

"몰라요!"

그의 눈동자에 비친 자신의 모습이 너무나 예뻐 보여 부끄러웠다.

막 의국을 나서던 건형은 유민과 재영이 연신 웃는 얼굴로 이야기를 나누는 것을 보았다. 다른 사람들의 시선은 신경도 쓰지 않은 채 이야기를 나누던 재영이 자신에게 밝은 얼굴로 인사를 건네는 모습에 심통맞은 표정으로 말했다.

"요즘 분위기 좋네요?"

며칠 전까지만 해도 세상 다 끝난 것 같은 표정으로 이리저리 휘청거리던 그녀였다. 마치 물컹물컹한 세상 위에 두 발을 디디고 있는 것 같은 불안한 모습. 하지만 몇 주 전부터 갑자기 사람이 확 달라지기 시작하더니 이젠 완전히 다른 사람처럼 굴고 있었다.

자주 웃었고, 레지던트와 가벼운 농담도 주고받았다. 마치 사람과 자신 사이에 두꺼운 벽을 세워 놓고 한 발자국 멀리 떨어져 있는 것 같던 과거의 모습은 전혀 보이지 않았다.

예전엔 유민과 서 있는 그녀의 모습 또한 우울하기 그지없었는데, 이젠 화사한 빛마저 돌았다. 오지랖 넓게 괜히 나섰다가 새우 등 터질 뻔했던 건형이 마음에 들지 않는 듯 툴툴거리자 재영은 눈을 게슴츠레하게 뜨며 물었다.

"나빠졌으면 하는 것 같다?"

"저만 외로우면 억울하니까요."

그러면서 고개를 팩 돌리는 모습이 꽤나 귀여웠다. 심통 난 후배의 모습에 재영은 구겨진 가운을 손바닥으로 탁탁 털며 물었다. 걸음은 어느새 ER 쪽으로 자연스럽게 향하고 있었다.

"정 뭣하면 소개팅해 줘?"

"그런 건 싫어요, 불편해서."

"것 봐, 넌 사람 만날 마음이……."

재영이 혀를 끌끌 차며 말했다. 늘 외롭다고 말은 하면서 정작 다른 이들을 만날 생각이 없는 그에게 조금 더 잔소리를 늘어놓으려던 재영의 말이 끝나기도 전이었다. 갑작스런 손이 툭 튀어나와 건형과 재영 사이를 갈라놓으며 말했다.

"둘이 너무 붙어 있는 거 아닌가?"

두 사람 모두 깜짝 놀라 뒤돌아보자 유민이 미간을 구기며 서 있었다. 그녀의 어깨를 잡아당긴 손을 내린 유민은 두 사람의 거리가 꽤 떨어지고 나서야 그제야 만족한 듯 건형을 보며 말했다.

"채 선생님, 좋은 아침입니다."

"네, 노 교수님."

교수님은 아침부터 기분이 좋지 않아 보이시네요.

건형은 괜히 그렇게 내뱉을까, 고민을 하다가 입을 꾹 다물었다. 진짜 그렇게 말을 했다간 이번엔 정말 자신의 등이 터질지도 모르니까. 건형이 한 걸음 뒤로 물러서자 유민이 고개를 돌려 재영을 보았다. 놀란 눈을 연신 깜빡이는 재영을 보며 그가 가운 앞주머니를 손가락으로 톡톡 가리키며 말했다.

"휴대폰 켜 놔. 연락할 테니까."

"네, 알았어요."

볼일이 끝났는지 그제야 복도를 빠르게 걸어가는 그의 뒷모습을 보던 재영이 얼굴을 붉혔다. 그의 손길이 닿았던 어깨가 불에 덴 듯 화르륵 불타오르는 느낌이 들었다.

양 뺨을 붉힌 채 유민의 뒷모습을 보던 재영이 고개를 돌릴 때였다. 건형이 껄렁껄렁하게 양손을 가운에 찔러 넣은 채 툭 내뱉었다.

"아까 그 말 취소할게요."

"어?"

재영이 멍하게 되물었다. 무슨 말을 취소한다는 걸까? 생각이 끝나기도 전이었다.

"소개팅해 줘요."

눈살을 찌푸린 건형이 씩씩거리며 걸음을 옮겼다. 온몸으로 불쾌감을 표출하던 그가 다 들으라는 목소리로 말했다.

"외로워서 살겠나, 진짜."

인공호흡기에 의지해 힘겹게 숨을 내뱉고 있는 다영일 내려다보는 재영의 눈빛이 어둠으로 물들었다. ICU(intensive care unite:중환자실)은 오늘도 쥐죽은 듯 조용했다. 간간이 환자들의 상태를 살피는 간호사들만이 바쁘게 돌아다닐 뿐.

두 차례의 수술 후 다영은 깊은 잠에 빠져들었다. 코마(COMA:의식

불명) 상태에 접어든 다영은 기분 좋은 꿈을 꾸고 있는 듯 평화로운 얼굴이었다. 아이가 처음 수술 후 깨어나지 못했다는 사실을 알았을 때 재영은 수술을 집도한 유민에게 쫓아가 물었었다. 수술은 성공적이었다는 말을 들었으나 의료진들도 왜 아이가 깨어나지 않는지 알지 못했다.

하지만 재영은 얼핏 알 것 같기도 했다. 친모의 학대로 인해 상처받은 아이는 어쩜 이 현실이 싫어 스스로 자신이 만든 세계 속에 빠져 있는 건지도 모른다. 그리고 현실로 돌아오는 순간 온몸을 엄습할 끔찍한 고통 때문인지도.

ABR(Absolute bed rest:절대 안정)이라 적힌 글자를 한참이나 보고 있던 재영이 한숨을 내뱉을 때였다. 다영의 수술에 어시스턴트(Assistant)로 참여했던 민 선생이 다가왔다.

"심 선생님이 여긴 어쩐 일이세요?"

"아."

동그랗게 눈을 뜬 재영이 입가에 희미한 웃음을 머금으며 말했다.

"다영이가 걱정이 돼서요."

그녀의 말에 민 선생은 그제야 처음 다영이가 병원을 찾았을 때 응급처치를 재영이 했다는 것을 떠올렸다. 이성을 유지해야 하는 의사라 하더라도 재영은 계속 아이가 마음에 밟혔다. 이 아이가 겪어 온 일들과 앞으로 겪어야 하는 상황이 너무나 안쓰러워서.

"몇 번이나 찾아왔는데 여전히 상태가 똑같네요."

재영이 가라앉은 목소리로 말했다. 이에 두 사람의 시선이 동시에 다영에게로 향했다.

"왜 안 일어날까요?"

민 선생이 물었다.

"아마 꿈에서 깨기 싫은 거겠죠."

그 마음을 재영은 어렴풋이 알 수 있을 것 같았다.

"그게 무슨……."

민 선생이 의아한 얼굴로 물을 때였다. 재영의 주머니에 넣어둔 휴대전화가 웅웅 울리기 시작했다. 꺼내 확인해 보자 응급콜이었다. 재영이 서둘러 걸음을 옮기며 말했다.

"전 이만 가 볼게요."

"네, 수고하세요."

빠르게 걸음을 옮겨 ICU를 벗어나는 재영의 뒷모습을 보던 민 선생이 고개를 돌려 다영을 보았다. 인공호흡기가 없으면 생명 유지도 힘든 아이. 자가 호흡이 되지 않은 것은 며칠 전의 일이었다. 수술도 성공적이었고, 수술 예후도 괜찮았다. 하지만 아이는 시간이 갈수록 조금씩 죽어 가고 있었다.

이에 소아외과에서도 당황하는 중이었다. 아이의 상태가 점차 안 좋아지는 이유를 아무도 알 수가 없었기 때문이다. 다영을 보던 민 선생이 천천히 읊조렸다.

"깨기 싫다라……."

어쩜 그 말이 맞을지도 모르겠다.

❖

지친 기색이 역력한 얼굴로 수술실을 나온 재영은 가만히 자리에 앉아 있지도 못한 채 서성이는 보호자의 모습에 걸음을 멈췄다. 20대 중후반 정도 되어 보이는 남자가 수술 마스크를 풀어 주머니에 쑤셔 넣는 재영에게 다가왔다. 지나치게 짧은 수술 시간에 그의 얼굴에 불안감이 엄습했다.

"어, 어머니는……."

재영이 고개를 내저었다. 사고 당시 이미 한 차례 어레스트(Arrest: 환자의 심장이 멈춘 상태)가 왔었다. 구급대원들이 응급조치를 하여 다행히 다시 심장이 뛰기 시작했으나 수술에 들어가는 직후 또 한 번 어레스트가 왔다. 올해 쉰이 된 환자가 견디기엔 무리였다.

모두들 고개를 내저으며 포기를 하라 말했으나 그녀는 포기하지 않았다. 할 수 있는 모든 일을 하고 싶었다. 보호자에게 연락해 기어이 수술에 들어갔다. 하지만 수술에 들어간 지 채 20분도 되지 않아 심정지가 왔다. 직접 심장마사지를 했지만 소용이 없었다. 두 번째 온 충격은 환자의 생명을 앗아 갔다.

"죄송합니다."

"아……."

보호자가 털썩 주저앉았다. 현실이 믿기지 않아 눈물도 흘리지 못한 채 멍한 눈을 깜빡이고 있었다. 많을 땐 하루에도 몇 번씩 보는 모습. 가족을 잃는 슬픔을 그녀 또한 알고 있었기에 이들에게 어떤 위로도 건네지 못한 채 한참이나 보호자를 보고 있을 수밖에 없었다. 그녀가 할 수 있는 것은 죽음에 대한 한 점 의혹 없이 모두 설명을 해 주는 것뿐이었다.

"수술에 들어가고 18분경에 과다출혈 쇼크로 인해 심정지가 왔습니다. 심장마사지 실시하였지만 1시 32분경 사망하셨습니다. 죄송합니다."

"……."

멍하니 눈을 깜빡이는 보호자에게 빠르게 설명한 재영이 고개를 옆으로 돌렸다. 어린아이처럼 평평 눈물을 쏟는 모습을 가만히 보고 있을 수가 없었다. 이런 순간마다 자신이 얼마나 무능력한 사람인지 알게 된다. 히포크라테스 선서를 할 때만 해도 많은 사람을 살리는 좋은 의사가 되자고 생각했었지만, 또 그리될 자신이 있었지만, 이젠 아니었다.

"어, 어머니는……."

"수술부위 봉합 후 영안실로 모실 겁니다."

"……."

다시 한 번 허리를 숙인 재영은 곧 간호사가 보호자에게 다가가는 것을 보며 천천히 걸음을 옮겼다. 혼이 쏙 빠져나간 느낌이었다. 흔들리는 걸음으로 앞만 보고 걸어가던 재영은 저 멀리 서 있는 유민의 모습에 걸음을 멈췄다. 그를 보자 미친 듯이 뛰어 대던 심장이 차분하게 가라앉는 것을 느낀다.

"미안해요, 기다렸어요?"

재영이 힘없이 말하자 유민이 팔을 벌리며 말했다.

"이리 와."

그의 모습을 멀뚱히 보던 재영은 천천히 걸음을 옮겨 그의 가슴에 폭 안긴 후 읊조리듯 말했다.

"힘드네요."

"뭐가?"

"그냥 이것저것 다. 왜 이렇게 지치는지 모르겠어."

아무리 짧은 수술이라도 생명과 직결되는 일이었기에 긴장감에 온몸이 땀에 푹 절 정도다. 하루에도 몇 번씩 하는 수술이었지만 도통 그 긴장감이, 그 중압감에 적응이 되질 않는다. 남들은 다들 척척 잘하는 것 같은데 왜 자신만 이러는 것인지.

재영이 한숨을 푹 내뱉자 유민이 등을 토닥여 주었다. 누군가의 생명을 책임진다는 것은 그만큼 부담감이 크고 스트레스가 많은 일이었다. 같은 직업을 가지고 있기에 그는 그녀의 마음을 십분 이해할 수 있었다.

"너무 무리하지 마."

"뭘요."

재영이 힘없이 물었다. 그러자 그는 연신 그녀의 등을 쓸어내려 주며 짧게 답했다.

"다."

"뭐예요, 그게."

그녀가 가볍게 웃었다. 후후, 웃음이 그의 가슴에 불어온다. 오늘따라 유난히 작아 보이는 그녀의 모습에 그가 머리를 쓰다듬은 후 그녀를 잡아 이끌었다. 붉어진 눈을 보자 더 이상 이곳에서 지체할 시간이 없을 것 같다. 그녀는 툭 건드리기만 해도 울음을 쏟아 낼 것만 같았다.

"가자."

그의 손에 이끌려 가던 재영이 고개를 숙였다.

"후."

그녀의 입에서 흘러나온 한숨은 깊고 길었다.

"꺄아!"

재영이 버럭 소리쳤다. 속이 뻥 뚫릴 정도로 큰 고함 소리에도 자신의 목소리가 잘 들리지 않는다. 차창 문을 모두 연 채 내달리자 차 안은 온통 바람 소리로 가득 차 귀가 먹먹할 정도였다.

새벽 3시 올림픽대로는 차 한 대 없이 뻥 뚫려 있었다. 출퇴근 시간이면 꽉꽉 막혀 주차장을 방불케 하는 곳이었지만.

"으아아악!"

재영이 발까지 동동 굴리며 외쳤다. 쌓여 있던 스트레스가 한꺼번에 날아가는 기분이었다. 어디 그뿐인가, 옆에서 자신의 고함 소리에 연신 웃음을 터뜨리는 소리에 마음이 간질거렸다.

"너무 소리 지르는 거 아니야? 고막 터지겠어!"

216

"당신이 소리 지르라고 했잖아요!"

"지르라고 그렇게 막 지르나?"

"그럼요! 난 당신 말 잘 듣잖아요!"

두 사람이 서로 언성을 높여 대화를 나누었다. 그러지 않으면 상대의 이야기가 들리지 않을 테니까. 연신 하하하 웃음을 터뜨리며 이야기를 하던 재영이 외쳤다.

"이거 끝내주네요!"

재영은 흩날리는 머리카락을 손으로 말아 쥐며 말했다. 바람 때문에 정신이 하나도 없었지만 그래도 좋았다. 입고 있던 옷자락도 나부끼고, 머리카락도 귀신산발이 되었지만 모든 것을 잊게 만들어 좋았다.

자신의 온몸을 두들겨 대는 바람에 재영이 머리를 시트에 쿵 하고 박았다. 방금 전까지만 해도 웃음이 가득했던 얼굴이 어느새 어두워졌다. 바람 소리에 차 안은 어수선했고 시끄러웠다. 그래서였을까, 먹먹해진 가슴에 재영의 눈시울이 붉어졌다.

"나 진짜 무능한가 봐요."

"뭐?"

작은 목소리에 유민이 눈살을 찌푸렸다. 운전을 하느라 전방을 주시하고 있었기에 재영의 표정을 살필 수 없었던 그가 다시 한 번 외쳤다.

"뭐라고?"

"나 울 거예요!"

그렇게 말하는 순간 재영의 마음이 허물어졌다. 병원에서 꾹꾹 참고 있던 눈물이 한꺼번에 쏟아져 내렸다.

환자의 앞에선 울 수 없었다. 이성적인 모습을 보여 주어야 했기에, 감정이 흔들리는 모습은 보여 주지 말아야 했기에 늘 단단한 가면을 쓰고 있었다. 그건 재영이 아니었다. 사망시각을 보호자에게 말해 주며 이

성적인 표정으로 죄송하다고 말하는 모습은 그녀가 아니다.

"흑, 흐으!"

차가 빠르게 내달렸다.

슬픔이 비가 되어 쏟아졌다.

연신 코를 훌쩍이던 재영은 눈두덩 위에 올려져 있던 차가운 손수건을 잡아 내렸다. 머리가 띵하고 속이 미식거렸다. 얼마나 울었는지 두 눈이 묵직했다. 차가운 손수건 정도로는 가라앉지 않았다.

숨을 크게 들이마셨다가 내뱉은 재영은 저 멀리서 걸어오는 유민을 보았다. 그의 손에는 테이크아웃 잔이 들려 있었다. 속이 시릴 정도로 차가운 아이스커피가 마시고 싶다는 그녀의 투정을 그는 군말 없이 들어주었다.

차에 올라탄 유민이 들고 있던 커피를 말없이 그녀에게 내밀었다. 잠시 무슨 말을 해야 할지 모르겠다는 얼굴로 재영을 보던 그가 피식 웃음을 내뱉는다. 그의 웃음소리에 무거웠던 분위기가 순간 붕 떠올랐다.

"왜 웃어요?"

"거울 안 봤지?"

"······."

그의 물음에 재영이 입술을 깨물었다. 자신의 꼴이 어떨지 알 만했지만 짐짓 모른 척 답했다.

"여전히 예쁘겠죠."

"점점 뻔뻔해진다?"

"그럼 안 예쁘다, 이거예요?"

재영이 입술을 뾰족하게 내밀며 말했다. 장난이 섞여 있었지만 안 예쁘다는 말을 들으면 조금 상처를 받을 것 같기도 했다.

"개구리 같아."

"……."

"예쁜 개구리 하지, 뭐."

"너무해요."

재영의 얼굴이 종잇장처럼 일그러졌다. 그가 장난으로 하는 말이라는 것을 알면서도 갑자기 왜 이렇게 서러워지는 것인지 모를 일이다. 그녀의 눈가에 또다시 눈물이 맺히자 유민의 눈이 동그랗게 변했다. 툭 건드리면 쏟아질 것 같은 눈물이 눈가에 가득 맺힌다.

"어어, 미안. 미안하다니까? 울지 마!"

그가 위로를 하자 오히려 더욱 서러워진 재영이 눈을 부릅떴다.

"너무해, 노유민 씨. 진짜 너무해. 세상에서 가장 예쁘다고 해 줘야지."

괜히 떼를 쓰는 그녀의 모습에 유민은 안절부절못하더니 곧 고개를 끄덕였다.

"그래, 심재영이 세상에서 가장 예뻐."

"뭐예요, 엎드려 절 받기도 아니고."

재영이 입술을 뾰족하게 내밀며 투덜거렸다. 툭 건드리면 눈물을 쏟아 낼 것처럼 안쓰러운 얼굴로. 입술을 앙다물고 눈길을 피하는 그녀의 모습에 유민이 다급한 목소리로 말했다.

"어떻게 하면 안 울래, 어?"

안절부절못하는 그의 기색에 재영은 저도 모르게 미소를 지어 버렸다. 갑자기 이 모든 상황이 코미디처럼 느껴졌다. 속이 뻥 뚫리도록 울 수 있게 배려해 준 것은 그였다. 그런 그가 이제 와선 울지 말라고 부탁하다니. 웃기지 않은가. 제법 마음이 누그러졌다.

"밥 먹어요. 울었더니 배고파."

"그래, 뭐 먹을래?"

"유민 씨가 해 주는 밥."

"어⋯⋯?"

유민이 눈을 깜빡였다. 평소 당황하는 법이 없는 그가 눈을 동그랗게 뜨자 재영은 터져 나오려는 웃음을 꾹 눌러 참으며 말했다.

"유민 씨가 해 주는 밥 먹고 싶어요. 생각해 보니까 난 엄청 많이 해 줬는데, 유민 씨는 해 준 적이 단 한 번도 없잖아요."

"⋯⋯음식은 잘 못하는데?"

그가 진심이라는 듯 진중한 눈빛으로 말했다. 마치 '그건 사람이 입에 댈 것이 못 돼'라는 표정이었다. 하지만 음식은 맛으로만 먹는 것이 아니었다. 누가 해 주는지, 그가 어떠한 마음으로 음식을 했는지도 중요한 부분이었다. 그녀는 막상 말을 내뱉고 나자 정말 그가 해 주는 음식이 먹고 싶어졌다. 얼마나 끔찍한 맛일지 기대도 됐다.

"못해도 괜찮아요."

"그래도⋯⋯."

"뭐야, 안 해 주겠다는 거예요? 나 운다?"

"⋯⋯그걸 지금 협박이라고 하는 거야?"

"네."

짧은 답에 유민이 머리를 쓸어 올렸다. 입에서 깊은 한숨이 흘러나왔다.

"협박 진짜 무섭네. 알았어, 해 주면 되잖아, 해 주면."

두 손 두 발 다 든 유민이 고개를 끄덕였다. 그리고 곧 환해진 그녀의 표정에 그가 뚱한 얼굴로 말한다.

"울다가 웃으면⋯⋯."

"설마 또 놀리는 건 아니겠죠?"

입을 꾹 다문 유민이 재빨리 고개를 끄덕였다.

"어, 아니야."

그는 두 번 제 발등을 찍는 멍청한 짓은 하지 않았다.

❖

"실례합니다."

유민은 처음 그녀의 집 안으로 발을 디디며 그렇게 말했다. 실례합니다, 이 얼마나 멀게 느껴지는 인사말인가. 하지만 그가 자신의 집으로 들어오지 못하도록 막았던 그녀가 처음으로 제 공간을 내준 이 순간 그는 몇 번이고 말하고 싶었다. 실례합니다, 앞으로 잘 부탁드립니다, 하고.

어색한 그의 인사말에 재영은 긴장한 기색이 역력한 얼굴로 말했다.

"누추하지만 들어와요."

"누추하진 않는데 엄청 좁네."

그가 한눈에 들어오는 집 안을 휘둘러보며 말했다.

밥을 해 달라는 말에 신혼집이었던 자신의 집으로 가자고 그가 말했지만 재영은 고개를 저었다. 아직 그곳엔 가고 싶지 않다고. 그리고 오늘은 자신의 집에 초대를 하고 싶다고 말했다. 정식으로 초대하기엔 갑작스럽지만 깨끗하게 청소는 해 놓고 사니 걱정하지 말라는 말도 덧붙였다. 그녀의 말대로 집은 아주 깨끗했다.

좁은 공간이었지만 구석구석 먼지 하나 없이 그녀의 손길이 닿아 있는 것을 보던 재영은 냉장고를 열어 식자재를 보았다. 웬만한 음식은 다 할 수 있을 것 같았다.

한쪽에 걸어 둔 앞치마를 들고 나온 그녀는 집 안을 둘러보는 그에게 다가갔다.

"지금 그걸 나보고 하라고?"

"셔츠에 음식 튀면 어떻게 해요."

"그래도 그건 좀."

유민이 미간을 좁혔다. 그녀의 손에 들려 있는 레이스 앞치마는 누가 보아도 자신과는 어울리지 않는 디자인이었다. 하지만 주부의 마음으로 돌아간 재영은 그의 하얀 셔츠를 보며 꼭 앞치마를 하게 만들겠다는 표정을 지었다.

퉁퉁 부은 눈으로 노려보자 더욱 괴기스럽게 느껴졌다. 하는 수 없이 그는 한숨을 내뱉으며 고개를 끄덕였다. 그리고 팔을 앞으로 내밀며 네 손에 모든 것을 맡기겠다는 듯 굴자 재영의 표정이 밝아졌다.

앞치마를 입힌 뒤 뒤로 돌아간 재영이 허리끈을 묶어 주었다. 그리고 그의 모습을 보는 순간 짧은 웃음을 내뱉어 버린다.

"……풉."

"크게 웃어도 되거든?"

"미안해요, 내가 입혀 놓고선."

너무 안 어울려서 웃음이 났다. 잘생긴 남자는 무엇이든 다 어울릴 줄 알았는데 그건 아니었나 보다.

"재료는 냉장고에 있어요. 전 씻고 옷 좀 갈아입고 올게요."

"그래그래."

그가 반복적으로 말한 후 휘적휘적 움직여 부엌으로 향했다. 그러다가 유리에 비친 자신의 모습을 본 것인지 움찔 몸을 떨었다. 미간이 와 자작 찌푸려졌다.

"벗으면 안 될까?"

"조금만 참아요."

"……알았어."

"말도 참 잘 듣고, 착한 어른이네요."

가볍게 말을 흘린 재영이 걸음을 옮겨 자신의 방으로 향했다. 그리고 옷장에서 간편한 옷을 꺼낸 후 곧장 욕실로 향했다. 욕실에서 옷을 벗으려다 말고 재영이 행동을 멈췄다. 밖에서 달그락거리는 소리가 들려오자 그의 존재가 더욱 확실하게 인식이 된다.

그와 자신의 사이엔 두꺼운 벽이 몇 겹이나 있었지만 그래도 옷을 벗는다는 사실에 부끄러워 다리가 꼬였다. 예전엔 그와 관계도 나누고 당연했던 행동이었으나 지금은 괜스레 부끄러워졌다.

거울에 비친 자신의 모습에 재영이 입술을 뾰족하게 내밀며 옷을 획획 벗었다.

"뭘 이제 와 부끄럽다고 그래?"

그렇게 말하는 와중에도 재영의 뺨은 핑크빛으로 물들어 있었다.

간은 제대로 됐는지 맛을 보아도 무슨 맛인지 알 수가 없었다. 그녀가 욕실로 들어간 뒤 곧이어 들려오는 물줄기 소리를 듣는 순간부터 온몸에 긴장감이 흘러 모든 감각이 무뎌진 기분이었다.

펑펑 울린 죄로 제대로 된 음식을 대접해야 했으나 쉽지가 않았다. 과정은 고난의 연속이다.

김치와 고기를 볶고 밥까지 넣어 후라이팬에서 볶던 그는 참기름을 넣고 나서야 맛을 보았다. 샤워 소리를 신경 쓰느라 가장 기본적인 간 보는 일도 잊었던 것이다.

입 안에 착착 달라붙는 김치를 연신 맛보던 그의 고개가 옆으로 기울었다. 조금 짠가? 보통 사람의 기준에선 간이 맞았지만 조금 싱겁게 먹는 재영에겐 짤 수도 있다는 생각에 밥을 조금 더 넣고 볶았다. 덕분에 김치볶음밥은 2인분이 아닌 3인분이 되어 버렸다.

음식이 완성되자마자 그는 앞치마부터 벗어 던졌다. 그녀의 앞에서 굴욕감을 준 앞치마를 원망스러운 눈으로 보던 그는 원래 있던 곳에 걸어 놓은 뒤 찬장을 뒤졌다.

적당한 접시를 찾아보았지만 혼자 사는 여자 집에 있는 세간은 너무 간략하고 많은 것이 생략되어 있었다. 밥을 담을 적당한 접시를 찾지 못한 그가 어떻게 할지 몰라 미간을 찌푸리고 있을 때였다.

"우와, 좋은 냄새."

어느새 씻고 나온 재영이 수건으로 머리를 툴툴 털며 다가왔다. 물방울이 사방으로 튀어 댔지만 그녀의 신경은 오롯이 김치볶음밥으로만 향해 있었다. 고소한 냄새와 함께 기름이 잘잘 흐르는 김치와 잘 익은 돼지고기 덩어리들. 아주 평범한 음식이었지만 그가 했던 말을 떠올려 보면 눈살을 찌푸리게 된다.

"요리 못한다면서요? 또 속았어."

"맛도 안 보고 미리 속단하지 마."

"딱 보면 알죠. 무척 맛있어 보이는걸요?"

그러면서 그의 어깨에 턱을 탁 걸친 재영이 입을 쩍 벌렸다. 마치 아기새처럼. 갑작스런 그녀의 행동에 당황하는 것도 잠시, 유민은 장난스럽게 주걱을 그녀의 입 앞으로 내밀었다. 늘 정갈하게 밥을 먹던 그녀가 어떻게 반응을 하는지 궁금해하며.

하지만 놀랍게도 그녀는 주걱을 앙 물더니 곁에 묻은 밥풀을 이로 긁어먹었다. 유민이 놀란 표정을 하는 것도 모른 채 맛을 보더니 이내 도끼눈을 뜨며 말한다.

"역시 속았어. 너무 맛있잖아요. 이래 놓고 음식도 못하는 나한테 삼시 세끼 다 차리게 만든 거지? 이 삼식이!"

그녀의 타박에도 유민은 멀뚱히 재영만 보았다. 요즘 그녀가 많이 변했다고 생각은 했으나 이 정도일 줄은 몰랐다. 그러고 보니 입고 있는 옷 또한 1년 동안 결혼 생활을 했음에도 단 한 번도 보지 못했던 편한 옷차림이었다. 이 좁은 공간이 그녀에게 주는 의미는 진정한 휴식처인 듯했다.

한참 눈을 깜빡이며 재영을 바라보던 그의 입술에 느른한 미소가 걸렸다. 그녀의 변화가 놀라우면서도 좋았다. 그가 원했던 것. 그녀와 이혼을 하면서까지 원했던 관계였다. 뭇 여성들이 본다면 가슴 떨릴 만큼 매력적인 미소를 지은 그는 손으로 재영의 코를 잡아 살짝 비틀었다.

"네가 해 준 음식도 맛있었어."

"거짓말. 잘 먹어 주지 않았잖아요. 가끔은 하지 말라고도 했고."

코가 막혀 코맹맹이 소리를 낸 재영이 고개를 옆으로 틀어 그의 손길을 피했다. 그의 말을 믿지 않는 티를 역력하게 냈다. 주걱을 후라이팬에 내려놓은 유민은 재영의 어깨를 잡고 허리를 숙여 그녀와 시선을 맞춘다. 그녀와 대등한 위치에서 눈을 맞춘 그가 눈살을 찌푸리며 물었다.

"내가 언제부터 당신에게 거짓말쟁이가 된 거지?"

"……너무 오래돼서 기억이 안 나요."

"정말?"

"정말이요."

재영은 망설임 없이 답했다. 시선을 피하지 않은 채로. 가감 없이 모든 감정을 드러낸 눈빛은 서로의 모습을 고스란히 담고 있었다. 그랬기 때문일까, 그녀는 그가 지금 상처를 받았다는 것을 쉽게 알아차릴 수 있었다. 순간 입이 꾹 다물렸다. 그가 상처받자 정작 날카로운 말을 내뱉은 그녀도 상처받아 버린다.

"뭐가? 어디서 그런 느낌을 받았는데?"

"……솔직히 말해도 돼요? 당신 또 상처받을 거잖아."

"아무것도 모른 채로 있는 것보단 듣고 나서 아프고 싶은데?"

그의 말에 재영의 눈시울이 붉어졌다.

"진짜 말해도 돼요?"

"그래."

짧은 답에 재영이 그의 손을 쥐었다. 그의 손은 여전히 차갑다. 하지만 이 손이 얼마나 다정한지 이제는 안다.

"당신의 다정한 손이 거짓말을 했어요."

"……."

"계속 의지하게 만들고 싶게. 그런데 그 손은 당신이 날 안을 때만 닿았어. 안고 나서는 아무 일도 없었다는 듯 차갑게 떠났어. 손이 너무 차가웠어요. 그래서 내 몸도 마음도 차가워졌어요."

그녀의 말에 유민이 성급하게 그녀를 끌어 품에 안았다. 유민의 품에 폭 안긴 재영이 천천히 눈을 감았다. 몸이 얕게 떨리고 있었다.

"그리고……?"

"당신의 눈이 거짓말을 했어요. 무심해서, 나한테 관심이 없나? 날 싫어하나? 그런데 왜 나와 결혼을 했지? 떠나고 싶다, 슬퍼져. 그렇게 생각하다가도 가끔 당신이 나에게 부드럽게 웃어 줄 때, 그리고 당신 눈동자에 비친 행복한 날 볼 때, 너무 좋았어요. 하지만 그 눈도 곧 날 보지 않아, 너무 슬펐어."

감정을 쏟아 내는 목소리는 담담했다. 과거의 이야기이기 때문이다. 하지만 처음으로 재영에게 이러한 이야기를 듣게 된 유민은 감정의 소용돌이에 갇혀 연신 그녀의 등을 쓰다듬고 있었다. 오히려 위로는 그가 받아야 할 것 같은 얼굴이었는데도 불구하고.

그의 품에서 빠져나온 재영은 그의 양손을 잡고 고개를 들어 그의 얼굴을 보았다. 그리고 입가에 미소를 담아 말했다.

"노유민, 당신이란 사람이 나한테 거짓말을 했어."

"……."

"날 싫어하는 줄 알았는데, 아니, 나란 사람에게 관심이 없는 줄 알고 모두 포기하고 떠나려고 했는데…… 이제 날 사랑한대."

"재영아……."

"진실 된 건 당신의 심장밖에 없어요."

천천히 손을 뻗은 재영이 그의 심장 위에 손바닥을 올려놓았다. 역시나 그녀의 생각대로 심장이 빠르게 뛰고 있었다. 그는 과거에도 아마 이렇게 심장이 뛰었을 것이다. 다만 그녀도 그도 미처 몰랐을 뿐이다. 가만히 들여다보지 못해서, 솔직하게 모든 것을 터놓지 못해서. 아니, 알려고도 하지 않아서.

하지만 이젠 아니었다. 서로의 감정을 바라볼 수 있고, 서로의 마음에 의심은 하지 않는다. 서로의 감정이 충분하다는 것을 알고 있었다. 감정을 풀어놓고 내달리지 않을 뿐이었다. 조심스럽게, 아주 조금씩 서로에게 다가가고 있는 중이었다.

그들은, 연애를 하고 있었다.

조심스러운 사랑을.

"진짜 날 사랑한대. 그런데 지금 너무 아프대요. 그래서…… 나도 아파요. 당신이 아프면 나도 아파. 이상하죠? 너무 아파요."

그렇게 말한 재영은 손을 들어 그의 뺨을 쓰다듬었다. 붉어진 눈이었으나 울지 않았다. 다만,

"울지 마요, 유민 씨."

"……미안해."

"울보."

눈물로 얼룩진 그의 **뺨**을 조심조심, 다정하게 닦아 줄 뿐이었다.

"사랑해요, 울보님."

"미안해, 미안해."

"사랑해요."

"미안…… 심재영."

"그 말밖에 해 줄 말이 없나?"

재영이 장난스럽게 말했다. 비처럼 쏟아지는 그의 눈물을 닦아 주며. 늘 크고 단단해 보이던 이가 아이처럼 눈물을 쏟자 그녀도 울고 싶어 졌으나 꾸역꾸역 눌러 참았다. 입술을 앙다물고 온 힘을 다해.

하지만 곧이어 그의 입술에서 흘러나온 말에 결국 참다못한 눈물이 터져 나온다.

"사랑해."

"……고마워요."

눈물을 쏟으며 재영이 고개를 숙이자 유민은 그녀의 정수리에 이마를 대며 속삭였다.

"아니야, 내가 고마워."

"고마워요, 고마워."

"고맙다, 심재영."

"유민 씨, 고마워요."

두 사람은 한참이고 다정한 말을 내뱉었다.

고맙다.

고마워.

고마운 나의 사랑아.

두 사람은 한참이나 울었다. 그리고 눈두덩이 붕어처럼 툭 튀어나오고 나서야 서로를 바라보며 깔깔 웃음을 터뜨렸다. 부드럽게 입꼬리를 휜 채 욕구는 전혀 배제된 따스한 입맞춤을 나누었다.

그리고 식어 버린 김치볶음밥을 프라이팬째 먹으며 이야기를 나누었다. 아주 사소한 이야기도 있었고, 앞으로 하고 싶은 것들도 함께 나누었다. 밤이 깊어 가도록.

유민은 자신의 옆에서 잠들어 있는 재영의 얼굴을 보았다. 두 사람은 어제 입었던 옷 그대로였다. 지난밤, 잠들지 못하는 그녀에게 팔베개를 해 주고 잠이 들 때까지 한참이고 토닥이던 그는 습한 재영의 눈을 보며 말했다.

"앞으론 자주 재워 줄게."
"음탕해."
"어허, 이 여자가. 못 하는 말이 없어."

쓰읍, 제법 위협적인 소리를 낸 그는 그럼에도 눈 하나 깜짝하지 않는 재영을 보며 입술을 비틀었다. 담대해진 재영을 보자 그는 속에서 또다시 꿈틀거리는 욕망을 스리슬쩍 내비쳤다.

"기왕 음탕하다는 이야기 들은 김에 진짜 해 볼까?"
"뭐, 뭐예요?"

그리고 맞춰진 두 사람의 뜨거운 입술. 사랑이 담뿍 담긴 키스는 짙고 달콤했다. 서로의 입술을 핥고 느끼며 끓어오르는 욕망에도 두 사람은 몸을 나누진 않았다. 키스만으로도 감정이 얼마나 충만해질 수 있는지를 느끼며 한참이고 서로의 입술을 놓아주지 않았다.

유민은 평온한 얼굴로 잠들어 있는 재영의 머리카락을 정리해 주었다. 그리고 그녀의 눈을, 코를, 입술을 두 눈 가득 담았다.

"심재영……."

언젠가 갑자기 느꼈던 사랑. 아주 오래전부터 시작되었던 자신의 사랑을 너무나 뒤늦게 알아차렸을 때 받았던 충격. 지금은 그 사랑이 더 깊어졌다는 것을 깨달으며 허하던 가슴 한 켠이 벅찬 감동으로 차오르는 것을 느꼈다.

그는 그녀에게 감사했다. 이러한 충만감을 느끼게 해 주는 그녀란 존재에게.

그녀의 콧날에 부드럽게 입술을 맞춘 그는 여전히 잠이 가득한 두 눈이 떠지자 입가에 다정한 미소를 내걸었다.

"으음."

재영이 콧잔등을 찌푸리며 잠을 물리려 애쓰는 모습에 그가 작게 웃음을 내뱉었다. 심재영이 이렇게 귀여운 여자였던가. 그러한 생각을 한 그는 퉁퉁 부어 있는 재영의 눈두덩에 입을 내려 짧게 입술을 맞춘 후 속삭이듯 말했다.

"굿모닝."

입술은 어느새 제자리를 찾아가듯 그녀의 입술로 향했다. 짧은 키스는 성인의 것이라기보단 아이들의 것에 가까웠지만 두 사람의 입술에 똑같은 미소가 지어졌다.

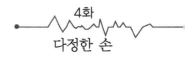

4화
다정한 손

사내연애는 은밀한 곳에서 일어난다. 그렇기 때문에 더 짜릿하고 대담하다. 오전 회진 전 늘 그랬던 것처럼 비상구를 찾은 두 사람은 오늘도 착 달라붙어 있었다.

뒤로 상체를 조금 뺀 모습으로 그에게 안겨 있던 재영은 키스가 점점 깊어지자 그의 입술을 자신의 손으로 막으며 눈살을 찌푸렸다. 조금 더 했다간 수위가 한 단계 높아질 것이란 걸 쉽게 알아차릴 수 있었다. 자신의 허리를 붙잡고 있던 커다란 손에 힘이 점차 들어가고 있었으니까.

"누가 보면 어떻게 하려고요?"

재영이 속닥거렸다. 그의 손이 자신의 허리를 살살 쓰다듬고 있었다. 걱정하는 기색이 가득한 재영과는 달리 유민은 심드렁했다.

"보라고 하지, 뭐."

"이 사람이, 정말!"

재영이 그의 팔을 찰싹 때린 후 한 걸음 뒤로 물러섰다. 그의 미간이 찌푸려졌다.

"왜? 우리가 나쁜 짓 하는 것도 아니잖아."

"공공장소에서의 풍기문란은 경범죄랍니다."

불만을 토로하는 그의 말에 사뿐히 답해 준 재영은 손바닥으로 구겨진 가운을 탈탈 털어 폈다. 자신도 모르게 그의 혀 놀림에 정신을 쏘옥 빼 놨더니 머리가 헝클어진 것도 옷가짐이 바르지 못하다는 것도 미처 깨닫지 못하고 있었다.

위험해.

재영은 속으로 그의 손에서 사르륵 녹아내리는 자신의 상태를 절실히 깨달으며 경계 태세를 강화했다. 그는 멀찍이 떨어지는 그녀의 모습에 상처받은 듯 콧잔등을 찡긋거리며 말했다.

"심재영 씨는 언제부터 이렇게 매정해졌나?"

"노유민 씨는 언제부터 이렇게 떼쟁이가 되었나요?"

"좋아, 내가 졌어."

유민이 양팔을 벌려 읊조렸다. 지금은 어떠한 말을 해도 그녀에게 씨알도 먹히지 않음을 깨달았기 때문이다. 하지만 그는 포기를 모르는 남자. 한 번 생각하고 마음에 담으면 무엇이든 해내고야 마는 집념을 가진 자였다. 우회로를 택한 그가 말했다.

"퇴근 후에 보자고."

"보자는 사람치고 무서운 사람 없다고 했던 사람이 누구더라?"

"경험해 보면 알겠지?"

그녀가 툭 받아치자 유민은 입가에 진한 미소를 걸며 말했다. 반짝이는 눈빛은 타오르고 있었다. 재영에게 성큼성큼 다가온 그가 작은 머리를 붙잡은 뒤 이마에 쪽 소리 내어 입을 맞추었다. 그리고 허리를 굽혀 머리를 자상한 손길로 쓰다듬으며 말한다.

"오늘도 힘내."

네, 라고 답을 하자 그는 늘 그랬던 것처럼 먼저 비상구를 벗어났다. 작게 소리 내며 닫히는 철문을 바라보던 재영은 다리에 힘이 풀린 듯 자리에 털썩 주저앉는다. 재영은 바닥을 손가락으로 문질렀다.

"후우."

깊은 한숨을 내뱉은 그녀가 바닥에 적는 글자는 자신의 마음을 대변하는 것.

−어떻게 하지?

물음표까지 정확하게 쓴 그녀가 입맛을 쩝쩝 다셨다. 막상 도발해 놓고서 조금 무서워지는 재영이었다.

❖

"항복."

유민은 차에 오르며 재영이 하는 말에 눈을 게슴츠레하게 떴다. 항복? 무슨 말을 하는지 몰라 한참이나 재영을 바라보던 유민은 곧 들려오는 그녀의 말에 고개를 끄덕였다.

"비상구에서 했던 말, 기억 안 나는 거예요?"

"뭐야, 마음에 두고 있었던 거야?"

"이거야, 원. 나 원, 참."

재영이 기가 막히다는 듯 혀를 차자 유민이 작게 웃음을 내뱉었다.

"진짜 믿은 거야?"

"그런 표정으로 말하는데 누가 안 믿어요?"

콧방귀를 뀐 재영이 안전벨트를 매자 차에 시동을 켠 유민이 부드럽게 차를 출발시키며 물었다.

"가기 전에 장 보러 갈까?"

내일은 두 사람 모두 오프였다. 함께 쉬는 날, 미뤄 두었던 영화를 밤새도록 보기로 한 두 사람은 자연스럽게 재영의 집으로 향하고 있었다.

"음, 떡볶이 해 먹을까요?"

"뭐 그래도 되고."

"그럼 사거리 지나기 전에 마트 있거든요. 거기 들렀다가 가요."

"저기 보이는 사거리?"

"네."

고개를 끄덕인 유민은 핸들을 부드럽게 꺾었다. 그녀의 말대로 2층 건물의 마트가 보인다. 주차를 한 둘은 팔짱을 끼고 마트 안으로 들어갔다.

유민이 카트를 끌고 재영은 한 발자국 앞서 걸으며 식재료를 보고 있었다. 재영이 깻잎을 막 골라 카트 안에 넣으며 말했다.

"떡볶이는 잘해요?"

"전에도 말했지만 나 요리 못해."

"에이, 김치볶음밥은 정말 맛있었다고요."

재영이 떡볶이 떡과 어묵을 골라 카트에 넣으며 앞으로 이동하자 유민은 그녀의 뒤를 졸졸 따랐다.

"그것만 잘해. 애들이 하기엔 쉬운 음식이잖아. 고기 넣고, 김치 함께 볶다가 밥 넣고 고추장 조금 넣어서 간 하는 거."

재영이 고개를 돌려 놀란 눈으로 유민을 보자 그는 어깨를 으쓱이며 재영의 손을 감싸 카트 바 위에 올려놓았다. 두 사람은 함께 카트를 끌어 맥주 코너로 향했다. 여러 가지의 맥주 중 국내 브랜드 하나를 골라 묶음으로 된 캔 맥주 하나를 카트 안에 넣은 유민이 심드렁하게 말했다.

"그게 어릴 때 유진이랑 내 주식이었어."

"아…… 부모님이 바쁘셨어요?"

"서전 부부, 우리도 해 봤잖아."

짧게 답한 유민이 재영을 보았다. 그러다 눈살을 찌푸리며 묻는다.

"그걸 다 마시게?"

"아."

재영은 카트 안에 수북한 맥주를 보며 고개를 끄덕였다. 열 캔은 족히 넘어 보였지만 골라 둔 영화가 다섯 편이었다. 두 시간만 계산해도 열 시간이었다. 이 정도는 필요해 보였지만 그의 생각은 다른 듯 보였다.

"내일 쉬는데 뭐 어때요."

"술꾼이 다 됐네."

"마시기만 해 봐."

재영이 으름장을 놓자 유민이 아차 싶었던지 재영의 어깨를 조물조물 주물러 주며 소리 높여 말했다.

"잘못했네, 내가! 내가 잘못했어."

"그렇게 나와야지."

장난스럽게 이야기를 나누던 두 사람이 계산대로 향했다. 둘은 잠시도 가만히 있질 못하고 투닥투닥 장난을 친다. 부러움이 가득한 시선들이 그들에게 닿았다 떨어지는 것도 모른 채.

골라 둔 다섯 편의 영화 중 두 편이 끝났다. 첫 번째는 재영이 보고 싶다고 노래를 부른 영화로, 로맨틱 코미디 영화였다. 한참 깔깔거리며 웃은 재영은 엔딩 크레딧(Ending Credit)이 올라가자마자 식은 떡볶이를 치우고 주전부리를 가져와 테이블에 가득 깔았다. 그사이 그는 빈 맥주 캔을 치우고 바닥을 정리했다. 다음 영화 볼 준비는 금세 끝이 났다.

유민의 옆에 와 앉은 재영이 리모컨을 들며 물었다.

"다음은 뭐 보실래요?"

"뭐, 마음대로."

"음. 신나는 것 봤으니까 조금 우울한 것 볼까요?"

다음 볼 것이 떠올랐는지 재영이 두 번째 영화를 틀었다. 오프닝 타이틀(opening title)이 나오자 재영이 유민을 보지도 않은 채 손을 내밀었다. 그러자 그는 캔을 따 재영의 손에 쥐어 주었다. 이미 뺨이 붉어진 재영이었지만 맥주를 한 모금 마신 후 유민에게 맥주 캔을 건넸다. 그러자 그가 자연스레 그녀가 마셨던 맥주를 마신다.

구슬픈 클래식이 집 안 가득 울리고 비쩍 마른 여자가 화면 가득 찬다. 여자는 누가 보아도 환자였고, 생명이 꺼져 가는 사람이었다. 술로 감성적이게 된 재영의 눈빛이 흔들렸다.

순백처럼 새하얀 병원과 창백한 피부색은 마치 같은 색의 물감을 칠해 놓은 것처럼 똑같았다. 침대에 힘없이 기대 있던 중년 여성이 창밖을 보며 힘없이 말했다.

"여보, 우리 민기 보고 싶다."

"데리고 올까?"

어느새 카메라 앵글 속으로 들어온 중년의 남성은 붉은 눈이었다. 죽어 가는 아내를 보며 남잔 슬퍼하고 있었다. 남편과 시선을 마주한 아내는 부드럽게 웃었다.

아내는 천천히 고개를 내저었다. 아들을 보고 싶은 마음은 굴뚝같았으나 이런 모습을 보여 줄 수는 없었기 때문이다.

"싫어요. 나 지금 너무 못났잖아."

"그 모습이 어때서?"

"분명히 상처받을 거야. 엄마가 아픈 모습 보면. 그건 싫어."

더욱 지독한 현실도 많이 봐 왔기에 눈물이 난다. 그들의 모습이 파노라마가 되어 눈앞을 스쳐 지나가자 브라운관을 바라보던 재영의 눈에 눈물이 맺혔다.

옆에서 티슈를 뽑는 소리가 들리자 재영이 옆으로 손을 내민다. 자연스럽게 손바닥 위에 올려진 티슈로 코를 푼 재영은 휴지통에 티슈를 던져 넣었다. 그녀의 모습을 보던 유민이 콧잔등을 장난스럽게 찌푸렸다.

"그렇게 눈물이 많으면서 이때껏 어떻게 참았나?"

"참으니까 참아지더라고요."

그렇게 말한 재영이 부드럽게 웃음 지었다. 손을 든 유민이 재영의 뺨을 쿡쿡 찌르며 말했다.

"그렇게 잘 웃으면서 웃음은 이제껏 어떻게 참았고?"

"……."

"왜?"

유민이 고개를 기울이며 물었다. 그러자 재영은 그의 손가락을 꽉 물더니 깜짝 놀라 동그랗게 뜬 눈과 마주하며 말했다.

"자주 웃었어요. 당신이 몰라서 그렇지."

"자주 웃은 거면 웃은 거지, 물긴 왜 물어?"

"미우니까. 그런 것도 몰라주고 말이지."

고개를 팩 돌린 재영이 다시 브라운관으로 시선을 돌리자 유민이 피식 웃음을 내뱉으며 재영의 어깨를 제 품으로 끌어당겼다.

"피해자가 가해자를 위로하는 게 말이 돼?"

그 말에 고개를 돌려 손가락을 보자 선명한 잇자국이 보였다. 그녀의 시선이 손가락에서 떨어질 줄을 모르자 유민이 엄살을 떨기 시작했다.

"으아, 아프다. 아파. 손가락이 떨어져 나갈 것 같다니까?"

"장난 그만해요."

자신의 오버액션에 재영이 눈살을 찌푸리며 툴툴거렸다. 그 모습에 그의 입술을 부드럽게 휘어졌다.

"아아, 나 지금 손가락 있는 거 맞나? 없어진 거 아니야?"

"……유민 씨."

재영의 목소리가 낮아졌다. 분명한 경고였으나 그는 장난을 멈추지 않았다.

"없어진 것 같아."

미간을 찌푸리며 여전히 엄살을 부리는 유민을 보던 재영이 엉덩이를 뒤로 뺐다. 어느 정도 거리감을 유지하는 그녀의 행동에 유민이 눈을 동그랗게 떴다. 그리고 그가 엇 소리를 내기도 전에 재영이 잇자국이 난 손가락을 입에 머금더니 혀로 부드럽게 핥았다.

그가 몸을 움찔 떨더니 화들짝 놀란 얼굴로 자리에서 벌떡 일어났다.

"이, 이게……."

그가 손가락을 동그랗게 오므리더니 얼이 빠진 얼굴로 재영을 보았다. 재영이 심드렁한 얼굴로 자리에서 일어나며 말했다.

"이제 안 아프죠?"

성큼성큼 자신에게 다가오는 재영을 피해 뒤로 더듬더듬 도망가던 유민은 등 뒤에 벽이 닿자 더 이상 도망갈 곳이 없다는 깨달은 듯 손을 앞으로 내밀었다. 그녀가 더 이상 다가오지 못하도록 접근을 막은 그가 다급한 목소리로 외쳤다.

"더 이상 다가오면 무슨 일이 일어날지, 장담 못 한다."

"왜요? 무슨 일이 일어나는데?"

"너 애야? 그것도 몰라?"

눈을 동그랗게 뜬 채 외치는 유민의 모습에도 재영은 심드렁한 얼굴로 걸음을 옮겼다. 독 안에 든 쥐가 된 유민은 이러지도 저러지도 못한 채 재영의 눈치만 살살 보고 있었다.

"이런, 모르겠는데 어떻게 하죠?"

그의 얼굴을 보던 재영이 조금씩 걸음을 옮기며 말했다. 그가 왜 자신을 매번 놀려 먹는지 알 것 같았다. 겁을 잔뜩 주워 먹은 얼굴로 어쩔 줄 몰라 하는 그를 보자 가슴 깊은 곳에서 희열이 올라왔다.

"오지 마!"

"애인가 봐요."

재영이 유민의 손을 감싸 쥐었다. 이제 그만해야 한다는 것을 알면서도 멈출 수가 없었다. 재영은 장난스럽게 그의 손가락에 바람을 호호 불었다.

"이젠 안 아픈가 보죠?"

"……."

"왜 그런 표정으로 봐요?"

유민의 표정이 굳어지자 재영은 짐짓 아무것도 모르는 표정으로 물었다. 유민이 손을 내밀어 재영의 앞머리를 위로 쓸어 올려 주었다. 콧잔등을 찌푸린 유민이 잔뜩 가라앉은 목소리로 말했다.

"계속 까불면 잡아먹는다."

"잡아먹을 수 있으면 잡아먹어 보시죠?"

"뭐?"

유민이 멍한 표정으로 자신을 보자 재영이 한쪽 입꼬리를 비틀며 웃었다. 그의 눈빛에 이 주정뱅이를 어떻게 처리해야 할까, 라는 기운이 역력했다. 재영은 테이블 위에 올려져 있는 캔을 힐끗 곁눈질했다.

"······뭐지? 그 표정? 내가 그깟 맥주 몇 캔에 취해서 이런다고 생각하는 거예요?"

"후회 안 하지?"

"뭐가요?"

사람을 태워 죽일 정도로 뜨거운 눈빛에 재영의 고개가 옆으로 홱 돌아갔다. 방금 전까지만 해도 그를 몰고 갔던 것은 재영이었건만 이번엔 유민이 그녀를 몰아 벽으로 밀어붙였다.

자신도 모르게 더듬더듬 뒤로 물러난 재영이 눈을 치켜떴다. 당황한 기색이 역력한 얼굴이었다.

"비, 비켜요."

"왜? 방금 전까지만 해도 그 대단하던 기백들은 다 어디로 갔나?"

욱한 재영이 비스듬하게 두고 있던 시선을 올려 유민과 시선을 마주한다. 가슴이 두근두근 빠르게 뛰어 댔다. 장난스러운 그의 눈빛을 보자 반발심이 들면서도 뻐근할 정도로 아프게 뛰는 심장에 어찌할 바를 모르겠다. 재영이 우물쭈물 답했다.

"······내가 뭐."

"어? 왜 눈을 못 마주쳐? 부끄러워?"

"······그만하죠?"

등 뒤에 벽이 닿자 재영이 차갑게 톡 쏘아붙였다. 그러자 유민이 재영의 머리카락에 손가락을 찔러 넣어 살랑살랑 흔들며 장난쳤다. 완전히 전세가 역전되었다.

"그만하긴 뭘 그만해?"

"이 사람이 진……."

고개를 휙 돌린 재영은 갑작스럽게 맞춰진 입술에 눈을 동그랗게 떴다. 맥주 냄새가 훅 끼쳤다. 자신의 입에서 나는 것과 같은 향이었다. 그의 엄지손가락이 재영의 뺨을 살짝 누르자 고개가 옆으로 돌아갔다. 벌어진 입술 사이로 밀고 들어온 혀에 재영의 고개가 위로 들렸다. 달콤한 숨결에 정신이 혼미해졌다. 부드럽게 눈을 감은 재영은 자신의 뺨을 감싸 쥐는 뜨거운 손길에 작게 신음을 내뱉었다.

"으음."

자신도 모르게 나온 소리에 재영의 눈이 번뜩 뜨였다. 하지만 곧 깊어진 키스는 정신을 까무룩 놓을 정도로 달콤하고 강렬한 중독성으로 그녀의 몸을 뒤흔들었다. 유민의 목에 팔을 두른 재영이 자신의 몸을 그에게 밀어붙였다. 그러자 유민은 허벅지를 그녀의 다리 사이에 찔러 넣어 흐물흐물 녹아내리는 재영의 몸을 받쳐 주었다.

키스로 서로의 호흡을 되돌리고, 혀로 서로의 타액으로 뒤섞는다. 질척이는 소리가 청각을 자극하고, 서로의 체향이 후각을 끊임없이 자극했다. 유민의 목을 끌어안고 있던 재영의 손에 힘을 주자 옷자락에 주름이 졌다. 느낌이 좋다가도 괴로워 마치 롤러코스터를 타는 기분이었다. 꼭 들어 맞춰진 입술 때문에 숨을 쉴 수가 없어 재영은 동그랗게 말아 쥔 주먹으로 유민의 어깨를 팡팡 내려쳤다. 유민이 입술을 떼며 슬쩍 웃는다.

"왜?"

"숨을, 숨을 못 쉬겠어요."

재영이 얼굴을 붉힌 채 말했다. 그게 무슨 말이냐는 듯 유민이 콧잔
등을 찡긋하자 재영이 그의 손을 끌어와 자신의 심장 위에 얹었다.

"뛰는 거 느껴져요? 나 진짜 죽는 줄 알았어요."

"……."

"갑자기 왜 이렇게 심장이 뛰지?"

"……내가 진짜 잡아먹을까 봐?"

그렇게 말한 유민이 피식 웃음을 내뱉었다. 그리고 장난스럽게 콧잔
등을 비비며 속삭이듯 작은 목소리로 말했다.

"네가 원하지 않으면 안 해."

"……."

"이젠…… 네가 외롭다고 느끼는 관계는 싫으니까."

관계 후 더욱 외롭고 힘들었다는 그녀의 말은 그에게도 많은 것을 느
끼게 해 주었다. 그 관계 속에서 그녀는 외롭고 힘들었으며 아팠다. 더
이상 그녀에게 그런 아픔을 주고 싶진 않았다.

그녀에게서 떨어진 유민은 주전부리와 맥주 캔이 어지럽게 널려 있는
테이블을 보며 말했다.

"이제 치우자. 나도 집에 가야지."

"……."

그녀의 답을 듣기도 전에 유민은 허리를 숙여 테이블을 치우기 시작
했다. 행동은 거침이 없고 빨랐다. 자신의 안에서 꿈틀거리는 욕망이
밖으로 튀어나오기 전에 서둘러 정리를 하고 이곳을 벗어나야 했으니
까.

그의 뒷모습을 보던 재영이 천천히 걸음을 옮겼다. 바닥과 발바닥이
마찰하는 소리가 들리자 유민의 행동이 조금씩 더뎌진다.

"……지금 나 건드리면 후회할걸?"

유민이 경고조로 말했다. 그럼에도 인기척은 사라지지 않는다. 천천히 더디게 다가오던 재영이 유민의 등을 끌어안았다. 깍지를 끼며 절대 그에게서 떨어지지 않겠다는 듯 그에게 착 달라붙은 재영이 웅얼거리는 목소리로 물었다.

　"왜 후회하는데요?"

　"심재영."

　"나 애 아니에요. 성인 여자구요, 지금……."

　재영이 말을 마치기도 전이었다. 재영의 손을 잡은 유민이 그녀의 몸을 자신에게서 떼어 냈다. 그리고 진중한 시선으로 재영을 내려다보던 유민이 조심스러운 어조로 말했다.

　"괜찮아?"

　"뭐가요?"

　눈을 동그랗게 뜬 재영이 그의 시선을 마주하며 부드럽게 웃음 짓다가 고개를 숙였다.

　"사랑하는 사이에선 당연한 거잖아요. 단지…… 조금 무섭긴 해요."

　유민이 재영의 뺨을 잡은 후 숙이고 있던 고개를 들어 시선을 마주했다.

　"나도 무서워."

　동그랗게 변한 재영의 눈동자에 유민의 입가에 부드러운 미소가 머금어졌다.

　"글쎄, 뭘까?"

　고개를 내려 재영의 입술에 짧게 입을 맞춘 유민이 재영의 오금에 팔을 찔러 넣어 번쩍 들어 올리며 말했다.

　"지금부터 직접 확인해 보면 되겠지?"

　그 말에 재영은 답 대신 그의 목을 꽉 끌어안았다.

귀여운 캐릭터가 그려진 이불 위에 재영을 조심스럽게 내려놓은 유민은 작은 둔덕 같은 이마에 입을 맞췄다.

습기가 머금어진 반짝이는 눈으로 유민을 올려다보던 재영이 눈빛을 흐렸다. 심장이 콩닥콩닥 디딜방아를 찧어 댈수록 정신이 흐려졌다. 몇 번이고 가졌던 관계이건만 마치 처음 그의 품에 안기는 것처럼 설레고 두려웠다.

재영이 눈을 질끈 감자 유민이 앞머리를 정리한 뒤 이마에 입을 맞췄다.

"무서워?"

작게 떨리는 재영의 손을 잡아 주며 유민이 다정한 목소리로 말했다. 그러자 재영이 작게 고개를 저었다.

"괜찮아요."

"지금이라도……."

유민의 말이 끝나기도 전에 재영이 그녀의 입술에 짧게 입을 맞췄다. 부드럽게 미소를 지은 재영이 천천히 또박또박 말했다.

"안기고 나서…… 다시 예전의 나로 돌아갈까, 조금 무서울 뿐이에요. 하지만 괜찮아요."

"그래."

쪽.

다시 한 번 짧게 입을 맞춘 그는 다정한 손길로 재영의 머리카락을 쓰다듬었다.

"그러지 않을 거야, 넌."

말을 마친 유민이 재영의 뺨을 거쳐 새하얀 목덜미에 입술을 내렸다. 짧게 도장을 찍듯 입을 짧게 맞춘 그는 재영이 입고 있던 셔츠를 내려다보았다. 긴장한 눈빛으로 한참이고 재영을 내려다보던 그가 손을 내렸다.

툭툭, 단추가 풀리고 곧 재영의 몸이 드러났다. 노란 속옷이 감싸고 있는 소담한 가슴을 한참이고 내려다보던 그가 그녀의 등 뒤로 손을 내려 후크를 풀었다. 툭 소리와 함께 벗겨진 브래지어 너머로 가슴이 드러났다. 그의 눈빛이 깊어진다.

"으음."

재영의 입에서 달콤한 신음이 흘러나왔다. 벌써부터 꼿꼿하게 선 젖꼭지에 입을 맞춘 그는 양쪽 가슴을 한데 모은 후 크게 한입 베어 물었다. 혀를 빼내어 가슴을 핥고 빤 그는 새하얀 가슴에 새겨진 붉은 자국에 눈빛이 흐려졌다.

조금은 다급한 손으로 재영의 바지를 벗겨 낸 그는 속옷까지 벗긴 후 검은 숲 위를 더듬었다. 까칠한 숲 너머로 만져지는 야들야들한 살갗에 유민의 몸에 오소소 소름이 돋았다. 그는 알고 있었다. 그녀가 얼마나 따뜻한지. 얼마나 보드라운지.

벌써부터 기대감으로 지글지글 끓기 시작하는 아랫배와 불편하게 느껴지는 속옷에 그가 손가락을 부드럽게 내려 여성을 더듬었다.

"아아!"

재영의 입에서 뜨거운 신음이 터져 나왔다. 그녀의 안은 역시나 따뜻했고, 부드러웠다. 밀어 넣은 검지손가락을 조심스럽게 움직이던 유민은 연신 몸을 바르작바르작 떠는 재영을 보았다. 질끈 감긴 눈가에 눈물이 맺혀 있었다.

"아파?"

그의 물음에 재영이 고개를 내저었다.

"아니요, 미칠 것 같아요."

그녀의 답에 유민의 얼굴이 종잇장처럼 일그러졌다. 그녀와 마찬가지로 그도 미칠 것만 같았다. 그의 감정을 대변하듯 그의 손이 빠르게 움직이기 시작했다. 손가락 하나만 밀어 넣었던 그는 중지까지 밀어 넣은 후 그녀의 긴장감이 풀리길 기다렸다.

찰박이는 소리와 함께 뜨겁게 달아오르는 여성에 그가 상체를 내려 재영과 몸을 밀착했다. 자신의 몸을 덮고 있는 옷이 거치적거리게 느껴졌다. 하지만 지금은 그녀의 몸을 달뜨게 만드는 것이 더욱 중요했다.

질척거리는 소리가 작은 집 안을 가득 울렸다. 손가락을 빠르게 움직이며 여성이 넓어지길 기다리던 그는 움찔거리는 여성이 손가락을 꽉 물자 다른 한 손으론 재영의 엉덩이를 감싸 쥐어 들어 올렸다. 유민의 눈 가득 흥분에 젖어 있는 여성이 눈에 들어왔다. 그의 손가락을 꽉 물고 있는 여성을 보던 그가 입술을 내리려고 할 때였다.

"뭐 하는 거예요?"

재영이 기겁하며 그의 행동을 막았다. 그는 단 한 번도 그녀의 여성을 입으로 핥아 준 적이 없었다. 동그랗게 뜬 눈으로 유민을 보자 그는 미간을 찌푸렸다.

"왜? 싫어?"

"싫어요. 더러워요."

"당신 몸인데 왜 더러워?"

"……유, 유민 씨?"

그녀가 그의 행동을 막기도 전이었다. 방금 전까지만 해도 손가락이 주는 감각에 꿈틀거리던 여성 위로 입술을 내린 그가 힘껏 액체를 빨아들였다. 길게 빼낸 혀로 핥고 안으로 혀를 밀어 넣은 그가 따뜻한 액체를 빨아들였다.

"아아, 아앗!"

재영의 몸이 요동쳤다. 고통처럼 느껴지는 쾌감은 재영의 정신을 온전히 집어삼키고 그녀의 육체까지 지배했다. 자신의 몸 안으로 들어왔다가 나가길 반복하는 혀는 곧 그녀가 느낄 남성의 것과 꼭 닮아 있어 미칠 것만 같았다. 예전의 그는 다정하게 자신을 품어 주었다. 하지만 지금의 그는 다정함을 넘어서 충격적인 쾌락을 선사하고 있었다.

"흐으, 흐으……."

재영이 몸을 바르작바르작 떨어 댔다. 덜덜 떨리는 허벅지는 그녀가 충분히 준비를 마쳤다 알려 준다. 그녀에게서 조금 떨어진 유민이 입고 있던 옷을 순식간에 벗어 던진 후 재영에게 다가왔다. 따스한 그의 손길을 기다리던 그녀는 유민이 옷을 벗고 침대 위로 무릎을 올려 두자 양팔을 벌려 그를 반겼다.

두 사람의 뜨거운 입술이 하나로 마주한다. 실오라기 하나 걸치지 않은 두 사람의 몸이 따스하게 마주했고, 커다란 손은 재영의 몸 위를 다정하게 쓰다듬었다.

"아아!"

새하얀 허벅지를 벌려 가운데 자리를 잡은 그는 터질 듯이 빳빳하게 고개를 치켜든 남성을 쥔 뒤 조심스레 여성 안으로 밀어 넣었다.

"아!"

"으윽!"

재영과 유민의 입에서 동시에 신음이 터져 나왔다. 재영의 몸 위로 무게를 실어 내린 유민은 그녀의 목덜미를 부드럽게 핥았다. 재영의 눈에 눈물이 차오른다. 격정에 차오른 그녀는 작은 침대에 누워 그가 주는 감각에 정신을 차리지 못하고 비명을 질렀다. 그가 주는 감각에 사타구니가 흠뻑 젖었지만, 재영은 더욱 그를 갈구하고 애원했다.

"더요……!"

그가 천천히 허리를 움직여 그녀의 몸 안을 파고들자 그녀가 외쳤다. 재영의 부름에 화답하듯 유민은 더욱 허리를 크게 놀려 그녀의 안을 더욱 깊숙이 파고들며 거칠게 휘저었다.

"아악!"

재영이 절정으로 타오를수록 유민의 남성은 더욱 성을 내며 크기를 부풀려갔다. 완벽하게 합을 이루는 두 사람은 서로의 몸을 더욱 갈구하며 서로가 주는 음률을 맞추며 받아들였다.

"으응……!"

"윽!"

완벽한 합을 이룬 두 사람의 입에서 아름다운 하모니가 터져 나왔다. 몸이 부서져라 서로를 갈구하는 두 사람의 눈빛이 속삭이고 있었다.

사랑해.

사랑해요.

사랑으로 가득한 관계에 몸이 지글지글 끓어 댔다.

마치 용암을 삼킨 듯이.

❖

온몸을 몽둥이로 두들겨 맞은 것처럼 끔찍하게 아팠다. 게슴츠레 눈을 뜬 재영이 멍하니 천장을 보았다. 도대체 무슨 일이지? 나에게 무슨 일이 일어난 것인지? 무거운 눈꺼풀을 힘겹게 감았다가 뜬 재영은 곁에서 들려오는 얕은 숨소리에 고개를 돌렸다.

"아."

재영의 입에서 작은 신음이 터져 나왔다. 그였다, 노유민. 그가 자신의 곁에서 평온한 얼굴로 잠들어 있었다.

천천히 손을 뻗은 재영이 까칠한 유민의 뺨을 쓰다듬었다. 그의 눈 밑엔 피곤이 잔뜩 내려앉아 있었다. 그럴 수밖에. 지난밤, 몇 번이고 거칠게 자신을 가진 그는 실신해 꿈나라에서 빠져나오지 못하고 있었다.

후후, 작게 웃음을 내뱉은 재영이 그의 품속으로 파고들었다. 그리고 너른 그 품에 안겨 눈을 감는다.

아아, 정말 행복하고 달콤한 꿈을 꿀 것 같다.

chapter *5*

Arrest

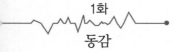

1화
동감

　한 손엔 테이크아웃 커피를 들고 다른 한 손은 서로의 손을 잡은 채 병원 로비 안으로 걸어온 재영과 유민은 두 사람을 향해 모아지는 시선에 고개를 기울였다. 평소에도 주목을 받는 둘이지만 오늘따라 그 시선이 조금 다르게 느껴지는 이유는 무엇 때문일까.

　두 사람이 함께 있다고 쳐다보는 눈빛은 아니었다. 무슨 일이지? 고개를 기울인 재영이 유민을 올려다보며 물었다.

　"좀 이상하죠?"

　"음."

　유민이 고민하는 얼굴로 고개를 끄덕였다. 함께 의국이 있는 곳으로 걸음을 옮기면서도 연신 자신들에게 닿는, 아니, 정확히 말하면 재영에게 닿았다 떨어지는 시선에 둘은 불길한 예감을 느꼈다.

　그리고 그 예감은 정확하게 맞아떨어졌다.

　의료진만 출입할 수 있는 공간에 떡하니 붙어 있는 직원 소식란엔 이 모든 상황을 설명하기에 충분한 공고 하나가 붙어 있었다.

–인사이동 외상센터 심재영은 금일부로 외과로 복귀.

　그녀뿐만 아니라 몇몇 선생들의 인사이동이 더 붙어 있었으나 기존에 모두 소문으로 알고 있던 내용들이었다. 하지만 재영이 외과로 가는 일은 그녀조차 모르고 있었던 일이다.

　"선생님, 이게 어떻게 된 일이에요?"

　응급의학과 치프가 다가와 그녀에게 물었다. 외과도 인력난에 시달리고 있긴 하였으나 응급의학과나 외상센터에 비하면 숨을 헐떡일 정도로 부족한 정도는 아니었다. 그런데 주요 인력인 그녀를 외과로 발령을 내다니, 말도 안 되는 일이었다.

　"글쎄, 나도 어떻게 된 일인지……."

　재영이 말을 다 끝마치지 못하고 입을 꾹 다물었다. 얼굴엔 당황한 기색이 역력했다. 그러다 이 모든 일의 원흉을 깨달았다는 듯 성급한 걸음을 옮기려 할 때였다. 유민이 그녀의 손목을 잡아끌었다. 잘 별러진 칼날처럼 날카로운 시선이 자신의 걸음을 막는 유민에게로 향했다.

　"일단 외상센터로 가 있어. 심 원장님과는 내가 이야기를 해 볼 테니까."

　"내 일이에요."

　재영이 차분한 목소리로 말했다. 하지만 속은 심 원장에 대한 분노로 부글부글 끓어 댔다. 이것은 자신과 심 원장의 일이었다. 말을 듣지 않는 딸의 무릎을 꿇리려는 그의 속셈이 훤히 보였다.

　유치한 양반인 줄은 알았으나 이렇게 자신의 권력을 병원에 이용할 줄은 몰랐던 재영이 다시 걸음을 옮겼다. 하지만 얼마 가지 못해 유민에게 붙잡혀 걸음을 멈춰야 했다. 그녀의 손목을 움켜쥔 손에 힘을 준 유민이 냉정하게 고개를 내저었다.

"지금 네가 간다고 해서 일이 해결될까?"

"……."

꿀 먹은 벙어리가 된 듯 재영이 입을 꾹 다물자, 유민이 뻣뻣하게 굳은 재영의 어깨를 토닥이며 말했다.

"그러니까 성격 급한 아가씨는 얌전히 기다리고 있으세요. 알겠습니까?"

장난스럽게 말한 유민이 원장실로 향하는 엘리베이터 쪽으로 걸음을 옮기는 것을 보았다. 그의 뒷모습을 바라보던 재영이 손을 들어 이마를 짚었다. 이마가 가열되어 따끈따끈했다.

"후."

❖

"자네가 무슨 일인가?"

문을 열고 원장실 안으로 들어오자 천으로 화분을 닦고 있는 심 원장의 뒷모습이 보였다. 그는 유민을 바라보지도 않은 채 물었고, 유민은 그가 자리를 권하지 않았음에도 소파에 앉으며 답했다. 소파에 와 앉으라는 무언의 종용이었다.

"심재영 선생의 인사발령에 대한 것 때문에 왔습니다."

"외상센터 일을 왜 소아외과에서 신경 쓰는 거지? 이건 직권남용이야."

하지만 심 원장은 꼼짝도 하지 않은 채 자신이 할 일만 하고 있었다. 그 모습에 유민은 낮은 목소리로 말했다.

"그건 제가 하고 싶은 말입니다."

"뭐야?"

드디어 심 원장이 반응하며 고개를 돌렸다. 유민은 서릿발이 어린 심 원장의 눈을 마주했다. 한 치의 물러섬 없는 남자의 눈빛은 차갑고 무거 웠다. 헛기침을 내뱉은 심 원장이 고개를 돌리며 상석에 앉자 유민은 지 금쯤 안절부절못하고 있을 재영을 떠올리며 말을 이었다.

"외상센터장이 있는데, 이 일을 왜 대한세종대학병원 병원장인 심 원 장님께서 관여하시는 겁니까. 이는 이치에도 맞지 않으며 외상센터에 있 는 다른 선생님들의 사기도 떨어뜨리는 일입니다."

"센터장도 허락했네!"

"심 원장님의 압력 때문이겠죠."

"자네!"

소리를 버럭 질렀음에도 유민은 눈 하나 깜짝하지 않았다. 오히려 눈 빛은 더욱 날카로워졌다. 합당한 이유를 말하거나, 공고를 철회하지 않 으면 한 발자국도 물러서지 않겠다는 모습이었다. 심 원장이 호흡을 가 다듬은 후 허리를 의자에 편히 기대 앉으며 말했다.

"좋아, 설명해 주지. 익스파이어(Expire:치료 중인 환자의 사망)가 많 다는 내부 의견이 있었네. 심재영 선생의 실력에 의구심을 가지는 목소 리가 높아졌단 말이네."

"외상센터 환자의 생존율은 20%도 되지 않습니다. 그건 심 원장님도 잘 알고 계시지 않습니까. 이유가 되지 못합니다."

"……"

말문이 막힌 심 원장이 입을 꾹 다물었다. 하지만 여전히 고집스러운 표정은 변하지 않았다.

유민은 흰 가운 속에서 봉투 하나를 꺼내 심 원장의 앞으로 밀어 놓 았다. 사직서라 적힌 봉투에 심 원장의 고개가 번뜩 들렸다. 그제야 표 정에 변화가 보이자 유민은 입술에 만족스러운 미소를 내걸며 말했다.

"마지막으로 경고드립니다. 더 이상 재영이 일에 관여하지 마십시오. 만약 또다시 이런 일이 있다면 저 또한 병원을 떠날 겁니다."

유민이 자리에서 일어나 허리를 숙여 인사했다. 목에 걸고 있던 직원증이 달랑, 흔들렸다. 만약 유민의 말을 무시할 경우 직원증은 아마 심 원장의 손에 들려 있게 될 것이다. 그리고 그는 미련 없이 세종대학병원을 떠날 것이다.

몸을 돌린 유민이 거침없이 걸음을 옮기던 것을 보던 심 원장이 자리에서 일어나며 물었다.

"그럴 거면 왜 이혼을 했나?"

그 말에 유민의 걸음이 멈추었다.

왜 이혼을 했냐라⋯⋯.

그건 그녀의 마음을 얻기 위해서였다. 부부인 상황에서 잘됐다면 좋았을 것이다. 하지만 그가 그렇게 하지 않은 이유는 아주 간단했다. 남편이란 이름을 가진 그에게 그녀는 아무런 것도 하지 못할 것이리라. 싫다면 이제껏처럼 또 꾹 참을지도 몰랐다.

그걸 그는 원치 않았다. 그녀가 하고 싶은 말을 자신에게 했으면 했다. 그리고 그런 그의 생각은 전혀 빗나가지 않았다. 그녀는 밝아졌고 더 이상 참지 않았다. 자신이 원하는 말은 모두 했고, 가감 없이 자신의 마음을 표현했다.

그의 선택으로 인해 잠시의 이별은 있었으나 앞으로를 위해선 필요했던 시간들이었다.

"다시 시작하기 위해서 했습니다."

첫 단추가 잘못 끼워진 관계였기에 이혼했다.

그리고 그는 다시 시작한다.

그녀를 가지기 위해.

망설임 없이 원장실을 빠져나온 유민은 복도에 기대어 서 있는 재영을 보았다. 불안한 얼굴로 연신 원장실 문을 보던 그녀는 유민이 문을 열고 나오자 다급하게 걸음을 옮긴다.

"어떻게 됐어요?"

"어떻게 되긴. 당신 남자, 유능한 것 모르나?"

그가 뻔뻔한 얼굴로 말했다. 장난스러움이 가득한 표정에 재영의 얼굴이 밝아졌다. 그의 허리에 팔을 두른 재영이 넓은 가슴에 뺨을 기대며 안도의 한숨을 내뱉었다.

"알고말고요."

"왜 이 병원에 남고 싶은 거야?"

재영의 등을 다정하게 두드려 주던 그가 물었다. 굳이 이 병원 아니어도 갈 수 있는 병원은 어디든지 있었다. 하지만 그녀는 그와 관계가 껄끄러웠을 때도 이 병원에 남았다. 이혼에 대한 소문에 사람들이 손가락질을 할 때도. 병원을 떠날 법도 한데 말이다.

재영은 그의 허리를 더욱 힘주어 안으며 말했다.

"국내엔 이곳보다 외상센터가 잘되어 있는 곳이 없잖아요."

"왜 그렇게 센터에 집착을 하는 거야?"

"어머니가…… TA로 돌아가셨어요. 남편이 의사인 것은 소용이 없었어요. 그때 당시엔 TA 환자가 길거리에서 죽는 일이 많았으니까요."

교통사고가 나면 이를 치료할 병원이 없어 이리저리 돌아다니다가 응급차에서 죽는 환자들이 많았다. 그리고 그건 재영의 친모 또한 마찬가지였다. 어떻게 손써 볼 시간도 없이 죽어간 친모만 떠올리면 여전히 가슴이 저릿하고 아프다.

자신과 같은 슬픔을 겪는 보호자들이 적어지길 바라며 그녀는 계속 대한세종대학병원을 고집했고, 이곳에서 의사생활을 하길 바라고 있었다.

"사심이 가득한 이유구만."

유민이 재영의 등을 토닥이며 말했다. 그러자 재영은 입가에 부드러운 웃음을 지으며 그의 품에서 빠져나왔다. 심 원장의 일거수일투족을 책임지는 이 비서의 시선이 너무나 강렬했기 때문이다. 그러고 보니 이곳이 원장실이란 것도 잊고 있었다.

"그래서 나빠요?"

"아니. 더 절실해 보이네."

어두운 눈빛으로 재영을 바라보던 유민이 피식 웃음을 내뱉었다.

점심시간이 되자 진료실 안이 한산해졌다.

지방에서부터 가까운 아시아 지역까지, 유민에게 진찰을 받고 수술을 받기 위해 각국의 아이들이 몰려들었다. 어디 환자뿐인가, 그의 의술을 배우기 위해 세계 각국의 의료진이 파견되기도 했다.

찾는 이들이 많은 그인 만큼 밥 먹을 시간도 없이 바쁘게 보냈지만 웬일인지 오늘은 의자에 앉아 몇 십 분째 노트북 화면에서 시선을 떼지 못하고 있었다.

-닥터 노, 우린 당신이 다시 돌아오길 바라요.

메일은 존. F. 케네디 병원에서 온 것이었다. 유진과 함께 한국으로 오기 전까지만 해도 근무했던 세계 최고의 병원.

그가 그곳을 떠난 이유는 단순히 가족 때문이었다. 유진은 그 당시 홀로 둘 상황이 아니었고, 한국으로 돌아왔을 때 그는 끈질기게 스카웃 제의를 해 온 대한세종대학병원으로 거처를 옮겼다.

그때의 결정을 단 한 번도 후회를 한 적은 없었으나 요즘 들어 그에게 끈질기게 메일을 보내오는 과거 동료들을 생각했을 때 다시 돌아가는 것은 어떨까, 하는 생각이 불쑥불쑥 들곤 했다.

한국과는 비교할 수 없을 정도로 최고의 시설과 의료진이 있는 그곳은 어느 서전이든 일하고 싶은 꿈의 직장이기 때문이다.

유진도 가정을 이루고 잘 살고 있었기에 언제든 떠나도 되었으나 선뜻 가겠다고 답신을 하지 못하는 이유는 단 하나 때문이다.

심재영.

그녀와의 이별을 그는 생각할 수가 없었다. 그녀에게 함께 떠나자 말을 해도 되었으나 그 말에 그녀가 어떤 식으로 반응을 할지, 아직은 알 수가 없었다. 그들은 이제 막 시작한 연인이었으니까.

"후."

한숨을 내뱉은 유민은 오늘도 답장하길 미룬 채 자리에서 일어났다. 창가로 걸음을 옮긴 그는 병원 뒤에 조성되어 있는 공원을 보았다. 한가롭게 걸음을 옮기는 사람들을 바라보는 그는 오랫동안 고민에 잠겨 있었다.

시계를 확인한 그가 걸음을 옮겼다. 점심시간 후 큰 수술이 있었다. 그에겐 잠시의 고민을 할 시간도 없었다.

❖

"후."

깊은 한숨 소리에 재영의 고개가 옆으로 돌아갔다. 운전석에 머리를 기댄 유민의 입에서 나온 깊은 한숨에 재영의 가슴이 왈칵 내려앉는 기분이었다.

"웬 한숨이에요? 병원에서 무슨 일 있었어요?"

하지만 재영은 더 이상 예전처럼 마음 졸이며 그의 입에서 어떠한 말이 나올까, 걱정하지 않는다. 바로 그에게 무슨 일이 있냐 물은 재영은 부드럽게 웃으며 가볍게 고개를 내젓는 그의 모습에 안도했다.

"아니, 아무 일도."

"그런데 왜 그렇게 한숨을 쉬어요? 걱정되게."

재영이 입술을 뾰족하게 내밀며 말했다. 요즘 들어 그는 한숨을 쉬는 일이 많아졌다. 병원 일이 많이 바쁜데 혹여 자신과 만나는 것이 피곤하고 힘든 것은 아닐까, 걱정이 되었다. 하지만 환하게 웃는 그의 모습을 보자 자신의 걱정이 기우였다는 것을 깨닫고 멈췄던 심장이 빠르게 뛰는 것을 느낀다.

"그냥 이것저것."

그의 말에 재영이 고개를 끄덕였다. 그리고 피곤에 찌든 유민의 얼굴을 손으로 다정하게 쓰다듬었다. 거친 피부에 재영이 미간을 세웠다.

"참 못났다."

"너무한 것 아니야?"

속수무책으로 뛰어 대는 심장에 자신이 그를 얼마나 사랑하고 있는지 다시 한 번 깨닫는다.

"당신한테 안기고 싶다."

"……그런 말 하지 마. 심정지 오겠어."

"진심인걸요?"

속삭이듯 작은 목소리로 말한 재영이 입가에 부드럽게 미소를 지으며 말했다.

"나 지금 당신에게 안기고 싶어요."

❖

창가로 따스한 햇살이 쏟아졌다. 다정한 품에 안겨 곤한 잠에 들어 있던 재영은 얼굴 위로 내리쬐는 햇살에 눈을 뜬 뒤 몸을 파르르 떨었다.

눈을 깜빡이며 잠을 물리던 재영은 자신의 시야에 가득 들어차는 유민의 모습에 부드러운 미소를 지었다. 꿈도 꾸지 않는 듯 평온하게 잠들어 있는 그를 보자 심장이 다정한 소리를 내며 뛴다. 토닥토닥, 마치 누군가를 위로하듯 예쁜 소리였다.

그가 깨지 않도록 조심스럽게 자리에서 일어난 재영은 곧장 욕실로 가 깨끗이 샤워부터 마쳤다. 두 사람이 간단히 먹을 토스트를 준비한 재영은 옷장 문을 열어 그가 몇 벌 두고 간 셔츠 중 하나를 골랐다. 옷장에 옷이 빼곡하게 걸려 있는 바람에 소매가 조금 구겨져 있자 다리미를 꺼낸 재영은 정성스레 셔츠를 다렸다. 그리고 그와 어울리는 넥타이 하나를 꺼내 둔 뒤 그녀가 종종걸음을 옮겨 다시 침실로 향한다.

침대엔 여전히 그가 곤한 잠에 빠져 있었다. 머리엔 새집을 하나 지어 놓고, 몸을 배배 꼬며 잠들어 있는 유민을 왁 하고 덮친 재영이 유민의 얼굴에 짧게 와다다 입을 맞추었다.

"윽!"

쪽쪽, 쪽쪽!

연신 얼굴에 닿는 입술에 유민은 끙 앓는 소리를 냈다. 씨익, 입술을 올린 유민이 한쪽 눈만 뜬 채 재영의 양 뺨을 손으로 잡았다. 그리고 여전히 잠기운이 가득한 목소리로 말했다.

"행복은 한데, 좀 무겁다?"

"어? 어젠 깃털처럼 가볍다면서요?"

"내가 언제?"

"이 사람이 정말. 현관문에서 여기까지 안고 오면서 깃털처럼 가벼워 느껴지지도 않는다며!"

재영이 목소리 높여서 항의하자 유민은 순식간에 그녀를 침대에 눕힌 후 양팔 가운데 가뒀다.

"여기서 보니 우리 재영이 더 예쁘네?"

"……그걸 이제 알았대요?"

"아니, 진즉에 알고 있었지."

고개를 내려 재영의 입술에 부드럽게 입을 맞춘 그가 눈을 도록도록 굴리고 있는 재영과 시선을 마주하며 말했다.

"오늘 아침은 뭐야?"

"토스트요."

"토스트 좋지, 씻고 올게."

"네."

쪽, 다시 한 번 입을 맞춘 그가 욕실로 향하는 걸 보던 재영이 눈을 깜빡였다.

"이런 것도 행복하네."

그보다 조금 일찍 일어나 출근 준비를 돕고, 함께 밥을 먹고 출근하는 일상. 예전엔 미처 알지 못했던 소소한 행복 중 하나였다.

❖

소아과 중병동에서 나오던 재영이 미간을 찌푸렸다.

"도대체 어디 있는 거야?"

소아외과 민 선생에게 유민이 이곳에 있다는 이야기를 듣고 왔으나 별 수확은 없었다. 하루 종일 연락이 되지 않는 그가 걱정되어 미간을 찌푸리던 재영은 남자 목소리에 고개를 들었다.

"요즘 노 교수님 무슨 일 있는 것 같지?"

"심 선생님 때문인가?"

"에이, 요즘 사이 좋아 보이던데?"

오더리(남자 간호보조원)와 외과 이유리 선생이 이야기를 나누고 있었다. 성격이 활발한 그녀는 몇 번이고 소아과 중병동에서 수다를 떨다가 유민의 눈에 띄어 혼쭐이 나 놓고선 그 버릇을 고치지 못하고 연신 조잘조잘 이야기를 늘어놓고 있었다.

"그거 못 들었어?"

"뭐?"

"보호자 앞에서 무표정하게 설명하다가 보호자가 놀라서 눈물을 펑펑 흘렸대잖아. 본인 아이 잘못되는 줄 알고."

"진짜?"

"그래, 수술실 들어가는데 담당의 표정 안 좋으면 무슨 생각을 하겠어? 당연히 안 좋게 생각하겠지."

"요즘 무슨 일이시지?"

바로 오늘 아침 있었던 일을 발 빠르게 전하는 유리는 신이 난 표정이었다. 병원 내의 소문은 모두 그녀의 입에서 시작된다는 말이 있을 정도였다. 새로운 소식을 전하고 그 소식을 듣는 이의 놀란 표정을 보는 것이 그녀의 즐거운 일상 중 하나였다.

또 다른 소식을 전하려던 유리는 반대편 복도에서 걸어오는 유민의 모습에 입을 꾹 다물었다. 혹여 자신의 이야기가 거기까지 들렸나 싶어 두려운 얼굴이기도 했다.

"아, 노 교수님이다."

재영은 고개를 들어 앞에서 걸어오고 있는 유민을 보았다. 다른 때였으면 지나가는 사람들의 인사를 일일이 받아 줄 그였지만 무슨 생각에 잠겨 있는 것인지 어두운 표정이었다.

재영의 고개가 옆으로 기울었다. 깊은 고민에 잠겨 있는 그의 얼굴을 보던 재영이 빠르게 걸음을 옮겼다. 다른 생각에 빠져 멍하니 걸음을 옮기던 그는 재영의 모습을 미처 발견하지 못한 것인지 갑작스럽게 나타난 그녀의 모습을 놀란 눈으로 보았다. 재영은 냉랭하게 그를 보고 있었다.

"왜?"

"잠시 이야기 좀 해요."

유민의 팔목을 잡은 재영은 비상구 쪽으로 빠르게 걸음을 옮겼다. 문을 열고 안으로 들어간 재영은 비상구 안에 아무도 없다는 것을 알고 나서야 말을 꺼내 놓았다.

"당신, 요즘 무슨 일 있어요?"

"응? 아니, 왜?"

그렇게 되묻는 표정 또한 어두웠다. 재영이 미간을 찌푸리며 물었다.

"그런데 표정이 왜 그래요? 나한테 숨기는 것 있죠?"

"그럴 리가."

유민이 고개를 내젓자 재영은 뚱한 표정을 지으며 팔짱을 꼈다. 그냥 넘어가지 않겠다는 모습이었다. 그 모습을 한참이고 바라보던 유민이 뒤로 걸음을 물려 벽에 등을 기댔다. 그리고 그녀와 마찬가지로 팔짱을 꼈다.

"숨기는 것 있어."

"그런 것치고 아주 당당하군요. 무슨 일인데요? 나한테 말하기 힘든 일이에요?"

재영의 말에 유민은 가볍게 고개를 내저었다. 그녀에게 말하지 못할 이유는 없었다. 이미 모든 것이 결정이 된 문제이니까. 유민의 눈치를 보던 재영이 조심스러운 기색으로 물었다.

"아버지 때문이에요?"

"심 원장님?"

유민이 콧잔등을 찌푸리자 그녀는 자신의 예상이 맞았다는 불길한 예감에 천천히 고개를 끄덕이며 말을 이었다.

"네, 혹시 아버지가 유민 씨에게도……."

"아니야."

유민이 냉정하게 고개를 내저었다. 그리고 옅게 떨리는 재영의 어깨에 커다란 손을 올려 힘껏 쥐며 말했다.

"심 원장님은 나 어떻게 못 해, 알잖아."

유민을 세종대학병원으로 데리고 오기 위해 심 원장이 얼마나 많은 공을 들였는지 재영 또한 잘 알고 있었다. 다른 이들이 들으면 뒤로 넘어갈 정도로 어마어마한 페이를 받고, 대학 교수직은 물론이고, 앞으로 건립될 심장센터 센터장까지 맡길 것이라며 달콤한 제안을 했다는 것도.

하지만 심 원장이 어떠한 인물인지 잘 알고 있는 재영이었기에 걱정스레 입술을 뗐다.

"그래도……."

"존. F. 케네디 병원에서 연락이 왔어."

"예……?"

전혀 예상하지 못했던 문제인 듯 재영이 눈을 동그랗게 떴다. 그러자 유민이 어설프게 웃으며 고개를 끄덕인다.

"그래, 돌아오라고."

"역시나……."

그가 예전에 근무했던 병원 이름을 듣자마자 예상한 듯 재영이 고개를 끄덕인다. 세계 최고의 병원에서 다시 그를 찾는다는 이야기를 듣자 눈앞의 남자가 아주 대단해 보이면서도 혹여 그가 다시 뉴욕으로 떠나고 싶은 것은 아닐까, 걱정이 되었다. 재영의 표정이 어두워지자 그가 그녀를 품 안으로 끌어당기며 말했다.

"돌아갈 마음 없어. 그러니까 그런 표정 하지 마."

"진짜요?"

"그래, 가도 너랑 같이 가지, 혼자선 절대 안 떠나. 내가 있어야 할 곳은 네 옆이니까."

재영의 정수리 위에 코를 묻은 유민이 숨을 크게 들이마셨다. 온몸의 혈관을 타고 그녀의 체향이 번져 가는 것을 느낀다. 자신의 허리를 꼭 끌어안고 있는 재영의 손길을 느낀 유민이 입가에 잔잔한 미소를 내걸며 말했다.

"오늘 저녁에 뭐할까? 맛있는 거 먹으러 갈까?"

"맛있는 거 뭐요?"

"음…… 우리 재영이가 해 준 밥?"

"……좋아요. 반찬 하나라도 더 먹고 싶으면 전화 제때 받고요."

뚱한 목소리에 유민이 키득키득 작게 웃음을 내뱉더니 고개를 끄덕였다.

"미안, 걱정시켜서."

"아닙니다. 노유민 씨."

유민의 품에서 빠져나온 재영이 뚱하게 말했다. 삐친 기색이 역력한 모습에 유민이 눈을 동그랗게 뜨며 물었다.

"어어? 멀어 보이게 왜 이래?"

"이거 왜 이래요, 노유민 씨? 흥!"

고개를 팩 돌린 재영이 먼저 비상구를 빠져나가자 유민이 재빨리 그 뒤를 따랐다.

✢

삐익, 삐익, 삐익.

반복적으로 들려오는 기계음은 자장가 소리처럼 평온하다. 그 소리가 매일 생과 사를 오고 가는 ICU의 환자들에겐 살아 있다는 신호이기도 하기 때문이다.

천천히 걸음을 옮겨 익숙한 침대맡에 선 재영은 오늘도 두 눈을 감은 채 잠들어 있는 다영을 보았다. 아이는 벌써 두 달째 잠에서 깨어나지 않고 있었다.

삐익- 삐익-

아이의 생명지표는 전체적으로 떨어져 있었다. 아이의 모습을 가만히 바라보던 재영의 입에서 한숨이 터져 나왔다. 몸을 만질 수 없을 정도로 빼곡하게 기계가 연결되어 있는 아이는 예전처럼 더 이상 편히 잠들어 있지 않았다. 꿈을 꾸는 와중에도 괴로움에 얼굴을 찌푸리고 있었다.

인공적으로 연결해 놓은 인공호흡기는 환자에게 괴로움을 주는 것 중 하나일 뿐, 아이의 몸을 갉아먹고 있는 화마(火魔)는 고통이 인에 박혀 버렸을 것이다.

손가락으로 아이의 작은 손을 만진 재영이 눈을 감았다.

"일어났으면 좋겠어, 네가."

그녀의 말에도 다영은 답이 없다. 그럴 수밖에. 하지만 재영은 미소 띤 얼굴로 다시 한 번 말을 내뱉었다.

"현실이 아무리 끔찍하더라도 꿈은 허상밖에 되지 않거든. 널 지켜 줄 사람이 지금은 아주 많아. 그러니까 일어나도 다 괜찮을 거야."

재영은 진심을 다해 말해 주었다. 다른 이들이 내뱉는 말과는 달랐다. 꿈이 주는 허무함을 그녀는 몸소 경험해 알고 있었으니까.

한참 재영이 다영을 보고 있을 때였다. 소리 소문 없이 뒤에서 나타난 사람이 그녀의 어깨를 부드럽게 감싸 쥔다. 커다랗고 차가운 손, 그녀가 알고 있는 손길이었다.

"요즘 매일 와 본다며?"

"네."

짧게 답한 재영은 그의 손등 위에 제 손을 겹치며 말했다.

"다영인 왜 그렇게 신경이 쓰이는지 모르겠어요."

위중한 환자는 다영이 말고도 많았다. 이 또래의 생사를 오고 가는 환자들은 이곳 중환자실을 포함해 소아중환자실에도 있었고, 각 병실에도 수술을 기다리고 있는 아이들이 있었다.

그런데 왜 유독 다영이에겐 더욱 신경이 쓰이는 것일까. 이 아이가 병원에 처음 찾았을 때 자신이 응급처치를 했다는 것만으로는 설명하기가 힘들었다. 아마도…… 이 아이가 겪고 있는 상황들 때문이 아닐까.

다영의 친모는 현재 재판을 앞두고 있었다. 다영이가 살아 있기에 그리 큰 벌을 받지 않을 거라는 이야기를 연신 신문에서 떠들어 대고 있었고, 친부는 며칠 전부터 이상하게 병원을 찾아오지 않았다. 아마 그 남자가 해 왔던 행동들을 본다면 어디선가에서 또 술을 마시고 있을지도 모른다. 불쌍한 아이였기 때문에, 어른들이 지켜 줘야 할 아이이기 때문에.

"이 아이를 보면서 매번 느껴요. 내 능력이 한없이 작다는 것을."

어쩌면 의사라는 직업도 아버지 때문에 결정하게 된 것은 아닐까, 요즘 들어 계속 드는 의문이었다. 열심히 공부한 것도, 아버지가 원하는 세종대학병원에 들어간 것도 모두. 아버지의 뜻에 따른 것들이었다.

하지만 병원 생활에 불만 없이 최선을 다해 왔다. 천직이 아닐까, 라는 생각을 했던 적도 있었다. 남들은 다 힘들어 나가떨어지는 인턴, 레지던트 생활도 무난하게 보냈었다. 그런데 뒤늦게 사춘기라도 온 것일까. 그녀는 외상센터로 간 후 계속해 자신의 실력에 대해 의문을 가지고 있었다.

난 의사가 되지 말았어야 하지 않았을까.

자신의 앞에서 죽어 가는 환자들을 볼 때마다 자신이 아닌 다른 누군가라면 이들을 살려 주지 않았을까, 라는 죄책감에 시달리기도 했다.

재영이 우울한 얼굴로 다영을 내려다보자 유민은 그녀의 어깨를 천천히 다독여 주며 말했다.

"나도 그래."

"네?"

"나도 그런 생각 한다고."

그의 말에 재영이 눈을 동그랗게 떴다.

"유민 씨도요? 설마요."

"환자 앞에서 완벽한 의사는 없어."

유민이 딱 잘라 말했다. 그러자 재영이 고개를 천천히 끄덕인다. 천재라는 소리를 듣고 소아심장 분야에선 따를 자가 없다는 소릴 듣는 그임에도 불구하고 부족하다 느낀다 말하니, 그가 너무 겸손하다고 생각이 들면서도 한편으론 모든 의사들이 자신과 같은 생각을 하고 있다는 생각도 들었다.

"깨어날 수 있겠죠?"

"최선을 다해야지."

확신을 주지 못하는 답에 재영이 고개를 끄덕였다. 그들이 할 수 있는 일은 정말 최선을 다하는 것밖엔 없었다.

"퇴근할까?"

오랜만에 재영에게서 저녁을 얻어먹을 수 있게 된 유민은 손목시계를 확인한 후 퇴근 시간이 넘어 있자 물었다. 그러자 재영이 천천히 고개를 끄덕인다. 두 사람이 ICU를 빠져나와 어깨를 나란히 한 채 복도를 걸었다.

"뭐 먹고 싶어요?"

"음, 된장찌개? 당신, 된장찌개 참 잘 끓였던 것 같은데."

"그게요? 설마요."

눈을 동그랗게 뜬 재영이 믿기지 않는다는 듯 물었다. 고개를 내젓는 모습이 그의 말을 립 서비스라고 확신하는 듯 보였다.

"왜 이래? 맛있었다니까."

자신의 말을 믿지 않자 유민이 미간을 세웠다. 그의 표정에서 거짓을 발견하지 못한 재영이 뺨을 핑크빛으로 물들인 뒤 상체를 낮췄다. 비밀스러운 이야기를 하듯 자신에게 몸을 가까이하는 그녀의 모습에 유민도 고개를 숙이며 귀를 세웠다. 그러자 재영이 속닥속닥 말했다.

"다 조미료 맛이에요. 요즘 조미료가 참 잘 나오거든요."

"뭐?"

"완전 속았네요, 당신."

혀를 쏙 내민 재영이 빠르게 걸음을 옮겨 먼저 앞서 걸어 나갔을 때였다. 유민이 막 그녀의 이름을 부르려던 그 순간,

-코드 블루- 코드 블루- ICU 코드 블루-

천장에 달려 있는 스피커에서 고저 없는 목소리가 들려왔다. 재영과 유민의 걸음이 일순간 딱 멈추고, 두 사람이 서로의 얼굴을 바라보았다.

"아……."

재영의 눈이 커다랗게 변했다. 하지만 뭐라고 말하기도 전에 그가 뒤돌아 ICU로 내달리자 재영 또한 뒤따라 달렸다.

탁탁탁탁!

복도 위로 바쁜 걸음 소리만이 가득 울린다.

❖

삐이이이이이이-

위험하리만치 날카로운 소리가 들린다. 바이탈 숫자는 점차 낮아졌고 어느새 0을 향해 있었다. 퍼스트 자리에 서 있던 재영의 시선이 다영에게서 유민에게로 향했다. 마스크를 아래로 내리며 깊은 한숨을 내뱉는 그의 모습에 재영이 손을 뻗어 그의 손을 움켜쥐었다.

"안 죽었어요."

"재영아……."

"빠, 빨리 살려……."

유민이 고개를 내저었다. 이미 심장이 멎은 지 10분이 지났다. 중환자실에서 제세동기로 겨우 심장을 뛰게 만든 아이를 수술실로 겨우 데

리고 왔으나 수술 도중 두 번의 어레스트(arrest)로 이미 아이의 심장은 제 기능을 멈춘 지 오래였다.

유민은 눈물을 뚝뚝 흘리는 재영을 보며 한숨을 내뱉었다. 그러곤 벽에 걸린 시계를 확인하더니 곁에서 어쩔 줄 몰라 하는 스크럽 간호사를 보며 말했다.

"7월 9일 오전 2시 01분, 이다영 사망."

"유민 씨!"

"심 선생."

다영의 얼굴을 보며 눈물을 펑펑 쏟는 재영의 모습에 유민이 거칠게 마스크를 내렸다. 테이블 데스는 그에게도 끔찍한 일이었다. 환자의 생명을 오롯이 책임져야 하는 서전이었다. 오랫동안 의사로 살아왔던 그로서도 이 순간은 익숙해지지 않는다.

"정신 차려, 수술방에 들어왔을 땐 이미 손쓸 수 없는 상태였어. 너도 알잖아."

"……."

아무 말 없이 다영을 보던 재영이 고개를 들어 유민의 눈동자와 마주했다. 고글 너머로 보이는 눈매는 매서웠다. 지금 자신보다 더욱 가슴 아플 사람이 그인 것을 알면서도 재영은 누군가가 자신의 심장을 움켜쥐고 비트는 것 같은 끔찍한 슬픔에 몸을 떨었다.

"알아요, 나도 안다고요……."

재영이 몸을 비틀자 한숨을 내뱉은 유민이 뒤에서 어쩔 줄 몰라 하며 발을 동동 굴리고 있는 유리를 보았다. 새벽에 갑작스런 수술로 인해 오합지졸로 모인 수술팀은 환자의 생명을 지켜 내지 못했다. 어쩜 수술에 들어간 것 또한 기적이었을지도 모른다. 유민은 새하얗게 질린 얼굴로 서 있는 유리를 보며 말했다.

"마무리 잘 부탁드립니다."

"네, 교수님."

유리에게 뒷일을 맡긴 유민은 재영의 손을 이끌고 수술실을 벗어났다. 그리고 곧장 연결되어 있는 샤워실 쪽으로 향한 그는 의자에 재영을 앉히고 난 뒤 한쪽 무릎을 굽히고 앉았다. 바닥을 바라보고 있는 재영은 울고 있었다. 온몸의 수분을 밖으로 다 뿜어내고 나서야 눈물을 그칠 것처럼.

유독 다영이 신경 쓰인다던 재영. 그녀가 왜 그러한 말을 했는지 유민도 이해하고 있었다. 다영은 가정폭력 속에서 다쳐 간 아이였고, 재영도 어릴 적 방임이란 가정폭력을 당했다. 그래서 그 작은 아이가 더 안쓰러워 보이고, 환자와 의사가 아닌 사적인 관계처럼 느꼈을지도 모른다.

"심재영, 나 봐."

"……"

"나 봐."

유민의 부름에 재영은 힘없이 고개를 들었다. 눈물로 얼룩진 재영의 모습에 유민이 입술을 느른하게 늘리며 말했다.

"가슴 아픈 것 알아. 하지만…… 우리가 할 수 있는 건 여기까지였어."

"……"

"너무 죄책감 가지지 마. 그건 내가 할 테니까."

툭툭, 재영의 어깨를 두드려 준 유민이 자리에서 일어나 샤워실을 벗어났다. 달각, 조용히 문이 닫히는 소리에 한참이고 그가 사라진 자리를 보던 재영은 멈췄던 눈물을 후두둑 쏟아 냈다.

"억장이 무너져요."

그 작은 아이가 당했을 일을 생각하니까, 그런 아이가 아파만 하다가 갔다고 생각하니까.

"마음이 너무 아파요."

아프지 않게 만들어 주겠다는 약속은 결국, 죽음으로 지키게 되었다.

2화
그늘, 늘

"내 딸 살려 내!"

남자의 고함 소리에 로비에 있던 사람들의 시선이 일제히 그에게 모여들었다. 허름한 옷차림과 가까이 다가갈수록 코를 찌르는 알코올 냄새에 사람들이 인상을 찌푸리며 남자를 보았다. 하지만 그는 더욱 목소리를 높이며 자신의 양팔을 붙잡는 사람들의 팔을 떨쳐 내며 자리에 털썩 주저앉았다.

"내 딸 살려 내기 전까진 한 발자국도 못 움직여!"

"아이, 참. 여기서 이러시면 안 된다니까요?"

"내 딸 살려 내라고!"

왁왁 소리를 지르는 남자의 모습에 홍보실 김 대리의 얼굴이 찌푸려졌다. 안하무인인 남자는 무슨 말을 해도 꼼짝도 하지 않았다.

"내 딸 수술한 의사 당장 불러! 내 딸 죽인 살인마 당장 부르라고!"

"선생님, 일단 올라가서 이야기하시죠?"

"일단이고 이단이고 뭐시기고! 불러! 불러서 내 앞에서 사과하라고 해!"

사람들의 시선이 자신에게 닿을수록 남자의 언성은 더욱 높아져만 갔다. 김 대리의 얼굴이 와작 찌푸려졌다. 남자의 이야기를 들은 사람들이 동요를 보이고 있었다. 이러다 이야기가 병원 밖으로 새어 나가게 되면 병원 이미지에 크나큰 타격이 올 것을 알기에 그가 한쪽 무릎을 굽혀 남자에게 말했다.

　"위로 올라가시면 보호자분의 이야기를 차분히 들어 드리겠습니다."

　"차분……하게?"

　남자의 눈이 반짝였다. 그가 원하는 것이 이제야 무엇인지 감이 잡힌 듯 김 대리가 한숨을 집어삼켰다. 방금 전까지만 해도 딸을 잃고 세상을 원망하며 울부짖던 아비는 모두 거짓이었다. 그래, 차라리 돈으로 입을 막을 수 있다면 그것이 더 편하겠지. 애써 표정을 가다듬은 김 대리가 고개를 끄덕였다.

　"네."

　주위의 눈치도 보지 않은 채 남자가 자리에서 발딱 일어났다. 엉덩이를 탈탈 턴 그는 엉덩이에 시린 기운이 사라지지 않자 미간을 찡그리더니 툭 내뱉었다.

　"진즉에 그럴 것이지. 앞장 서슈!"

　현관문 앞에서 어쩔 줄 몰라 이리저리 정처 없이 걸음을 옮기던 유민이 깊은 한숨을 내뱉었다.

　만약 어제 왔다면 그녀를 만나기가 더욱 쉬웠을까? 하지만 어제는 다영이의 테이블 데스로 인해 모탈리티 컨퍼런스(Mortality Conference: 사망 환자의 케이스를 두고 하는 컨퍼런스)에서 수술과 치료 과정은 문제가 없었다는 것을 증명해야 했고, 보호자 가족을 만나 설득하느라 몸이 두 개라도 모자랐다. 만약 일이 그것뿐이었다면 당장에라도 달려왔겠지만 수술까지 있었기에 병원에 잡혀 있어야 했다.

후, 한숨을 내뱉은 유민이 긴장한 기색을 가다듬으며 현관문을 보았다. 마냥 망설이고 있을 수만은 없었다. 힘겹게 손을 내민 유민이 손가락 끝에 힘을 주어 초인종을 눌렀다. 하지만 답이 없었다.

딩동—

또다시 힘주어 초인종을 누른 유민이 다시 한 번 한숨을 내뱉을 때였다. 문이 열리는 소리가 들리더니 곧 지친 기색이 역력한 재영이 모습을 드러냈다. 창백한 재영의 얼굴을 보자 그 어떠한 말도 나오지 않았다. 그녀는 아파 보였다.

"괜찮아? 어젠…… 미안했어."

유민은 힘겹게 말을 꺼냈다. 어떠한 말로도 지금의 그녀를 위로할 수 없다는 사실을 알면서도 유민은 그녀에게 말을 꺼냈고, 위로하려 애썼다. 환자로 힘들어하는 의사는 많다. 특히 환자의 생명과 직결되는 과에 있는 서전일수록 그 슬픔은 더하다.

보통은 햇병아리 시절, 그 열병을 앓는다지만 재영에겐 그 열병이 뒤늦게 찾아왔다. 병원 생활을 오래한 사람에게 뒤늦게 찾아온 열병은 회의감마저 들게 한다.

재영은 입가에 희미한 웃음을 지어 보이며 말했다.

"당신이 왜 미안해요? 미안해할 이유, 전혀 없어요."

고개를 내저은 재영이 옆으로 공간을 내어 주자 유민은 그녀의 작은 어깨를 감싸 안고 집 안으로 걸음을 옮겼다. 집은 늘 그랬던 것처럼 말끔하게 정리가 되어 있는 모습이었지만 어딘가 모르게 조금씩 흐트러져 있었다. 아마 지금 그녀의 마음처럼.

"자는 중이었어?"

조금 흐트러진 침대 시트를 본 유민이 물었다. 그러자 재영은 침대맡에 앉으며 작게 고개를 내저었다.

"요즘은…… 잠을 못 자겠어요."

"……."

"잠이 안 와……."

스트레스에 잠식당한 재영은 피곤한 눈을 끔뻑이며 말했다. 그러자 유민은 재영의 앞에 한쪽 무릎을 꿇고 앉은 채 그녀를 올려다보았다. 재영의 맑은 얼굴을 보던 유민이 입가에 희미한 웃음을 머금었다.

"가까운 데 여행이라도 다녀올까? 아니면 드라이브?"

재영이 고개를 저었다. 지금은 무엇도 하고 싶지 않았다. 온몸에 힘이 쪽 빠진 기분이었다.

"나 괜찮아요. 그냥 조금 지쳤나 봐요."

"그럴 때마다 더 빨리 털어 내야 해. 아니면 병원 생활을 계속 하기 힘드니까."

그도 처음으로 테이블 데스가 났을 때, 익스파이어가 났을 때, 재영과 같은 마음이었다. 이 시간이 힘들다는 것을 알지만 그는 재영의 마지막 미소를 보며 곧 그녀가 이 모든 것을 훌훌 털어 낼 수 있을 것이라 생각했다.

"고마워요."

❖

차트를 확인하며 빠르게 걸음을 옮기던 재영은 귓가를 날카롭게 파고드는 이름에 걸음을 우뚝 멈췄다.

"그거 들었어? 다영이 아버지."

"아아, 그 술주정꾼? 로비에서 매일 시위한다며?"

재영의 고개가 옆으로 돌아갔다. 보호자가 매일 병원에서 시위를 하고 있다는 사실은 그녀 또한 알고 있는 것이었으나 곧이어 들려온 이야기는 처음 듣는 것이었기 때문이다.

"홍보실에서 막긴 했다던데? 장례는 치르겠다고."

"진짜? 요지부동일 것 같더니?"

"뭐, 뻔하지."

어깨를 으쓱이며 이야기를 나누는 두 사람을 보던 재영은 맞은편에서 걸어오는 건형의 모습에 서둘러 걸음을 옮겼다. 흰 가운이 허공에서 휘날릴 정도로 다급한 걸음이었다.

"선배, 내가 그렇게 반가워요?"

"한가하냐?"

"한가할 것 같아요?"

"아니, 넌 지금 한가해야 해."

재영이 들고 있던 차트를 건형의 품에 안겼다. 그의 얼굴이 종잇장처럼 일그러졌다.

"201호 강나영, 408호 김순복 환자 좀 부탁하자."

"선배!"

빠르게 말을 내뱉은 재영이 건형의 답도 듣지 않은 채 비상구가 있는 쪽으로 빠르게 달려갔다. 가운을 휘날리며 달려가는 재영의 뒷모습을 보던 건형은 또각또각, 빠르게 달리는 하이힐 굽 소리에 머리가 아픈 것인지 미간을 와작 찌푸렸다. 손가락으로 관자놀이를 꾹꾹 누른 건형이 숨을 왈칵 쏟아 냈다.

"선배 잘못 둔 내 죄지."

툴툴 불만을 내뱉은 건형이 터덜터덜 걸음을 옮겼다.

"하늘같은 선배님 말씀을 어찌 거역할 수 있겠소."

하지만 그의 입술은 연신 조잘조잘 움직였다.

비상구로 빠르게 1층으로 내려온 재영은 본관 건물 왼쪽에 위치한 장례식장으로 향했다. 병원과는 사뭇 다른 분위기에 재영은 가운을 벗고 호흡을 가다듬었다. 자신의 옷을 살펴본 그녀는 어두운 색감에 다행이라는 듯 안도의 한숨을 내뱉은 뒤 건물 안으로 걸음을 옮겼다.

의료서비스뿐만 아니라 장례 부분에서도 대한민국에서 최고로 손꼽히는 대한세종대학병원이었다. 어떤 날은 자리가 없어 병원에서 사망한 환자라 하더라도 다른 장례식장으로 가야할 정도로 최고급 시설을 자랑하는 곳이었기에 혹여 다영의 장례가 다른 곳에서 치러지는 것은 아닐까 걱정이 되었다.

하지만 다행히도 전광판엔 다영의 이름과 친부의 이름이 선명하게 적혀 있었다. 빠르게 걸음을 옮겨 3층으로 올라간 재영은 텅 빈 장례식장 안을 빠르게 눈으로 훑었다.

아이의 생이 짧아서일까. 향은 단 두 개만 피워져 있을 뿐이고, 손님이 바글바글한 옆 호실과는 달리 다영을 찾는 이는 하나도 없었다. 친부의 모습조차 보이지 않는 시려운 그 공간을 보며 재영이 더듬더듬 걸음을 옮겼다. 신발을 벗고 다영의 앞에 선 재영은 가운을 아래에 내려놓은 후 다영의 사진을 보았다. 사진 속 다영은 너무나 해맑게 웃고 있었다. 아이의 짧은 생이 더욱 안타깝게 느껴질 정도로.

한참 사진을 보던 재영이 향을 피운 후 절을 올리려고 할 때였다. 뒤에서 인기척이 느껴져 고개를 돌려보니 손에 검은 봉지를 든 남자가 서있었다.

"너 뭐야?"

남자가 날카롭게 쏘아붙였다. 허름한 차림에 소주병이 비쭉 나와 있는 봉지를 들고 있는 저 남자가 누구인지 재영 또한 잘 알고 있었다. 재영은 몸을 돌려 허리를 굽혀 남자에게 인사했다.

　"안녕하세요, 다영이 아버님."

　깍듯한 인사에 남자가 미간을 좁혀 재영의 모습을 똑바로 살폈다. 목에 걸려 있는 직원증과 옆에 놓여 있는 하얀 가운에 그제야 남자가 알겠다는 듯 손에 들고 있던 봉지를 옆으로 휙 던져 버렸다.

　와장창! 소주병이 깨지는 소리에 재영이 눈을 동그랗게 떴다. 하지만 남자는 전혀 개의치 않은 채 성큼성큼 걸어와 재영의 멱살을 쥐며 버럭 외쳤다.

　"오호라, 네년이구만?"

　"네, 네? 이것 좀 놓으시고……."

　"놓긴 뭘 놔!"

　번들거리는 눈동자로 외친 남자가 손을 번쩍 들어 올렸다. 재영이 악소리를 낼 새도 없이 두꺼운 손이 재영의 뺨을 거칠게 내려쳤다. 짝, 장례식장을 쩌렁쩌렁하게 울리는 날카로운 소리에 재영의 눈빛에서 혼이 빠져나간다.

　"아……."

　옆으로 거칠게 돌아간 뺨에 손을 얹은 재영이 짧게 신음을 내뱉었다. 자신이 무슨 일을 당했는지도 모르는 표정이었다.

　"네가 죽인 거지? 그래, 네가 죽인 거야!"

　남자의 악다구니에도 재영은 아무런 말도 하지 못한 채 멍하니 눈만 끔뻑이고 있었다.

　내가 죽인 건가?

　그렇게 생각하던 재영이 시선을 내리깔았다.

아니, 내가 죽인 것은 아니었다.

하지만 아이를 살리지 못한 것은 맞다.

그녀는 다영과 약속을 했었다. 아프지 않게 해 주기로…….

하지만 정작 자신이 한 것은 무엇인가…….

아무것도 없었다.

❖

흰 가운을 입고 목에 직원증을 걸 때면 그는 사뭇 다른 마음가짐이 되곤 한다. 의사가 되고 아주 많은 환자를 보았지만 아침에 빳빳하게 다려진 흰 가운을 입을 때면 초심으로 돌아가게 된다. 그리고 오전 회진을 돌기 전, 눈을 감고 마인드 컨트롤을 하며 오늘도 부디 실수 없이, 진정으로 환자를 마주할 수 있도록 빌었다.

미리 와 있던 우편물을 확인하던 유민은 노크 소리와 함께 문이 열리자 시선을 들었다. 민 선생인가 싶어 보던 유민의 얼굴이 굳어졌다. 찾아온 이는 전혀 예상 밖의 인물이었다.

"김 비서님?"

유민이 어정쩡하게 자리에서 일어섰다. 심 원장을 보좌하고 있는 그가 직접 자신을 만나러 온 것이다. 허리를 숙여 인사를 건넨 그는 고저 없는 목소리로 말했다.

"원장님께서 뵙자고 하십니다."

"곧 회진 시간입니다."

"거절하실 줄 아시고 절 보내신 겁니다. 잠시면 된다고 하십니다."

그가 직접 원장실로 향하는 것을 봐야 하겠다는 듯 김 비서가 곧은 표정으로 유민을 보았다. 한숨을 내뱉은 유민은 손목시계를 확인했다.

회진까진 20분 정도의 시간만이 남아 있었다.

"좋습니다. 올라갑시다."

"징계는 피할 수 없게 됐네."

자리에 앉자마자 심 원장이 한 말은 그것이었다. 굳은 얼굴로 그를 보던 유민의 입에서 웃음이 터져 나왔다. 다영이의 죽음과 재영을 묶어 일을 처리하려는 심 원장의 모습에 헛웃음이 지어졌다. 짧게 웃음을 내뱉은 유민은 느른한 표정으로 소파에 등을 편히 기댄 채 심 원장을 보았다.

"왜 재영이가 이 문제를 책임지고 징계를 받아야 합니까."

"이걸로 우리 병원 이미지가 큰 타격을 입었네!"

매일 로비에서 항의를 하던 남자의 모습이 결국 매스컴을 탄 모양이었다.

"병원은 걱정이 되고, 딸은 걱정이 안 되십니까?"

"의료분쟁으로 번질 수 있어!"

"처치도, 수술에도 문제가 없었습니다. 그걸 가장 잘 아시는 분은 원장님이라 생각이 듭니다."

"……."

꿀 먹은 벙어리가 된 심 원장은 입을 꾹 다문 채 유민을 노려보았다. 수술 동의서까지 모두 받아 놓은 상태였고, 병원에 도착했을 당시부터 사망까지 처치는 완벽했다. 만약 이 문제에 있어 책임을 져야 할 사람이 있다면 수술을 했던 자신이었다. 유민은 이를 간과하지 않았다.

"수술을 한 건 접니다. 테이블 데스는 제 수술에서 났습니다. 징계를 하려면 저도 하십시오."

"뭐, 뭐야?"

"징계는 사표로 받아 주시면 감사하겠습니다."

자리에서 일어난 유민은 뒤에서 소리쳐 자신을 부르는 목소리가 들렸음에도 불구하고 걸음을 멈추지 않았다.

쾅!

문을 닫고 밖으로 나온 유민이 빠르게 걸음을 옮겼다. 속에서 부글부글 분노가 끓었다. 화가 머리끝까지 치닫는다. 가운 주머니에서 휴대전화를 꺼낸 유민은 익숙한 전화번호를 눌렀다.

뚜루루– 뚜루루루–

몇 번이고 통화음이 흘렀으나 재영은 전화를 받지 않았다. 빠르게 걸음을 옮긴 유민이 외상센터 쪽으로 걸음을 옮겼다.

"심 선생님 어디 있습니까?"

하루 종일 연락이 되지 않는 재영이 걱정돼 결국 외상센터까지 걸음을 한 유민은 지나가던 간호사를 붙잡고 물었다. 외상센터는 갑자기 몰려든 환자로 인해 정신이 없는 듯했다. 여기저기서 신음을 내뱉는 환자들의 곁에 의료진이 붙어 조치를 취하고 있었으나 구급대가 또 한 명의 환자를 이송하며 소리치고 있었다.

"낙상 환자입니다!"

그 소리에 간호사 하나가 달려가는 모습이 보였다. 외상센터는 늘 전쟁터를 방불케 한다.

정신없이 돌아가는 모습을 보던 유민의 눈빛이 어두워졌다. 재영은 이곳에 있길 원했다. 가장 최전방에서 죽어 가는 환자들을 최대한 빨리 보길 원했고, 길에서 죽어 가는 환자들이 적길 바랐다. 그녀의 마음을 이해는 하고 있으나 그는 재영이 언제까지 이곳에서 버틸 수 있을지 장담하지 못했다. 그녀의 마음이 그녀의 상황이 녹록지 못했으니까.

살갗이 드러난 환자에게 드레싱을 해 주던 미영은 응급실 한구석에 있는 긴급 수술실을 힐끗 곁눈질했다. 흰 가운을 입은 사람들이 잔뜩 모여 있는 것이 보였다.

"아, 노 교수님 안녕하세요? 심 선생님 지금 응급 수술실에 계신 것 아니에요?"

"감사합니다."

고갯짓한 유민은 곧장 걸음을 옮겨 한구석에 있는 간이 수술실로 향했다. 요즘 위태로웠던 재영이 계속 마음에서 떠나질 않았다.

아무리 바쁘더라도 점심시간이 있은 후엔 비상구에서 몰래 커피 한 잔을 나누곤 했던 두 사람이었다. 하지만 오늘 재영은 연락 한 통 없이 나오지 않았고, 이에 가슴속에서 피어난 불안 한 자락이 그의 심장을 옥죄고 있었다. 그녀가 자신이 모르는 곳에서 또다시 홀로 아파하고 있는 것은 아닐까 걱정이 되었다. 그녀의 모습을 눈으로 꼭 확인을 해야 조금 안심이 될 것 같았다.

간이 수술실로 향하자 힘없이 늘어진 산모가 수술대 위에 누워 있었다. 몸을 바르작바르작 떠는 산모의 하체는 피와 양수로 푹 절어 있었다. 의료진들의 행동이 기민하고 다급해졌다. 세 명의 의료진 중 건형이 날카로운 시선으로 사람들을 제압하며 빠르게 이야기를 하고 있는 것이 보였다.

"보호자 왔습니까?"

"네! 지금 밖에서 대기 중이십니다."

"퍼미션(Permission:수술을 할 때 환자의 동의를 얻는 것) 받고, Hx(history:병력) 들으세요."

"네!"

응급의학과 레지던트 3년 차가 고개를 끄덕인 후 곧바로 수술실을 빠져나왔다. 재빨리 보호자에게 달려간 그가 보호자에게 설명을 하고 있는 모습이 보였다. 곧바로 수술실로 올려야 한다는 의료진의 말에 창백한 얼굴을 연신 끄덕이는 보호자의 모습이 보였다.

고개를 돌리자 건형은 어느새 이번에 외상센터 인턴으로 온 풋내기에게 빠르게 지시를 내리고 있는 것이 보였다.

"Gy(산부인과) 연락하세요. AF(Amniotic fluid:양수) 터졌고, FHS(Fetal Heart Sound:태아심장소리) 들리지 않습니다. IUFD(Intrauterine Fetal Death:자궁 내 태아 사망)일 수도 있으니 검사 진행하고 바로 수술방으로 올려야 합니다."

"네, 알겠습니다!"

긴장한 얼굴로 듣던 남자가 빠르게 걸음을 옮기는 모습이 보였다. 간이 수술실에 재영은 없던. 수술실 안을 보던 유민은 건형과 눈이 마주치자 고갯짓했다. 그사이에도 산모는 비명을 내지르며 배 속의 아이를 어떻게든 지키려 발버둥을 치고 있었다.

"아, 안 돼, 안 돼에. 서, 선생님, 선생님, 우리 아이 좀…… 아이 좀 살려……."

연신 허공에 팔을 허우적거리던 산모가 건형을 향해 애타는 시선을 보냈다. 몸을 돌려 수술실을 벗어나던 유민의 옆으로 의료진들이 내달려 간다.

늘 환자의 곁에 있던 재영이었다. 하지만 이곳에 없었다. 불안이 전신을 엄습했다.

빠르게 걸음을 옮긴 유민은 병원을 이 잡듯이 헤집고 다녔다. 하지만 규모 면에서도 대한민국에서 세 손가락 안에 꼽히는 곳이었기에 샅샅이 뒤지는 것도 힘든 일이었다.

결국 가장 왼쪽에 위치한 정신병동까지 오게 된 유민이 머리카락을 쓸어 올렸다. 그리고 재영이 지금 어디 숨어 있을까, 자리에서 빙그르르 돌며 건물들을 훑어보던 그의 걸음이 어느 순간 빨라졌다.

로비를 가로지르고 비상구 쪽으로 향한 그는 거칠게 문을 열고 안으로 들어선 후 빠르게 계단을 오르기 시작했다.

탁탁탁!

빠르게 계단을 올라간 유민은 단 한 순간도 멈추지 않은 채 비상구 제일 꼭대기까지 올라갔다. 그러자 어둠 속에서 몸을 동그랗게 말고 있는 인영이 보였다. 그의 걸음을 멈췄다.

숨을 거칠게 뱉어 낸 유민이 혀로 입술을 축였다. 재영의 모습을 보자 입 안이 더욱 바짝 탔다. 유민은 자신의 인기척에도 움직임이 없는 재영의 모습에 천천히 걸음을 옮긴 후 한쪽 무릎을 굽혀 자리에 앉았다. 재영의 무릎 위에 손을 얹은 유민이 한숨처럼 말했다.

"여기서 뭐해?"

"……."

애잔한 목소리에도 재영은 반응이 없었다. 손바닥을 펴 재영의 무릎을 툭툭 두드린 유민이 부드럽게 미소 지으며 말했다.

"너무 꼭꼭 숨어서 찾느라 힘들었잖아."

천천히 고개를 든 재영의 모습에 유민의 얼굴이 얼음장처럼 굳었다. 애처로운 눈빛에 그의 심장이 한 번 왈칵 내려앉았고, 부어 있는 왼쪽 뺨에 두 번 내려앉는다. 놀란 유민이 손을 들어 그녀의 뺨을 감싸 쥐었다. 그의 얼굴이 일그러졌다.

"왜 이래?"

그의 물음에 재영의 고개가 옆으로 휙 돌아갔다. 더 이상 묻지 말아 달라는 무언의 종용이었다. 하지만 누가 보아도 얻어맞은 듯 손바닥 자국이 선명한 상흔에 유민은 쉬이 넘어갈 수가 없었다. 그녀가 원치 않더라도 알아야 했다.

재영의 턱을 조심스럽게 잡아 옆으로 돌린 그는 손가락 끝으로 빨갛게 부풀어 오른 뺨을 어루만졌다. 손가락 끝에 뜨거운 기운이 닿는다.

"안 아파? 찜질해야겠다."

"괜찮아요, 나."

"전혀 괜찮지 않으면서."

손바닥을 펴 재영의 뺨을 조심스럽게 어루만진 유민은 애처로운 눈으로 그녀를 보기만 했다. 그가 해 줄 수 있는 것은 많지 않았다. 안타까운 눈으로 재영을 보던 유민이 손을 올려 머리카락을 흐트려 놓았다. 공중에서 나부끼는 머리카락이 연신 뺨을 간질이자 그녀의 눈이 스르르 감겼다. 얼굴이 사정없이 일그러졌다.

"보호자가 화를 내는 것도 당연해."

재영의 말에 유민의 손길이 허공에서 멈췄다.

"……생떼 같은 자식을 그냥 보냈는데, 화가 안 나면 부모가 아니죠. 확 돌아 버리는 게 정상이지."

그녀의 말에 그제야 그는 상흔의 정체를 깨달았다. 심 원장의 짓이 아닐까, 생각했던 것은 판단미스였나 보다. 굳은 얼굴로 재영을 보던 그가 자리에서 일어났다.

"설마 보호자한테 맞았단 거야?"

"맞아도 싸요. 나 같아도 몇 번이고 팼을 거야."

"심재영!"

유민이 재영의 어깨를 힘주어 잡았다. 손가락이 어깨를 파고들 듯이 강하게 옭죄어 오는 힘에도 재영은 말을 멈추지 않았다. 고개를 양쪽으로 내저으며 상처받은 짐승처럼 울부짖는 재영의 모습에 그의 마음이 차디차게 얼었다.

"그렇잖아요, 유민 씨. 우리 아이였다고 생각해 봐요. 아이의 생명을 의사에게 맡겼는데, 그 사람이 우리 아이를 지키지 못했다고 생각해 봐. 얼마나 화가 나겠어?"

"비약하지 마."

고개를 내저은 유민의 눈살이 찌푸려졌다. 일그러진 얼굴은 몇 달 전 잠시 그들의 곁으로 왔다가 떠나간 아이를 떠올리듯 아팠다.

"미안해요, 그렇게 생각하고 싶지 않은데 계속 그런 생각이 들어서."

풍랑 앞의 초처럼 사정없이 흔들리는 유민의 눈빛에 재영의 눈 또한 애처롭게 흔들렸다.

"내가 잘못했어. 당신 아프게 해 버렸네요."

"재영아……."

유민을 자신의 품으로 끌어당긴 재영이 커다란 그의 등을 천천히 토닥였다. 그는 늘 자신이 아플 때마다 이렇게 위로해 주곤 했다. 그 손길이 좋아 자신도 모르게 눈을 감을 때면 속에 있던 응어리도 모두 풀어지곤 했다.

재영이 스르르 눈을 감은 후 숨을 깊게 들이마셨다. 그의 체향이 온몸으로 번진다. 빠르게 뛰던 심장이 제 속도를 찾아가기 시작했다.

"다시 돌아갈 수 있어요. 그러니까 조금만 기다려 줘요."

청진기로 아이의 심장 소리를 듣던 유민의 입가에 부드러운 미소가 머물렀다. 아이를 품에 안은 채 긴장한 얼굴로 유민을 보고 있던 보호자는 그의 얼굴이 밝아지자 덩달아 웃었다.

태어날 때부터 대혈관 전위증(transposition of great vessels:선천

성 심장기형, 두 개의 대혈관인 폐동맥과 대동맥이 정상과는 반대로 나와 우심실에서 대동맥이 나오고 좌심실에서 폐동맥이 나오는 질환)을 앓은 채 태어난 아이는 수술 시기를 놓쳐 2차에 걸쳐 수술을 받아야 했다.

아이가 태어나기 전의 검사에서도, 아이가 태어나고 난 후의 검사에서도 아이의 심장에 문제가 있다는 것을 알아차리지 못해 걱정이 많았지만, 다행히도 아이의 생명은 어른들이 생각하는 것 이상으로 튼튼했다. 아이가 수술을 받은 지도 1년, 이제 아이는 더 이상 심장 걱정을 하지 않아도 될 것 같았다.

청진기를 뗀 유민이 입가에 미소를 머금으며 말했다.

"다른 검사 결과도 훌륭하고, 심장도 아주 잘 뜁니다."

"감사합니다, 선생님!"

몇 번이고 감사의 인사를 건넨 아이의 엄마가 웃는 얼굴로 진료실을 나서자 곧 문을 열고 민 선생이 들어왔다.

"노 교수님, 두 시에 수술 있는 것 아시죠?"

"아, 네."

유민이 손목시계를 확인하자 민 선생이 웃음을 터뜨렸다.

"점심시간이에요. 시간이 어떻게 가는 줄도 모르셨군요?"

"아, 벌써 시간이 그렇게 되었습니까?"

"네, 식사하러 가시죠?"

민 선생이 뒤돌아서며 말하자 유민이 고개를 내저었다.

"전 괜찮습니다. 민 선생님 드시고 오세요."

"정말 괜찮으세요?"

"네."

짧게 고개까지 끄덕이는 유민의 모습에 민 선생이 미간을 찌푸렸다. 그녀의 입에서 깊은 한숨이 흘러나왔다. 까칠한 유민의 얼굴을 보자 잔소리를 안 할 수가 없었다.

"식사 거르고 그러지 마세요."

말을 마친 민 선생이 문을 열고 나가는 것을 보던 유민은 한숨을 내뱉은 뒤 노트북을 끌고 왔다. 마우스를 흔들자 화면보호기가 변하고 곧 인터넷창이 보인다. 망설이는 손길로 한참이나 화면을 보고 있던 그는 째깍째깍 초침이 변하는 소리가 유독 느리게 들린다 생각하며 키보드 위에 손을 올려놓았다. 키보드를 두드리는 손길엔 망설임이 없었다.

-조금만 기다려 주시겠습니까?
곧 확답을 드리겠습니다.

빠르게 영문으로 메일을 작성한 유민이 발송 버튼을 눌렀다.
얼굴에 고민이 내려앉았다.

❖

매끈한 차량이 주차장으로 들어서더니 부드럽게 주차를 했다. 막 시동을 끈 유민은 멍하니 눈을 깜빡이고 있는 재영의 옆모습을 보았다. 혼을 빼놓은 모습은 위태로웠다.

그녀의 모습을 볼 때면 한숨이 울컥 올라왔다. 며칠째 재영은 이런 상태였다. 병원에선 누구보다 활기차게 근무하고 있었으나 자신과 함께 있을 때나 홀로 시간을 보낼 땐 지금처럼 부러질 것처럼 가녀린 모습으로 눈만 끔뻑이고 있었다.

시간을 그냥 흘려보낸 채 죽이는 그녀의 옆모습을 한참이고 바라보던 유민이 먼저 차에서 내렸다. 그리고 조수석 문을 열어 자신을 멀뚱멀뚱 올려다보는 재영에게 손을 내밀었다. 입술을 부드럽게 흰 유민이 자신의 손을 잡으라는 듯 허공에서 흔들었다.

"가자. 많이 피곤해 보여. 재워 줄게."

재영의 손이 유민의 손바닥 위에 안착했다. 조심스럽게 그녀의 손을 이끈 유민은 후덥지근한 바람을 맞으며 뒤에서 소리 없이 따라오는 재영의 인기척을 느끼며 눈을 감았다.

현관문을 열고 집 안으로 들어온 유민은 재영을 곧장 욕실로 들여보낸 후 부엌으로 향했다. 요즘 들어 통 잠을 자지 못하는 재영을 위해 따뜻하게 우유를 데운 그는 싱크대에 쌓여 있는 설거지거리를 보며 걸음을 옮겼다. 컵만 잔뜩 쌓여 있는 걸 보아 요즘 통 먹질 못하는 듯했다.

깨끗하게 설거지를 마친 후 욕실 문이 열리는 소리가 들리자 그는 뒷정리를 한 후 데워 놓은 우유를 들고 침실로 향했다. 로션을 바른 후 침대맡에 앉아 있는 재영에게 머그잔을 내민 그는 조심스레 곁에 앉으며 말했다.

"재영아, 좀 쉬는 게 어떨까?"

그의 말에 재영은 컵에 입술을 댄 후 우유로 입술을 적셨다. 고소한 향이 코끝을 자극했으나 그녀는 여전히 무감한 얼굴이었다. 커다란 눈을 몇 번 깜박인 재영은 몇 번 목을 가다듬은 후 힘겹게 말을 내뱉었다.

"……난 아무것도 한 게 없어요."

"심재영."

"정말 괜찮대도."

부드럽게 웃음 지은 재영이 장난스러운 목소리를 가장해 말했다.

"안아 줘요. 전 지금 노유민 씨가 필요해요."

재영을 침대에 눕힌 유민이 그 곁에 누웠다. 재영의 입술에 부드럽게 입을 맞추고 혀끝으로 핥았다. 간지러운 느낌에 그녀의 입가에 부드러운 웃음이 머문다.

"좋다."

쪽쪽.

부드러운 입맞춤에 잠기운이 가득한 눈꺼풀이 힘겹게 들렸다. 눈을 뜨자마자 보이는 유민의 모습에 재영은 안면 가득 웃음을 머금었다.

"이게 누구야, 노유민 씨네?"

탄탄한 상체를 드러낸 채 옆으로 비스듬히 누워 자신을 바라보고 있는 유민은 한 폭의 사진처럼 보였다. 세상에서 가장 멋있는 노유민의 시선이 자신에게 닿아 있음에 가슴이 뜨겁게 벅차오르고 온몸을 간질간질거릴 정도로 행복감이 올라오자 입술을 앞으로 쭉 내밀었다. N극과 S극처럼 착 달라붙은 입술이 맞춰졌다. 재영이 팔을 들자 가슴께에 덮여 있던 이불이 밑으로 밀려 내려가자 새하얀 가슴이 드러났다.

부러질 듯 가녀린 몸을 끌어안고 있던 유민이 상체를 일으켜 재영의 몸 위로 제 몸을 겹쳤다. 묵직한 무게감에 재영이 미간을 찌푸리며 외쳤다.

"으아, 숨 막혀요!"

"엄살은."

무릎을 세워 몸을 조금 뗀 그가 그녀의 표정을 살피며 물었다.

"기분은 좀 괜찮아?"

그의 물음에 입가가 느른하게 벌어졌다. 재영이 한숨처럼 말했다.

"아주 좋은 꿈을 꿨어요."

"꿈?"

유민의 고개가 옆으로 기울어지자 재영은 작게 고개를 끄덕이며 웃었다.

"네, 아주 좋은 꿈이었어요."

"다행이다."

커다란 손으로 재영의 머리카락을 쓰다듬은 유민이 천천히 고개를 내려 이마에 입을 맞췄다. 그의 입맞춤에 재영이 스르르 눈을 감았다.

"이게 다 뭐예요?"

출근 준비를 마치고 밖으로 나온 재영은 식탁 가득 차려진 음식에 놀란 듯 눈을 깜빡였다. 아침은 늘 간단한 토스트에 커피 한 잔을 마시곤 했던 두 사람이었는데, 오늘은 임금님 수랏상이라고 해도 모자라지 않을 정도로 많은 반찬과 찌개가 상다리가 부러질 정도로 차려져 있었다.

재영이 뭐에 홀린 것처럼 의자를 끌어다 앉자 유민은 밥그릇을 그녀의 앞에 놓아주며 말했다.

"요즘 통 못 먹지? 이거 다 먹어야 출근할 수 있을 거야."

장난스럽게 말한 유민이 재영의 맞은편에 앉았다. 여전히 놀란 눈으로 자신을 보고 있는 그녀의 모습에 유민은 테이블을 손톱으로 탁탁 두드렸다.

"그렇게 봐도 안 봐줘. 밥풀까지 싹싹 긁어먹으라고."

"하."

짧게 웃음을 내뱉은 재영이 눈살을 찌푸리며 엄살을 부렸다.

"이건 많아도 너무 많다고요."

"그게 뭐가 많다고?"

"평소 먹는 양을 생각해 주실래요?"

"평소에 당신이 너무 적게 먹는 거야. 무슨 새 모이도 아니고."

"뭐, 차려 준 정성이 있으니까 최선을 다해 볼게요."

말을 마친 재영이 숟가락을 든 뒤 한술 크게 떠 입 안으로 밀어 넣었다. 볼이 **빵빵**해진 것이, 음식을 저장한 다람쥐처럼 보였다. 피식 웃음을 내뱉은 유민이 턱을 괴며 말했다.

"귀엽다."

"므에여?"

"입에 있는 거 다 먹고 말해도 안 늦으니까 다 먹고 말하지?"

얼굴을 붉힌 재영이 입을 꾹 다물었다. 손으로 입을 가린 그녀가 부지런하게 음식을 씹고 난 후 말했다.

"어디가 귀여워요?"

"그렇게 발끈하는 모습?"

"뭐야, 그게."

산뜻한 답에 고개를 돌린 재영이 또다시 밥을 퍼 먹었다. 방금 전과는 달리 적당한 양이었다. 그녀의 모습에 혀를 끌끌 찬 유민이 멸치볶음을 집어 앞으로 가져다 댔다.

"맨밥은 무슨 맛으로 먹어?"

"……."

"자, 아 해 봐."

"……이, 이게 무슨……."

"왜, 새삼 부끄러워?"

유민이 장난스럽게 말하자 재영이 머리를 뒤로 빼며 고개를 내저었다. 부끄럽다는 행동이었다. 그러자 그는 재영이 반찬을 받아먹기 전까진 쉬이 물러나지 않겠다는 듯 굴었다.

"나 네 가슴에 점이 세 개라는 것도 알아."

심드렁한 그의 말에 재영의 눈이 커졌다.

"……세, 세 개요?"

"몰랐어?"

"자신의 몸에 있는 점을 헤아리는 사람은 그리 많지 않아요. 더욱 가슴에 있는 점이라면 말이에요."

"그런가? 뭐, 여튼. 그렇다고. 그러니까 심재영 양, 반찬투정하지 말고 받아먹지?"

유민이 다시 한 번 허공에서 팔을 흔들자 밉지 않게 그를 흘긴 재영이 작게 입을 벌려 음식을 받아먹었다. 젓가락을 식탁 위에 내려놓은 유민이 기대감에 찬 눈으로 재영을 보며 물었다.

"맛이 어떤가?"

"맛있어요."

조금 짜긴 했지만 먹지 못할 정도는 아니었다. 조금의 거짓말을 보탠 재영이 말하자 유민이 다시 한 번 '진짜?'라고 물었다. 재영이 고개를 끄덕였다.

"그래?"

"정말이라니까요, 몇 번을 물어요?"

재영이 다른 반찬을 하나 날름 집어 입 안으로 밀어 넣자 유민이 작게 웃음을 내뱉었다.

"그럼 요 앞 사거리에 있는 반찬가게를 자주 이용해야겠군."

"정말 못 말려."

키득키득 재영의 입에서 즐거운 웃음소리가 흘러나왔다.

후우, 한숨을 내뱉은 재영은 긴장한 얼굴로 장례식장을 보고 있었다. 출근을 하자마자 곧장 이곳으로 달려온 재영은 무언가 결심한 눈으로 두근두근 뛰는 심장을 가라앉히느라 애를 먹고 있었다.

다영의 장례가 끝난 지 일주일의 시간이 지났다. 하지만 재영의 친부는 병원과 보상 문제가 끝날 때까진 절대 나가지 않겠다며 버티고 있다 했고, 이로 인해 홍보실에서도 꽤 애를 먹고 있다 했다. 병원에선 충분히 금전적으로 지원을 했기에 친부가 아이의 장례를 마치지 않는 것은 마음의 위로를, 사과를 하지 않은 것 때문이라 생각했다.

재영은 꿈에서 너무나 잠시 자신의 곁에 왔다가 떠난 아이와 다영이 함께 있는 모습을 보았다. 행복하게 웃고 있는 두 사람의 모습은 자신이 만들어 낸 허상에 지나지 않을 것이다. 그래도 조금 마음이 놓이는 것은 그 아이들의 웃는 모습을 처음으로 보았기 때문이다. 그곳에선 웃고 있니? 그렇게만 생각해도 마음속에 얹혀 있던 무거운 마음의 짐이 조금 가벼워진 기분이었다.

긴장한 얼굴로 장례식장을 보던 재영이 조심스럽게 걸음을 옮겼다. 대리석 바닥과 힐이 부딪히는 소리가 날카롭게 들려와 긴장감이 고조되었지만 그녀는 걸음을 멈추지 않았다. 사과를 해야 했다. 아이의 짧은 생을. 그리고 냉동고에서 홀로 무섭다고, 너무 차갑다고 슬퍼하고 있을 다영을 위해서라도 친부의 마음을 돌려야 했다.

다영의 이름이 적혀 있는 호실로 들어가자 얼큰하게 취했으면서도 연신 술잔을 기울이고 있는 남자의 뒷모습이 보였다. 그의 주위에는 빈 술병들이 잔뜩 늘어져 있었다. 가까이 다가가지 않더라도 코를 훅 스치는 강한 알코올 향에 재영의 얼굴이 일그러졌다.

"뭐야?"

고개만 돌려 재영의 모습을 보던 그가 미간을 찌푸려 눈을 게슴츠레 떴다. 그러다가 그제야 재영이 누구인지 알았다는 듯 무릎을 탁탁 내려 쳤다.

"어허, 이거 살인자 아니야?"

"아버님, 많이 취하셨습니다. 술은 그만……."

"네가 뭔데 상관이야!"

자리에서 벌떡 일어난 남자가 성큼성큼 재영에게 다가왔다. 술에 고주망태가 된 사람이라고 생각되지 않을 정도였다. 위협적으로 다가오는 남자의 모습에 재영이 손을 뻗으며 뒤로 더듬더듬 물러났다. 살기로 번들거리는 눈동자에 몸이 바들바들 떨렸다.

"어디 살인자가 내 몸을 막 만져!"

야차처럼 외치는 모습에 재영의 몸이 움찔 떨렸다. 바닥에 있던 소주병을 내려친 남자가 깨진 조각을 재영에게로 겨누며 서늘하게 말했다.

"잘됐다, 이년. 어디 같이 죽어보자."

비틀린 입술로 말한 남자가 성큼성큼 재영에게 다가왔다.

오전, 긴장된 분위기 속에서 회진을 돌고 있던 유민은 복도 끝에서 달려오는 유리의 모습에 걸음을 멈췄다. 외과 레지던트가 소아 병동까지 올 일은 없었다. 싸한 기분이 척추를 알싸하게 만들었다.

"노 교수님!"

전력질주해 달려온 유리는 숨을 헐떡이며 무릎을 짚었다. 창백한 얼굴로 말을 잇지 못하는 유리를 보며 유민이 미간을 세웠다.

"무슨 일이십니까?"

"하아, 하아! 그, 그게! 하아, 하아!"

고저 없는 목소리로 물은 유민은 말이 나오지 않자 주먹으로 가슴을 쿵쿵 내려치는 유리를 보았다. 다급한데 마음처럼 되지 않자 짜증이 난 얼굴이었다.

침을 꼴딱 삼킨 유리가 유민의 손을 덥석 쥐었다. 갑작스런 그녀의 행동에 소아외과 의료진들이 화들짝 놀라 몸을 움찔 떨었다. 하지만 정작 당사자인 유민은 미간을 세우기만 할 뿐 유리의 손을 떨쳐 내진 않았다.

"큰일 났습니다!"

"그러니까 무슨 큰……."

"이다영 환자 보호자가 지금 장례식장에서 난동을 부리고 있는데!"

"그런데요?"

다영은 더 이상 소아외과 환자가 아니었다. 장례식장에서 보호자가 난리를 치고 있다 해서 유민을 부를 필요는 없었다. 하지만 곧 유리의 입술에서 나오는 이름에 그의 얼굴이 얼음장처럼 굳었다.

"시, 심 선생님이……!"

유리의 손을 떨쳐 낸 유민이 재빠르게 내달렸다. 숨이 턱턱 막혔다. 로비를 내달려 병원 밖으로 나온 유민은 장례식장이 있는 쪽으로 향할수록 사람들의 움직임이 바빠지는 것을 보았다. 입구 앞에 동그랗게 모여 있는 구경꾼들과 장례식장을 이용하는 사람들, 그리고 이를 막기 위해 병원 관계자들이 덩어리처럼 엉켜 있는 것을 보았다.

쿵쾅. 쿵쾅. 쿵쾅.

심장이 힘껏 피를 빨아들였다가 내뱉길 반복하는 것과는 반대로 손끝이 차갑게 얼어 가기 시작한다. 두려움에 몸이 바들바들 떨릴 지경이었다.

"들어가시면 안 됩니다."

자신의 앞을 막아서는 남자를 죽일 듯이 노려본 유민은 숨을 깊게 들이마셨다가 내뱉었다. 흥분을 할 때가 아니었다. 그가 차분한 목소리로 말했다.

"들어가야 합니다."

"안 됩니다, 교수님. 위험합니다."

경호 팀장 최철호가 직원증을 확인한 뒤 고개를 내저었다.

"안에 우리 선생님 계시다는 이야기를 들었습니다."

"112 신고했습니다. 차분히 기다려 주시면 저희가······."

"차분히?"

순간 유민의 표정이 변했다. 사람들을 통제하고 안으로 들어가지 못하게 하는 철호의 입장도 충분히 이해 못 하는 바는 아니었다. 하지만 재영이 저 안에 있다. 사람들을 이렇게 통제할 정도면 그 상황이 얼마나 위험할지 알 수 있을 정도였다. 유민은 팔을 뻗어 철호의 몸을 옆으로 밀어냈다.

"들어갑니다."

"안 됩니다."

"최철호 팀장님."

"네······?"

"저 들어갑니다. 비키세요."

탁, 철호의 가슴을 옆으로 민 유민이 곧장 안으로 걸음을 옮겼다. 전광판을 본 유민이 거침없이 걸음을 옮겼다. 망자의 마지막 길을 배웅하는 장례식장은 여느 때와는 달리 완벽하게 통제된 상태였다. 조용한 복도를 내려가던 유민은 우악스러운 목소리에 걸음을 멈췄다.

"이것들이 전부 다 꽁무니를 뺀 거야?"

"그만······하세요."

"그만하긴 뭘 그만해!"

"원하는 게 있으면 병원에 말을 하세요. 이런 식으로는 아무것도 해결이 되질 않아요."

재영의 목소리에 유민의 입에서 안도의 한숨이 흘러나왔다. 다행히 머릿속을 뒤흔들던 끔찍한 상상들은 일어나지 않은 것 같았다. 재빠르게 걸음을 옮긴 유민은 남자와 재영의 모습을 보자 자신도 모르게 걸음을 움찔 떨었다. 재영의 목을 날카롭게 겨누고 있는 유리 조각을 보자 머릿속이 뿌옇게 변했다.

"넌 누구야?"

"그거 내려놓으십시오."

"네가 뭔데 이래라 저래라야?"

"당장 내려놓으십시오."

강압적인 말과는 달리 목소리는 조곤조곤하고 부드러웠다. 그를 흥분시키지 않으려는 의도가 역력한 모습이었다. 유민을 보던 재영의 눈빛이 흔들렸다. 툭 건드리면 눈물이 쏟아질 것처럼 눈가에 습기를 머금은 그녀의 눈빛에 유민의 표정이 흐려졌다.

"유민 씨……."

재영이 울먹였다. 그의 모습을 보자 바짝 긴장되어 있던 몸에 힘이 풀리고, 안도감이 들기 시작했다. 재영과 유민을 번갈아 보던 남자가 비식거렸다.

"유민? 노유민? 너야? 내 딸 수술한 돌팔이가?"

"네, 그러니 심 선생은 놓아주십시오. 그분은 다영이의 죽음과 아무런 관계도 없습니다."

남자가 들고 있던 유리 조각을 재영의 목에 더욱 가까이 가져다 대며 빈정거렸다.

"뭘 그리 잘난 척 떠들어?"

"윽."

"……."

겁을 잔뜩 집어먹어 버린 재영의 입에서 신음이 터져 나왔다. 숨을 쉴 때마다 울대에 유리 조각이 닿았다 떨어진다. 서늘한 기운에 오줌이라도 지릴 것 같았다. 재영의 눈에 맺혀 있던 눈물이 후두둑 떨어졌다. 유민의 걸음이 더듬더듬 앞으로 나왔을 때였다.

탁탁탁!

거친 발걸음 소리와 함께 나타난 보안 직원들과 경찰이 세 사람의 대치에 걸음을 멈췄다. 일촉즉발의 상황이었다. 남자의 고개가 옆으로 돌아가더니 홍보팀 김 대리의 모습에 얼굴을 와자작 찌푸렸다. 세 치 혀로 그를 꼬여 냈던 그자였다. 장례만 치르면 더 큰돈을 주겠다 약속을 했던 그놈! 저놈을 믿었던 것이 잘못이었다.

"장례 치르면 돈 준다며! 이것들아!! 준다고 한 번 약속을 했으면 지켜야지!"

"보호자분, 우선은 흥분을 가라앉히시고……."

"가라앉히길 뭘 가라앉혀! 내 딸 죽인 이년 죽이고 나도 죽을 거야!"

남자가 사지를 흔들며 발악했다. 그럴수록 유리 조각은 재영의 목을 파고들었다. 붉은 피가 새하얀 목을 타고 흐르자 유민의 얼굴이 굳어졌다.

"아……."

그가 걸음을 내딛으려 하자 재영이 고개를 내저었다. 오지 말아요, 다쳐요. 그녀의 눈빛이 그리 말했다. 하지만 유민은 걸음을 멈추지 않았다. 빠르게 걸음을 옮긴 유민은 남자의 얼굴로 주먹을 날렸다.

퍽!

"윽!"

남자의 몸이 휘청거리자 유리를 쥐었다. 손바닥에 고통이 느껴졌으나 그는 무감한 얼굴이었다.

챙그랑!

날카로운 소리에 혈관까지 죄던 긴장감이 훅 하고 풀어졌다.

됐다, 그의 눈빛이 흐릿해졌다.

"악! 이 자식이!"

"덮쳐!"

유민이 남자의 목덜미를 잡아 바닥에 눕히자 경찰과 경호원들이 일제히 달려들었다.

"이거 놔, 놔! 놓으라고!"

"머리 눌러!"

"놔아! 아아악!!"

남자가 온몸을 비틀며 반항해 보았지만 세 명의 건장한 사내를 당해낼 수는 없었다. 뒤에서 그 모습을 보고 있던 재영은 자리에서 일어나 자신을 보는 유민의 모습에 눈물을 쏟았다.

"유민 씨……."

"괜찮아?"

성큼성큼 다가온 유민이 재영을 품으로 끌어당겼다. 재영의 따스한 체온을 느끼자 그제야 안도한 듯 그가 눈을 질끈 감았다. 방금 전 눈앞에 펼쳐졌던 끔찍한 현실이 끝이 나자 뻣뻣하게 굳어 있던 몸이 이제야 느른하게 풀리는 느낌이었다. 재영의 뒤통수를 쓰다듬은 유민이 한숨처럼 말했다.

"걱정했어."

"미안해요. 미안해요."

재영이 고개를 들어 유민의 얼굴을 보았다. 자신의 뺨을 쓰다듬는 손길을 느끼던 그녀는 코끝을 찌르는 혈향에 눈을 동그랗게 떴다. 그의 눈빛이 흔들리고 있었다. 그의 손을 잡아 끌어내린 재영은 피칠이 되어 엉망인 손바닥을 보았다. 깊게 베인 손바닥은 연신 피를 뿜어내고 있었다.

"아……."

"피, 피!"

유민의 입에서 작은 신음이 흘러나왔다. 그제야 고통이 몰려오는 듯 미간을 좁히는 모습에 재영의 눈에서 기어코 눈물이 터져 나왔다. 옷으로 손바닥을 꾹 눌러 지혈하며 재영이 중얼중얼 읊조리듯 말했다.

"어떻게, 어떻게…… 치, 치료해야겠어요."

"그래, 그러자."

평온한 얼굴로 웃어 보인 유민이 고개를 끄덕이자 재영이 눈을 동그랗게 뜨며 물었다.

"안 아파요?"

안 아플 리가 있겠는가. 끔찍하게 아플 것이다. 하지만 어깨를 으쓱이는 모습은 전혀 아파 보이지 않았다. 눈물이 더욱 쏟아진다.

"조금."

자신의 피와 섞여 붉은 눈물을 흘리고 있는 재영을 보며 유민이 다치지 않은 왼손을 들어 머리를 툭툭 두드렸다. 어쩔 줄 몰라 하는 그녀의 모습을 보자 그가 눈살을 찌푸리며 장난스럽게 말했다.

"방금 전까지 널 잃을까 봐 놀라서 그런지 많이 아프지 않아. 그러니까 울지 마."

"어떻게 안 울어요, 어떻게. 이 손이 어떤 손인데!"

"그래도 네가 많이 안 다쳤잖아. 그럼 됐어."

"나 때문이에요!"

재영이 악을 써 댔다. 이 손에 살아난 생명이 얼마이며, 얼마나 많은 아이들이 이 손만 기다리고 있는데. 혹여 신경을 건드려 잘못됐을까 싶은 재영은 서둘러 치료를 해야겠다는 생각에 그의 옷자락을 잡아끌었다.

"그런 말 하지 마, 심재영."

유민이 짧게 일갈했다. 그러자 재영은 손등으로 눈물을 거칠게 닦아 냈다. 안도하자 수도꼭지를 틀어 놓은 것처럼 너무 많은 눈물이 쏟아져 앞이 보이지 않을 정도였다.

"가요. 우선 가서 슈처하고, 검사까지 해요."

"그래, 네 말대로 할 테니까."

짧게 말을 마친 유민이 가운을 뒤져 손수건을 꺼냈다. 그리고 상처가 난 재영의 목을 감싸 꾹 누른 그는 눈을 동그랗게 뜨고 있는 재영에게 희미한 웃음을 지어 보였다.

"너도 치료 좀 하자."

힘겹게 고개를 끄덕인 재영이 코를 훌쩍였다. 그리고 그의 손에 들려 있는 손수건을 빼앗아 와 다친 그의 손을 힘껏 동여맸다.

"하지만 당신 먼저."

"알았어."

서로 어깨를 마주한 채 걸음을 옮기려던 두 사람은 상황이 종료되고 나서야 다가오는 철호의 모습에 걸음을 멈췄다.

"괜찮으십니까?"

"네, 방금 전엔 죄송했습니다."

유민이 피식 웃으며 말하자 철호가 고개를 내저었다. 그리고 고개를 숙여 벌써부터 피로 축축해진 손수건을 보며 놀란 듯 물었다.

"다치셨습니까?"

"네."

"아, 이런……."

생각보다 일이 복잡해질 것이란 생각에 철호의 입에서 신음이 터져 나왔다. 이 일을 상부에 어떻게 보고할 것인지 벌써부터 머리가 아파 오기 시작한 철호가 손을 들어 이마를 꾹꾹 누를 때였다. 유민은 곁에서 자신의 가운 자락을 잡아당기는 재영의 손길에 고저 없는 목소리로 말했다.

"치료 후에 뵙겠습니다."

차가운 그의 답에 철호가 뒤에 서 있는 재영과 유민을 번갈아 보았다.

"경찰 조사도 받으셔야 할 것 같습니다."

고개를 끄덕인 유민이 재영의 손을 잡은 후 걸음을 옮겨 입구 쪽으로 향하자 그 뒷모습을 보던 철호가 머리를 거칠게 쓸어 올렸다.

"저러니 미친놈처럼 굴었구만."

쯧쯧, 혀를 차던 철호가 뒤돌아서 바닥에 흥건한 핏자국을 보며 끙 앓는 소리를 냈다.

"하아, 이를 어쩌나."

이 일을 어떻게 상부에 보고할지 벌써부터 정신이 아득해지는 기분이었다.

❖

슈처 세트(Suture Set: 봉합할 수 있는 의료 기구 모음)를 펼쳐 놓은 재영은 벌어진 상처를 보며 미간을 세웠다. 사랑하는 남자의 속살을 보는 일은 더욱 슬프고 끔찍했다. 얼마나 아플까, 혹여 신경이 잘못된 것은 아닐까. 생각보다 상처가 깊지 않아 걱정하는 일은 없을 것이란 걸 알면서도 재영은 안절부절못했다.

그녀가 상처 부위를 소독한 후 니들홀더(needle holder:봉합 중의 바늘을 잡는 도구)를 집어 들며 말했다.

"겁도 없이 왜 그랬어요?"

"그 모습을 보고 어떤 놈이 가만히 있어?"

거친 단어 선택에 상처 부위를 봉합하던 재영의 고개가 위로 들렸다.

무심한 얼굴로 자신을 바라보는 유민의 모습에 재영이 다시 고개를 내려 벌어진 상처를 봉합하기 시작했다.

"그래도 서전이 손을 다치면 어떻게 해요. 나 때문에 이게 뭐예요."

"……재영아."

"미안해요. 내가 경솔했어. 사과를 하려고 했어요. 미안하다고. 최선을 다했지만 어쩔 수 없었다고. 사과를 하면 다 될 줄 알았어."

"……"

"진심을 다해서 사과하면…… 될 줄 알았어요."

그녀의 얼굴은 슬퍼 보였다. 자신의 잘못된 행동으로 인해 그가 다친 일도, 그리고 자신의 본심 따윈 그 남자에게 중요하지 않았다는 사실도 모두 가슴이 아팠다. 그 남잔 병원의 진심 어린 사과를 원하는 것이 아니었다. 딸아이의 목숨 값으로 더 많은 돈을 원했을 뿐.

재영의 시야가 흐려졌다. 하지만 눈물을 떨어뜨리진 않았다.

"바보 같은 사과였지만요."

"……"

씁쓸하게 말을 마친 재영은 완벽하게 봉합된 상처를 거즈로 감싼 후 테이핑까지 마쳤다. 흉이 지지 않아야 할 텐데.

걱정스럽게 유민의 손을 보던 재영이 힘겹게 고개를 들었다. 그와 시선을 마주한 재영은 슬프게 웃었다.

"다 됐다."

"……"

"이제…… 다 됐어요."

힘겹게 말을 마친 재영이 자리에서 일어났다. 펼쳐 놓았던 슈처 세트를 정리하는 재영의 뒷모습을 보는 유민이 숨을 고른 후 천천히 운을 뗐다.

"우리…… 함께 뉴욕으로 갈래?"

"네……?"

두근두근, 심장이 미친 듯이 뛰기 시작했다. 방금 전 자신이 들은 말이 혹여 환청은 아닐까, 재영이 고개를 돌려 유민을 보았다. 그 어느 때보다 진중한 눈빛으로 자신을 바라보고 있는 그의 모습에 속이 울렁거렸다.

"뭐라고요?"

"나와 함께 뉴욕으로 가자고."

재영의 눈이 놀라움에 커졌다. 조심스러운 기색과는 달리 눈빛은 또렷했고 거침이 없었다. 확신에 차 있는 그의 모습에 재영이 숨을 삼켰다.

그는 진심이었다.

"우리…… 같이 가자."

같이. 그 얼마나 좋은 말인가. 뉴욕으로 함께 가자는 말은 다시 재결합을 하자는 말과 같았다.

두근.

심장이 저릿하다.

한참 말없이 유민을 보던 재영이 고개를 숙였다. 긴장감에 얼룩진 그의 눈빛을 보자 속절없이 뛰는 심장에 머릿속이 텅 비는 느낌이었다.

"생각…… 할 시간을 줘요."

"……."

유민이 눈살을 찌푸렸다. 그녀의 거절을 예상은 했지만 생각보다 더마음이 아팠다. 그의 얼굴이 좌절로 물들었다.

"조금만요."

힘겹게 말을 마친 재영이 고개를 들어 그와 다시 시선을 맞추며 웃었다.

"고마워요."

자신과의 미래를 말해 주는 사랑하는 남자에게 그녀는 진심을 다해 그렇게 말했다.

❖

피해자 진술은 생각보다 길지 않았다. 이미 병원에서 나온 홍보팀과 경호팀에서 상황을 대략 정리해 설명해 놓은 것인지 그녀가 말한 것이라곤 당시의 상황 정도였다. 그에게 사과를 하러 다시 한 번 장례식장을 찾았다는 그녀의 말에 홍보팀 김 대리는 원망스러운 눈으로 재영을 보았다. 비난이 어린 시선에 그녀는 냉랭한 표정으로 그에게 말했다.

"병원에선 아무런 잘못도 없겠지만 의사로선 사과했어야 했어요. 살리지 못했으니까요."

그 말에 김 대리는 입을 꾹 다물었지만 이 사실이 심 원장의 귀에 들어가게 된다면 아마 또다시 불려 갈지도 모를 일이었다. 아니, 분명 불려 가 한 소리를 들을 것이 분명했지만 그녀는 자신이 내뱉은 말에 후회하진 않았다. 그것이 그녀의 마음이고 진심이었으니까.

피해자 진술을 마치고 나온 재영은 미리 끝마치고 기다리고 있던 유민에게 다가섰다. 그는 한 형사와 이야기를 나누고 있었다. 그녀가 다가오자 두 사람의 시선이 동시에 재영에게 닿았다. 재영이 눈을 깜빡이자 형사가 곤란하다는 듯 머리를 긁적였다.

"저, 가해자가 심재영 씨를 만나고 싶다는데……."

"안 됩니다."

방금 전까지 두 사람은 이 문제로 이야기를 나누고 있었던 것인지 유민은 얼음장처럼 차가운 얼굴이었다. 살기마저 어린 눈빛으로 다치지 않은 왼손으로 재영의 어깨를 끌어온 유민이 단호하게 말했다.

　"무슨 개수작인지는 모르겠지만 만날 생각 없습니다."

　재영의 손을 움켜쥔 유민이 잡아끌었다. 하지만 어쩐 일인지 그녀는 못이 박힌 사람처럼 힘주어 그 자리에 서 있었다. 이를 악문 유민이 고개를 돌려 재영을 보았다. 역시나 그녀는 초연한 얼굴로 그를 보고 있었다. 그가 고개를 내저으며 반대부터 하려 했다. 하지만 재영은 입가에 부드러운 미소를 머금으며 타이르듯 그의 이름을 불렀다.

　"유민 씨."

　"안 돼."

　"만나 볼게요, 저."

　"안 된다니까? 그 사람, 당신 죽이려고 했어."

　"비약이 심해요."

　"비약?"

　유민의 시선이 재영의 목으로 향했다. 거즈를 가리기 위해 더운 날에 스카프를 하고 있는 그녀의 모습에 그가 입술을 비틀었다.

　"비약이라도 상관없어."

　두 사람의 입씨름에 가운데 낀 형사가 곤란한 듯 미간을 찌푸렸다. 며칠째 감지 못한 머리를 긁적이며 이 분위기를 어떻게 해야 할지 몰라 난감해하고 있을 때였다.

　"미련해 보이죠?"

　"뭐? 지금 그 이야기를 하는 게……."

　"하지만 그 사람에게 하고 싶은 말이 있어요. 그 말을 꼭 해야 해요."

　"그게 뭔데?"

재영의 입술이 굳게 닫혔다. 하고 싶은 말이 너무 많아 어떠한 말부터 꺼내야 할지 아직도 머릿속에서 정리가 되지 않은 상태였다. 하지만 명확하게 하고 싶은 말은 있었다. 재영의 입가가 파르르 떨렸다.

"……아버지에게 하고 싶은 말이요."

"뭐……?"

유민이 멍하니 묻자 재영은 웃음만 지을 뿐 고개를 내저었다. 상황이 어느 정도 정리가 되자 한 발자국 뒤에 서 있던 형사가 다가왔다. 유민의 눈치를 살피던 그가 재영을 힐끗 바라보며 조심스러운 어조로 물었다.

"정말 만나 보실 겁니까?"

"네."

"재영아, 안 보는 게 좋을 것 같아."

손을 뻗어 재영의 팔목을 감싸 쥔 유민이 고개를 내저었다. 하지만 재영은 혈관이 불툭 솟아날 정도로 힘껏 잡은 그의 손을 잡아 떼어 냈다.

"원한다잖아요."

그녀도 하고 싶은 말이 있었으나 그도 하고 싶은 말이 있어 자신을 부르는 것이리라. 입가에 부드럽게 미소를 지은 재영이 걸음을 옮겨 취조실로 향했다. 카메라가 설치된 방 안으로 걸음을 옮긴 재영은 수갑을 차고 있는 남자를 보았다. 남자는 재영을 보자마자 이죽거렸다.

"아주 신수가 훤하구만."

아침에 그가 자신에게 날카로운 흉기를 겨눈 것은 그가 마신 술 때문이라 생각했다. 하지만 아니었다. 남자에게선 여전히 짙은 알코올 향이 맡아졌으나 눈빛은 또렷했다. 그런데도 그는 사과의 말보단 이죽거리기부터 했다.

의자를 끌어와 맞은편에 앉은 재영은 평온한 얼굴로 남자와 눈을 마주했다. 가슴 한 켠이 뜨거워졌다.

"다영이 일은 사과드립니다. 최선을 다했지만 아이와의 약속을 지키지 못했어요."

"최선을 다하면 뭐하나? 애를 죽였는데."

"······."

재영이 아무런 말없이 입을 꾹 다물자 남자가 몸을 앞으로 기울였다. 철제 테이블 위에 양팔을 올려놓은 남자가 히히덕거렸다.

"딸년한테 애미 뺏은 년이 니년이지? 그리고 이젠 그 애비까지 깜빵 보내겠구만?"

"뭐, 뭐예요?"

평온했던 재영의 얼굴에 균열이 생겼다.

"네년이 신고했지? 아동폭력으로. 덕분에 다영이는 마지막까지 보고 싶어 했던 엄마도 보지 못하고 죽었지. 그런 불쌍한 딸년을 대신해 내가 돈 좀 받겠다는데 그렇게 배가 아파? 그게 그렇게 큰 잘못이야?"

"······."

"부모가 됐으면 자식을 좀 때릴 수도 있지, 훈육 모르나, 훈육?"

입을 꾹 다문 재영의 얼굴이 창백하게 굳어졌다. 처음 다영이 병원에 왔을 때 재영이 아동폭력으로 친모를 신고했다. 아이의 몸엔 오랫동안 폭력이 가한 흔적이 있었고, 친모가 이를 숨기려 했기 때문이다. 아니, 폭력이 아니었다. 고문에 가까운 일들을 당하며 아이는 친부에게도 기대지 못했을 것이다. 아니, 못 했다. 그녀가 이렇게 확신할 수 있는 것은 지금 남자의 말로, 그리고 그가 그간 해 왔던 행동들로 충분히 예측할 수 있었다.

화를 참기 위해 입술을 사리문 재영이 호흡을 가다듬었다. 빈정거리는 표정과 번들거리는 눈빛은 그녀를 화나게 하기 위해 이죽거리는 티가 역력했다. 이에 재영은 표정을 가다듬은 후 입술을 뗐다.

"슬퍼할 거예요."

"뭐?"

남자의 한쪽 눈썹이 치켜 올라갔다. 표정은 이미 죽은 딸년이 어찌 슬퍼하냐는 티가 역력했다. 그 모습에 재영의 입술이 파르르 떨렸다.

"당신이요."

"뭔 개소리야?!"

쾅! 철제 테이블을 내려친 남자가 버럭 소리쳤다. 그러자 재영은 무심한 표정으로, 고저 없는 목소리로 말했다.

"언젠가…… 딸의 빈자리를 느끼고 슬퍼할 거예요."

"헛소리하지 마."

남자의 모습에 재영의 입술이 비틀렸다.

"그렇지 않으면 당신은 개새끼니까."

"뭐야! 야, 이년아!"

뒤에서 버럭버럭 소리를 질렀지만 재영은 자리에서 일어난 후 가벼운 발걸음으로 취조실 문을 열고 밖으로 나왔다. 형사와 함께 초조한 기색이 역력한 얼굴로 서 있는 유민 앞에 멈춰 선 재영이 피식 웃음을 내뱉었다. 카메라를 통해 안에서 있었던 이야기를 모두 들은 듯 유민의 얼굴이 슬픔으로 일그러져 있었다.

"우리 아버지에게 이 말을 해야 하는데, 그렇죠?"

❖

"후우."

저 멀리 보이는 원장실에 걸음을 멈춘 재영이 숨을 깊게 들이마셨다가 내뱉었다. 당장 경찰서를 다녀오자마자 자신을 부를 것이라는 그녀의 예상과는 달리 심 원장은 자신을 찾지 않았다. 왜 그가 자신을 안 찾는 지 알고 있었기에 재영은 직접 원장실을 찾아왔다.

아마 아버지는 이 일로 인해 자신을 인생에서 지웠을지도 모른다. 그녀는 아버지에게 할 말이 있고, 들어야 할 말이 있었다. 엄한 사람 뺨을 치는 것이 아니라.

천천히 걸음을 옮긴 재영이 원장실로 들어섰을 때였다. 문 밖에서 대기하고 있던 김 비서는 재영의 모습을 보자마자 그녀의 앞을 가로막았다.

"아가씨."

고개를 내젓는 모습을 보자 재영의 입술에 희미한 웃음이 지어졌다. 명백한 거절이었지만 재영은 포기하지 않았다. 김 비서의 얼굴에 진 주름을 보던 그녀가 운을 뗐다.

"아저씨."

"네."

"아버지 뵙게 해 주세요. 만나야 해요."

"원하질 않으십니다."

만류에도 단호한 표정에 김 비서가 고개를 내저었다.

"다음에, 다음에 오세요. 지금은 아닙니다."

심 원장의 심기가 많이 나쁘다는 말에 재영의 입가에 느른한 미소가 지어졌다. 다음은 없었다. 늘 다음을 생각하다가 여기까지 왔다. 더 이상 관계를 되돌릴 수 없는 이곳까지.

재영이 김 비서를 스쳐 문으로 향했다. 그가 말리기도 전에 재영이 문을 열고 안으로 한 발자국 옮기자 음습한 목소리가 들려온다.

"나가."

원장실을 들어서자마자 들려오는 날카로운 말에 재영은 김 비서에게 괜찮다는 듯 눈짓한 뒤 문을 닫았다. 달칵, 문이 닫히고 재영은 걸음을 옮겼다. 달칵, 달칵, 미처 그녀의 걸음 소리를 다 흡수하지 못한 카펫이 구두굽에 짓밟혔다.

"나가래도!"

"후회하지 않으실 거죠?"

벼락같은 목소리에 재영이 여유로운 미소를 지었다. 그러자 심 원장이 자리에서 벌떡 일어났다. 그의 앞엔 수많은 서류가 쌓여 있었다. 그는 병원을 위해 평생을 바쳤다. 그의 전부는 가족도 본인도 아닌 이 거대한 병원이었다. 그것을 재영도 알고 있었기에 이해를 해 보려고 했던 적도 있었다. 하지만 더 이상은 아니었다.

재영의 물음에 심 원장은 눈을 게슴츠레하게 떴다. 그의 얼굴에 있는 감정은 오로지 분노뿐. 자신의 말을 거역하고 사고를 친 못난 딸을 바라보는 눈빛은 온갖 힐난으로 가득했다.

"널 내 곁에 둔 걸 후회한다."

"……진심이세요?"

"그래."

망설임 없는 답에 재영의 눈빛이 흐려졌다. 그녀가 확인하고 싶은 것은 모두 확인했다. 마지막까지 서늘한 모습으로 자신을 밀어내는 그의 모습에 재영의 입가에 희미한 미소가 머물렀다.

확인하고 싶었다. 아버지의 진심을.

그리고 그녀는 지금 심 원장의 눈에서 그 진심을 확인했다.

머나먼 거리를 유지한 채 심 원장을 바라보고 있던 재영이 천천히 허리를 숙였다.

"아버지…… 감사했습니다."

떨리는 목소리가 이별을 고했다. 하지만 그 말에도 심 원장은 아무 말 없이 냉정하게 고개를 돌렸다. 누구나 우러러보는 그는 다영의 친부와 다르지 않았다. 냉대와 무관심도 학대다. 그리고 재영은 다영처럼 죽어 가기 전에 그 학대의 고리를 잘라 냈다. 그녀는 어린아이가 아니었으니까. 자신의 몸 정도는 지킬 줄 아는, 자신의 마음 정도는 지켜 낼 수 있는…… 성인이었으니까.

"감사했습니다, 아빠."

하지만 그래도 마음이 아픈 것은 어쩔 수가 없었다.

비틀리는 걸음으로 밖으로 나온 재영은 다리에 힘이 풀려 털썩 바닥에 주저앉았다.

"하아!"

거친 숨이 입술 밖으로 튀어나왔다. 눈물이 치솟아 펑펑 쏟아지기 시작했다. 눈물을 닦아 낼 생각도 못 한 채 눈물만 흘리던 재영은 자신의 앞에서 멈춰 서는 깨끗한 구두에 시선을 올렸다. 그곳에 유민이 있었다.

"슈퍼맨 같아."

유민이 아무 말 없이 한쪽 무릎을 굽혀 재영과 시선을 마주했다. 그리고 커다랗고 따스한 손길로 그녀의 눈물을 걷어 간다. 유민의 눈망울이 흔들렸다. 슬퍼하는 그녀의 모습을 보자 그도 눈물을 쏟아 낼 것처럼 보였다. 그가 힘겹게 입술을 달싹였다.

"왜?"

"내가 아프고 힘들면 늘 당신이 지켜 주니까."

그렇게 말하며 웃는 그녀의 모습은 처량했다. 손을 뻗은 유민은 재영의 머리를 제 어깨로 가져온 뒤 천천히 등을 쓰다듬어 주었다. 마지막까지 상처받는 것을 선택한 그녀가 얻은 것은 무엇일까. 궁금한 것은 많았지만 유민은 묻지 않았다. 그저 그녀의 등을 토닥이며 모든 슬픔을 털어 내길 바랐다.

"김 비서님이 연락하셨어."

"그랬……군요."

재영이 어깨에 얼굴을 묻었다.

"하아."

힘겨운 숨을 토해 낸 재영이 느리게 눈을 감았다 떴다. 눈물로 젖은 속눈썹이 너무나 무겁게 느껴졌다.

"나…… 아무리 힘든 일이 있어도 당신과 함께 있으면 괜찮아졌거든요. 당신과 함께 있으면 가슴에 진 슬픔도 쭉 내려가고 내일을 견딜 수 있을 힘이 생겼단 말이에요. 그런데……."

말을 멈춘 재영이 훌쩍였다. 휘몰아치는 감정에 정신이 나갈 지경이었다. 한참이고 눈물만 쏟아 내던 재영이 손을 들어 유민의 어깨를 움켜쥐었다. 손톱을 박아 넣어 그의 어깨를 꼭 쥔 그녀는 유민이 동아줄이라도 되는 양 힘주어 잡았다.

"못…… 하겠어."

"재영아."

"……나 많이 지쳤나 봐요."

토닥토닥.

유민은 그녀의 마음을 위로하기 위해 연신 등을 두드려 주었다. 하지만 그녀의 슬픔은 너무 무거워 쉬이 털어지지가 않는다.

3화
툭툭

　힘없이 자리에 누워 있는 재영을 살피던 그가 침실 문을 닫고 밖으로 나왔다. 혼자 있고 싶다는 그녀의 말에 자리를 비켜 주긴 했으나 그냥 저대로 둘 수만은 없었다.

　"완전히 방전되었나 봐요, 나."

　힘겹게 말을 내뱉던 그녀의 모습을 떠올리기만 해도 가슴 한 켠이 찌르르 아파 왔다. 그가 할 수 있었던 것은 그녀의 어깨를 토닥여 주는 것뿐. 아무것도 할 수 있는 일이 없었다.

　"후."

　깊은 한숨을 내뱉은 유민은 테이블 위에 올려져 있던 휴대전화가 몸을 떨자 곧장 액정을 확인했다. 그가 기다리던 전화이자 서둘러 전화를 받았다.

　"어디 계십니까?"

　인사를 건네기도 전에 그가 다급한 목소리로 말했다. 그러자 상대는 놀란 기색 없이 서둘러 그가 가장 궁금할 답을 해 주었다.

〈네, 지금 친모 면회 가고 있습니다.〉

"서울교도소입니까?"

〈네.〉

"지금 곧 가겠습니다."

빠르게 전화를 마친 유민이 지갑과 차키만 챙겨 든 채 밖으로 나왔다.

힘없이 터덜터덜 교도소를 나오는 노인의 모습에 차에 기대고 서 있던 유민이 허리를 곧추세웠다. 허리가 굽은 노인은 어두운 표정이었다. 어디 그렇지 않을 수가 있겠는가. 한 가정이 파탄이 난 것도 모자라 부모 모두가 교도소행을 면치 못했는데.

빠르게 걸음을 옮긴 유민이 자신의 앞을 막아서자 늙은 노인은 허리를 펴 그를 보았다. 처음 보는 남자가 제 앞을 막자 노인이 물었다.

"무슨 일이오?"

"다영이 할머니 되십니까?"

"그렇소만."

다영의 이름에 노인의 눈빛이 흐려졌다. 갑자기 세상을 떠난 손녀를 떠올리는 것만으로도 노인은 슬퍼했다. 그리고 자신을 원망했다. 일이 이렇게 될 때까지 조금의 눈치도 채지 못한 것을. 먹고살기 힘들다고 자식 내외의 일을 신경 쓰지 않았음을.

오래 서 있는 것도 힘이 든 것인지 노인이 짝다리를 짚자 유민은 서둘러 본론부터 꺼냈다.

"잠시 시간 좀 내주십시오. 다영이와 관련해 드릴 말씀이 있습니다."

가장 가까운 커피숍으로 자리를 이동한 두 사람은 테이블 위에 차가 놓였다. 그때까지 노인은 주름진 입술을 몇 번이고 달싹였음에도 말을 내뱉지 못했다. 궁금한 것이 많은 얼굴이었으나 어떤 말을 해야 할지 모르겠다는 듯.

노인을 바라보던 유민은 차가운 커피로 입술을 적셨다. 어떤 말로 운을 떼야 할지 고민하던 그는 우선 신분부터 밝혀야겠단 판단 아래 대화를 시작했다.

"대한세종대학병원에서 나왔습니다."

"병원에서 오신 양반이 전 무슨 일로 보자고 하는 거요?"

"장례 문제로 왔습니다."

아직도 차가운 냉동고 안에 있는 손녀의 처지를 떠올린 노인의 눈가에 눈물이 맺혔다. 들고 있던 손수건으로 눈물을 찍어 닦은 늙은 노파가 한숨처럼 말했다.

"내가 그때도 말했지만 돈이 없소."

한숨 같은 말이었다. 무슨 팔자가 이리도 똥팔자인지 손녀의 장례비도 없이 그 차가운 곳에서 아직도 꺼내 주지 못함에 한탄이 일었다. 하나밖에 없는 자식새끼도 제대로 키우지 못해 교도소에 갔고, 그 아들이 데리고 온 며느리는 손녀를 죽인 대가로 현재 재판 중에 있었다. 입에서 저절로 앓는 한숨이 터져 나왔다.

"어휴!"

노인의 한숨에 유민은 흰 봉투를 내밀었다.

"장례비는 제가 냈습니다. 그리고 이건 추후에 들 비용입니다."

"이걸 왜 병원에서 오신 양반이 줍니까?"

"……다영이를 마지막에 수술했던 의사입니다. 이걸로 마음의 짐을 내려놓을 순 없지만 그래도 아이가 편안한 곳에서 쉴 수 있도록 돕고 싶습니다."

그래, 이것이 바로 지금 재영의 마음일 것이다. 그녀를 대신해 그가 직접 전해 줄 뿐.

그의 이야기를 가만히 듣고 있던 노인이 또다시 손수건으로 눈물을 찍어 닦았다.

"아이고, 아이고……. 고맙습니다."

고개를 내저은 유민이 말했다.

"아닙니다, 할머니. 제가 드리는 거 아니에요. 다른 선생님이 주시는 겁니다."

"그 고마운 선상님이 누구요?"

붉어진 눈으로 자신을 보는 노인을 보던 그가 천천히 입술을 뗐다.

"심재영…… 심재영 선생님입니다."

"고마운 선상님이네요."

연신 눈물을 닦고 있는 노인을 보았다. 이 노인의 얼굴 위에 내려앉은 복합적인 감정 중 몇 가지를 읽어 낸 그가 허리를 숙이며 말했다.

"죄송합니다."

거즈를 들쳐 낸 재영의 미간이 종잇장처럼 일그러졌다. 소독을 하기 위해 벗겨 내긴 했으나 정작 자신의 눈으로 또다시 그의 상처를 확인하자 눈가에 눈물부터 맺혔다.

병원에서 치료를 받아도 되었지만 재영은 끝까지 자신이 치료해 주고 싶다고 고집을 부렸다. 정작 아파해야 할 그의 얼굴은 무표정했는데, 소독을 하는 재영의 얼굴이 연신 움찔움찔 떨렸다. 그녀의 표정을 살피던 그가 물었다.

"괜찮아?"

이 질문을 해야 할 것은 오히려 다친 그를 치료하고 있는 재영이었다. 하지만 그보다 더 아파 보이는 얼굴로 죄책감 어린 그녀를 보자 묻지 않을 수가 없었다. 그 물음에 재영이 한숨처럼 답했다.

"미안해요."

"당신이 미안해할 문제가 아니야."

"그래도 미안해요."

몇 번이고 사과의 말을 건넨 재영은 소독을 마치자마자 깨끗한 거즈로 갈아 주었다. 치료가 끝난 후 그의 손을 붙잡은 재영은 그와 시선을 마주했다. 다정한 기운이 가득한 눈동자에 또다시 슬픔이 올라왔지만 감정을 털어 내며 물었다.

"수술은요?"

"일정 변경했고, 민 선생님께도 부탁했고."

"후……."

"한숨 쉬지 마. 땅 꺼져."

무거운 분위기를 바꾸고 싶은 것인지 그가 가벼운 어조로 말했다. 하지만 굳은 재영의 표정은 도통 풀리지 않았다. 안쓰럽다는 듯 자신을 바라보는 그의 표정에 재영이 입가에 어색한 웃음을 지었다.

"걱정하지 마세요. 조금 쉬는 것뿐이니까."

"내일 어디 좀 가자."

고개를 내저은 재영이 약통을 들고 자리에서 일어나자 유민은 그녀의 손목을 움켜쥐었다.

"재영아……."

"아직은 아무것도 하고 싶지 않아요."

그의 손을 털어 낸 재영이 서랍장에 약통을 넣은 후 자리에서 일어났다. 읽다 만 책이 떠올랐다. 다음 내용이 궁금하지 않았으나 아무런 생각도 하고 싶지 않았으니 이럴 땐 독서가 가장 좋았다. 걸음을 옮겨 침실로 향하는 재영의 뒷모습을 보던 유민이 운을 뗐다.

"다영이 만나러 가는 거야."

"네?"

멈추지 않을 것 같던 재영의 걸음이 멈췄다. 몸을 돌려 놀란 눈으로 그를 보던 재영의 눈빛이 크게 울렁였다.

"장례 치렀어. 바다에 뿌렸고."

"아……. 당신이에요?"

병원비가 없어 곤란한 처지에 있다는 말이 떠올랐다. 그 말에 재영은 아무런 생각도 하지 못했지만 그는 직접 움직였나 보다.

"당신에게 미리 말하는 것이 좋을까, 생각했는데 그건 아닌 것 같았어."

"당신 참 멋있는 사람이에요."

재영의 입가에 느른한 미소가 머물렀다. 하지만 그와 반대로 눈빛은 슬픔으로 물들었다. 그가 입술을 달싹이려 하자 재영이 말을 잘랐다. 그의 입에서 나올 말이야 뻔했기 때문이다.

"아니라고 말하지 말아요. 당신 정말 멋있는 사람이니까."

확신 어린 말에 유민이 작게 웃음을 내뱉었다. 그리고 양팔을 벌려 그녀를 향해 매력적으로 웃어 보였다.

"멋있는 사람한테 좀 안겨 보지?"

천천히 걸음을 옮긴 재영이 무릎을 꿇고 그의 품에 안겼다.

천천히 해변가로 걸어가는 재영의 뒷모습을 보던 그가 걸음을 멈춘 채 그 자리에 못 박힌 듯 서 있었다. 이곳으로 오는 내내 아무런 말도 하지 않던 그녀는 차가 멈춰 서고 나서야 운을 뗐다.

"어디예요?"

"저기."

그가 해변 한쪽을 가리켰다. 그러자 재영은 굳어 있던 입술을 늘어뜨려 웃으며 말했다.

"저 혼자 갈래요."

왜, 라고 물을까, 고민하던 유민이 고개를 끄덕였다.

"그래."

할 말이 많은 얼굴로 천천히 걸음을 옮기는 재영의 뒷모습을 보던 그가 차에 등을 기대고 섰다.

쏴아아―

빠르게 왔다가 내려치는 파도 소리에 그의 눈이 천천히 감겼다. 파도가 부서지는 소리는 구슬펐다. 너무나 짧은 생을 살다 간 아이가 울음을 터뜨리는 것만 같았다.

구두굽이 모래사장에 파묻혔다. 퍼석퍼석한 모래알이 검은색 구두 안으로 들어왔으나 재영은 한 번도 걸음을 멈추지 않은 채 곧장 유민이 가르쳐 준 장소로 향한 뒤 걸음을 멈춰 섰다.

그녀의 손에는 새하얀 국화꽃 한 다발이 들려 있었다. 아이가 좋아하는 꽃이 무엇인지 알았다면 그것을 사 왔을 텐데. 하지만 다영과의 만남은 짧았고 강렬했다. 좋아하는 음식이 무엇인지, 좋아하는 꽃은 무엇인지, 학교에서의 생활은 어떤지……. 그 아이에 대해 알기엔 너무나 짧은 시간이었다.

바다를 바라보던 재영이 꽃다발을 던졌다. 파도를 따라 흘러 내려가는 꽃다발을 보던 재영은 바짝 마른 입술을 달싹였다. 바늘이 심장을 쉼 없이 찔러 대는 것 같았다.

"다영아……."

미안하다는 말을 수없이 내뱉어야 할 것 같은데 할 수 있는 것은 이름을 부르는 것 정도였다. 자리에 털썩 주저앉은 재영은 저 멀리 수평선을 멍하니 바라보았다.

거긴 좋니? 거기선 내 꿈에서처럼 웃고 있지?

기다란 속눈썹이 드리워진 눈을 깜빡이던 재영은 용기 내어 입술을 뗐다.

"약속 못 지켜서 미안해."

너무 미안해.

너무 미안하다, 다영아.

연달아 속삭이듯 작은 목소리로 말한 재영이 고개를 숙였다.

"흐윽……."

입에서 흐느끼는 소리가 터져 나와 더 이상 사과의 말을 내뱉지 못했다.

집에 있으며 그녀는 자신의 능력에 대해 수없이 의심했다. 자신이 부족해 다영일 떠나보낸 것은 아닐까, 비약까지 하게 됐다. 그것이 아니란 것을 알고 있었음에도 계속 그러한 생각을 하게 되었다.

그러다 내린 결론은 간단했다.

"노력……할게."

다음에는 너처럼 허무하게 떠나보내는 아이가 없도록.

노력하고, 또 노력할게.

매일 그 말을 읊조렸다.

현재의 의료기술로는 되살릴 수 없다는 말을 하지 않도록 하겠다고.

고개를 든 재영은 수평선을 다시 한 번 바라봤다. 그리고 망망대해 어딘가에 있을 다영을 떠올리며 읊조렸다.

"모두 내려놔."

쏴아— 쏴아아—

"울지 말고."

chapter *6*

Dopamine

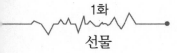

1화
선물

어깨를 나란히 하고 걷는 유민의 옆모습을 보던 재영의 입술이 부드럽게 호를 그렸다. 그의 모습에 심장이 왈칵 내려앉기도 미친 듯이 내달리기도 했다. 마치 심장이 말하는 것만 같다. 나 많이 떨려, 라고.

유민의 옆모습을 보며 천천히 걸음을 옮기던 재영의 시선이 아래로 향했다. 서로 맞춰지는 발걸음, 누가 앞서지도 뒤서지도 않은 걸음에 그녀의 입가에 부드러운 미소가 걸렸을 때였다. 허공에서 흔들리던 손을 따스하게 감싸는 손길에 재영의 고개가 위로 들렸다. 넥타이를 느슨하게 끌어 내리던 유민이 그녀를 내려다보더니 피식 웃음을 내뱉는다.

"뭘 그렇게 놀라고 그래?"

"아, 정신을 다른 곳에 팔고 있었더니."

"그러다 넘어진다."

무심하게 툭 내뱉은 유민이 팔을 접어 재영의 몸을 자신 쪽으로 잡아당겼다. 반동에 유민의 몸에 부딪혔다가 튕겨 나간 재영이 휘청거리자 기다란 팔을 쭉 뻗어 그녀가 넘어지지 않도록 지탱한 그가 작게 웃음을 내뱉었다.

"똑바로 걷지 못할까."

"매일 장난!"

재영이 도끼눈을 뜨자 유민이 콧잔등을 찡긋거렸다. 매서운 눈빛에 살짝 기가 죽은 모습이었다.

"뭐야, 화났어?"

"아니요, 하지만 한 번만 더 하면 정말 화가 날……."

재영이 미처 말을 끝맺지 못하고 입을 꾹 다물었다. 갑작스럽게 닿은 입술은 보드랍고 따사로웠다. 하지만 그와는 반대로 뺨에 닿은 손바닥은 거칠다. 일주일 전 그녀를 구하기 위해 날카로운 유리 조각을 잡았던 손은 이젠 많이 아문 상태였으나 아직은 메스를 잡고 직접 집도는 하지 못하고 있었다.

기습적인 입맞춤에 눈을 깜박이던 재영은 입술이 살짝 떨어지자 숨을 훅 뱉었다. 이곳이 길이라는 사실도, 사람들의 시선이 두 사람에게 머문다는 사실도 모른 채, 유민은 재영을 보며 웃고 있었고 재영은 그를 멍하니 올려다보고 있었다. 입술을 달싹거리기만 할 뿐 아무런 말도 못 하는 재영의 모습에 유민의 입꼬리가 하늘을 향했다.

"다 혼냈지?"

"……."

"그 표정은 뭐야? 새삼 나한테 반했어?"

"……당신 정말."

반포기한 사람처럼 피식 웃음을 내뱉는 재영의 모습에 유민이 어깨를 으쓱였다. 재영의 어깨를 자신 쪽으로 확 끌어당긴 유민이 다시 걸음을 옮기기 시작했다. 도시가 만들어 낸 불빛을 벗 삼아 천천히 걸음을 옮기던 둘은 공원을 지나 인파 속으로 숨어들었다.

대학가는 젊음을 뽐내는 이들로 가득했다. 하지만 그들 사이로 다정하게 손을 잡은 채 걸음을 옮기는 두 사람에게 모이는 시선은 상당했다.

"저 남자 멋있지 않니?"

"와."

귀에 쏙쏙 박혀 드는 목소리에 재영의 어깨가 아래로 축 늘어졌다. 잘난 남자의 옆에 서 있다는 것을 즐길 줄 모르는 재영은 쏟아지는 여자들의 시선이 부담스럽기만 한 것인지 그에게서 한 걸음 떨어졌다. 거리감을 두는 재영의 모습에 유민이 인상을 찌푸렸다.

"왜 그래?"

아무것도 모르겠다는 듯 고개를 기울이는 유민의 모습을 올려다보던 재영이 입술을 뾰족하게 내밀었다.

"얼굴에 커다란 점이 있었으면 좋았을 텐데."

"뭐?"

"아니면 콧대가 낮거나."

"이봐."

무슨 말을 하고 싶은 건데?

유민이 게슴츠레 눈을 뜨며 자신을 보자 재영은 아무것도 아니라는 듯 고개를 팩 돌렸다. 그러다 깔려 있는 좌판을 보며 걸음을 우뚝 멈췄다.

"왜? 뭐가 불만이야?"

닦달하는 그의 목소리에도 재영은 무언가에 홀린 사람처럼 성큼성큼 걸음을 옮겼다. 이천 원이라 적힌 글자 밑으로 반짝이는 싸구려 반지 수십 개가 진열되어 있었다. 그중 재영의 마음을 사로잡은 반지는 물결 모양의 몸통 위에 작은 큐빅이 빼곡하게 박혀 있는 것이었다. 재영의 어깨너머로 반지를 보던 유민이 고개를 기울였다.

"이런 취향이었어?"

"이런 취향이라니? 듣는 이런 취향 기분 나빠요."

"아, 화려한 걸 좋아했냐고."

자신의 말에 어폐가 있다는 것을 깨달은 유민이 정정했다. 그러자 재영은 반지를 손가락에 껴 보았다. 기다란 손가락 사이에서 반짝이는 반지를 보자 재영의 입술이 느른하게 펴졌다.

"네, 사실 전 심플한 것보단 화려한 게 좋아요. 특히 반지는 말이죠."

손등을 돌린 재영이 유민에게 보여 주며 말했다.

"자, 어때요?"

"예쁘네."

유민이 재영의 어깨에 턱을 얹으며 장난스럽게 말했다. 목소리는 심드렁했다. 그의 취향이 아니었으므로. 그러자 재영이 눈을 흘기며 그를 살짝 노려본 후 손을 그의 얼굴 가까이 들이대며 말했다.

"그럼 이거 사 줘요. 화 풀 테니까."

"어쭈? 지갑을 열게 만들어?"

고개를 번뜩 든 그가 장난스럽게 소리쳤다. 그러다 피식 웃으며 지갑에서 지폐 한 장을 꺼내 주인에게 내밀었다.

"여기요."

"네, 잔돈 여기 있습니다!"

주인에게 잔돈을 거슬러 받은 유민이 곁에서 반지를 연신 만지작거리는 재영을 보며 피식 웃음을 내뱉었다.

"그런 거 몇 백 개는 사 줄 수 있는데, 나한테 시집오는 게 어떻나?"

그의 말에 주위에서 남몰래 그들을 힐끗거리던 여자들이 '헉!' 하며 숨을 내뱉었다. 더 이상 놀랄 수 없을 정도로 화들짝 놀란 모습이었으나 곧이어 들려온 재영의 답에 더욱 놀라 버린다.

"생각 좀 해 보고요."

얼마나 대단한 여자기에 저런 남자의 프러포즈를 저리도 쿨하게 거절하는 걸까?

대학생으로 보이는 여학생들의 눈초리가 재영에게로 향했다. 화장기 없이 맑은 얼굴에 대충 머리를 질끈 묶어 올린 여자는 남자에 비해선 제법 평범해 보이는 모습이었다.

"나 까인 거야?"

"그런 말은 어디서 배웠대요?"

"이상해? 드라마에서 남자 배우가 그러던데."

장난스럽게 말한 유민이 재영의 뺨에 부드럽게 입을 맞췄다. 사람들의 눈치를 보던 재영이 그의 입술을 슬쩍 피하자 그제야 유민도 자신들을 향한 시선을 느낀 것인지 입가에 어색한 웃음을 머금었다.

"가자."

다친 손이 신경 쓰이는 것인지 커다란 손으로 재영의 손을 살짝 감싸쥔 유민이 모여든 사람들을 헤치고 인파 속으로 사라졌다. 그들을 곁에서 보고 있던 여학생 하나가 신음을 삼켰다.

"부럽다, 부러워!"

"야, 봤어? 웃는 것 대박 멋져."

"여자 옷 입은 거 봤지? 분명 돈 많은 걸 거야. 저런 남자 막 걷어차는 거 보면."

"에이, 예쁘게 생겼던데?"

"칫."

부러운 듯 연신 툴툴거리던 여학생이 멀어지는 두 사람을 보며 삐죽말했다.

"덥지도 않나 저 사람들은? 뭐 저리 착 달라붙어 있대?"

두 사람을 바라보는 사람들의 모습에 부러움이 서린다.

❖

〈너 다쳤다며?〉

날카로운 다미의 목소리에 진료실 문을 닫은 유민이 곧장 책상 쪽으로 향했다. 실밥은 어제 풀었으나 아직은 완벽하게 살이 붙지 않아 거즈를 덧대 놓은 상태였다.

그에 관한 소문이 뉴욕까지 전해진 것인지 전화를 받자마자 다짜고짜 묻는 다미의 말에 유민이 한숨을 내뱉으며 의자에 털썩 주저앉았다. 다미에게 이 소식을 전할 놈은 단 한 놈뿐이었다.

"유진이가 말해요?"

바로 노유민의 철부지 동생, 노유진. 이런 그의 예상은 한 치도 빗나가지 않았다.

〈그래! 뉴스에도 났다고! 이게 무슨 일이니, 정말.〉

다미의 목소리엔 걱정이 가득했다. 아들 둘 모두 한국에 보내 놓은 다미는 믿음직한 장남이 늘 그랬던 것처럼 잘해 나간다고 생각하고 있었다. 하지만 이혼 소식에 이어 다쳤다는 이야기까지 듣자 속이 새까맣게 타들어 가고 있었다. 연신 한숨을 내뱉으며 조잘조잘 이야기를 늘어놓던 다미가 툭 내뱉었다.

〈아들, 엄마가 한국에 들어갈까?〉

"아니에요, 곧 뉴욕으로 갈 거예요."

차트를 넘기며 환자 기록을 보던 유민이 말했다. 그러자 화들짝 놀란 목소리가 들려온다.

〈뭐? 여기로 온다고?〉

바쁜 아들이 뉴욕으로 여행을 오진 않을 것이다. 명절이고 휴가고 한국으로 떠난 이후로 단 한 번도 뉴욕으로 오지 않았던 유민이었다. 다미의 말에 차트를 덮은 유민이 반대 손으로 휴대전화를 쥐며 거즈를 보았다. 이런 손으로는 당장 복귀는 힘들겠지만 그래도 마음은 이미 굳힌 뒤였다.

"네, 존. F. 케네디에서 연락이 왔어요. 다시 와 줬으면 한다고."

〈진짜? 이거 잘된 일이니?〉

"그렇죠, 뭐. 재영이와 함께 갈 겁니다."

〈재영이와?〉

"네."

아직 허락은 받지 못했지만요. 뒷말은 차마 내뱉지 못한 채 한숨을 집어삼켰다. 원래라면 그녀와 함께 존. F. 케네디 병원으로 복귀할 마음이었지만 재영은 더 이상 병원 생활은 하고 싶지 않다고 말했었다.

"많이 지쳤나 봐요. 쉬고 싶어요."

의학만 공부한 자신이 무엇을 할 수 있을지는 모르겠지만 한동안은 쉬며 다른 것도 해 보고 싶다 말했다. 평생 공부만 하며 병원이 자신의 종착지라 생각했던 믿음이 흔들리기 시작했다며.

그런 그녀의 의견을 그는 존중해 주었다. 이제라도 자신이 하고 싶은 일을 찾고 싶다면 기꺼이 그러라고 말했고, 조급하게 생각하지 말고 차근차근 생각해 보라며. 그의 말에 재영은 늘 그랬던 것처럼 말했다.

"고마워요."

그녀는 늘 그에게 고맙다고 말했다. 미안하다는 말 대신. 그 말에 그는 다정하게 재영의 머리를 쓰다듬어 주었다. 그녀는 요즘 놓았던 책을 다시 펼쳐 보며 영어공부를 하고 있었다. 대학진학과 대부분 영어로 진행되는 수업을 위해 공부했을 뿐, 회화 쪽은 약하다며 회화학원을 다니겠다고 말한 재영은 당장 다음 날 학원을 등록했다. 그리고 지금까지 꾸준히 학원을 다니고 있었다.

발음 부분을 유민에게 물어보며 요즘 열공에 빠진 재영은 처음 그녀를 만났던 그때로 돌아가 있었다. 안경을 쓰고 책이 세상의 전부인 것처럼 구는 그녀를 볼 때면 간혹 예전처럼 가슴이 뛰기 시작한다. 연애와는 전혀 무관한 떨림은 애잔한 추억 때문이기도 했고, 이십 대 풋내기 시절의 그로 돌아갔기에 일어난 것이기도 했다.

유민의 입가가 느른하게 풀렸다. 정신을 놓고 재영을 생각하던 그는 톡톡 튀는 다미의 목소리에 퍼뜩 정신을 차렸다.

〈어휴, 일이 어떻게 되는 건지. 뉴욕에 오면 다 설명해 줄 거지?〉

"네."

〈그래, 알았어. 언제 올 거니?〉

"최근 수술 환자들 경과 보고 이번 달 말일쯤에 넘어갈 겁니다."

〈기다리마.〉

그 말이 마치 '믿는다, 내 아들'처럼 들려오는 것은 왜일까.

유민이 입가에 잔뜩 미소를 띠며 고개를 끄덕였다.

"네."

정든 진료실 안을 천천히 둘러보는 유민의 얼굴 위로 아쉬움이 머물렀다. 아이들의 긴장을 풀기 위해 구입해 놓은 장난감들이 여기저기 놓여 있는 이 공간을 그의 예상보다 훨씬 빨리 떠나게 됐다.

아쉬움의 눈빛으로 곳곳을 쓰다듬던 유민이 공간을 둘러보고 있을 때였다. 열린 문을 누군가가 똑똑 두드렸다. 고개를 돌려 보자 긴 머리를 대충 질끈 묶은 민 선생이 서 있었다. 팔짱을 낀 그녀는 고갯짓을 하는 유민을 보며 어설프게 웃었다.

"교수님, 진짜 그만두실 거예요?"

병원 내엔 유민의 갑작스러운 사직에 말들이 많았다. 얼마 전에 있었던 사건과 더불어 재영 또한 병원에 나오지 않는 상태였으니 소문은 꼬리에 꼬리를 물고 사람들의 입으로 옮겨지고 있었는데, 그중엔 심 원장과 재영의 관계도 속해 있었다.

"네, 그렇게 되었습니다."

재영과 유민의 이야기를 간접적으로 알고 있었던 민 선생은 나빠 보이지 않는 그의 얼굴에 피식 웃음을 내뱉었다.

"사소한 것부터 챙겨 주셨나 보죠?"

"아, 음."

입을 꾹 다문 유민은 곰곰이 생각에 빠진 얼굴로 민 선생을 보더니 작게 고개를 내저었다.

"가장 원하는 것부터 챙겨 줬습니다."

"우리 남편보다 화끈하시네요."

입술을 늘어뜨려 웃은 민 선생이 한숨을 내뱉었다. 그러며 비스듬하게 기대고 있던 몸을 똑바로 세우더니 아쉬운 듯 유민의 얼굴을 보았다.

처음 그와 함께 일할 수 있단 이야기를 들었을 때 얼마나 기뻤던가. 세계적인 실력을 가진 서전과 같은 수술방에 들어갈 수 있다는 것만 해도 좋았던 그녀다. 생각보다 빨리 그가 있었던 병원으로 돌아간다고 하자 아쉬운 마음이 들면서도 씁쓸해졌다.

민 선생은 아쉬운 마음이 가득한 얼굴로 말했다.

"수술실에 자주 들어가야겠어요. 하나라도 더 손끝 훔치려면."

"얼마든지요. 든든한 퍼스트가 있으면 좋죠."

고저 없는 목소리는 진심처럼 느껴지지 않았으나 그의 곁을 4년이나 지킨 그녀였다. 냉랭한 그의 모습에 악의가 없다는 것을 알기에 가벼운 웃음을 지을 수 있었다.

"가시기 전에 술 한잔해요."

"회식 때 제 카드만 참석하면 되는 거 아니었습니까?"

유민이 장난을 걸어오자 민 선생이 커다란 눈을 깜빡였다. 그녀 역시 즐거운 기색이 가득했다.

"마지막은 참석하셔도 좋습니다."

"기쁘네요."

무심한 얼굴에 민 선생이 피식 웃음을 내뱉었다.

"오늘 어떠세요?"

"오늘은 아쉽게도 선약이 있습니다."

"이런, 제가 한발 늦었군요."

아쉽다는 듯 입맛을 다시는 모습에 유민이 손목시계를 확인했다. 곧 재영이 학원을 마칠 시간이었다.

흰 가운을 벗어 옷걸이에 건 뒤 외투를 입은 유민이 가방을 집어 들었다. 유려한 움직임으로 수고하라는 말과 함께 진료실을 벗어난 그가 지하주차장으로 향했다. 세워 둔 차에 시동을 켜고 보조석을 정리한 그가 휴대전화를 들었다.

-출발한다.

늘 그랬던 것처럼 짧은 문자를 남긴 유민이 차를 부드럽게 출발시켰다.

꽉 막힌 도로는 주차장을 방불케 했지만 유민은 느긋한 마음으로 차를 몰았다. 라디오를 켜고 도로 상황에 맞춰 운전을 하던 그는 얼마 떨어지지 않은 학원 앞에 도착해서 차를 세운 후 커피숍 안으로 들어갔다.

달콤한 커피 한 잔과 아이스커피를 주문한 그는 상냥한 미소로 테이크아웃 잔을 건네는 아르바이트생에게 자상한 미소를 지어준 후 커피숍을 나섰다.

다시 차 쪽으로 돌아온 유민은 차 안을 살피는 재영의 뒷모습에 부드럽게 미소 지었다. 평소보다 조금 일찍 나온 그녀는 차 안이 텅 비어 있자 당황한 모습이었다. 긴 머리를 질끈 묶고 편안한 티셔츠에 청바지 차림의 재영을 멀찍이서 바라보는 유민의 눈동자가 따스함으로 물들었다.

"어디 갔지?"

당황한 눈으로 차 안을 보던 재영이 천으로 만들어진 가방에 손을 넣어 뒤적거렸다. 휴대전화를 찾는 모습에 유민은 성큼성큼 걸음을 옮겨 재영의 곁에 섰다. 그리고 그녀의 어깨에 테이크아웃 잔을 올려 두며 무심한 어조로 물었다.

"거기서 뭐하십니까?"

"아, 차가워!"

깜짝 놀란 재영이 몸을 움찔 떨며 소리쳤다. 그리고 자신을 보며 작게 웃음을 내뱉고 있는 유민을 보며 눈을 동그랗게 떴다. 손을 든 그녀가 재영의 어깨를 툭 내려쳤다.

"뭐예요, 정말 놀랐잖아요."

"미안."

짧게 말을 내뱉은 유민이 휘핑크림이 잔뜩 올라간 커피를 그녀에게 내밀었다.

"커피 사러 갔다 오신 거예요?"

그가 보조석 문을 열어 그녀를 차에 태워 주며 물었다.

"어, 저녁은?"

"먹었죠. 당신은요?"

"먹었어. 영화 보러 가자."

"좋아요."

문을 닫아 준 유민이 곧장 보닛을 돌아 운전석에 올랐다. 입술을 오물오물 움직여 커피를 마시는 재영의 모습을 보던 그가 손을 뻗어 재영의 머리를 쓰다듬었다.

"공부는 어때?"

"재미있어요."

"공부가 재미있다는 사람은 네가 처음이다."

"그래요?"

재영이 의외라는 듯 눈을 동그랗게 뜨자 유민이 피식 웃음을 내뱉었다.

"왜 그런 반응일까?"

"유민 씨도 그렇고 유진이도 그렇고. 재미없으면 그렇게 잘할 수가 있나요?"

형제가 모두 수재 소리를 들었던 터라 재영이 의아한 듯 물었다.

형제가 모두 대한민국 최고라는 대한세종대학에서 수석 졸업을 했음은 물론이고, 유민은 학교를 다닐 때도 1등을 놓쳐 본 적이 없는 사람이었다. 그렇다고 도서관에서만 산 것도 아니니 주위에서 보기엔 외계에서 온 사람은 아닐까, 그를 의심한 적도 있었다.

머리부터 발끝까지 모든 것이 완벽한 노유민은 여러 학생들에게 선망의 대상이었다. 그건 남녀노소를 가리지 않았다.

재영이 커다란 눈을 깜빡이며 묻자 유민이 심드렁한 얼굴로 시동을 켰다. 그리고 전방을 주시하며 부드럽게 차를 출발시켰다.

"난 지고 싶지 않았을 뿐이야."

"어이고, 그놈의 승부욕! 그래도 승부욕만으로 수석 졸업은 힘들어요."

"그런가?"

고개를 기울인 그가 고개를 끄덕였다. 부모님이 좋은 머리를 물려준 것도 한몫했겠지. 고개를 끄덕인 유민이 말을 이었다.

"노유진은 공부가 세상에서 제일 쉬웠어요, 타입이고."

"그래요. 걔가 그래서 재수가 없죠."

"뭐?"

신호를 받아 차가 멈추자 유민이 재영을 봤다. 까칠한 어투에 조금은 놀란 듯했다. 그러자 재영은 입술을 뾰족하게 내밀며 쏘아붙였다.

"맞잖아요. 난 진짜 죽어라 했는데, 걘 참 쉽게 했거든요. 그런데 매일 엎치락뒤치락하니까 내가 얼마나 피 말렸는 줄 알아요? 그리고 본과 2학년 땐가? 물어봤거든요. 어떻게 공부를 그렇게 잘하냐고. 그러니 그 인간이 뭐라고 했는 줄 알아요?"

따발총을 쏘듯 빠르게 말을 내뱉었다. 유민이 입가에 미소를 머금으며 왜? 라고 묻자 재영이 입술을 비틀었다.

"못하는 인간들 머리가 쇠로 만들어진 거래요."

"뭐? 하하하하!"

유민이 커다랗게 웃음을 터뜨렸다. 노유진다웠지만, 자신의 동생이라 차마 욕을 하지 못했다. 그리고 미리 알아 둔 자동차 극장이 있는 쪽으로 부드럽게 핸들을 꺾으며 말했다.

"수석 졸업한 사람이 그런 소리 하면 돌 맞아."

노유진도 노유진이었지만 심재영 또한 만만치 않았기에 그가 말했다. 서전으로서 그녀는 평범했지만 의대 시절에는 따를 자가 없을 정도로 재영은 공부를 잘했다. 이에 한 번은 청아가 우는 목소리로 저것들이랑 함께 있으면 자신이 머저리가 된 기분이라 했으니 오죽했겠는가. 하지만 자신보다 더 뛰어난 상대가 있었던 재영은 늘 자신의 성적에 만족스럽지 못했었다.

재영이 불퉁한 목소리로 말했다.

"제가 왜 수석 졸업했는데요? 유진이가 수업만 제대로 들어왔어도 차석이었어요."

"그랬어요?"

우쭈쭈, 소리 내어 자신의 머리를 툭툭 두드리는 유민의 모습에 재영이 버럭 소리쳤다.

"내 마음 이해 못 할 거예요!"

"왜 이해를 못 해? 그런 괴물이 내 동생인데."

"아……."

"넌 대학 시절 잠시의 적수겠지만 내겐 평생의 적수거든?"

"……."

재영이 안쓰럽다는 눈으로 유민을 보았다. 그가 갑자기 엄청 불쌍하게 보이는 순간이었다.

"불쌍해요."

"그래, 그러니 나한테 잘해 주란 말이야."

"네, 그럴게요."

정면을 주시하고 있는 유민의 입술에 짧게 입을 맞춘 재영이 쪼로로 커피를 마신다. 갑작스러운 입맞춤에 멍하니 그녀를 보고 있던 그가 입술을 달싹였다. 하지만 먼저 말을 꺼낸 것은 재영이었다.

"출발 안 하고 뭐해요?"

아무것도 모르겠다는 얼굴로 잡아떼는 그녀의 모습에 유민이 콧잔등을 찌푸렸다. 어쩜 이렇게 올바르게 변해 가는 건지. 장난스럽게 웃음을 내뱉은 유민이 차를 출발시키며 짧게 투덜거린다.

"이 붉여시."

쾅― 쾅쾅쾅―!

주파수를 맞춰 놓은 라디오에서 연신 포성이 들려왔다. 6.25전쟁 당시, 낙동강 유역을 사수하기 위해 모여든 학도병을 다루고 있는 영화는 인기 많은 아이돌그룹의 멤버가 주연을 맡아 개봉 당시부터 주목받았다. 이미 흘러간 옛 영화였지만 자동차 극장을 찾는 이들 대부분이 영화를 보러 온 것이 아니라 잿밥에 더 관심 있었기에 드문드문 차들이 들어차 있었다. 하지만 이 영화가 보고 싶어 선택한 재영은 간혹 손과 입만 움직이며 팝콘만 먹을 뿐, 커다란 화면에서 시선을 떼지 못하고 있었다.

탕― 탕탕―

학교 안으로 밀고 들어온 인민군에 의해 의기투합했던 학도병들이 하나둘 쓰러지기 시작했을 때 재영의 입에서 안타까운 탄성이 터져 나왔다.

"어머, 어떻게 해."

실화를 바탕으로 한 영화라는 것을 알기에 더욱 감정이 울컥 올라왔다. 눈물을 글썽이며 입을 가리던 재영이 다시 팝콘을 집어 먹었다. 바삭바삭, 과자가 입에서 부서지는 소리가 들리자 방금 전부터 그녀를 보고 있던 유민은 몸을 더욱 옆으로 기울여 재영을 본격적으로 관찰하기 시작했다.

시시각각 변하는 표정에 그도 따라 안면근육을 움직였다. 살짝 입술이 벌어졌을 땐 그도 살짝 벌려 보았고, 미간을 찌푸리며 눈물을 참을 땐 따라 얼굴을 찌푸렸다. 그러다 벌어진 입이 도통 다물어지지 않자 손으로 턱을 밀어 올리며 웃음기 가득한 목소리로 말했다.

"입 좀 다물고 봐."

"어쩜 당신은, 슬프지도 않아요?"

재영이 손가락으로 화면을 가리키며 말했다. 오디오에선 연신 신음 소리와 함께 울먹이는 소리가 가득했다. 주인공이 옥상에서 마음을 나누게 된 친구와 함께 죽어 가는 모습에 재영이 열을 올렸다. 하지만 유민은 그런 재영이 귀엽기만 한 것인지 손을 내밀어 머리를 쓰다듬었다.

"그래, 슬프다."

"그게 슬픈 사람 얼굴이에요?"

그녀의 말에 유민이 눈을 크게 뜨더니 이내 눈꼬리를 축 늘어뜨린다.

"이제 좀 불쌍해?"

"……."

미간을 좁히는 모습에 유민은 자신의 본심을 몰라준다는 듯 깊은 한 숨을 내뱉더니 재영의 손을 이끌어 자신의 아랫도리 위에 올려놓았다. 재영의 손이 순간 놀라 오므라들었다. 빳빳하게 선 남성이 꿈틀거리며 연신 불만을 터뜨리고 있었다. 유민이 게슴츠레 눈을 뜨며 입 꼬리를 올렸다. 매혹적인 웃음에 재영이 입을 앙다물었다.

"이런 마음도 몰라주고 영화에 온 정신을 놓고 있는 여자친구 두고 있는 남자, 얼마나 불쌍해?"

"……딸꾹!"

"왜 그래?"

"딸꾹, 딸꾹!"

숨을 꾹 참아도 딸꾹질이 멈추지 않자 재영이 눈을 동그랗게 떴다.

그녀의 모습에 푸하하 웃음을 터뜨린 유민이 눈가에 맺힌 눈물을 닦아 냈다.

"뭐야, 누가 지금 잡아먹기라도 한 대?"

"깜짝 놀라…… 딸꾹!"

"하하하!"

커다란 웃음소리에 재영이 곁눈질을 하며 흘겨보자 유민이 커다란 손으로 입을 막았다. 웃음을 참느라 붉어진 얼굴로 재영을 보던 유민이 소리 내어 손바닥을 겹치며 말했다. 목소리엔 여전히 웃음기가 가득했다.

"미안미안."

"미워요…… 딸꾹!"

"큭큭."

"딸꾹, 당신 정…… 딸꾹!"

쪽.

짧게 맞춰졌다가 떨어지는 입술에 커다랗게 변한 눈으로 유민을 보던 재영이 천천히 다가오는 얼굴에 눈을 감았다. 부드럽게 턱에 맞춰진 입술은 따뜻했다. 턱 선을 훑던 입술이 올라와 긴장에 굳어 있는 입술 위에 안착했을 때 재영의 입꼬리가 부드럽게 호를 그렸다. 벌어진 입술 사이로 미끄러져 들어오는 혀에 재영이 턱을 더 벌렸다.

양 뺨을 붙잡는 손길과 치열을 부드럽게 훑어 내리는 혀에 몸이 샤벳처럼 사르르 녹아내리는 것 같았다. 척추를 타고 올라오는 흥분에 재영의 입에서 옅게 신음이 터져 나왔을 때였다.

"……여기서 덮치면 혼나려나?"

흥분이 묻어 나오는 목소리에 재영의 뺨이 핑크빛으로 물들었다. 눈을 돌려 주위를 보자 세워져 있는 차가 보인다. 가슴이 콩닥콩닥 뛰고 울렁거리는 마음에 재영이 고개를 푹 숙인 후 고개를 끄덕였다. 촉촉하게 젖은 눈빛으로 아쉬운 신음을 내뱉은 유민이 앓는 목소리로 말했다.

"영화 결말 궁금해?"

도리도리, 작게 고개를 내저은 재영이 고개를 들어 빼꼼하게 유민의 눈을 마주치며 수줍게 웃었다.

"안 봐도 돼요."

"좋아, 가자."

시동을 켠 유민이 성급하게 차를 출발시켰다.

띠— 띠리릭—

비밀번호 도어록이 풀리는 소리와 함께 재영과 유민이 뒤섞여 집 안으로 들어왔다. 뜨거운 입맞춤만으로도 벌써 다리에 힘이 풀려 몸이 축축 늘어지자 유민이 그녀의 가랑이 사이로 허벅지를 찔러 넣었다. 팔을 한데 모아 위로 들어 올린 유민은 차가운 벽이 등에 닿자 눈을 게슴츠레 뜨는 재영과 시선을 맞추며 웃었다.

"젖었다."

그녀의 표정을 보며 유민이 커다란 손으로 얼굴을 쓰다듬어 주었다. 촉촉하게 젖은 얼굴은 사랑스러웠다. 전신을 핥아 주고 싶을 정도로.

"그냥 두실 거예요?"

잔뜩 가라앉은 목소리에 유민이 그녀의 오금 밑으로 손을 찔러 넣어 번쩍 들어 올렸다. 가벼운 몸짓에 재영은 놀란 기색 하나 없이 그의 단단한 어깨를 손으로 쥐었다. 손바닥 밑에서 꿈틀거리는 근육에 마음이 설렌다. 곧 이 남자의 품 아래서 부서져 내릴 것을 생각하니.

성큼성큼 걸음을 옮긴 유민은 거침없이 침실로 향했다. 자신의 향으로 가득한 침대보 위에 누워 그의 모습을 올려다보던 재영은 티셔츠가 벗어 던져지고 매끈한 근육이 드러나자 팔을 뻗었다. 손바닥 아래에 닿은 따스한 살결이 꿀렁이며 춤을 춘다. 재영의 입가에 웃음이 머문다.

"당신 긴장했어요?"

"사랑하는 여자 손길이 닿는데 긴장 안 할 남자가 어디에 있나?"

유민이 손을 내려 재영의 가슴께 위에 올려놓았다. 콩닥콩닥, 긴장한 심장이 펄떡였다. 유민의 입가가 거만하게 비틀렸다.

"당신도 엄청 긴장했는데?"

"사랑하는 남자가 섹시한 모습으로 내려다보고 있는데 긴장 안 할 여자가 어디에 있어요?"

장난스럽게 되받아치는 재영의 모습에 유민이 재영의 티셔츠 자락 사이로 손을 찔러 넣었다. 손바닥에 가득 차는 따뜻한 여체에 그의 입에서 신음이 흘러나온다. 오늘따라 유독 미칠 것 같은 이 기분은 자신의 움직임에 따라 더욱 격렬하게 반응하는 그녀 때문일 것이다.

"섹시해?"

"무척이요."

재영의 티셔츠를 벗겨 내고 여체의 굴곡을 따라 혀를 내리는 유민의 몸짓에 호리병처럼 예쁜 몸이 위로 튀어 올랐다가 아래로 내려앉았다. 손가락으로 배꼽 주위에 빙빙 원을 그리며 장난을 치던 유민은 부드럽게 웃음 지으며 말했다.

"기분 좋은 말이네."

바지 후크를 풀자 재영이 엉덩이를 들어 행동을 맞춰 주었고, 바지와 속옷이 한꺼번에 부드럽게 벗겨졌다. 새하얀 여체가 드러나자 유민의 눈빛이 어둡게 물들었다. 뜨거운 눈빛에 몸이 녹아내릴 것만 같았다. 자리에서 일어나 바지를 벗은 유민이 재영에게 다가왔다. 뜨거운 체온과 서늘한 체온이 만나 짜릿한 전기가 통했다. 발끝까지 찌릿한 감정에 재영이 발가락을 오므렸다.

힘주어 잡으면 부러질 것 같은 얇은 발목을 붙잡은 유민이 발등에 쪽하고 입을 맞추었다. 힘을 준 재영의 작은 발이 부들부들 떨렸다. 그 모습이 귀여워 유민은 연거푸 입을 맞추고 발가락을 빨았다.

찌르르.

몸을 떠는 재영의 모습에도 아랑곳하지 않은 유민은 혀를 길게 빼내어 재영의 발가락 사이사이를 꼼꼼하게 핥았다. 평소 입김이 닿을 리 없는 곳에 섬세한 입술과 혀, 숨결이 닿자 재영의 고개가 위로 빳빳하게 들렸다. 눈물이 찔끔 났다.

나뭇가지처럼 얇은 종아리를 혀로 핥고, 무릎 옆에 있는 작은 점에 입을 맞추고 사타구니 사이를 혀로 핥은 유민은 거침없이 위까지 진격했다. 혀끝에 꺼끌한 숲 끝이 닿자 유민이 숨을 깊게 들이마셨다. 비릿한 냄새에 손끝이 저렸다.

엄지손가락으로 숲을 걷어 연한 속살을 마주한 유민이 입술을 내려 입을 맞추었다. 입술에 닿은 여성이 꿈틀거리며 축축한 액체를 가득 내뿜었다. 혀로 입술을 할짝여 맛본 유민의 입꼬리가 부드럽게 호를 그렸다.

츄릅, 액체를 힘껏 빨아들인 유민은 파들파들 떨리는 새하얀 허벅지가 목을 감자 허리를 더욱 세웠다. 하늘로 치켜 올라간 여성에 혀와 손가락을 밀어 넣은 유민은 힘껏 옥죄는 부드러운 속살에 작게 신음을 내뱉었다.

"아……!"

손가락을 더욱 빠르게 움직이자 재영이 허리를 비틀며 신음을 내질렀다. 엄청난 쾌감에 재영의 시야가 흐려지고 콧잔등에 땀이 송골송골 맺혔다. 눈물이 찔끔 맺힌 얼굴로 이불을 부여잡는 그녀의 행동에도 유민은 연신 여성을 맛보며 충분히 젖도록 기다렸다.

"아흥, 아하!"

달콤한 숨결을 내뱉던 재영이 손을 들어 유민의 어깨를 붙잡았다. 땀으로 흥건하게 젖은 등에 맞닿은 손이 미끌어졌다. 재영이 손톱을 박아넣으며 허벅지로 그의 허리를 감쌌다.

"그, 그만요."

재영이 숨을 헐떡거렸다. 여성을 손으로 만져 그녀가 준비를 완벽하게 마쳤다는 것을 깨닫자 유민이 상체를 들어 터질 듯이 부풀어 오른 남성을 쥐고 여성의 내벽에 부드럽게 문질렀다.

"으흐!"

쉬이 안으로 밀고 들어오지 않는 남성 때문에 흐느낀 재영이 안달 난 얼굴로 유민의 얼굴을 올려다보았다. 입술을 비틀며 거만하게 웃는 유민의 모습에 재영이 뾰족한 목소리로 외쳤다.

"지금 뭐하는 거예요?"

"애태우는 거야."

"너무해요."

단단한 유민의 허리를 붙잡은 재영이 엉덩이를 움직여 그의 남성을 안으로 빨아들였다. 안으로 쑥 빨려 들어간 남성이 안을 채우자 재영이 여성을 옥죄었다.

"으!"

갑작스런 결합에 유민의 미간이 찌푸려졌다. 하마터면 넣자마자 사정을 할 뻔했다. 갑작스런 기습 공격에 몸을 움찔 떤 유민은 입술을 느른하게 늘어뜨린 채 만족스런 신음을 내뱉고 있는 재영의 콧잔등을 살짝 꼬집으며 말했다.

"개구쟁이."

"으흠."

불만이 가득한 목소리에도 재영은 콧소리만 낼 뿐이었다.

천천히 허리를 움직여 음률에 맞춰 속도를 높이는 유민의 몸짓에 따라 재영의 몸도 함께 움직였다. 새하얀 가슴이 들썩이고, 꼿꼿하게 선 여성이 딱딱해졌다. 연신 손가락으로 정점을 문지르며 다른 손으론 재영의 엉덩이를 주물렀다. 꾹꾹 누르는 손길에 재영의 눈이 게슴츠레 뜨였다. 그러자 보이는 것은 그의 얼굴뿐. 눈을 감고 느끼는 그의 모습은 너무나 아름다웠다.

단단한 어깨가 꿈틀거리고 남성스러운 날카로운 턱이 움찔거리는 것을 보던 재영이 입가에 웃음을 머금었다. 손을 뻗어 연신 이를 악무느라 움직이는 턱을 손가락으로 쓰다듬던 재영이 웃음이 가득한 목소리로 툭 내뱉었다.

"멋있다."

"……지금은 칭찬은 안 하는 게 좋을 텐데."

"왜요? 이렇게 기분이 좋은데."

장난스러운 재영의 말에도 유민의 표정은 얼음장처럼 굳어졌다. 자신의 아래에서 흥분에 몸을 떨며 좋다는 여자의 말에 흥분으로 치닫지 않을 남자가 어디 있겠는가. 재영의 허리를 힘주어 잡아 더욱 빠르게 여성 안으로 파고든 유민이 빠르게 몰아붙인다. 숨을 헐떡이던 재영이 유민에게서 시선을 떼지 않으며 흥분에 가득 찬 목소리로 말했다.

"너무 좋아요."

좋아요, 너무 좋아.

아아, 너무 좋아요.

퍽, 퍽퍽!

살갗이 빠르게 부딪히는 소리와 코끝을 강렬하게 찌르는 냄새에 세상이 핑글핑글 돌았다. 엉덩이를 돌려 재영을 엎드리게 한 유민이 재빨리 꿈틀거리는 남성을 여성 안으로 밀어 넣은 뒤 힘껏 허리 짓을 했다.

"으, 아항! 아아…… 아아!"

재영의 신음이 날카롭게 터져 나왔다. 자신을 뒤에서 껴안으며 연신 귓가에서 거친 숨을 내뱉는 유민의 행동에 더욱 높아져만 간다.

퍽, 퍽…… 퍽!

거칠게 밀어붙이는 행동에 재영의 몸이 흔들린다. 끔찍한 고통에 숨을 허덕이며 흔들리던 재영이 앞으로 털썩 쓰러졌다. 높이 치켜 올라간 엉덩이를 붙잡고 불기둥처럼 뜨거운 남성을 안으로 묻고 빼길 반복하던 유민이 눈을 질끈 감았다. 사타구니가 얼얼할 정도로 재영을 거칠게 밀어붙이던 유민의 행동이 더욱 빨라졌다.

"윽!"

"아아!"

두 사람의 신음이 하모니처럼 터져 나온다.

안에서 뿜어져 나오는 뜨거운 기운에 재영과 유민의 몸이 동시에 앞으로 쓰러졌다. 묵직한 무게감에 재영의 입가가 부드럽게 휘었다.

"아아."

아직도 진한 여운에 연신 입가에 웃음을 머금고 있던 재영의 입가가 순간 딱딱하게 굳었다. 놀란 얼굴로 고개만 돌려 유민을 보던 재영이 항의하듯 외쳤다.

"뭐, 뭐예요?"

"너무 오래 참았나 봐."

자신의 안에서 뜨겁게 부풀어 오르는 남성에 재영이 눈을 깜박였다. 확연하게 느낄 정도로 빠르게 커져 가는 남성은 경이로울 정도였다. 재영이 엉덩이를 양쪽으로 흔들며 항의했다. 하지만 유민은 그녀에게 바짝 붙인 남성을 떼지 않으며 음흉한 웃음만 짓고 있을 뿐이었다.

"……당신이 뭘 오래 참았다고!"

어제도 했고, 그제도 했잖아요!

그녀의 항의는 곧 뜨거운 신음과 열락에 묻힌다.

방 안에 강한 정사의 향이 가득할 때까지 유민은 그녀의 몸에 제 사랑을 묻고 또 묻었다.

❖

옷가지로 엉망이 된 방 한가운데 놓인 침대 위 평온한 숨소리를 내뱉는 재영이 잠들어 있었다. 이미 해가 중천에 뜬 시각이었지만, 평소라면 부지런하게 일어나 씻고 아침을 준비했겠지만 밤새 유민의 품에서 부서져라 안겨야 했던지라 정신을 차리지 못하고 있었다.

코오, 코오, 고른 숨결을 내뱉으며 잠든 재영의 얼굴에 입가에 부드러운 웃음을 머금은 유민이 재영의 손가락을 툭툭 건드리며 장난을 치고 있었다. 왼손 네 번째 손가락에서 반짝이는 반지를 보던 그가 손가락으로 반지를 빙글빙글 돌렸다. 아침 햇살을 받아 반짝이는 원석에 눈이 부실 지경이었다.

"으음."

연신 유민이 손가락을 툭툭 건드리며 장난을 걸자 결국 잠에서 깬 것인지 재영이 몸을 뒤척였다. 눈을 게슴츠레 뜬 재영이 잠이 가득한 목소리로 물었다.

"벌써 일어났어요?"

"벌써라니? 열 시야, 벌써."

"헉, 벌써요?"

깜짝 놀라면서도 재영은 쉬이 일어나지 못한 채 자리에서 데굴데굴

351

구르기만 했다. 작게 낑낑 소리를 내며 잠투정을 하던 재영이 입술을 삐죽하게 내밀었다.

"못 일어나겠어요."

"이해하지. 뭐, 간단하게라도 먹을래?"

"커피가 마시고 싶어요. 엄청 피곤해."

자고 일어났는데도 피곤하다 말하는 재영의 눈 밑엔 실제로 짙은 그늘이 드리워져 있었다. 관계에 있어서 철저한 절제와 배려, 체력으로 쉼 없이 몰아붙이는 그에게 한 번 붙들린 다음 날이면 오늘처럼 정신을 차리지 못할 정도로 체력을 바닥까지 드러내곤 했다. 예전, 감정이 배제되어 있던 결혼 생활 때는 알지 못했던 그의 모습이었다.

"커피에 토스트 어때?"

"좋아요."

재영의 답이 떨어지자마자 유민이 유려하게 자리에서 일어났다. 바닥에 떨어진 티셔츠와 속옷을 주워 올릴 때마다 꿈틀거리는 등 근육을 멍하니 바라보던 재영은 곧장 부엌으로 향하는 그의 뒷모습을 보며 아쉬움에 한숨을 삼켰다. 만져 보고 싶은데. 그렇게 생각하던 재영은 연신 밖에서 들려오는 소음에 스르르 눈을 감았다. 입술이 부드럽게 호를 그렸다.

째깍째깍 흘러가는 초침 소리에 맞춰 부드럽게 호흡을 내뱉던 재영은 자신도 모르게 까무룩 잠이 들었다가 유민의 목소리에 눈을 떴다.

"자?"

"왜요?"

밖에서 들려오는 목소리에 재영이 크게 기지개를 켰다. 끄응, 입에서 절로 앓는 소리가 터져 나왔다.

"반지 안 좀 볼래?"

"반지 안이요?"

의아한 얼굴로 네 번째 손가락에 끼고 있던 반지를 보던 재영의 입가에 부드러운 미소가 걸렸다. 값싼 반지였지만 그 어떤 반지보다 더욱 소중한 반지였다. 수천만 원을 호가하는 결혼반지보다 이천 원짜리 반지가 더 마음에 들고 좋았다. 조심스럽게 반지를 뺀 재영은 유민의 말대로 링 안쪽을 보았다. 그러던 순간,

-Marry Me?

가슴이 철렁 내려앉았다. 구입을 할 때만 해도 분명히 없던 문구가 적혀 있었다. 그리고 그 문구는 너무나 예쁘고 가슴 설레는 말이어서 심장이 아프도록 뛰어 댄다. 멍하니 반지 안을 보던 재영의 눈망울이 사정없이 흔들렸다. 이게 어떻게 된 일이지? 귀신이 곡할 노릇이라 생각을 하면서도 감동에 떨리는 마음 때문에 머릿속은 백짓장처럼 하얗게 변했다.

"봤어?"

어느새 방으로 돌아온 유민이 문에 어깨를 기대며 말했다. 반지를 향해 있던 재영의 시선이 위로 들렸다. 얼굴 가득 행복을 머금고 있는 그의 얼굴을 보자 눈물이 후두둑 흘러내렸다.

"재영아, 난 네가 아니면 안 돼. 너는?"

"……."

비처럼 쏟아지는 눈물에 성큼성큼 걸음을 옮긴 유민이 재영의 앞에 한쪽 무릎을 굽히고 앉았다. 재영을 올려다보던 유민이 손을 들어 눈물로 젖은 뺨을 닦아 주며 말했다.

"울긴 왜 울어."

"이게 어떻게 된 일이에요?"

링 안을 보여 주며 재영이 묻는다. 그러자 그가 미소를 지었다.

"똑같이 맞췄지. 이 반지가 무척 예쁘다며."

후둑, 후두둑.

무게를 이기지 못하는 눈물이 무릎을 적시고 심장을 적신다. 반지를 내려다보던 재영이 피식 웃음을 내뱉었다. 감추지 못한 웃음이 터져 나온다.

"더 예쁘게 보이네요."

"다행이네."

휴, 한숨을 내뱉은 유민의 모습에 양팔을 벌려 커다란 남자를 품에 안은 재영이 한숨처럼 제 감정을 말한다.

"너무 고마워요."

그를 생각하면 온통 고마움뿐. 그와 함께할수록 부풀어 가는 마음에 뇌는 연신 도파민을 내뿜는다. 이러다 그가 없으면 살아갈 수 없는 것은 아닐까, 걱정이 될 정도로. 도파민으로 인한 그를 향한 강렬한 중독현상에 또다시 예전처럼 수동적인 자신으로 돌아가는 것은 아닐까, 걱정이 될 정도로.

하지만 노유민은 심재영의 남자. 그녀만의 남자였다. 그것을 그는 늘 온몸과 마음으로 그녀에게 일깨워 준다.

눈물로 젖은 입술에 부드럽게 입맞춤을 한 유민이 손을 들어 재영의 머리를 툭툭 쓰다듬어 주었다. 투박한 손길은 이젠 익숙한 것. 눈물을 멈출 수 없을 정도로 너무나 행복했다.

"오늘만 울어라."

끄덕끄덕, 재영이 힘차게 고개를 끄덕였다.

목이 다 늘어난 티셔츠와 질끈 묶은 머리. 맑은 얼굴에 점점이 박혀 있는 주근깨도 다 보일 정도로 청아는 화장품 하나 바르지 않은 얼굴이었다. 쌍둥이 육아는 지옥이란 말이 허튼소린 아니었는지 청아는 보지 않은 사이에 완벽한 엄마 모드가 되어 있었다.

자리에 누운 채 팔다리를 연신 버둥거리는 쌍둥이를 보던 재영의 눈빛이 반짝였다. 신비로운 생명은 청아와 유진을 꼭 닮아 있었다. 새하얀 얼굴도 커다란 눈도 높은 코도 핑크빛 입술도.

"애들 너무 예쁘다. 이름이 뭐라고 했지?"

"딸은 연우, 아들은 정우."

"이름 예쁘다."

아이들의 외모만큼이나 예쁜 이름이었다. 앙증맞은 아이들을 내려다보자 재영은 자신의 마음도 행복해짐을 느꼈다. 보드라운 살결과 좋은 냄새가 나는 아이들은 너무나 예뻤다. 아련한 눈빛으로 아이들을 내려다보는 재영의 옆모습을 청아가 조심스러운 기색으로 살폈다. 하루 종일 아이들과 씨름을 하느라 오랜만에 재영을 만난 그녀는 궁금한 점이 많았지만 혹여 자신의 물음으로 친구가 상처를 받는 것은 아닐까 말을 삼켰다.

"왜 그렇게 봐?"

하지만 그런 친구의 기색을 눈치챈 재영이 먼저 말문을 틔워 주었다. 그리고 자신의 손가락을 힘껏 붙잡는 연우의 모습에 밝은 웃음을 터뜨렸다.

"어머, 이것 봐! 손 잡아."

그 작은 몸짓에 감동받은 재영이 부드럽게 미소를 지었다. 아이들은 참 예쁘다. 그리고 이 아이를 너무나 원했었다. 유민과의 아이를. 결국 은 천사를 떠나보내게 되었지만.

우울하게 변하는 표정을 살핀 청아가 물었다.

"괜찮아?"

"병원은 그만뒀고, 유민 씨와 뉴욕으로 갈 것 같아."

"가면 가는 거지 갈 것 같아는 뭐니?"

재영의 말에 깜짝 놀랐지만 청아는 애써 아무렇지도 않은 척 물었다. 재영의 눈빛이 흐려졌다. 너무나 행복하지만 가슴 한 켠에 자리 잡은 불 안감. 머리가 멍해질 정도의 행복은 이제껏 한 번도 가져 본 적이 없는 것이어서 그녀를 안절부절못하게 만들었다.

"다시 잘 할 수 있을까, 그게 조금 무서워."

한숨처럼 내뱉은 말에 청아가 질끈 묶은 머리카락 사이로 손가락을 찔러 넣어 벅벅 긁었다. 심각한 표정으로 재영의 옆모습을 보던 청아가 깊은 한숨을 내뱉었다.

속이 깊은 친구였고, 표정 관리를 누구보다 잘하는 사람이었다. 그런 아이가 저런 우울한 표정을 짓자 잔소리를 늘어놓을 수가 없었다. 알아 서 잘하겠지, 라는 생각이 들면서도 이혼을 하겠다고 말했던 몇 개월 전 처럼 또다시 죽어 가는 식물처럼 축 늘어져 있을까봐 마음에 걸린다.

동그란 눈동자를 연신 도록도록 굴리던 청아가 결국 참고 있던 말을 내뱉었다.

"후, 병원은 왜 그만두는데? 너희 아버지가 또 뭐라고 했어?"

"아니, 아무런 말을 해 주지 않았어. 그래서 더 상처가 됐어."

아이를 조심스럽게 쓰다듬고 있던 재영의 손길이 멈췄다. 마지막까지 자신의 기대를 저버리지 않은 심 원장은 그녀에게 아킬레스건과 같은 존재였다. 그 존재를 스스로 끊어 낸 것은 재영이었다. 후회를 하지 않는다. 아쉬운 마음도 없었다. 남은 것은 상처뿐이었다.

"아버지 곁에 더 이상 있기 싫어."

무심한 얼굴로 고저 없는 목소리로 말한 재영은 더 이상 이 문제에 대해 이야기하고 싶지 않다는 듯 고개를 돌렸다. 그리고 멀뚱멀뚱 자신을 올려다보는 연우에게 '까꿍!' 하고 외친다.

"꺄아, 꺄하아."

"어이고, 예쁘다. 진짜 잘 웃네?"

꺄르르 웃음을 터뜨리는 연우의 모습에 재영 또한 덩달아 웃었다.

깨끗이 세안을 마친 재영이 화장대에 앉자 뒤에서 책을 보고 있던 유민이 시선을 들어 재영을 보았다. 이젠 제집인 양 좁은 재영의 집 안 곳곳에 그의 물건이 놓여 있었다. 칫솔도 두 개, 스킨로션도 두 개, 샴푸, 린스도 두 개. 그의 것과 재영의 것이 나란히 놓여 있었다.

남자 스킨 옆에 놓여 있던 여성용 스킨을 얼굴에 듬뿍 바른 재영은 거울로 그와 시선을 맞췄다. 그리고 낮에 본 아이들을 떠올린 재영이 저절로 벌어지는 입술을 애써 끌어 내리며 말했다.

"청아 아이들 너무 예쁜 것 있죠?"

"아들은 노유진 판박이, 딸은 김청아 판박이던데?"

아이들을 몇 번이고 봤던 유민이기에 쉬이 연우와 정우의 얼굴을 떠올리며 말했다. 그러자 재영이 맞다는 듯 손뼉까지 치며 꺄르르 웃음을 터뜨렸다.

"네, 깜짝 놀랐어요. 유전자의 신비로움이랄까?"

그러면서 연신 아이들과 있었던 일을 늘어놓는 재영의 모습을 가만히 보고 있던 유민이 몸을 옆으로 돌려 누웠다.

"흠, 우리 심재영 씨 닮은 딸은 어떨까?"

그의 물음에 얼굴을 톡톡 두드리던 손이 멈췄다. 몸을 돌려 유민을 멀뚱히 보던 재영이 자리에서 일어나 그에게로 다가왔다. 침대에 누워 유민의 품으로 파고든 재영이 귀를 기울여야 겨우 들을 수 있을 정도로 작은 목소리로 말했다.

"난 유민 씨 닮은 아들이 더 궁금한데."

그렇게 말하며 재영은 유민을 더욱 꼭 안았다. 옷이 꼬깃하게 구겨질 정도였다. 그녀의 정수리에 턱을 댄 유민이 깊은 한숨을 내뱉는다.

"시험관 아이…… 할까?"

"아니요."

고민 끝에 내뱉은 말을 재영은 고민도 하지 않고 단박에 거절했다. 고개를 내린 유민이 재영을 내려다보자 재영은 느른하게 미소를 지으며 고개를 내저었다.

"편하게 생각할래요. 신이 우리에게 선물을 준다면 기쁘게 받을 것이고, 그렇지 않다면 계속 기다릴래요."

삼신할머니께 싹싹 빌면 되지, 뭐, 라며 재영이 장난스럽게 말을 마쳤다.

지난 관계 동안 단 한 번도 피임을 하지 않았던 둘이었다. 그럼에도 임신이 되지 않았던 것을 보면 아마도 자연적인 임신은 어려울 것이다. 그리고 그건 의사였던 재영 또한 잘 알고 있었다.

하지만 그녀가 시험관 아이를 원하지 않는 이유는 단순히 정말 삼신할머니가 아이를 점지해 주실 거라는 믿음 때문만은 아닐 것이다. 불임 부부가 얼마나 힘든 과정을 통해 시험관 아이를 하는지 재영 또한 알고 있었기 때문이다. 매일 마음 졸이고 언제 아이가 올까 안달하며 지내는 시간은 지옥과 같다는 것을.

새하얀 이마에 입술을 내린 유민이 앞머리를 정리해 주었다. 별다른 말은 하지 않았지만 그녀의 의견을 존중한다는 듯 부드럽게 웃음 지어 주었다. 유민과 시선을 마주하던 재영이 눈을 동그랗게 뜨며 물었다.

"내일 뭐 먹고 싶어요? 해 볼게요."

"진짜?"

재영이 고개를 끄덕이자 유민이 망설임 없이 말했다.

"된장찌개."

"된장찌개요?"

"어, 이건 비밀인데."

재영이 눈을 동그랗게 떴다. 그러자 유민이 장난스럽게 눈을 빛냈다.

"된장찌개는 세상에서 네가 가장 잘하는 것 같아. 우리 어머니보다 더."

"어머니 서운해하시겠다."

"진짜야."

그의 칭찬이 기분 나쁘지 않은지 눈을 게슴츠레하게 뜬 재영이 손을 들어 동그랗게 만들며 눈을 찡긋거렸다.

"좋아요. 내일 저녁 메뉴는 된장찌개로."

장난을 치는 재영이 귀엽기만 한 것인지 그가 팔을 잡아당겨 힘주어 안는다.

"켁! 숨 막혀요!"

재영의 앓는 소리에도 힘껏 안은 그가 사정없이 입술을 내렸다. 꺄르르 웃음소리가 방 안 가득 울려 퍼졌다.

❖

재영을 홀로 두고 출근을 하려 하니 계속 발걸음이 떨어지지 않아 유민은 계속 현관문 앞에서 미적거리기만 했다. 자신의 얼굴을 보며 아쉬움을 삼키는 유민의 모습에 재영이 유민의 어깨를 탈탈 털며 말했다.

"마지막 출근 잘해요."

유독 오늘 발걸음이 떨어지지 않는 것은 아마도 오늘이 마지막이기 때문일 것이다. 재영의 머리카락을 쓰다듬는 유민은 여러 가지 감정이 응축된 표정이었다. 아내를 향한 눈빛이라기엔 애절하기까지 한 표정에 재영이 작게 웃음을 내뱉었다.

"왜 그래요? 학교 가기 싫어요?"

등교하기 싫어 몸을 배배 꼬는 고등학생처럼 출근할 생각이 없는 유민의 모습에 재영이 뒤꿈치를 들어 짧은 입맞춤을 했다. 재영의 허리를 끌어안은 유민이 이마를 서로 맞대며 말했다.

"내일부터 시간 많으니까 뭐 할지 잘 생각해 놔."

"에이, 그런 건 남자가 하는 것 아닌가?"

"뭐야, 리드를 원하는 거야?"

콩, 유민이 이마를 찧자 재영이 작게 웃음을 터뜨렸다. 그리고 눈알을 데록데록 굴리며 생각에 잠긴 듯하더니 이내 하고 싶은 일을 찾은 것인지 밝은 목소리로 말했다.

"음, 남산에 가 보고 싶어요."

"남산?"

이마를 뗀 유민이 고개를 기울인다. 전혀 예상하지 못했던 장소였기 때문이다.

"네, 함께 걷고, 올라가서 자물쇠도 걸고, 내려와서 맛있는 차도 마시고."

"맛있는 저녁도 먹어야지?"

"네, 그러니 출근하셔야죠."

쪽.

짧게 입을 맞춘 유민이 아쉬운 듯 입맛을 다시더니 바닥에 놓여 있던 가방을 들었다. 손목시계를 확인한 유민이 한숨을 내뱉었다. 지금 나가지 않으면 정말 지각을 할 것 같았다.

"다녀올게."

"네."

기나긴 아침 출근 배웅을 끝낸 재영이 뒤돌아 엉망이 된 집 안을 보았다.

"후!"

옷자락을 걷어붙인 재영이 청소기를 꺼내 와 전원을 켰다.

위이잉-

귀를 울리는 커다란 모터 소리와 함께 먼지를 빨아들이며 집 안을 치워 가기 시작했다. 걸레질까지 하며 부지런하게 몸을 움직이던 재영이 이마에 맺힌 땀을 닦아 냈다.

조금만 몸을 움직였는데도 후덥지근한 날씨에 몸이 축축 늘어졌다. 학원에 가기 전에 며칠 전부터 눈여겨본 그림 전시회에 들렀다 가기 위해 욕실로 향했다.

땀에 전 티셔츠와 속옷을 한꺼번에 벗어 던진 재영이 찬장을 열었다. 새 치약을 꺼내던 그녀는 쌓여 있는 수건 옆으로 보이는 여성용품에 손길을 우뚝 멈췄다.

"아니겠지."

혹시나 하는 마음은 곧 푸시식 식었다. 요즘 스트레스가 많았다고 생각한 재영은 피식 웃으며 찬장 문을 닫았다.

마지막 근무는 정들었던 의료진과 환자, 보호자와 인사를 나누는 것으로 마무리가 되었다.

정든 진료실을 마지막으로 둘러본 유민은 직원증과 의사 가운을 책상 위에 내려놓은 후 망설임 없이 돌아섰다. 아쉬움은 남았지만 자신의 결정에 후회는 없었다. 이곳에서 더 이상 그녀와의 행복한 미래를 꿈꿀 수가 없다면 아무것도 소용이 없었으니까.

병원을 빠져나와 곧장 엘리베이터로 향한 유민은 많은 사람들의 인사를 일일이 받아 주었다.

"너무 아쉬워요, 교수님."

"언젠가 또 만날 일이 있을 겁니다."

자상한 그의 웃음에 사람들은 또 한 번 아쉬움을 삼키며 다음에 또 만나자는 이야기를 해 주었다. 엘리베이터 앞에 도착한 유민이 아래층 버튼을 눌렀다. 위에서부터 차근차근 내려오던 숫자가 멈춰 서고 소리와 함께 문이 열리자 유민이 멈칫했다.

"안 타고 뭐 하나?"

심 원장이었다. 늘 그랬던 고급 슈트를 입고 서 있는 그의 모습은 권위의식으로 똘똘 뭉쳐 있었다. 고갯짓으로 인사를 건넨 유민이 엘리베이터에 올랐다. 그리고 차가 주차되어 있는 지하 2층 버튼을 누른 후 정면을 주시했다.

유민의 뒷모습을 보던 심 원장이 차갑게 툭 말을 내뱉었다.

"잡지 않을 거네."

"잡힐 마음도 없습니다."

무거운 침묵에 어깨가 짓눌릴 정도였지만 두 사람 모두 얼굴엔 감정 한 터럭 담겨 있지 않았다. 반질반질하게 닦인 문으로 심 원장과 눈을 마주하던 유민이 천천히 뒤돌아섰다. 그리고 당당한 풍채를 자랑이라도 하듯 어깨를 딱 벌리고 서 있는 심 원장을 보며 미간을 찌푸렸다.

옹고집 노인네였지만 그래도 재영의 아버지였다. 피는 물보다 진하다 하지 않은가. 그녀 또한 아무리 자신이 사랑으로 정성으로 가정이란 울 타리 안에서 돌본다 하더라도 끝내 이 사람을 찾게 될지는 모른다.

"······후회하실 겁니다."

"그럴 일 없네."

망설임 없이 나온 답에 유민의 미간이 찌푸려졌다. 그의 얼굴을 찬찬 히 살피던 심 원장은 입가를 늘려 웃었다. 부러 만들어 낸 웃음은 조소 같았다.

"세상엔 이런 사람도 있고 저런 사람도 있어. 이런 가족도 있고 저런 가족도 있지. 난 내 딸이 내가 만들어 놓은 길만을 걷길 원했네."

"이번이 마지막일 겁니다."

재영이 더 이상 당신에게 기회를 주지 않을지도 모릅니다. 유민은 그 렇게 경고했다. 더 이상 예전에 당신의 말을 잘 듣기만 하던 그 딸이 아 니니까. 강렬한 눈빛으로 자신을 바라보는 유민을 보며 심 원장이 고저 없는 목소리로 말했다.

"처음이 없었으니 마지막도 없겠지."

"······."

띵, 소리와 함께 문이 열리자 심 원장이 걸음을 옮겨 엘리베이터에서 내렸다. 화려한 로비를 지나 대기하고 있는 차로 향하는 그의 뒷모습을 보던 유민이 피식 웃으며 고개를 숙였다.

"한심한 양반."

짧은 말을 내뱉은 유민의 입가에 웃음이 머물렀다. 아마 저 양반은 된장찌개 냄새로 가득한 집이 얼마나 행복한지 모르겠지.

❖

식탁 가득 대학원 팜플렛을 펼쳐 놓은 채 하나하나 살펴보는 재영의 눈빛은 진중했다. 영문으로 된 팜플렛을 막힘없이 읽던 재영이 턱을 매만지며 한숨을 삼켰다.

모두 전 세계에서 손꼽히는 대학이었지만 장단점이 공존해 있어 어딜 선뜻 고르지 못했다. 곁에 놓아 둔 커피가 식을 때까지 꼼짝도 않던 재영은 위에서 들려오는 목소리에 고개를 들었다. 팜플렛 하나를 들어 살펴본 유민이 고개를 기울였다.

"뭐야?"

그의 손엔 존. F. 케네디 의학대학 팜플렛이 들려 있었다. 그가 서전 생활을 이어 나갈 병원의 부속학교였다. 이번엔 뉴욕대학 팜플렛을 든 그가 놀란 눈으로 재영을 보았다. 이쯤 되면 눈치채지 못할 그가 아니었다. 그의 눈빛에 재영이 힘껏 고개를 끄덕이며 말했다.

"대학원 진학하려고요."

"정말?"

"네."

짧게 답한 재영은 부드럽게 웃음 지었다.

"너무 부족하다는 것을 느꼈어요. 필드에 뛰면서 항상 생각했어요. 더 공부하고 싶다고."

이러한 마음이 든 것은 다영의 일이 결정적이었다. 그전부터 자신의 능력에 대해 끊임없이 의심을 하였으나 그래도 환자 곁을 떠날 수 있을까, 라는 생각에 꾸역꾸역 의사 가운을 입었으나 이젠 아니었다.

"더 이상 허무하게 환자를 떠나보내고 싶진 않아요."

환자의 곁을 지키는 것이 중요한 게 아니었다. 그 환자를 얼마나 살릴 수 있느냐가 중요했다. 아직 심재영이란 사람은 서전으로서 부족한 점이 너무나 많았다.

"원래는 한국으로 알아봤는데 뉴욕으로 가게 됐으니까요. 다시 알아봐야 해요. 추천해 줄래요?"

무거운 눈으로 재영을 바라보던 유민이 손을 들어 머리를 쓰다듬었다. 그는 그녀의 의견이라면 뭐든지 존중해 준다. 더욱 미래를 위해 공부를 하고 싶다는 그녀의 말이라면 언제든 환영이었다. 추천을 해 달라는 말을 떠올린 유민이 허리를 굽혀 수많은 팜플렛을 보았다. 뉴욕에 있는 대학 중에서도 의대 쪽으로 손꼽히는 곳만 추려져 있었다.

"어떤 기준으로?"

그의 물음에 재영은 망설임 없이 답했다.

"치열하게 공부할 수 있는 곳으로."

"이런, 또 당신 얼굴 보기 힘들어지겠군."

"미안하지만 당신의 아내로 살아갈 마음은 없어요. 나도 내 삶을 만들고 싶어요."

반짝이는 눈으로 당당하게 말하는 재영은 아름다웠다. 확신에 찬 눈으로 자신의 인생을 스스로 개척해 나가겠다는 그녀의 모습에 그는 속으로 한숨을 삼켰다. 안도가 들었다.

"네, 마나님."

정수리에 짧게 입을 맞춘 유민이 기다란 팔을 뻗어 팜플렛 하나를 집어 들었다.

"존. F. 케네디 의대로 가."

"왜요?"

"당신 말대로 치열하게 공부할 수 있는 곳이니까."

거기 있는 롤슨 교수가 참 무섭거든.

그의 뒷말에 재영이 고개를 끄덕였다. 오래된 건물 사진이 있는 팜플렛을 한참이고 바라보던 재영의 입술이 부드럽게 호를 그렸다.

"좋네요."

❖

수많은 보석을 흩뿌려 놓은 것처럼 반짝이는 야경을 보며 천천히 걸음을 옮기던 재영은 자신의 손을 힘주어 잡고 있는 유민을 올려다보았다. 가족과 연인들이 뒤섞인 남산은 무더운 여름을 맞이해 산책을 즐기기 위해 나온 사람들과 데이트를 즐기기 위해 나온 사람들로 북적였다.

함께 발맞춰 걸음을 옮기고, 가벼운 농담을 주고받으며 정상을 향해 가던 두 사람의 손엔 시원한 테이크아웃 커피 잔이 들려 있었다.

"그럼 뉴욕에선 어디서 지내요?"

"집이 있어. 아직 처분하지 않으셨을 거야."

"힉, 뉴욕에요?"

"음, 뭐."

어깨를 으쓱이며 그게 별거냐는 그의 모습에 재영이 입을 꾹 다물었다. 병원장의 딸로 금전적으로 힘든 적이 없었던 그녀지만 뉴욕에 집이 있을 정도면 유민의 경제 규모가 어떨지 궁금하기 시작했다.

"대학교 때 주식을 좀 했어."

"……네, 좀 하셨겠죠."

"뭐야, 비꼬는 거야?"

"아니요. 우와, 우리 남편 부자다. 좋다, 뭐, 이거죠."

말을 마친 재영이 빨대로 커피를 쪼로로 마셨다. 커피가 바닥을 보이자 입을 쩝쩝 다시는 그녀의 모습에 유민이 손을 들어 작은 머리를 쓰다듬었다.

"관리 네가 할래?"

"네?"

결혼을 했을 때도 각자 관리했던 두 사람이었다. 각자의 경제 규모가 얼마인지도 모르고 유민이 준 카드로 생활비를 해결했던 재영은 뜻밖의 제안에 깜짝 놀라 눈을 크게 떴다. 주위 사람들만 보아도 경제권으로 다투는 집이 많았는데 순순히 모든 것을 오픈하겠다는 유민의 말에 재영이 눈을 게슴츠레 떴다.

"원하면 절대 권력을 쥐어 주겠다, 이 말이지."

"하하하! 정말요? 그럼 우리 남편이 부자가 아니라 내가 부자가 되는 거예요?"

"통장 잔고 보고 실망하는 거 아닌가 몰라."

쩝, 입맛을 다신 유민이 재영의 허리를 감싸며 걸음을 옮겼다. 인파 속으로 파고들며 자물쇠가 주렁주렁 달려 있는 곳으로 걸음을 옮긴다. TV나 영화 브라운관에서만 보았던 자물쇠가 주렁주렁 걸려 있는 곳으로 향한 재영이 신기하다는 듯 눈을 깜빡였다.

다른 사람들이 걸어 놓은 자물쇠를 만지작거린 재영이 입가에 부드러운 미소를 지었다. 무릎을 꿇고 자물쇠를 보고 있는 재영의 옆에 쪼그려 앉은 유민이 유치한 글귀를 보았다.

—우리 사랑 영원히.

예전엔 소름이 돋을 정도로 유치한 글귀라고 생각했겠지만 지금은 유민도 바라는 것들이었다. 믿지 않았던 영원. 하지만 지금은 그 영원을 위하여 노력하여야 한다는 것을 너무나 잘 알고 있다. 재영의 허리에 팔을 두른 유민이 고개를 기울여 재영의 머리에 **뺨**을 가져다 댔다.

"와, 나 처음 와 봐요."

"나도."

"정말요?"

고개를 퍼뜩 든 재영이 유민과 시선을 마주하며 눈을 깜빡였다. 유민이 고개를 기울였다.

"왜 그렇게 봐? 말하지 않았나? 이런 곳에 같이 올 사람이 없었다고."

"그거 진짜예요?"

"……뭐야, 지금 나 못 믿어?"

인상을 찌푸린 유민이 따져 물으려 하자 재영이 자리에서 벌떡 일어섰다. 턱을 치켜들고 거만한 얼굴로 유민을 내려다보던 재영은 무슨 일이냐는 듯 눈을 깜빡이는 그의 얼굴을 보며 입술을 부드럽게 휘었다. 재영이 웃음기를 지운 얼굴로 말했다.

"아니요, 믿어요. 처음에 키스했을 때, 당신 무지 못했거든."

"어라? 못했다는 걸 어찌 아나?"

"……."

커다란 눈을 연신 깜빡이던 재영이 입을 꾹 다물었다. 장난을 쳤다가 되레 당해 버렸다. 눈을 데룩데룩 굴리며 어떤 말로 되받아쳐야 할까, 고민하던 그녀는 고압적인 목소리가 들려오자 입술을 뾰족하게 내밀었다.

"이봐, 심재영."

"몰라요."

몸을 팩 돌린 재영이 내달리며 도망가자 자리에서 벌떡 일어난 유민이 그녀의 뒤를 쫓기 시작했다.

"어딜 도망가?"

"몰라요!"

"거기 안 서?"

사람들 사이를 요리조리 피해 달리던 재영의 팔목을 움켜쥔 유민이 제 품으로 확 잡아당겼다. 얼마 도망가지 못하고 붙잡힌 재영이 숨을 삼켰다. 고개를 들지도 못한 채 이리저리 눈치를 보던 재영이 숨을 삼킬 때였다.

쪽.

짧은 입맞춤을 한 그가 키득키득 웃음을 내뱉었다.

"백 리도 도망 못 가고 잡히지."

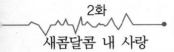

2화
새콤달콤 내 사랑

온몸을 내리쬐는 뜨거운 햇살에도 자전거 페달을 밟는 발은 힘차기만 하다. 창이 넓은 밀짚모자를 쓰고 파란색 셔츠를 맞춰 입은 두 사람은 마치 경기를 하는 사람처럼 앞서기도 하고 뒤서기도 하며 푸르른 녹음으로 가득한 길을 내달리고 있었다.

"와아아!"

뺨을 간질이는 머리카락, 머리 위로 내리쬐는 뜨거운 햇살, 몸을 타고 흐르는 땀방울에도 기분이 들떴다. 유민과 훌쩍 떠나온 여행, 모든 것을 내려 두고 내달려 온 길, 심장을 콩닥콩닥 뛰게 만드는 시간은 모든 것이 만족스러웠다.

핸들을 놓은 채 양팔을 쫙 벌리고 내리막길을 내려가는 재영의 위험천만한 행동에 뒤에서 경악한 목소리가 날아들었다.

"핸들 안 잡아?"

"우와, 하늘을 나는 기분이에요!"

"그러다 하늘에서 사는 수가 있어!"

촤르르륵─

체인이 **빠르게** 돌아가는 소리와 함께 앞질러 가는 재영의 뒷모습에 유민의 얼굴이 새하얗게 변했다. 속도를 즐기며 머리카락을 휘날리며 내려가는 뒷모습에 힘껏 페달을 밟은 유민이 뒤를 따른다. 그의 목소리에 날이 섰다.

"심재영!"

"나 잡아 봐라~"

후덥지근한 여름바람이 연신 얼굴을 때리고 지나가자 재영의 웃음은 더욱 높아져만 갔다.

지리산 올레길 중에서도 평지로 되어 있는 코스를 자전거로 돌고 온 재영과 유민은 머리부터 발끝까지 땀으로 흠뻑 젖어서야 민박집으로 돌아왔다. 선크림을 발랐음에도 빨갛게 얼굴이 익어 따끔따끔거렸다.

깨끗하게 씻고 나온 재영은 말끔한 차림으로 부엌에서 나오고 있는 유민의 모습에 머리를 툴툴 털었다. 그의 손에 들린 접시를 의아하게 보던 재영이 물었다.

"그게 뭐예요?"

"이리 와서 누워 봐."

자신의 물음에 답 대신 자리에 앉아 제 허벅지를 탁탁 두드리는 그의 모습에 재영의 고개가 기울었다. 바닥에 내려진 접시 안엔 잘 썰린 오이가 담겨 있었다.

"팩 해 주게요?"

"그래, 서비스해 줄 테니까 얼른 눕지?"

유민의 독촉에 재영이 단단한 허벅지에 머리를 뉘었다. 투박한 손길로 재영의 얼굴에 정성스럽게 오이를 올려놓던 유민은 간간이 그녀의 손에 오이를 들려 주었다. 오이를 아삭아삭 씹어 먹던 재영이 눈만 들어 유민을 보았다. 그는 얼굴에 빈 공간이 없도록 오이를 올려놓느라 심혈을 기울이고 있었다.

"왜 그렇게 봐?"

"그냥요. 재미있어서요."

"뭐가?"

"무척 심각해 보여서요."

키득키득 웃음을 내뱉은 재영이 입꼬리를 올리자 뺨에 있던 오이가 후두둑 떨어졌다.

"웃지 마. 다 떨어지잖아."

"웃긴 걸 어떻게 해요."

새 오이를 재영의 얼굴에 붙여 준 유민이 들고 있던 접시를 바닥에 내려놓았다. 동글동글한 녹색 오이가 붙어 있는 얼굴을 빤히 내려다보던 유민이 피식 웃음을 내뱉었다.

"이상해, 네 얼굴."

"뭐예요?"

유민을 올려다보던 재영이 도끼눈을 떴다. 여기서 본 당신 얼굴도 이상하다고 말을 하고 싶었지만 그럴 수가 없었다. 어느 각도든 그는 완벽했다. 이 얼굴을 처음 만났을 때 충격까지 받지 않았던가. 세상에 이렇게 멋있는 사람도 있구나. 이렇게 완벽한 사람도 있구나. 그런 사람에게 사랑받고 싶었던 재영은 그 꿈을 이룬 지금, 매일이 너무나 소중했다.

손가락으로 오이를 꾹꾹 누른 재영은 차가운 느낌에 피부가 가라앉는 것이 느껴지자 몸을 일으켰다. 그리고 이번엔 제 무릎을 툭툭 내려친 재영이 말했다.

"당신도 누워 봐요."

"난 됐어."

"내일 허물 벗지 말고 누워요. 못생긴 남자를 옆에 두고 싶지 않으니까."

"뭐야?"

유민이 황당하다는 듯 눈을 동그랗게 뜨자 재영은 짐짓 엄한 표정을 지어 보이며 쓰읍, 소리를 냈다. 입술까지 앙다물며 협박 아닌 협박을 하는 그녀의 모습에 유민이 피식 웃음을 내뱉었다. 그의 모습에 재영이 일갈했다.

"어서."

가느다란 재영의 허벅지에 머리를 누인 유민이 눈을 감았다. 곧이어 얼굴에 닿는 시원한 느낌에 눈꺼풀을 내린 유민이 고른 숨을 내뱉었다.

오이를 붙이던 그녀의 손길이 우뚝 멈췄다. 새삼스레 유민의 얼굴을 보던 그녀는 눈 밑에 짙게 그늘이 드리울 정도로 기다란 속눈썹을 장난 스럽게 툭툭 건드렸다. 파르르 떨리는 속눈썹에 재영이 작게 웃음을 내 뱉었다. 장난은 거기서 멈추지 않았다.

툭, 파르르, 툭, 파르르……

참다못한 유민이 손을 뻗어 재영의 팔목을 붙잡았다. 힘주어 잡으면 부러질까 싶어 유리공예를 쥐듯 조심스러운 손길이었다.

"장난꾸러기."

"내가 왜 이렇게 됐는데? 다 당신 때문이에요."

"어쭈, 책임 전가까지?"

손을 툭 털어 낸 재영이 오이를 쥐어 그의 입술에 올려놓았다. 말을 하지 못하게 되자 그가 원망스럽게 바라보았다. 그의 입술 위에 올려둔 오이를 입으로 옮긴 재영이 아작아작 씹어 먹으며 물었다.

"내일은 뭐 할 거예요?"

"등산."

"정말요? 몇 시에 출발할 거예요?"

빈 공간 없이 오이를 붙이고 나서 재영이 얼굴을 내려다보았다. 얼굴도 작으니 붙이는 데 시간이 많이 걸리지 않는다. 유민의 입에 남은 오이를 집어 넣어 준 재영이 그의 넓은 어깨를 베고 누웠다. 연신 손을 움직여 남은 오이를 자신의 입과 그의 입에 번갈아 넣은 재영은 어느새 잠에 푹 절어 있는 유민의 목소리에 손뼉을 쳤다.

"아침 일찍."

"우와, 기대된다."

한 시간 반 코스로 아침에 올랐다가 내려와 맛있는 손두부집에 가자고 느른한 목소리로 하는 유민의 말에 고개를 끄덕이는 재영의 모습을 보던 유민이 상체를 일으켰다. 후두둑, 오이가 바닥과 옷자락에 떨어졌지만 유민은 개의치 않은 채 재영의 입술에 입을 맞췄다. 오이 맛이 나는 키스였다. 입술을 뗀 유민은 갑작스런 입맞춤이 이젠 익숙해진 것인지 입술에 부드럽게 호를 그리고 있는 재영을 보며 피식 웃음을 내뱉었다.

"저녁은 내가 만들어 줄게."

"오오, 서비스까지?"

"여기까지 와서 음식하게 할 순 없잖아. 있는 솜씨, 없는 솜씨 다 부려 보지, 뭐."

그의 말에 재영이 입술을 느른하게 벌렸다.

"완벽한 남자일세?"

상체를 내린 그가 그녀의 이마를 이마로 콩 찧었다. 그의 입술에서 장난스런 목소리가 흘러나왔다.

"그걸 이제 알았나?"

뜨겁게 내려쬐는 햇살 아래, 덥지도 않은지 꼭 붙어 있는 두 사람은 목표 지점인 정자까지 올라오고 나서 시원하게 물을 마셨다. 그리고 주위를 둘러보며 가장 아름다운 절경을 볼 수 있다는 곳으로 손을 잡고 이동했다. 손바닥에 땀이 가득 차올랐지만 손을 놓지 않은 두 사람의 뒷모습은 행복으로 가득했다.

푸르른 하늘과 한 그루, 한 그루의 나무들이 만들어 내는 풍경. 그리고 그 속에 있던 두 사람은 누가 먼저랄 것도 없이 입을 맞추었다. 맞닿은 뜨거운 입술에 몽글몽글 올라오는 사랑의 기운에 두 사람의 입꼬리가 부드럽게 호를 그린다.

깊지 않은 키스 후 입술을 뗀 유민은 다정한 눈길로 그녀의 얼굴을 더듬었다. 불행을 모두 털어 낸 재영은 아름다웠다. 행복이 충만한 눈빛으로 자신을 올려다보는 그녀의 모습에 유민은 다시 한 번 입을 맞추었다. 그렇게 하지 않고는 견딜 수가 없었다.

"행복하게 해 줄게."

서로의 코가 맞닿았다. 한 치의 틈도 없이 마주한 심장처럼.

"지금도 행복해요."

재영의 목소리엔 망설임이 없었다.

뉴욕으로 가기 위해선 준비할 것들이 많았다. 많은 짐은 미리 보내 두었고, 한동안 사용하지 않았던 신혼집은 처분하기 위해 부동산에 내놓았다. 거의 사용하지 않은 가구와 전자기기는 업자를 불러 한꺼번에 처분하였다. 한국에서 자신과 유민의 흔적은 그렇게 차차 지워지고 있었다.

한국을 떠나기 전까지 재영의 집에서 지내기로 한 두 사람은 오늘도 좁은 공간에서 복닥거리고 있었다. 먼저 씻고 나온 재영은 화장대 앞에서 정성스럽게 화장을 하고 있었다. 그 어느 때보다도 정성 들여 화장을 한 그녀는 거울 속에 보이는 자신의 모습에 싱긋 웃어 주었다.

"왜? 보면 볼수록 예뻐?"

"아, 깜짝이야!"

심장이 튀어나올 것처럼 놀란 재영에게 뒤에서 머리를 툴툴 털던 유민이 손바닥을 내밀었다. 익숙한 듯 남자 스킨을 든 재영이 적당량을 덜어 주자 수건을 목에 걸친 그가 소리 내며 스킨을 발랐다.

"구청 가는데 뭐 그렇게 예쁘게 치장을 해?"

"다시 당신 와이프가 되는 날이니까. 세상 그 누구보다도 예뻐 보이고 싶은 날이니까."

"……."

"더 이유가 필요해요?"

눈을 동그랗게 뜨며 묻는 말에 유민이 한쪽 눈살을 찌푸리며 내려다보았다. 그러다 기습적으로 손을 뻗어 양 뺨을 움켜쥔다. 아플 정도로 입술을 맞추던 그가 웃음을 터뜨렸다.

"이렇게 예쁜 소리만 할 거야?"

"아, 아파요!"

쪽쪽!

"아!"

"아이고, 예뻐라!"

얼굴을 피하며 반항하는 재영과는 달리 유민은 연신 웃음을 터뜨렸다.

구청으로 온 두 사람은 혼인신고를 했다. 두 사람의 이름이 올라가 있는 가족증명서에 재영은 눈물지었고 유민은 웃었다. 자신을 품으로 끌어당기는 따뜻한 손길에 그녀는 결국 눈물을 후두둑 떨어뜨렸다.

"나 이렇게 행복해도 되나?"

가끔은 이 커다란 행복에 넋을 놓을 때도 있었다. 그와 있었던 일들을 하나둘 떠올릴 때면 가슴이 저며 와 자신도 모르게 눈물을 쏟을 때도 있었다. 그녀의 물음에 유민은 뜨거운 입맞춤을 해 주었다. 그 어떠한 답보다도 확실하고 무게 있는 것이었다.

그 모습을 멀찍이서 보고 있던 유진이 성큼성큼 다가오더니 항의하듯 소리쳤다.

"눈꼴시려워서, 나 참! 바쁜 사람 이렇게 막 불러도 돼?"

"네 혼인신고 때는 내가 증인이 되어 줬었던 것 같은데?"

"……."

커다란 눈을 데굴데굴 굴리던 유진이 팩 돌아섰다. 그리고 저 멀리서 아이들을 챙기느라 정신이 없는 청아를 보더니 뽀르르 뛰어갔다. 아이들의 침을 닦아 주고 있던 청아의 등에 착 달라붙은 유진이 앙앙 소리쳤다.

"청아야, 형이 구박해!"

"켁, 수, 숨 막혀!"

유진의 팔에 울대가 눌린 청아가 팔을 허우적거렸다. 그녀의 모습에도 유진은 연신 뒷목에 얼굴을 비비며 앙탈을 부렸다.

"서러워, 서러워!"

"컥! 켁켁!"

연신 기침을 내뱉던 청아가 팔꿈치로 유진의 가슴을 힘주어 쳤다. 유진의 몸이 뒤로 벌러덩 넘어졌다.

"악!"

"컥! 컥컥……!"

제 목을 움켜쥐며 괴로움에 기침을 내뱉던 청아가 자리에서 벌떡 일어났다. 그리고 끙끙거리며 자리에서 일어서는 유진을 내려다보며 악다구니를 썼다.

"누굴 죽이려고……! 이걸 내가 남편이라고!"

"아파, 청아야."

"내가 더 아프다!"

아오! 위협적인 그녀의 표정에 유진이 눈꼬리를 축 늘어뜨리며 최대한 불쌍한 척을 했다. 하지만 이에 속을 청아가 아니었다. 계속 잔소리를 늘어놓던 청아는 옆에서 들려오는 울음소리에 고개를 퍼뜩 돌렸다.

"으애애앵-!"

"애들 울잖아!"

두 사람의 모습을 멀리서 바라보는 재영의 입가에 부드러운 웃음이 머물렀다. 정우를 안아 올린 유진이 능숙하게 아이를 달래고 있었다. 아빠의 품에서 곧 방긋방긋 웃음을 터뜨리는 아이를 보던 재영이 유민을 올려다보며 말했다.

"저렇게 보니 아빠 같네요."

"뭐, 철들었지."

무심하게 말한 유민이 고개를 끄덕인다. 그러곤 '참, 사람 됐어'라고 말을 덧붙이자 재영의 입에서 꺄르르 웃음이 터져 나왔다. 아이들의 모습에서 시선을 떼지 못하는 재영의 모습을 가만히 보던 유민이 물었다.

"결혼식은 정말 안 할 거야?"

"한 번 했는데요, 뭐."

"그래도."

짧게 말을 끊은 유민이 콧잔등을 찌푸렸다. 간단하게 식을 올리자는 그의 말에 재영은 고개를 내저었다. 성대한 결혼식을 올린 지 아직 2년도 되지 않았는데 또 무슨 결혼식이냐는 의견이었다.

하지만 과거의 결혼은 두 사람에게 있어 그리 좋지 못한 기억이었다. 그 시간을 보내며 재영의 심장은 곪아 갔다. 무엇이든 다시 시작하여 재영이 원하던 모든 것들을 들어주고 싶은 그는 다시 한 번 생각해 보라는 듯 재영을 보았다. 하지만 그의 바람에도 재영은 끝끝내 고개를 내저었다.

"부모님 한 분도 안 계시는 결혼식…… 하고 싶지 않아요."

"재영아……."

아이들을 돌보는 청아와 유진에게서 시선을 돌려 유민을 바라본 재영이 입가에 희미한 웃음을 지었다. 그녀가 한숨처럼 말했다.

"그러니까 나 정말 괜찮아요."

아이에게 이유식을 먹이느라 정작 자신은 한술도 뜨지 못하고 있는 청아의 입으로 연신 음식을 옮기고 있는 유진의 모습을 보며 재영이 턱을 괴었다. 마치 어미새가 아기새에게 먹이를 먹이는 것처럼 끊임없이 음식을 옮기는 유진의 얼굴은 진지하기까지 했다.

"갈치 맛있어?"

"어, 맛있네."

생선 조각을 맛본 청아가 고개를 끄덕인 이후론 주구장창 갈치 살만 발라 주고 있었다. 몇 번 얻어먹던 재영은 아이의 입가에 묻은 이유식을 닦으며 말했다.

"밥도 좀 줄래?"

"아, 응! 줘야지."

젓가락으로 적당량을 덜어 청아의 입에 쏙 넣어 주는 유진의 모습에 재영이 피식 웃음을 내뱉었다. 아주 오랫동안 곁에서 지켜본 커플이긴 하나 참 재미있게 산다고 생각하며.

"왜 웃어?"

재영을 보던 유민이 물었다.

"닮은 것 같아요."

"뭐가?"

재영의 말에 세 사람의 시선이 그녀에게 향했다. 갑작스레 몰려드는 시선에 허리를 곧게 편 재영이 유민과 유진을 번갈아 보았다. 칼로 깎아 놓은 밤처럼 생긴 두 사람은 어디서나 주목받을 만큼 잘난 얼굴이었다. 청아도 참 고생이 많겠다 생각한 재영이 고저 없는 목소리로 말했다.

"유민 씨와 유진이요. 얼굴이 참 닮은 것 같아요."

"뭐, 형제니까."

"에!"

고개를 끄덕이며 말한 유민과는 달리 유진은 그럴 리가 없다는 듯 눈을 게슴츠레 뜨며 고개를 내저었다. 유진이 인정할 수 없다는 듯 말했다.

"내가 저런 고지식한 얼굴이라고?"

"네 얼굴에 침 뱉는 말은 하지 마."

아이들을 돌보고 있던 청아가 한마디 툭 내뱉었다. 그런 뒤 유진이 뭐라 말하기도 전에 자리에서 벌떡 일어났다.

"나 화장실."

"아, 나도 갈래."

식당 룸을 나온 두 사람은 직원의 안내를 받아 구석에 있는 화장실로 향했다. 화장실로 들어가자마자 파우치를 들고 화장실 칸으로 들어간 청아가 변기통에 앉았다. 한 달에 한 번씩 되돌아오는 생리에 얼굴을 종잇장처럼 구긴 청아가 생리대를 갈며 투덜거렸다.

"아, 정말 배 아파 죽겠어. 애 낳으면 생리통 없어진다던데 아닌가 봐."

화장실 칸에서 연신 투덜거리는 청아의 목소리에 재영이 부드럽게 웃음을 지었다. 거울을 보며 립글로즈를 바르던 재영은 곁으로 다가와 손을 씻는 청아를 보다가 립글로즈를 내밀었다.

"이거 좋아."

"그래? 오랜만에 입술 좀 발라 볼까?"

거울을 보며 립글로즈를 바르던 청아가 눈을 동그랗게 뜨더니 재영을 보았다. 뭔가 떠오른 모양이었다.

"근데 너도 생리할 때 되지 않았어?"

생리 주기가 비슷했던 두 사람이었다. 대학 시절부터 친구로 지내 왔기에 서로의 주기도 알고 있었던 청아가 눈을 동그랗게 떴다. 그러자 미간을 찌푸린 재영은 친구의 손에 들려있는 립글로즈를 가져와 뚜껑을 닫고 파우치 안에 넣었다.

"음, 안 한 지 조금 됐어."

의심스러운 눈을 깜빡이는 청아를 보던 재영이 피식 웃음을 내뱉었다.

"아니야."

"왜 아니야?"

"요즘 스트레스가 많아서 그래."

손을 다 씻은 청아가 물을 잠근 뒤 티슈로 손을 닦다 말고 재영을 보았다. 심드렁한 목소리에 청아가 걱정스러운 목소리로 말했다.

"그래도 한번 검사받아 보지? 굳이 임신이 아니더라도 몸에 이상이 생긴 걸지도 모르잖아."

"그런가……?"

"그래! 뭔 의사라는 인간이 자기 몸은 그렇게 막 대해? 당장 내일 병원 가 봐."

"그래, 알았어. 그러니까 그 눈빛 좀 어떻게 해 봐."

날카로운 눈빛을 보며 재영이 말하자 청아의 입에서 깊은 한숨이 흘러나왔다. 건조한 눈을 몇 번이고 깜빡이던 청아가 말했다.

"내가 요즘 신경이 좀 날카롭다."

육아 때문에 요즘 통 잠을 자지 못한 청아였다. 밤낮이 바뀌는 것도 모자라 하루에 두 시간도 눈을 붙이지 못하는 생활이 반복되고 있었다. 유진이 아무리 도와주더라도 쌍둥이를 육아하는 일은 만만치 않았다.

재영은 손으로 연신 눈을 비비는 청아의 모습에 걱정스럽게 물었다.

"왜? 믿음직한 남편이 있는데?"

"그래, 우리 남편 참 믿음직하지."

후우, 한 박자 늦게 나온 한숨에 재영이 작게 웃음을 내뱉는다. 그러다가 딱딱하게 굳은 청아의 어깨를 연신 주물러 주며 귓가에 비밀스러운 이야기를 하듯 속삭였다.

"몸 조심해."

"응?"

"몸이 부서져라 사랑해 주잖아."

청아의 눈이 동그랗게 변했다가 이내 심드렁해졌다.

"그래, 우리 노유진 씨가 날 몸이 부러져라 사랑해 주긴 하지. 하지만 그 피가 어디 가나?"

"달라."

"목이나 제대로 가리고 말해, 이것아."

382

청아의 말에 재영의 고개가 거울로 향했다. 새하얀 목에 찍힌 붉은 자국이 눈에 들어오자 재영의 눈이 커다랗게 떠졌다.

"어머!"

"쯧쯧."

혀 차는 소리가 한동안 화장실 안을 가득 채웠다.

❖

노트북을 식탁 위에 올려놓은 채 연신 심각한 얼굴로 화면을 바라보고 있던 유민이 턱을 쓰다듬었다. 존. F. 케네디 병원에서 보내온 MRI를 보고 있던 그의 얼굴이 어둠으로 물들었다.

샴쌍둥이로 태어난 아이들은 목 아래 쇄골부터 사타구니까지 붙어 있는 몸으로, 심장, 폐, 위장을 공유한 채 태어나 수술을 앞두고 있었다. 수술을 하면 둘 중 하나는 죽을 것이 분명했지만 의료진은 어떻게 해서든 두 아이 모두 살리고 싶어 그에게 문의를 해 왔다. 하지만 그가 보기에도 현재로선 장기가 더 치우쳐져 있는 아이만 살리는 방법밖엔 없어 보였다.

그러나 그는 당장 판단을 하지 않았다. 세상에 태어나자마자 죽어 가야 할 아이를 생각하면 쉽게 한 아이만 살리는 수술을 하라 말을 할 수가 없었다.

톡, 톡.

손톱으로 테이블을 두드리며 생각에 잠겨 있던 유민은 테이블 위에 올려놓은 휴대전화가 웅웅 울리자 액정을 보았다. 그와 함께 근무했던 리나에게서 온 전화였다. 전화를 받자 밝은 목소리가 들려왔다.

〈「닥터 노, 미안해요. 출근 전부터 일 시켜서.」〉

「아닙니다.」

〈「보니까 어때요? 뾰족한 수가 있나요?」〉

그녀의 말에 유민은 고심하는 얼굴로 화면을 보았다. MRI로 봐서는 두 아이 모두 살릴 확률은 40%도 채 되지 않았다. 괜히 무리하여 수술했다간 두 아이 모두 사망할 수도 있기에 조심스러웠다. 하지만 도저히 입술이 떨어지지 않았다.

무거운 침묵을 지키던 유민이 건조한 눈을 깜빡였다. 손을 들어 눈두덩을 꾹꾹 누른 그가 한숨 섞인 목소리로 말했다.

「직접 두 눈으로 봐야겠습니다. MRI만 봐서는 판단이 안 섭니다.」

〈「후, 하루빨리 수술해야 해요.」〉

그의 생각도 같았다. 이대로 인큐베이터에 계속 있었다간 아이들의 몸이 약해져 갈 것이 뻔했다. 하지만 당장 수술을 결정하기엔 그 결정이 가지는 무게가 너무 무거웠다.

「일주일 뒤에 뉴욕에 갑니다.」

〈「어머, 출근은 한 달 뒤잖아요?」〉

「아내의 학교 문제가 있어서요. 뉴욕에 가는 즉시 병원으로 가겠습니다. 수요일 오후 2시에 입국합니다.」

〈「좋아요. 기다릴게요.」〉

짧은 통화를 마친 유민이 마른세수를 했다. 병원으로 가기 전 샴쌍둥이의 논문을 조금 뒤적여 봐야겠다고 생각한 그가 자리에서 일어설 때였다.

"어디 가?"

침실 문을 열고 나온 재영은 외출 준비를 마친 상태였다. 그의 물음에 재영이 고개를 끄덕였다.

"네."

어디 가겠다는 말이 없었던 터라 유민의 고개가 옆으로 기울였다. 그를 속일 생각은 없었기에 재영이 순순히 말했다.

"병원이요. 몸이 조금 안 좋아서요."

"어디가 안 좋은데? 아니다, 같이 가."

그가 성급하게 걸음을 옮기자 그녀가 고개를 내저었다.

"저 혼자 다녀올게요."

"재영아."

목소리엔 힘이 가득했다. 강압적이기까지 한 목소리에 재영이 한숨을 내뱉었다. 이럴 때의 유민은 무슨 말을 해도 말릴 수 없다는 것을 그녀는 알고 있었다.

"알았어요, 얼른 준비하고 나와요. 예약 시간 다 됐어요."

"알았어."

욕실로 들어가는 그의 뒷모습을 보며 재영이 불안한 눈으로 배를 쓰다듬었다. 혹여 문제가 있는 것은 아닐까, 걱정이 되었다.

❖

유민이 눈을 깜빡였다. 계속 어느 병원을 가냐고 묻는 자신의 말에 가 보면 안다고 말하던 재영이 온 곳은 산부인과였다.

놀란 눈으로 간판을 보던 그가 고개를 돌렸다. 그리고 잔뜩 긴장한 얼굴로 눈을 깜빡이는 재영의 모습에 그가 숨을 삼켰다. 가슴이 탁 하고 막히는 기분이었다.

"들어가요."

"무슨 일인데?"

다소 성급한 목소리로 그가 물었다. 무슨 일인지 감도 잡지 못하자 머릿속은 패닉이었다. 손끝이 저렸다. 한참 입술을 달싹이며 망설이는 재영의 모습에 그가 주먹을 말아 쥐었다. 눈망울이 사정없이 흔들리고 가슴이 뜀박질을 하기 시작했다.

유민이 손을 내밀어 재영의 손을 움켜쥐었다. 바들바들 떨리는 유민의 손을 내려다보던 재영이 천천히 말을 꺼내 놓았다.

"생리를…… 안 해요."

아.

유민의 입에서 신음이 터져 나왔다. 이런 그녀의 상태를 단 한 번도 눈치채지 못한 멍청한 자신에게 욕지기가 올라왔다. 하지만 불안한 그녀의 모습을 보자 그는 애써 누를 수밖에 없었다. 엄지손가락을 움직여 재영의 손등을 쓰다듬으며 그가 물었다.

"그걸 왜 이제야 말해?"

"그냥 스트레스 때문에 그런 줄 알았어요. 간혹 그런 적이 있거든요."

다정한 목소리에 눈물이 나올 것 같았으나 재영은 고개를 들어 애써 웃었다.

"들어가요."

그녀의 웃음에 입 밖으로 또다시 터져 나오려는 신음을 꾹 눌러 삼킨 유민이 고개를 끄덕였다. 가슴이 아플 정도로 뛰었다.

긴장한 얼굴로 여의사를 바라보는 유민은 불안감을 감추지 못한 채 재영의 손을 주물렀다. 재영과 시선을 마주한 그는 입가에 웃음을 띠었다. 다 괜찮아, 그의 눈빛이 그렇게 말했다.

두 사람의 모습을 바라보던 여의사가 입가에 웃음을 머금었다. 그녀가 가벼운 어조로 말했다.

"왜 그렇게 긴장한 얼굴이세요?"

딱딱하게 굳은 분위기를 풀기 위해 한 말이건만 오히려 더 긴장한 두 사람의 얼굴을 보자 여의사가 볼펜으로 머리를 긁적였다. 더 이상 뜸을 들였다간 둘 중 하나는 숨이 넘어갈 것 같았다. 목소리를 가다듬은 여의사가 운을 뗐다.

"정밀 검사를 해 보니, 왼쪽 난소 적출을 하셨더라고요."

"네, 1년 6개월 전에요."

"그래요?"

눈을 동그랗게 뜬 여의사가 고개를 끄덕였다.

"혹시 시험관 아이 시술하셨어요?"

"아니요?"

물음이 심상치 않자 재영이 눈을 동그랗게 떴다. 곁에 앉아 있던 유민 또한 놀란 것인지 몸을 움찔 떨었다. 혹시나, 혹시나, 하는 희망이 가슴속에 무럭무럭 피어났다. 그러다 곧 흘러나온 여의사의 말에 재영의 눈에 눈물이 맺혔다.

"아주 운이 좋으시네요."

"네?"

"임신 8주세요. 모르셨어요?"

"세상에."

유민이 숨을 들이켰다. 그리고 흔들리는 눈망울로 눈물을 뚝뚝 떨어뜨리고 있는 재영을 품으로 끌어당겼다. 재영의 정수리에 이마를 댄 유민이 속삭이듯 말했다.

"고마워, 재영아. 고마워."

"어떻게 해요…… 나 너무 좋아요."

토닥토닥, 연신 눈물을 쏟는 재영의 등을 다정하게 두드리는 유민의 손길에 행복이 가득했다. 붉어진 눈망울로 연신 감사하다고 말하는 그의 목소리가 떨렸다. 갑자기 벼락이라도 맞은 기분이었다.

"축하드려요. 아이가 몰래 숨어 있었나 보네요."

"감사⋯⋯합니다. 감사합니다."

재영이 유민의 품에서 빠져나오며 말했다. 그러자 여의사가 초음파 사진을 앞으로 밀어 주었다. 떨리는 손으로 초음파 사진을 들어 보는 두 사람의 모습에 여의사가 웃음을 머금으며 말했다.

"아이가 한창 크는 시기인 것 아시죠? 아이가 작은 편이긴 한데 크게 문제는 없을 겁니다."

생각하지 못했던 선물에 두 사람 모두 감격의 눈물을 쏟았다.

"축하해요."

그런 두 사람의 모습에 누가 축하한다 인사를 하지 않을 수가 있겠는 가. 여의사가 연신 웃으며 두 사람의 모습을 보았다.

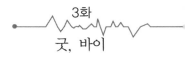

3화
굿, 바이

긴장한 얼굴로 집으로 돌아온 재영은 가장 먼저 휴대전화부터 들었다. 이혼 이후 단 한 번도 걸어 본 적이 없는 번호를 찾아 통화 버튼을 누른 그녀는 국제전화로 넘어간다는 소리가 들린 지 얼마 되지 않아 다미의 목소리가 들리자 침을 꿀꺽 삼켰다.

〈여보세요?〉

오랜만에 들은 시어머니의 목소리에 재영은 긴장으로 몸이 뻣뻣해지는 것을 느꼈다. 하지만 유민과 눈을 마주하며 용기를 얻은 재영이 입술을 달싹였다.

"어머니……."

〈그래, 재영아.〉

다정한 목소리에 눈물부터 터졌다. 두 사람 사이에 어떠한 일이 있었는지 모두 알고 있을 그녀였지만 묻지 않았다. 그저 예전처럼 다정하게 재영의 이름을 불러 주며 오랜만에 걸려 온 전화에 반가움만 표할 뿐이었다.

뺨을 타고 흐르는 뜨거운 눈물을 닦을 생각도 하지 못한 채 눈만 깜빠이고 있던 재영은 유민이 곁에서 티슈를 건네자 받아 들었다. 대충 눈물을 찍어 닦은 그녀는 코를 훌쩍였다.

"임신했어요. 8주래요."

〈어머, 정말이니?〉

다미의 톤이 한껏 올라갔다. 기쁜 기색이 가득한 목소리에 재영의 눈에서 눈물이 후두둑 떨어져 내렸다. 어떤 말도 하지 못한 채 눈물만 쏟아 내는 모습에 곁에서 유민이 어깨를 두드려 주었다. 그의 손길이 마치 괜찮아, 괜찮아, 라고 말해주는 것만 같았다.

고개를 돌린 재영이 다정한 남편과 눈을 마주했다. 그의 눈동자에서 뚝뚝 떨어지는 감정에 그녀의 입가가 하늘로 올라간다. 울면서 웃는 아이러니한 표정이 되었지만 그 모습조차 예쁜 것인지 유민이 다정하게 뺨을 쓰다듬었다.

〈축하한다, 아가. 마음고생 많았지? 해야 할 이야기가 많이 있지만 그건 뉴욕에서 하자.〉

"네."

〈앞으로 힘든 일이 있으면 언제든 말하렴. 청아도 그렇고 너도 그렇고 나에겐 모두 소중한 딸이고, 고마운 사람들이야. 골칫덩이들 데리고 살아 주는.〉

"감사합니다……."

전화를 끊은 재영은 한동안 유민의 품에 안겨 어린아이처럼 울었다. 왜 이렇게 눈물이 나는 것일까, 스스로 생각해 보아도 쉽게 답을 찾을 수가 없었다. 하지만 다미가 말한 '딸로 생각한다'라는 말이 그녀의 눈물샘을 자극한 것은 아닐까, 어렴풋이 생각할 뿐이었다.

"왜 이렇게 울어, 속상하게."

"임신으로 인한 호르몬 작용……."

"어이고? 누가 의사 아니랄까 봐."

토닥, 토닥, 토닥.

천천히 등을 두드리는 손길에 재영이 천천히 눈을 감았다.

그의 손길이 제 심장을, 눈물을, 사랑을, 더듬는다.

❖

요즘 유민에게 가장 많이 듣는 말은 이것이다.

"뭐 먹고 싶어?"

삼시 세끼를 같이 챙겨 먹고도 그는 시도 때도 없이 뭔가 더 먹고 싶은 것이 있냐며 그녀에게 묻곤 했다. 두 사람에게 찾아온 천사가 다른 아이들보다 유독 작다는 이야기에 걱정이 되는 것인지 그는 쉴 없이 그녀의 표정을 살피고, 먹을 것을 가져다 날랐다. 하지만 오늘은 이미 한계까지 치달은 위장에 재영이 고개를 내저었다.

"방금 저녁 먹었잖아요."

"아, 과일!"

저녁을 먹었으니 후식을 먹어야 한다며 냉장고로 달려간 그는 여러 종류의 과일을 훑어보며 말했다.

"무슨 과일 먹을래?"

"배, 배부른…… 아니에요. 딸기 먹을래요."

그의 눈빛에 실망이 머무르자 차마 거절을 못 한 재영은 냉장고에 있는 과일 중 하나를 떠올리며 말했다. 만약 실수로 없는 과일을 말하면 당장이라도 집을 나설 그였으니까.

과일을 씻고 꼭지를 칼로 일일이 정리하고 있는 그의 뒷모습을 보며 재영이 소파에 편히 몸을 기댔다. 요즘 완전히 여왕이 되어 조금도 몸을 움직일 일이 없어져 버린 재영은 살이 붙은 다리를 내려다보며 한숨을 내뱉었다. 이러다 순식간에 돼지가 되는 것은 아닐까, 걱정이 되었다.

딸기가 잔뜩 쌓인 접시를 가지고 온 그가 제일 잘 익은 것 하나를 포크로 콕 찍어 재영에게 내밀었다. 입 안 가득 달콤한 과즙이 퍼지자 재영의 눈이 동그랗게 변했다.

"엄청 달다."

"그렇지? 심혈을 기울여 골랐지."

개구진 미소를 지은 유민이 포크를 받아 딸기를 콕 찍어 다시 내밀었다.

방금 전 배가 부르다며 인상을 찌푸리던 재영이 맛있게 과일을 먹는 모습을 보자 그의 눈빛에 만족스러움이 머물렀다. 한참 재영의 얼굴을 보던 유민이 납작한 재영의 배를 보며 걱정스레 물었다.

"장시간 비행 괜찮을까?"

"입국하자마자 병원 들어가 보셔야 한다면서요."

몇 십 건의 논문을 뒤져 본 결과, 양쪽 다 살리는 수술을 하는 것이 좋겠다 결론을 내린 유민은 다음 날 바로 이 사실을 전했다. 부모 역시 조금의 위험이 있다 하더라도 두 아이 모두 살리고 싶다고 말했다.

병원에 들어가자마자 의료진과 함께 컨퍼런스 후 수술을 집도하기로 한 유민은 하루라도 빨리 뉴욕으로 가야 할 입장이었다. 그렇다고 재영 혼자 한국으로 두고 갈 수는 없으니 이도 저도 할 수 없는 상황이었다.

"휴."

깊은 한숨을 내뱉는 유민의 모습에 재영은 입가에 희미한 웃음을 머금었다. 요즘 자신이 유리인형이 되어 버린 기분이 들었다.

"괜찮아요. 병원에서도 괜찮다고 했잖아요."

"그래도 걱정돼."

"너무 걱정하지 말아요."

오히려 유민을 다독인 재영이 고개를 숙여 제 배를 내려다보았다.

"그것보다 공부와 육아를 같이 할 수 있을지 모르겠어요."

자동으로 배 위에 손을 올린 재영은 아직 밋밋한 배를 조심스럽게 쓰다듬었다.

이 안에 새로운 생명이 자라고 있다는 사실은 그녀에게 경이로움을 줌과 동시에 걱정도 주었다. 내가 좋은 엄마가 될 수 있을까? 공부와 육아를 동시에 잘할 수 있을까? 많은 고민으로 뇌가 떡이 되어 버리는 기분이었다.

"어머니도 도와줄 거고, 나도 도와줄 거야."

"어머니도 바쁘시잖아요."

"휴직하신대."

"네?"

재영이 눈을 동그랗게 떴다. 그녀는 들은 바가 없는 내용이었다. 아직도 현역에서 뛰어난 서전으로 활동을 하고 있는 다미였다. 전 세계에서 선천적 아동 기형심장 분야에서는 감히 대적할 사람이 없다고 할 정도로 최고였고, 그 자리를 내려놓은 채 아이를 돌봐 주겠다는 말에 화들짝 놀랄 수밖에 없었다. 하지만 유민은 다른 쪽으로 받아들인 것인지 그녀의 표정을 살피며 물었다.

"왜? 싫어? 싫으면 말……."

"아니요. 싫지 않아요. 어머니는 괜찮으시대요? 휴직하시면……."

재빨리 고개를 내저은 재영이 말끝을 흐렸다. 그 모습에 손을 들어 머리를 쓰다듬어준 유민은 며칠 전 전화를 한 다미와의 대화를 떠올렸다.

"휴가가 끝나면 대학으로 가실 것 같아."

"정말요?"

"후학을 기르고 싶으시대. 나야 당장 육아휴직 쓰긴 그렇지만 어머니는 휴직계 낼 수 있으니까. 괜찮다고 말씀드렸거든. 혹시 부담되거나 그런 건 아니지?"

"너무 감사하죠."

"어머니도 무척 기대하고 계셔."

웃음으로 말을 마친 유민이 재영의 양손을 끌어와 붙잡았다. 차갑고 따스한 손이 마주하며 체온은 점차 미지근해진다. 그 변화를 재영은 요즘 즐기고 있었다. 고개를 들어 눈을 맞추는 재영의 모습에 유민은 붙잡고 있던 손을 더욱 힘주어 잡았다. 그 힘만큼이나 힘이 가득한 눈빛엔 믿음과 사랑이 가득했다. 재영은 척추를 타고 행복감이 올라오자 얼굴근육이 녹아내린 것처럼 얼굴 가득 웃음을 지었다.

"너무 걱정하지 마. 두 마리 토끼 잡으려다가 둘 다 놓칠 수도 있지만 당신 주위엔 많은 조력자가 있잖아."

"고마워요."

그에겐 이 말을 할 때가 참으로 많았다. 그는 정말 완벽한 남편이었다.

딸기가 가득 담겨 있던 접시가 바닥을 보이자 재영이 자리에서 일어났다. 그녀의 모습을 보는 유민의 눈빛에 잠시 고민이 서렸지만 곧이어 말을 내뱉었다.

"장인어른에겐 연락 안 해도 돼?"

임신 소식도 전하지 않았던 그녀였다. 이틀 뒤면 출국 길에 오를 것이었고, 이번에 뉴욕에 가게 되면 한동안 한국은 들어올 일이 없을 것이다. 아니, 시간을 굳이 내서 오는 것이 아니라면 평생 한국 땅을 밟을

일이 없을 거다. 이번이 아니면 다시는 기회가 없을지도 몰랐기에 유민
은 그녀가 후에 후회를 하는 선택을 하지 않길 바랐다.

그의 얼굴을 살펴보던 재영이 천천히 고개를 끄덕였다.

"네."

"재영아, 난 네가 후회하지 않길 바라."

"조언 고마워요."

짧게 말을 마친 재영이 뒤돌아 욕실로 들어갔다. 소리 없이 닫힌 문
을 보던 유민이 자리에서 일어나 창가로 향했다.

"후."

한숨과 함께 심장이 왈칵 내려앉는 기분이었다.

내가 무엇을 할 수 있을까, 고민은 항상 깊어진다. 자신의 능력을 항
상 시험받는 외상센터에서 근무를 했던 그녀는 환자를 떠나보낼 때마다
가슴 아파했고 흔들렸다. 이러면 의사로서 실격이란 것을 알면서도 매일
남몰래 울기도 했고 가슴 아파하기도 했다. 그리고 죄책감에 심장이 까
맣게 타들어 가는 것을 느꼈다.

하지만 어쩔 도리가 없었다. 자신은 신이 아니라며, 이미 죽은 사람을
어떻게 살릴 수 있냐며 변명을 하면서도 한편으론 자신을 욕하는 나날
이었다.

쏴아— 쏴아아—

파도가 몰려왔다가 부서지는 것을 보던 재영의 얼굴에 담담한 미소가
머물러 있었다. 그녀의 손엔 새하얀 국화꽃 한 다발이 들려 있었다. 꽃
잎을 하나 떼어 바다로 던진 재영은 지금쯤 이 바다 어딘가에서 자유로

움을 느끼고 있을 아이를 떠올렸다.

"다영아."

아이의 이름 한 번, 꽃잎 여러 번. 바닷바람을 따라 흩날리는 꽃잎을 보던 재영의 입가에 머물러 있던 웃음이 순간 사라졌다.

"넌 용서했니?"

쏴아아―

거침없이 밀려오는 파도가 심장을 때린다. 들려올 리 없는 답을 듣기 위해 한동안 귀를 기울이던 재영이 천천히 눈을 감았다. 방금 전까지만 해도 거칠게 들리던 파도 소리가 어느 순간 평온하게 들리는 것은 자기 최면 때문일까. 눈꺼풀을 들어 올린 재영은 연신 꽃잎을 떼어 바다 위로 흩뿌렸다.

"나도 용서했니?"

물길을 따라 흘러가는 하얀 꽃잎의 행렬을 보던 재영의 눈빛이 흐려졌다.

"미안해."

진심으로 사과했다. 파르르 떨리는 목소리로.

그리고 눈가에 고인 눈물을 떨어뜨리지 않기 위해 눈을 크게 떴다.

"앞으론…… 사과할 일 없도록 할게. 한 번 한 약속은 꼭 지킬 수 있는 의사가 되도록 할게."

쏴아― 찰싹― 쏴아아―

힘껏 밀려온 파도가 재영의 신발을 적셨지만 그녀는 개의치 않았다. 바다에서 시선을 떼지 못한 채 망망대해 속에 묻힌 다영을 떠올리며 무게를 이기지 못한 눈물을 쏟았다.

"고맙다, 다영아."

쏴아…….

"다영아."

철썩! 쏴아아…….

"다영아."

후두둑.

여름 소나기처럼 쏟아지는 눈물을 닦지도 못한 채 연신 말을 늘어놓던 재영이 무릎을 꿇고 앉아 거친 파도 속에 꽃다발을 던졌다. 둥둥 떠내려가는 꽃다발을 마지막까지 눈에 담던 재영은 점처럼 작아진 것을 보고 나서야 자리에서 일어났다. 그리고 한숨처럼 읊조렸다.

"잊지 않을게."

마지막, 입꼬리를 끌어 올린 재영이 힘껏 웃었다. 아이에게 우는 모습으로 기억되기 싫었으니까.

❖

수많은 사람들이 모여 있는 인천국제공항은 평일임에도 불구하고 많은 사람들이 오고 가고 있었다.

수속을 마치고, 상황판에 타야 할 비행기가 탑승 표시를 하고 있었으나 재영은 무엇을 기다리는 것인지 연신 로비 입구를 바라보고 있었다. 수많은 입구 중 혹여 자신의 시선이 누군가를 놓칠까 싶어 바쁘게 눈동자를 움직이던 재영은 곁에서 들려온 목소리에 깜짝 놀라 몸을 떨었다.

"누구 기다려?"

"아! 아니에요."

입가를 끌어 어색하게 힘껏 웃음을 지어 보인 재영이 팔짱을 끼며 입국장으로 그를 이끌었다.

"통화는요?"

"잘 끝났어. 도착하면 바로 병원으로 가 봐야 할 것 같아. 몸은 괜찮아?"

"응."

힘껏 고개를 끄덕인 재영이 걱정 말라는 듯 눈을 빛냈다.

"괜찮아요."

"그래, 가자."

어깨를 끌어안은 유민이 입국장으로 걸음을 옮길 때였다.

띠릭띠릭-

재영이 메고 있던 작은 가방 안에서 휴대전화가 울렸다.

"안 꺼 놨어?"

"아, 깜빡했나 봐요."

서둘러 휴대전화를 꺼내 확인한 재영의 눈빛이 흔들렸다.

-돌아와라.

심 원장이었다. 도착한 문자 위에는 재영이 어제 다영에게 찾아갔을 때 보냈던 문자가 떠있었다.

-저 내일 뉴욕으로 떠나요. 유민 씨의 아이도 임신했어요. 알려는 드려야 할 것 같아 문자 남겨요.

마지막까지 보낼까 말까 망설이다가 끝내 보냈던 문자였다. 발송 버튼을 위해 망설인 것만 한 시간이 훌쩍 넘는 시각이었다.

문자를 보냈는데 답이 안 오면 또다시 받을 상처를 어떻게 추스릴까, 답장이 오더라도 상처받는 것이면 어떻게 할까, 답이 오면 어떠한 답을 해야 할까. 꼬리에 꼬리를 무는 고민 끝에 내린 결정은 어떠한 것이든 문자를 보내야 한다는 것이었다.

그리고 하루가 지나서야 답이 왔다. 문자는 예상했던 그 무엇보다 아픈 것이었다.

왜, 왜 이제야…… 조금만 더 빨리 손을 내밀어 주지.

고개를 숙이는 재영의 모습을 보던 유민이 손을 내밀어 그녀의 머리를 쓰다듬어 주었다. 마지막, 그래도 혈연으로 묶여 있기에, 딸이었기에, 자신의 결정을 말해 주어야겠다고 생각한 재영이 먼저 심 원장에게 연락을 했다.

그 결정은 후에 후회하지 않기 위한 것. 그녀의 결정에 유민은 안도가 되면서도 심 원장이 보내온 문자에 그녀의 기분이 어떨까, 걱정이 되었다.

말을 꺼내려던 유민은 목소리가 갈라지자 목소리를 가다듬은 후 말했다.

"답장해 드려야지."

끄덕끄덕, 힘없이 고갯짓을 한 재영이 움직이지 않을 것 같은 손가락을 천천히 움직였다.

－늦었어요, 아버지.

전송 버튼을 망설임 없이 누른 재영이 전원을 껐다. 아무 말 없이 자신의 얼굴을 더듬는 시선에 재영이 힘없이 말했다.

"칭찬해 줘요."

"잘했어."

손을 든 유민이 재영의 뺨에 가져다 댔다. 차가운 기운에 멍해졌던 정신이 점차 돌아오기 시작했다. 그의 손길에 눈을 감은 재영이 한숨을 삼켰다. 차가운 손이 제 뺨을 조심스럽게 쓰다듬자 마음이 안정되기 시작한다.

토닥토닥 뛰는 심장을 느끼던 재영이 조심스럽게 눈을 떴다. 시선을 들어 그를 보며 다감하게 웃었다. 어느새 그녀의 웃음도 그를 닮아 있었다.

"갈까요?"

"그래."

함께 손을 잡고 씩씩하게 걸음을 내딛는 두 사람은 어깨를 나란히 한 채 출국장으로 걸음을 옮겼다. 유민은 방금 전 병원에서 들은 소식 때문에 조심스러운 기색으로 말을 꺼냈다.

"오늘은 집에 들어가기 힘들 것 같은데 어떻게 하지?"

"아이들 상태가 많이 안 좋대요? 그럼 어머니 댁에 갈래요."

"어머니가 좋아하시겠군."

"저도 좋아요."

재영의 어깨에 기다란 팔을 두른 유민이 그녀의 관자놀이에 입을 쪽 맞췄다. 다정한 남편의 품에서 재영은 행복한 꿈을 꿨다.

에필로그

몸에 착 달라붙는 원피스를 입은 여성은 굽이쳐 흐르는 머리카락을 귀 뒤로 넘기며 삐끗하면 발목이 아작 날 정도로 굽이 높은 구두를 신은 발을 힘껏 내딛고 있었다. 붉은 카펫이 깔려 있는 복도를 걸으며 통화를 하고 있는 여자의 입에서 연신 웃음소리가 흘러나왔다.

매력적으로 휘는 도톰한 입술에 길을 걷다 말고 사람들의 시선이 닿았다 떨어졌다. 아름다운 동양 여성은 서양의 어느 국가에서든 시선이 가는 존재였다.

재영은 자신을 향하는 시선을 느끼지 못한 채 걸음을 옮겼다. 그 모습이 도도해 보여 사람들의 시선을 더욱 끌어당겼다.

"수술 잘 끝났어요?"

〈어, 방금 나왔어. 피곤해 죽겠다.〉

피곤이 가득한 목소리에 미간을 좁힌 재영은 맞은편에서 익숙한 얼굴이 걸어오자 고개만 숙여 인사를 건넸다. 상대 또한 고갯짓으로 인사를 한 후 곧 학회가 있을 커다란 룸을 손가락으로 가리켰다. 안에서 인사를 나누자는 몸짓이었다. 고개를 끄덕인 재영이 구석으로 향해 계속 통화를 이어 나갔다.

"이런. 역시 오지 말 걸 그랬어요."

〈세계중증외상학회잖아. 더욱이 존. F. 케네디에서 당신만 참석하는 건데 빠져서야 쓰겠어?〉

"보고 싶어요."

〈……〉

"당신이 너무 보고 싶어 미치겠어요."

갑작스런 그녀의 말에 꿀 먹은 벙어리처럼 입을 꾹 다문 유민은 한동안 말을 잇지 못했다.

뉴욕으로 와 함께 결혼 생활을 이어 나간 지도 벌써 8년이란 시간이 흘렀다. 그사이 석, 박사를 모두 마치고 강단에서 중증의학을 가르치고 있는 재영은 이곳 뉴욕으로 왔을 때 마음먹었던 모든 것들을 이루어 냈다. 필드에서 환자들을 돌보며 살고 있진 않았지만 자신보다 더 재능 있는 의사들을 키워 내고 있었고, 현재 많은 제자들이 전 세계로 흩어져 환자를 돌보고 있었다.

간혹 환자가 있는 병원으로 돌아가고 싶은 마음이 굴뚝같았으나 그녀는 강단을 떠나지 않았다. 그곳에서 학생들과 함께 연구를 하고 논문을 쓰는 삶이 나쁘지 않았으니까. 아니, 많은 성취감을 얻고 있으니까.

벽에 머리를 콩 찧은 재영은 수화기 너머로 숨소리만 들려오자 피식 웃음을 내뱉었다. 그의 기분이 지금쯤 어떨지, 상상만 해도 마음이 들끓는다.

그들은 부부가 된 지금도 뜨거운 연애를 하고 있었다.

〈당신 언제 돌아온다고 했지?〉

한참의 침묵 후 겨우 꺼낸 말이 이것이었다. 거칠어진 목소리는 유혹적이었고, 재영의 들뜨게 만들었다. 호텔 복도에서 이 무슨 추태야.

신음을 삼킨 재영이 아쉬움이 가득한 목소리로 말했다.

"내일 새벽비행기로 돌아가요."

〈이런. 오늘은 재미없는 아들과 단둘이군.〉

"당신 얼굴에 침 뱉지 말아요."

올해 여덟 살이 된 아들 재민은 유민과 꼭 닮아 있었다. 제 나이 또래와 다르게 너무 어른스러운 재민은 흔히들 말하는 애어른이었다.

바쁜 부모 때문에 아이가 너무 일찍 철이 든 것은 아닐까, 안쓰러웠다. 이런 제 생각을 다미에게 털어놓았던 재영은 깔깔 웃음을 터뜨리며 고개를 내젓는 그녀의 모습에 당황했었다. 그리고 하는 말에 두 번 당황했다.

"아니야, 얘. 유민이도 그랬어."

"어머, 정말요?"

"어른한테 혀 차는 꼴도 어쩜 그리 닮았는지. 내가 간혹 재민이 볼 때면 기함을 한다."

외모도 성격도 과거도 꼭 닮아 있는 부자의 모습을 떠올린 재영이 작게 웃음을 내뱉었다. 그녀의 웃음에 전화 너머 유민이 불만스레 말했다.

〈뭐가 그리 닮았다고.〉

"제부도 깜짝 놀라던데요? 형 미니어처라고."

〈……〉

"그만 인정해요."

〈사랑스러운 아들이 사실은 나랑 똑같다니 기쁘군.〉

무뚝뚝한 그의 목소리에 작게 웃음을 내뱉은 재영이 손목시계를 확인했다. 곧 학회가 시작할 시각이었다. 미리 들어가 인사도 나누어야 했기에 그녀가 제법 다급한 목소리로 말했다.

"어, 들어가야 할 시간이에요. 끝나고 연락할게요."

〈알았어. 아들한텐 엄마의 외박 사유에 대해 잘 설명할게.〉

"네, 고마워요."

전화를 끊은 재영이 뒤돌아서 학회장으로 향하려 할 때였다. 얼마 떨어지지 않은 거리에 서 있는 중년 남자의 모습이 보였다. 그는 차마 다가오지도, 지나치지도 못한 채 그 자리에 못 박힌 듯 서 있었다.

흘러간 시간만큼이나 늘어난 얼굴 위 나이테 말고는 조금의 변화도 없는 심 원장의 모습에 놀랐던 재영의 얼굴이 부드럽게 풀렸다.

여전하시구나.

그 생각을 하자 가장 먼저 든 것은 안도감이었다. 되돌리기 힘든 관계가 되어 버리긴 하였으나 늘 가슴 한 켠에 가시처럼 박혀 있는 그란 존재는 늘 재영에겐 아킬레스건과 같았다. 그건 그를 떠나기 전에도, 떠난 후에도 마찬가지였다.

더 이상 아버지란 존재로 상처받고 나약해지지는 않았으나 그의 생일이나 어머니의 생일, 제삿날이 되면 문뜩 떠오르곤 하는 존재. 더 이상 그녀에게 그 어떠한 데미지를 주지 못하는 존재가 된 지금 그는 남과 같았다.

몸매를 고스란히 보여 주는 원피스와 컬이 들어가 있는 머리카락, 색조화장을 한 얼굴을 찬찬히 살펴보던 심 원장의 얼굴이 굳어졌다. 간혹 한국 신문이나 의료 잡지에서 그녀의 이름이 언급이 되곤 할 때마다 사진 역시 실렸지만 그냥 길에서 만났다면 알아보지 못할 정도로 변한 딸의 모습에 그는 당황하고 또 당황했다.

"좋아 보이는구나."

"……아버지도요."

입가에 부드럽게 웃음 짓는 재영의 모습은 화려했다. 남편의 사랑을 듬뿍 받은 여자는 한 송이의 장미 같았다. 시계를 본 재영이 말했다.

"들어가세요. 곧 학회 시작해요."

더 이상 이 대화를 이어 가고 싶지 않다는 투였다. 먼저 걸음을 옮긴 재영이 심 원장의 곁을 지나쳤다. 망설임 없는 걸음은 멈추지 않았다. 딸아이의 뒷모습을 보던 심 원장이 다급하게 말했다.

"돌아와라."

짧은 일갈에 재영의 걸음이 우뚝 멈췄다. 잠시 숨을 들이켠 재영은 가쁜 숨을 고르고 나서야 몸을 돌렸다. 심 원장에게 감정의 동요를 보이는 모습을 보여 주고 싶지 않았다. 입가에 여유로운 미소를 머금은 재영이 고개를 내저었다. 명백한 거절에 심 원장의 얼굴이 얼음장처럼 굳어지는 것을 보았음에도 그녀는 힘주어 말했다.

"그 대답은 이미 8년 전에 했잖아요."

"그만 고집부리고 돌아와."

강압적인 목소리에도 재영은 흔들림이 없었다. 그녀가 희미한 웃음을 머금은 입술을 달싹이며 몇 번이고 말을 골랐다. 어떠한 말을 해야 할지 머릿속에 명확하게 떠올랐으나 그 말이 쉬이 나오지 않는 것은 왜일까. 하지만 끝끝내 재영은 하고픈 말을 꺼냈다.

"제 자리가 보이시나요?"

그녀의 물음에 심 원장의 눈빛이 흔들렸다. 하지만 그는 제 본심을 드러내지 못한 채 말을 돌렸다.

"딸로서만 돌아오라는 게 아니다. 대학에 자리를 내주마. 와서 언제든지 네가 하던 일들 그대로 해."

"빈자리가 보이시냐고요."

"……."

말문이 막힌 듯 턱이 움찔거릴 정도로 이를 악문 심 원장의 눈빛이

사정없이 흔들렸다. 수백의 감정이 뒤섞인 표정은 무엇 하나로 딱 규정
지어 말할 수가 없었다.

그의 모습을 바라보던 재영이 한숨을 내뱉은 후 걸음을 옮기려 할 때
였다. 영원히 열릴 것 같지 않았던 입술이 떼어졌고, 평생 듣지 못할 것
같은 말을 듣게 되었다.

"그래."

재영의 눈이 커다랗게 변했다. 바뀐 아버지는 나약해 보였다. 아니,
어쩌면 자신이 크고 단단해져서 아버지의 존재가 유독 작게 보이는지도
모른다.

"다행이네요. 하지만 아버지 제안은 거절하겠습니다. 이곳의 생활이
좋아요, 만족스럽고요. 지금 당장은 한국으로 돌아갈 마음이 없습니다."

"……."

"나중에 응어리가 풀어지면 그때 다시 생각해볼게요."

허리를 숙여 인사한 재영이 몸을 돌릴 때였다. 또다시 그녀의 발걸음
을 붙잡는 목소리가 들려온 것은.

"아이는……."

"잘 크고 있어요."

"그래."

끝까지 후회하지 않으셨으면 할 때도 있었다. 그 옹고집으로 평생을
살아가길. 하지만 많이 늙고 노쇠한 남자는 가족을 찾았다. 그녀가 떠나
가고 나서야.

자신의 뒤를 따라붙는 시선을 느끼면서도 재영은 걸음을 멈추지 않은
채 곧장 학회장으로 들어갔다.

갑작스런 만남. 그 만남을 한 번씩 생각할 때가 있었다. 아버지를 만
나면 난 또다시 흔들리고 상처받지 않을까. 하지만 그녀는 상처받지 않

았다. 오히려 마음속 가시처럼 박혀 있던 무언가가 쑤욱 하고 뽑히는 기분이 들었다.

❖

양손으로 입을 꾹 막은 채 눈을 질끈 감고 있는 재영의 얼굴 위로 쾌감이 흘렀다. 옆방에서 잠을 자고 있을 아이 때문에 연신 신음을 삼키던 재영은 정말이지 죽을 맛이었다. 몇 번의 사정 후 사타구니가 정액과 여성이 뿜어내는 액으로 흥건하게 젖어 질척이는 소리가 더욱 커져 갔지만 거기까지 신경 쓸 겨를이 없었던 재영은 힘껏 이를 악물었다.

"으음."

결국 참다못한 신음이 옅게 터져 나왔다. 재영은 숨이 넘어갈 것 같은 끔찍한 쾌감에 허리를 비틀었다.

"쉿. 그러다 재민이 깨겠어."

"그걸 아는…… 아아!"

갑작스럽게 터져 나온 신음에 깜짝 놀란 재영이 서둘러 입을 틀어막았다. 새벽 3시. 아이가 깨어 있을 리 없을 시각이었지만 그래도 혹여 성관계를 하는 소리를 아이가 들을까 싶어 그녀는 조심하고 또 조심했다. 하지만 이런 그녀와는 달리 유민은 거침이 없었다.

허벅지에 힘을 주어 재영의 안으로 쑥 밀고 들어간 그가 허리만을 움직여 빠르게 펌프질을 하기 시작했다. 찰박찰박, 살결이 부딪히는 소리가 빨라질수록 재영의 자제력이 사라지기 시작했다.

입을 가리고 있던 손은 어느새 이불을 틀어쥐고 있었다. 하지만 재영의 입술을 통해 흘러나오는 신음은 없었다. 무자비하게 몰아붙이는 남성은 정신을 빼앗아 간 것도 모자라 호흡까지 앗아 갔다.

끅끅, 숨이 넘어가는 소리를 내지르며 남성을 꼭 문 재영은 순간 그의 얼굴이 허물어지고 엉덩이가 더욱 빠르게 움직이자 꺽꺽 호흡을 내뱉었다. 숨을 쉬지 않으면 죽을 것 같았다.

"윽!"

빠르게 움직이던 그가 자신의 안에 뜨겁게 사정하는 것이 느껴졌다. 흥분에 빳빳하게 굳어 있던 팔다리에 힘이 풀렸고, 몸이 아래로 녹아내리는 느낌에 재영이 눈을 질끈 감았다. 이대로 잠이 들면 소원이 없을 것 같다는 생각을 할 때였다.

"아!"

자신의 안에서 커져 가는 남성에 깜짝 놀란 재영이 눈을 동그랗게 떴다. 매혹적으로 웃으며 자신을 바라보는 그의 눈빛에 재영은 방금 전까지만 해도 그렇게 참았던 신음을 내뱉었다.

"또요?"

"며칠 만에 하는 건 줄 알아?"

그녀의 물음에 당연한 것 아니냐는 듯 유민이 말했다. 하지만 그녀는 생각이 다른 듯 곧장 답했다.

"일주일이요."

일주일이었다, 고작 일주일. 이전 관계에서는 재민을 시댁에 맡겼기에 1박 2일 동안 침대를 벗어나지 않은 채 밤낮으로 서로를 가지고 아작아작 맛보았다. 이러다가 정말 죽는 것은 아닐까, 생각이 들 때까지 자신을 놓아주지 않는 그의 품에서 녹아내리지 않았던가.

하지만 그녀에겐 '고작 일주일'이었지만 그에겐 '일주일이나'인 것인지 심각한 표정으로 고개를 끄덕였다. 남성은 어느새 또다시 꿈틀꿈틀 움직이며 제 존재를 드러내고 있었다.

"그래, 일주일 만이야. 그럼 여기서 멈출 수야 없지."

"……목숨은 살려 줘요."

"당연하지."

쪽. 짧게 입을 맞춘 그가 고개를 아래로 내려 새하얀 목을 힘껏 빨아들였다. 구역 표시를 하는 짐승처럼 여기저기 새겨지는 키스마크가 아플 법도 하건만 재영은 또다시 파도처럼 몰려오는 극심한 쾌감에 몸을 뒤틀었다. 오직 열락뿐, 아무것도 느낄 수가 없었다.

그렇게 두 사람의 까만 밤이 하얗게 타고 있었다.

새하얀 침대 위에 누워 있는 두 사람의 몸이 하나로 얽혀 있다. 기다랗고 늘씬한 다리로 유민의 허리를 옭줸 재영의 얼굴은 고단했다. 어찌 고단하지 않을 수가 있겠는가. 지난밤 이젠 정말 죽겠구나, 라고 생각하는 순간 유민의 손길에서 풀려날 수가 있었는데.

하지만 피곤한 것은 유민 또한 마찬가지인 것인지 재영을 품에 안은 채 고른 숨소리를 내뱉는 그도 반쯤은 졸도한 상태였다. 평화로운 주말의 아침 두 사람을 방해할 수 있는 것은 아무것도 없을 것만 같았다.

두 사람의 숨소리만 들리던 방 안의 평화를 깬 것은 노크 소리였다. 귀에 잘 들리지도 않을 만큼 작은 소리였지만 두 사람은 누가 먼저랄 것도 없이 자리에서 벌떡 일어났다.

홀딱 잠이 깬 얼굴로 침대 주위에 떨어져 있는 옷을 빠르게 주워 입은 재영은 유민 또한 옷을 다 입었다는 것을 확인한 뒤에야 문을 열었다. 문 앞엔 또래치곤 키가 큰 재민이 서 있었다.

"너무 늦게 일어나시는 거 아니에요?"

"어?"

눈을 비빈 재영이 고개를 돌려 시계를 확인했다. 오전 10시. 재민의 말대로 너무나 늦은 시각이었다.

"아무리 부모님이 쉬는 휴일이라도 아침밥을 못 먹는 건 억울해요."

아무리 뉴욕에서 태어나고 자랐다 하더라도 집에선 꼭 한국말을 사용하게 했고, 한국어로 된 소설도 구해 읽은 덕에 재민은 한국에서 자란 아이처럼 능숙하게 단어를 사용했다.

가끔 아들이 천재가 아닐까, 생각하던 재영은 곁에 서 있는 유민을 보며 고개를 끄덕일 때가 많았다. 그는 물론이고 유진 또한 어릴 적부터 언어 쪽으론 뛰어났다는 이야기를 들었을 땐 지나치게 똑똑한 아이를 어떻게 가르쳐야 할까, 부모로서 고민이 되기도 했다.

"아침밥 주세요."

쐐기를 박는 재민의 말에 재영은 곁에서 문틀에 어깨를 기댄 채 마음에 들지 않는 듯 아들을 내려다보고 있는 유민을 보았다. 그는 재영과의 시간을 빼앗긴 것이 못내 짜증이 나는지 굳은 얼굴이었다.

이래서 남편과 아들은 정신연령이 똑같다고 하나 봐. 애를 둘 키운다고.

"당신도 이랬어요?"

"어? 아, 아침은 꼭 먹었지."

유민이 어색하게 웃자 재민이 피식 웃음을 내뱉었다. 몸을 배배 꼬며 자신의 눈치를 살피는 아들의 모습에 재영이 무릎에 손을 얹어 시선을 낮췄다. 자신에게 집중하는 동그란 눈동자에 재민의 시선을 보던 그녀가 물었다.

"아들, 뭐가 먹고 싶은데?"

"된장찌개요."

"아침부터?"

눈을 동그랗게 뜬 재영이 물었다. 그러자 재민은 작은 머리를 연신 끄덕였다.

"할머니가 해 준 반찬, 어머니가 해 준 된장찌개. 그게 제일 맛있어요."

언젠가 그가 장난스럽게 속살거렸던 이야기가 떠오른다.

"이건 비밀인데, 된장찌개는 세상에서 네가 가장 잘하는 것 같아. 우리 어머니보다 더."

입맛까지 제 아빠랑 똑같은 재민의 모습에 재영이 키득키득 웃음을 내뱉었다. 곁으로 시선을 옮겨 유민을 보자 그 또한 그날의 기억을 떠올리고 있는 듯했다.

무릎을 굽혀 재민의 이마에 쪽 하고 입을 맞춘 재영이 말했다.

"좋아. 삼십 분만 기다려 줄래?"

"네, 결국 점심을 먹는 게 되겠네요."

아들의 말에 결국 참다못한 유민이 차갑게 일갈했다.

"불만 있으면 먹지 마."

냉랭한 기운이 폴폴 풍기는 얼굴로 역정을 낸 유민은 자신을 올려다보는 동그란 눈망울이 흔들림에도 엄한 표정을 풀지 않았다. 자신과 꼭 닮은 모습에 마음이 흔들릴 법도 하건만 버르장머리 없는 아들의 말투를 고치고야 말겠다 결심한 그는 허리에 손을 얹으며 차게 말했다.

"너무해요, 아빠."

아이의 눈망울에 맺힌 눈물이 아래로 뚝뚝 떨어져 내렸다. 커다란 눈물방울을 쏟아 내며 무릎의 옷자락을 꾹 움켜쥔 재민이 몸을 파르르 떨자 깜짝 놀란 재영이 무릎을 굽혀 아들을 제 품으로 끌어당겼다.

재영의 품에 안겼으면서도 재민은 목 놓아 울지 않았다. 속으로 울음을 삼키며 우는 재민의 모습이 안쓰럽기만 한 재영은 도끼눈으로 뜬 채 아이를 노려보는 남편을 보았다. 단단히 마음을 먹은 모습이었다.

"울음 그쳐."

"왜 애를 울리고 그래요?"

"말투 봐. 아무리 아이라 하더라도 부모한테 그렇게 말하는 법이 어디 있어? 혼 좀 나야 해."

고저 없는 목소리로 늘어놓는 말에 재민은 몸을 꼼지락거려 어미의 품에서 빠져나왔다. 제 어미와 아비를 번갈아 보는 아이의 눈빛에 원망이 가득 서려 있었다.

"매일 엄마, 아빠는 바쁘고 얼굴 보기도 힘들고. 아침을 먹어야 얼굴 볼 수 있잖아요. 그래서 아침은 꼭 먹고 싶단 말이에요."

"……."

순간 유민이 얼굴이 멍하니 변했다. 재민이 이런 생각을 평소에 가지고 있을 것이라 생각조차 해 본 적이 없었던 그는 어떠한 말을 해야 할지 몰라 입술을 달싹이기만 할 뿐이었다. 먼저 입을 뗀 것은 재영이었다. 눈물을 뚝뚝 흘리는 아들의 눈물을 닦아 준 그녀는 시선을 올려 유민을 보았다. 아이가 보지 못하도록 눈을 찡긋거린 재영이 말했다.

"당신이 너무했어요."

자, 빨리 미안하다고 해요. 그런 마음을 몰랐다고!

눈짓을 주며 연신 눈을 찡긋거리는 아내의 모습에 유민이 눈치껏 고개를 끄덕였다. 너무나 서럽게 울음을 터뜨리는 아들은 상처를 받은 듯했다. 하지만 유민이 말을 꺼내기도 전, 거칠게 고개를 내저은 재민이 말했다.

"아니에요, 어머니. 제가 너무했어요."

고사리 같은 손으로 눈물을 닦아 낸 재민이 연신 눈을 깜빡이며 말했다.

"미안합니다."

허리를 숙여 인사한 재민이 쪼로로 걸음을 옮겨 제 방으로 향했다.

"하아."

탁, 닫힌 방문을 바라보는 두 사람의 입에서 동시에 한숨이 흘러나왔다. 난감한 기색으로 서로를 보던 두 사람은 팔짱을 끼며 고심했다. 처음 본 아들의 모습에 어떻게 대처해야 할지 모르겠다는 얼굴이었다.

"벌써 사춘긴가?"

"그럴 리가 없잖아요."

재영의 일갈에 유민이 고개를 끄덕였다.

아무리 요즘 아이들이 조숙하더라도 이제 초등학교에 갓 입학한 아들이 사춘기일 리가 없지.

"어머니께 조언을 구해 볼까요?"

"불만을 모두 말했잖아. 내가 이야기해 볼게."

결심한 얼굴로 굳게 닫힌 문을 보던 유민이 성큼성큼 걸음을 옮겼다. 그의 뒷모습을 보던 재영이 소리 죽여 외쳤다.

"잘해요, 파이팅!"

❖

"서운했어, 아들?"

문을 열자마자 뒤돌아서 책을 보고 있는 재민의 작은 등을 보던 유민이 조심스럽게 말을 내뱉었다. 하지만 이번엔 단단히 토라진 것인지 아이의 등은 움직일 기색이 보이지 않았다. 한참 아이가 답을 할 때까지 기다리던 유민은 결국 포기하고 다시 한 번 재민을 불렀다.

"아들? 화 많이 났나?"

"아니요."

아이의 답이 신호탄이 되어 성큼성큼 걸음을 옮긴 유민이 재민의 곁에 엉덩이를 털썩 붙이고 앉았다. 아이의 옆모습을 보던 유민이 작은 무릎을 돌려 마주 보았다.

하지만 재민의 시선은 여전히 책을 향해 있었다. 페이지가 전혀 움직이지 않는 것으로 보아 그저 고집스럽게 시선만 둘 뿐 읽고 있는 것 같진 않았다. 뭐, 이런 상황에서 책을 읽을 수 있을 리 만무했지만.

"그럼 왜 그렇게 울었어?"

"그냥……."

입술을 삐죽이며 울음을 참는 아이의 모습을 보자 유민은 그제야 재민이 제 또래의 아이로 보였다.

그러고 보니 그는 재민의 나이였을 때 엄청난 일을 겪었었다. 할머니가 끔찍하게 돌아가셨고, 이로 인해 가정은 풍비박산이 났다. 각자 흩어진 것은 아니었지만 부모님도 자신도, 그리고 동생도 모두 힘들었던 시기. 그래서 그는 이 나이 때부터 어른이 될 수밖에 없었다. 어떻게든 부모님을 위로해 줘야겠다 생각했고, 형으로서 동생을 지켜야겠다고 생각했으니까.

하지만 재민은 달랐다. 여덟 살은 너무나 어린 나이였고, 부모님의 사랑이 필요한 시기였다. 바쁜 부모의 사랑에 늘 목이 말랐을 아이가 안쓰러워 그는 손을 뻗어 아이의 뺨을 쓰다듬었다. 스킨십에 아이가 고개를 위로 퍼뜩 들어 올렸다. 아이의 눈망울에 눈물이 가득 맺혔다.

"울고 싶으면 울어도 되는데."

그 말이 신호탄이 되었다. 넓은 품으로 뛰어든 조막만 한 아이는 사지를 떨며 울었다. 얼마나 서럽게 울어 대는지 그의 마음 또한 시큰해질 지경이었다. 눈에 맺혀 있던 눈물이 와르륵 쏟아지고, 방금 전까지만 해도 소리 내어 울지 않던 아이가 대성통곡했다.

"아빠아."

"그래."

토닥토닥, 자신의 손이 거인같이 보일 정도로 아이의 등은 작았다. 이런 작은 아이에게 자신은 무엇을 바랐던 것인지. 그저 아이가 너무 어른스러워 보여 제 또래로 보지 못했던 유민은 자신과 꼭 닮은 재민을 여덟 살 노유민과 동일시하고 있었는지도 모른다. 예전 재영이 말했던 것처럼 하드웨어만 같을 뿐 소프트웨어는 전혀 다른데도 말이다.

"많이 서운했어?"

아이가 엉엉 울음을 터뜨리며 연신 고개를 끄덕였다. 그의 코끝이 찡하게 떨렸다.

"아빠가 미안하다."

연달아 고개를 끄덕일 줄 알았던 아이는 의외로 고개를 내저었다. 도리도리 흔들던 고개는 아이가 눈물을 멈출 때까지 계속되었다. 부정에 부정을 하는 아이를 보자 마음이 더욱 쓰렸다.

속에 있는 수분을 모두 뽑아낼 것처럼 울음을 터뜨린 아이는 눈두덩이 붉게 부풀어 오르고 나서야 진정했다. 연신 코를 훌쩍이며 눈을 거칠게 비비는 재민의 손을 잡아끌어 내린 유민은 아이와 시선을 마주하며 물었다.

"내일 공원에 피크닉 갈까?"

"진짜요?"

아이가 눈을 동그랗게 떴다.

"그래, 피크닉 갔다가 장난감 쇼핑 가자."

"네!"

금세 울고, 금세 웃고. 재민의 얼굴에 돌아온 웃음꽃에 유민은 연신 아이의 머리를 쓰다듬어 주었다. 이 아이의 웃음을 지키는 것, 그것이 그에겐 그 무엇보다도 중요한 일이었다.

"엄마가 무척 걱정하는데."

"어머니가요?"

"그래. 가서 꼭 안아 드려야지. 그리고 내일 피크닉 갈 때 들고 갈 도시락도 부탁하고."

고개를 끄덕이려던 아이가 순간 몸을 움찔 떨었다.

"……아버지가 해 주시면 안 돼요? 엄마 샌드위치는 너무 달아요."

"음…… 뭐, 그건 그렇다만."

모든 음식을 평균보다 훨씬 달게 하는 재영은 미각에 이상이 생긴 사람처럼 간혹 느껴질 때가 있었다. 집에서만 밥을 먹을 땐 이를 크게 느끼지 못했던 재민은 유치원을 다니고 학교를 다니기 시작하면서부터 자신의 미각이 잘못되지 않았음을 깨달았다.

아들의 말에 눈살을 찌푸린 유민이 고개를 끄덕였다. 그리고 새끼손가락을 아들의 앞으로 내민 유민은 혹여 재영이 밖에서 들을까 싶어 목소리를 낮춰 말했다.

"그래도 그건 엄마한테 비밀이야."

"네, 알아요."

상처받으실 거니까.

아이의 뒷말에 두 사람은 공모자가 되어 웃었다. 커다란 손과 작은 손이 서로 새끼손가락을 걸고 꼭꼭 약속을 하고 있다는 사실을 모르는 재영은 문에 얼굴을 대고 귀를 쫑긋 세우고 있었으나 아쉽게도 이 말을 듣지 못했다.

"무슨 이야기를 하는 거야? 아무것도 안 들려."

한동안은 계속될 비밀이었다.

—fin

외전

녹색의 잔디가 깔려 있는 마당에 세 아이가 빠르게 내달리고 있었다. 며칠 전 있었던 다미의 생일로 머나먼 뉴욕까지 날아온 청아 가족은 며칠째 재영과 유민의 집에 머무르며 오랜만의 휴가를 즐기고 있었다.

정우가 미친 망아지처럼 내달리고 있는 것과는 달리 재민과 연우는 자리에 쪼그리고 앉아 길을 만들며 걷고 있는 개미군단을 관찰하고 있었다.

"얘 봐. 엄청 큰 과자를 옮기고 있어."

방금 전까지 정우가 먹던 과자 조각을 들고 열심히 옮기고 있는 개미를 보며 연우가 신기하다는 듯 눈을 빛냈다.

"누나, 작은 개미는 자기 몸의 20배~50배, 큰 개미는 50배~80배까지 들 수 있어."

마치 백과사전처럼 줄줄 읊는 재민의 모습에 연우가 눈을 게슴츠레 떴다. 먹보 동생이나, 재민이나 지나치게 똑똑한 감이 있었다.

"너 재수 없어."

"뭐가? 이 정도는 누구나 알아."

엉덩이를 털고 자리에서 일어난 재민의 말에 연우가 자리에서 벌떡 일어났다. 올해 중학교에 입학한 연우는 매일 성적으로 고민하고 있었다. 동생 정우는 공부를 하는 것 같지도 않은데 매일 전교 1등을 하는데 비해 자신은 죽어라 공부를 해도 전교 10등 안에 겨우 들었다. 그럼 뭐하는가, 정우와 같은 반인 덕분에 반에선 2등인데. 이에 하루는 너무 속상해 자존심 센 연우가 청아의 품에 안겨 펑펑 울었던 적도 있으니 말다하지 않았는가.

그런데 간혹 들어 보면 정우나 눈앞에 있는 재민이나 별반 다르지 않으니 배알이 꼴려도 단단히 꼴렸다.

후, 한숨을 내뱉은 연우가 뒤에서 이야기를 나누고 있는 부모님에게 가려고 할 때였다. 어느새 달려온 정우가 동그란 눈을 빛내며 말했다.

"우리 나갈까?"

"왜 나가?"

연우가 새초롬하게 말하자 정우가 심통맞은 얼굴로 말했다.

"여기까지 왔는데 집에만 있을 수 없잖아."

뉴욕에 도착한 이후로 가족들과 함께 있느라 주위 관광도 하지 못하고 있었으니 답답할 법도 했다. 동생의 의견이 나쁘지 않았던지 연우가 고민에 잠긴 얼굴로 눈을 깜빡이다가 이내 고개를 끄덕였다.

"그래, 부모님한테 말하자."

"아니, 우리끼리."

"뭐? 야, 너 미쳤어? 길 잃으면 어쩌려고?"

"재민이 있잖아."

연우와 정우의 시선이 동시에 재민에게로 향했다. 뒤에서 깔린 돗자리 위에 앉아 책을 읽고 있던 재민은 갑자기 자신에게 날아든 불똥에 단호하게 고개를 저었다.

"형, 나는 빼 줘. 싫어."

"싫은 게 어디 있어? 우리 둘만 보냈다가 국제미아라도 되면 네가 책임질 거야?"

"그걸 왜 내가 책임져야 하는데? 부모님 몰래 나간 형이랑 누나 잘못이지."

"재민이 너 좀 재수 없어."

아빠의 말이 맞았다. 재민이 삼촌을 닮아 재수가 없다던 말. 연우가 톡 쏘아붙이자 재민은 생김새가 전혀 다른 쌍둥이를 보았다. 어쩜 이렇게도 다르게 생기고, 성격도 다른데 이런 일에 있어선 의기투합이 잘 되는 것인지. 한숨을 내뱉은 재민은 결국 들고 있던 책을 덮었다.

"어디가 가고 싶은데?"

"어디든."

정우가 눈을 빛내며 짧게 말하자 재민의 입에서 포기의 한숨이 터져 나왔다. 연우 또한 별반 생각이 다르지 않은지 어깨를 으쓱였고, 결국 재민은 자리에서 일어나 집으로 향할 수밖에 없었다.

"알았어. 지갑 가지고 나올게."

"폰 놓고 와!"

"알았어."

완벽한 관광 혹은 가출을 위해 마지막까지 신신당부한 정우가 눈을 반짝였다. 새하얀 얼굴 위로 어린 장난기를 발견한 연우가 걱정스레 미간을 찌푸렸다.

"야, 정말 괜찮을까?"

"안 괜찮은 게 어디 있어? 괜찮지."

걱정스런 연우와는 달리 정우는 천하태평이었다.

어쩌 이 멍청이한테 놀아나고 있다는 느낌이었지만 연우는 별말 없이 어느새 집에서 지갑을 가지고 온 재민을 보았다.

"쟨 뭘 먹었길래 저렇게 키가 커?"

열두 살의 나이였지만 또래보다 머리 하나는 더 큰 재민의 모습에 연우가 입술을 뾰족하게 내밀었다. 정우와 연우보다 한 살 어렸지만 하는 말이나 행동은 그들보다 형이나 오빠같이 느껴질 때가 간혹 있었다. 연우의 말에 정우가 곁에서 심드렁한 얼굴로 답했다.

"나도 커, 연우야."

"이제 보니 너도 재수 없다?"

그렇게 먹어 대는데 살도 안 찌고 본인보다 머리 하나는 더 큰 정우를 보던 연우가 고개를 옆으로 돌렸다. 동생의 모습을 보던 정우가 얼굴을 일그러뜨리며 울먹였다.

"우리 연우 너무 차가워, 얼음공주!"

"헛소리하지 마."

퍽!

정우의 어깨를 내려친 연우는 어느새 다가온 재민이 말하자 고개를 끄덕였다.

"가자."

세 아이의 실종사건은 그렇게 시작되었다.

이 사실을 알 리가 없는 부모들은 찻잔을 기울이며 이야기를 나누고 있었다. 연신 과일을 청아의 입으로 옮기고 있던 유진의 눈이 커다랗게 변했다. 그의 시선은 재영에게로 향해 있었다.

"한국에 온다고? 왜!"

버럭 소리친 유진은 고개를 돌려 청아를 보았다.

"둘이 또 맨날 붙어 있을 거지."

절대 싫다는 듯 고개를 내젓는 유진의 모습에 청아가 한숨을 푹 내뱉었다. 그러며 재영과 유민을 보며 말한다.

"무시하세요."

"뭐."

어깨를 으쓱인 유민이 찻잔을 기울이고 있던 재영의 허리를 감싸 안았다.

"동생 철없는 건 누구나 아니까."

"형, 너무해!"

소리를 빽 지른 유진이 청아를 보았다. 세상에 자신의 편은 자신의 아내밖에 없다며. 하지만 이런 그의 생각은 완벽하게 빗나간 것인지 청아가 심드렁한 얼굴로 말했다.

"제발 가만히 좀 앉아 있어 줄래?"

"청아야!"

"여기 네 편은 없는 것 같다."

"심, 나빠!"

자리에서 벌떡 일어난 유진이 쿵쾅쿵쾅 발을 굴리며 집 안으로 들어갔다. 그럼에도 남은 사람 셋 중 누구 하나 신경 쓰는 이는 없었다.

"이야기 계속하자. 정말 한국 들어와요?"

재영과 유민을 번갈아 보며 청아가 물었다. 재민을 가졌던 해에 뉴욕으로 떠나간 두 사람은 평생 이곳에서 지낼 것처럼 굴었었다. 작년만 해도 재영은 한국에 가고 싶지 않다고 의사를 밝혔었다. 이곳에서의 삶이 너무나 만족스럽다며. 그런데 1년 만에 생각이 바뀐 것이다.

가만히 찻잔을 어루만지던 재영은 여전히 고민스러운 얼굴이었다.

"대한세종대학에 교수로 갈 것 같아."

'갈 거야'가 아닌 '갈 것 같아'.

아직은 확신이 없다는 뜻이었다.

"뭐?"

오늘 애 여러 번 놀라게 하네, 동그랗게 눈을 뜬 청아가 묻자 재영은 그녀의 표정이 재미있다는 듯 피식 웃음을 내뱉었다.

"아버지한테 연락 왔어."

"그거야 뭐 늘 연락 오지 않았어?"

"많이 아프시대."

"뭐, 많이 안 좋으셨지."

몇 해 전부터 급격히 건강이 나빠진 심 원장은 현재 병원에도 나오지 못하고 있었다. 자신의 평생을 바쳐 가꾸고, 그렇게도 아끼던 병원에도 나오지 못할 정도면 말 다하지 않았겠는가. 굳은 얼굴로 아래를 보는 재영의 모습에 유민은 그녀의 허리를 끌어안고 있던 손에 힘을 주었다. 재영의 눈길이 그를 향한다.

괜찮아? 그렇게 묻듯 걱정스러운 눈빛으로 자신을 바라보는 든든한 남편의 표정에 재영이 고개를 끄덕였다. 다정한 두 사람의 모습을 보던 청아가 턱을 괴었다.

"보기 좋네요, 형님."

심드렁한 목소리에 재영이 꺄르르 웃음을 터뜨렸다. 맑은 웃음을 몇 번이고 터뜨린 재영은 한껏 밝아진 얼굴로 말했다.

"재민이도 보고 싶어 하고. 재민이도 원하고."

"흠."

"난 아니더라도 재민이한텐 외할아버지를 뺏는 건 아닌 것 같아."

"……용서는 했니?"

"아니."

딱 잘라 말한 재영은 자신의 어깨를 토닥이는 손길에 눈을 감았다.

"하지만 이해는 해. 아버지는 원래 그런 사람이니까."

그래, 그런 사람이니까. 그렇게 말한 재영이 입을 다물었다. 세 사람만 앉아 있는 테이블 위로 무거운 침묵이 내려앉았다. 누구 하나 입술을 열지 못한 채 시간만 흘려보내고 있을 때였다. 집으로 들어갔던 유진이 당황한 기색이 역력한 얼굴로 헐레벌떡 달려왔다.

"애들 없어졌어!"

"뭐?"

청아가 눈살을 찌푸리며 물었다. 그게 말이 되냐는 얼굴이었다. 그러자 유진은 발까지 쾅쾅 굴렸다.

"진짜 없어! 없다고!"

세 녀석 다!

유진의 얼굴에 어린 불안감에 세 사람의 얼굴이 창백하게 변했다.

지하철을 타고 자유의 여신상으로 온 세 악동은 배터리파크를 걸으며 보트를 탈 수 있는 곳으로 향했다. 티켓팅을 해야 하는 곳에 다다르자 둘은 재민을 보았고 아이는 한숨을 내쉰 후 지갑에서 돈을 꺼냈다.

"삥 뜯기는 기분이야."

재민이 불만스럽게 말했지만 정우와 연우의 귀에 들릴 리가 없었다. 둘은 재민의 손을 양쪽에서 잡은 채 보트를 타는 곳으로 걸음을 옮겼다. 새파란 하늘과 관광을 하기엔 썩 좋은 날씨 때문일까. 보트 위에 수많은 관광객이 탑승해 있었다.

뱃머리 쪽으로 향한 세 아이들은 보트가 물살을 가르며 내달리자 주위를 둘러보았다. 모두들 사진을 찍고 난리였지만 이미 몇 번이나 와 본 재민은 심드렁한 얼굴이었고, 정우와 연우는 멀뚱멀뚱 사람들만 보고 있을 뿐이었다.

보트에서 내린 셋은 자유의 여신상 앞에서 동시에 올려다보았다. 턱을 한껏 들어도 다 보이지 않을 정도였지만 연우는 미간을 찌푸리며 툭 내뱉었다.

"이게 자유의 여신상이야? 별것 없네."

"크긴 엄청 크잖아."

"크기만 하면 뭐해? 너도 커."

"연우야, 그거 나 놀리는 거지?"

정우가 울먹이자 연우는 한숨을 푹 내뱉은 후 덩치 큰 오빠의 손을 붙잡았다. 정우가 눈을 동그랗게 뜨며 연우를 보자 뒤에서 그 모습을 보고 있던 재민이 심드렁하게 말했다.

"사진 안 찍을래?"

"됐어, 다 봤어. 볼링그린 갈래."

손을 잡은 채 보트 쪽으로 걸음을 옮기는 둘의 모습을 보던 재민이 한숨을 내뱉으며 그 뒤를 따랐다.

"아, 진짜."

갑자기 쌍둥이 말에 홀려 여기까지 온 것이 무척 후회되기 시작했다. 부모님께 전화를 걸까? 재민이 고민하고 있을 때였다.

"빨리 와, 재민아!"

저 멀리서 손을 흔들며 자신을 부르는 쌍둥이의 모습에 재민은 하는 수 없이 걸음을 옮겼다. 저 두 사람의 마음에 찰 때까지 한동안은 끌려다녀야 할 것 같았다.

얼마 이동을 하지 않았지만 그 짧은 시간에 벌써부터 하늘엔 어둠이 몰려오고 있었다. 볼링그린역이 보이자 여기저기서 시내 투어버스 호객 꾼들이 사람들의 팔을 붙잡는 것이 보였다. 영화 소품처럼 오래된 기차 역을 본 세 사람은 인파를 헤치고 월스트리트로 걸음을 옮겼다.

관광객과 뉴욕 시민으로 뒤섞인 거리에서 혹여 서로를 잃을까, 손을 꼭 잡은 채 종종걸음을 옮기던 그들은 뉴욕 월가의 상징 황소 동상이 눈앞에 딱 보이자 걸음을 멈췄다. 사람들의 장벽을 뚫고 온 보람도 없이 황소를 보자마자 또다시 뒤로 떠밀려 와 버렸다.

엉망이 된 머리카락과 구겨진 옷. 딱 거지꼴이 된 세 아이는 뒤에서 몇 번이고 눈을 깜빡이다가 이내 한숨을 내뱉었다.

"꼴이 이게 뭐야."

엉망이 된 것은 둘째 치고, 제대로 동상도 보지 못했으니 억울할 법도 했다. 하지만 사람 장벽을 뚫고 또다시 들어갈 자신이 없었던 연우가 눈만 도록도록 굴려 댔다. 그 모습을 옆에서 보고 있던 재민이 손을 뻗어 연우의 머리카락을 정리해 주고 옷도 탈탈 털어 주었다. 자신을 챙겨 주는 사촌 동생의 모습을 보던 연우가 입술을 뾰족하게 내민다.

"고마워."

어깨를 으쓱인 재민이 고개를 돌릴 때였다. 뒤에서 배 위에 손을 얹은 채 쓰다듬던 정우가 멍하니 말했다.

"배고프다. 뭐 먹자."

집을 나선 이후론 아무것도 먹지 않았으니 배가 고플 법도 했다. 재민이 주위를 휘둘러보았다. 얼마 떨어지지 않은 곳에 패스트푸드점이 보였다.

"버거 먹을래?"

"좋지."

주머니를 뒤져 지갑을 찾던 재민의 얼굴이 새하얗게 변했다.

"없다."

"뭐?"

"지갑 없어."

"장난하지 마."

연우가 성큼성큼 다가와 재민의 몸을 수색했다. 순순히 그녀의 손길에 제 몸을 내맡긴 재민은 연우의 얼굴이 새하얗게 질리자 어깨를 으쓱였다. 그가 장난을 하는 것도, 거짓말을 하는 것도 아님을 깨닫자 연우의 눈가에 눈물이 맺혔다.

"어떻게 해?"

커다란 눈망울이 흔들리기 시작했다. 뒤에 있던 정우 또한 당황한 기색이 역력했다. 하지만 이와 반대로 재민은 안도의 한숨을 내뱉었다. 그는 더 이상 쌍둥이에게 끌려 다니지 않아도 된다 생각하자 홀가분한 표정이 되었다.

"관광 끝났지?"

"지금 그게 중요해? 전화도 놓고 왔잖아!"

버럭버럭 소리친 연우는 갑자기 걸음을 옮기는 재민의 뒷모습을 빠르게 쫓았다. 그녀의 손은 어느새 정우의 손을 붙잡은 채였다.

"야! 어디 가, 우리만 두고? 어?"

뒤에서 들려오는 말에도 재민은 걸음을 멈추지 않았다. 얼마 떨어져 있지 않은 곳에 서 있는 경찰에게 간 재민은 커다란 덩치의 백인을 올려다보며 무심하게 말했다.

「아저씨, 길을 잃었어요.」

❖

"애들아!"

파리하게 질린 얼굴로 경찰서 안으로 뛰어 들어온 네 사람은 쪼로로 앉아 있는 세 아이의 모습에 안도의 한숨을 내뱉었다.

아이들이 없어진 것을 알자마자 신고를 하고 온 집은 물론이고 동네까지 뒤졌던 넷이다. 동네 근처에 있을 것이라 생각했던 것과는 달리 이 앙큼한 것들은 집에서 차로 한 시간은 떨어져 있는 월스트리트에서 발견되었다고 하니 안도가 되는 한편 화가 올라왔다.

유민이 굳은 얼굴로 걸음을 옮기려 하자 재영이 손을 붙잡았다. 작게 고개를 내젓는 아내의 모습에 한숨을 내뱉은 그가 짧게 말했다.

"알았어."

짧게 답한 유민은 곁에서 호들갑스럽게 연우와 정우를 혼내고 있는 청아와 유진의 모습에도 눈 하나 깜짝하지 않는 아들에게 향했다.

"너지?"

유민은 재민의 손을 붙잡으며 말했다. 네가 주도해서 나갔냐는 물음이었다. 연우와 정우도 몇 번 뉴욕에 온 적은 있었으나 길을 자유롭게 나다닐 정도는 아니었다. 재민의 얼굴엔 피곤이 가득 내려앉아 있었다.

"네."

고저 없는 목소리로 짧게 답하는 아들의 모습에 유민의 표정이 딱딱하게 굳어졌다.

"아빠한테 할 말은?"

"죄송해요."

"그게 다야?"

미간을 찌푸리는 아버지의 모습에도 재민은 고개를 끄덕였다. 변명을 하려면 얼마든지 할 수 있었지만 제 아비의 성격을 꼭 닮은 재민은 별다른 말을 하지 않았다. 옆에서 유진의 품에 안겨 청아의 매서운 손길을 피하고 있던 연우가 고개를 빼꼼 내민 것은 그때였다. 유진의 품에서 빠져나온 연우가 유민의 옷자락을 잡으며 시선을 끌었다.

"저희예요, 삼촌."

"응?"

동그랗게 눈을 뜬 유민이 되물었다. 그러자 연우는 눈살을 찌푸리며 정우와 재민을 번갈아 보았다. 재민은 무감한 얼굴로 연우를 보고 있었다.

"쟤가 지금 독박 쓰려고 하는 것 같은데요. 주도는 노정우가 했고, 설득은 제가 했고요. 재민이는 안내만 했어요."

"하아."

한숨을 내뱉은 유민이 이마를 짚자 뒤에 서 있던 청아가 시뻘겋게 얼굴을 붉혔다.

"이노무 기지배! 말은 잘하지!"

당장이라도 달려들어 연우를 쥐어박을 것처럼 구는 모습에 유진이 진땀을 뺐다. 사태가 파악이 되자 재영이 걸음을 옮겨 재민의 앞에 쪼그리고 앉았다. 다정한 눈으로 아이를 올려다보던 재영이 웃는 얼굴로 물었다.

"그래서 재미있었니?"

"황소 동상을 제대로 못 봐서 속상해했어요, 연우가."

"그래, 그럼 내일 가자."

재민의 시선이 연우에게로 향했다. 연우가 활짝 웃고 있었다. 어색한 듯 고개를 옆으로 돌린 재민이 손을 들어 뺨을 긁었다. 하지만 연우가 성큼성큼 걸어와 재민의 곁에 털썩 앉자 더 이상 시선을 피할 수가 없었다. 재민이 고개를 돌리자 연우가 얼굴 가득 활짝 웃음 지었다.

"고마워."

아이들의 모습을 보던 재영이 고개를 돌려 유민과 시선을 마주하며 작게 웃었다.

한국을 가야 하는 이유가 또 하나 생겼다. 좋은 사촌 언니와 오빠를 만들어 주는 것.

따스한 얼굴로 고개를 끄덕여 주는 남편의 모습에 재영의 입가에 느른한 웃음이 머물렀다.